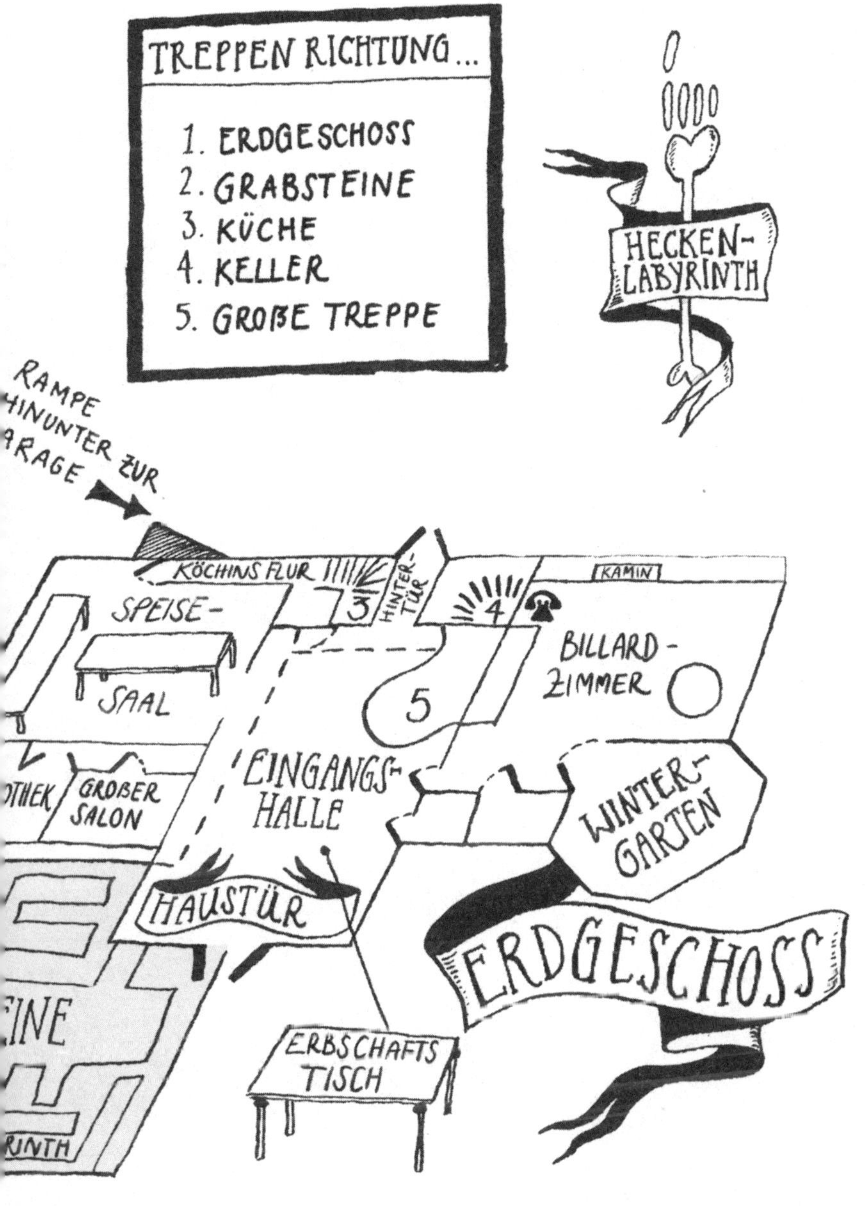

HINTEN GEHT'S WEITER ➤

Beth Lincoln

Die Swifts – Ein vorzügliches Verbrechen

Beth Lincoln

Die SWIFTS

Ein vorzügliches Verbrechen

Band 1

Aus dem Englischen übersetzt
von Ulrich Thiele

Mit Illustrationen von
Kai Schütter

Loewe

Beth Lincoln wuchs im Norden Englands auf einem ehemaligen viktorianischen Bahnhofsgelände auf. Als Kind fürchtete sie sich vor Porzellanpuppen, dem Durham-Panther und Kleiderschränken, die sie seltsam anstarrten. Beth wurde weder groß noch weise noch lernte sie, ein Instrument zu spielen. Doch sie hat schon immer Geschichten geschrieben und behielt diese schlechte Angewohnheit bis zum heutigen Tage bei.

Kai Schüttler wurde 1988 in Münster geboren. Dort studierte er später auch Design mit dem Schwerpunkt Illustration an der FH Münster und lebt heute in Greven. Schon während des Studiums begann er für Verlage und Agenturen zu arbeiten. Seit 2013 ist er als selbstständiger Illustrator tätig und illustriert vor allem Bücher und Zeitschriften.

FSC
www.fsc.org
MIX
Papier | Fördert gute Waldnutzung
FSC® C014496

Klimaneutral
Druckprodukt
ClimatePartner.com/18521-2202-1001

978-3-7432-1379-1
1. Auflage 2024
erschienen unter dem Originaltitel *The Swifts*

First published as THE SWIFTS in 2023 by Puffin, an imprint of Penguin Books Ltd which is part of the Penguin Random House group of companies.

Bühlstraße 4, D-95463 Bindlach
Aus dem Englischen übersetzt von Ulrich Thiele
Umschlag- und Innenillustrationen: Kai Schüttler
Illustration Vor- und Nachsatz: Claire Powell
Umschlaggestaltung: Johanna Mühlbauer
Goldstruktur Schriftzug: 3890910 © rawpixel.com/freepik.com
Redaktion: Meike Christoffer
Printed in the EU

www.loewe-verlag.de

Für meine Familie,
über die Blutsbande hinaus

Inhalt

DRITTER TEIL

ERSTER TEIL

1. Erbschaft aus heiterem Himmel

An einem strahlenden, fein herausgeputzten Vormittag Anfang Mai steckte Familie Swift mitten in einer Beerdigung.

Das Haus sah tadellos aus. Der Rasen war sorgfältig vom Laub befreit, das Heckenlabyrinth frisch getrimmt und jede einzelne Statue hinter den Ohren gereinigt worden. Den ganzen Morgen hatten die Swifts vor dem Spiegel ihre Grabreden einstudiert und nun schritten sie in einem langsamen Trauerzug über den Friedhof, jede Miene ein Spiegelbild geübter Betroffenheit.

Laut Erztante Schadenfreude hatte eine Beerdigung auszusehen wie eine auf den Kopf gestellte Hochzeit. Die Familienmitglieder hatten sich redlich bemüht, Schadenfreudes Vorstellungen gerecht zu werden. Der Fußweg zum Grab der Erztante führte durch eine Brandung aus Blumen, in den Baumwipfeln hingen tiefschwarze Girlanden und Köchin hatte sogar einen Kuchen mit dem traurigen Anlass entsprechend dunklem Zuckerguss gebacken, der nun auf einem kleinen

Tisch gleich links des Grabsteins stand. Rechts davon erklang ein schwermütiges Liedchen aus einem keuchenden Grammofon.

Schelmerei Swift trug das vordere Ende des Sargs. Sie war deutlich kleiner als die anderen Sargträger. Weiter hinten stakste ihre älteste Schwester Clementine und neben dieser ragte Onkel Mahlstrom empor. Schelmerei gab sich große Mühe, den Sarg so gerade wie möglich zu halten, und doch kippte er schon wieder bedenklich nach vorn. Phänomen, die dritte Schwester, lief einige Meter voraus, winkte den Trauerzug im Stil einer Fluglotsin über den Friedhof und warf Schelmerei dabei einen warnenden Blick zu. Diese versuchte, sich allein durch die Kraft ihrer Gedanken wachsen zu lassen – leider ohne Erfolg.

Der Trauerzug wand sich zwischen den Gräbern hindurch wie schwarze Zahnseide durch ein schiefes Gebiss. Im Vorbeigehen entzifferte Schelmerei die Namen ihrer längst verstorbenen Vorfahren auf den Grabsteinen:

FATAL SWIFT
1598–1652
Adjektiv
Ärger verursachend bis zum Verderben

und

ZINNOBER SWIFT
1733–1790
Substantiv
1. hellrotes bis blauschwarzes Mineral
2. leuchtendes Rot
3. wertloser Kram
4. Unfug

Als Schelmerei den Sarg auf einen anderen Punkt ihrer Schulter verlagerte, schwankte er bedrohlich. Clementine zischte sie mahnend an, also wackelte Schelmerei ihr zuliebe gleich noch einmal am Sarg. Auf dem edel schimmernden Holz hinterließ ihre Hand einen verschmierten Abdruck. Tante Schadenfreude, die der Meinung war, dass ein guter Sarg ruhig kostspieliger sein durfte als ein Haus, weil man schließlich länger tot sei als am Leben, hätte das nicht gefallen. Wobei ihr vermutlich so einiges nicht gefallen hätte. Etwa die abgewetzten Schuhe an Schelmereis Füßen, das Laub in ihren Haaren oder die Gedanken in ihrem Kopf.

Zu ihrer Rechten las sie nun:

FREVLERIN SWIFT
1860–1889
Substantiv
Missetäterin, Verbrecherin

Mit der hätte Schelmerei sich wahrscheinlich gut verstanden.

Als sie die Grabstelle erreichten, brach ein kleiner Tumult aus, weil die drei Swifts den Sarg jeweils unterschiedlich schnell abzusetzen begannen. Mahlstrom ging es langsam und würdevoll an, Clementine hingegen deutlich flotter, während Schelmerei noch darüber nachdachte, ob sie eine *Frevlerin* war, und deshalb nicht aufpasste.

»Schelmerei!«, zischte Clementine sie schon wieder an.

Aus dem Inneren des Sargs drang ein Jaulen.

Clementine schrie auf und ließ das Behältnis los. Mit einem dumpfen *Bompf* landete das Kopfende im Gras, der gesamte Sarg kippte gemächlich nach vorne – und rutschte ins Grab hinab, wobei der Deckel herunterflog. Schelmerei sprang im letzten Moment aus dem Weg, mitten in Köchins schwarz glasierten Kuchen hinein. Ihre beiden Hände versanken in der cremigen Vanillefüllung.

Abgesehen vom Keuchen des Grammofons kehrte Totenstille ein. Die Swifts spähten vorsichtig in die Grube.

Im offenen Sarg glitzerte warmes Sonnenlicht auf seidigem Schwarz. Selbstverständlich befand sich niemand in der Kiste – abgesehen von Kater John, der nun verschlafen blinzelte, sich genüsslich streckte und dann in Richtung Wald davontapste. Schelmerei schleckte sich Kuchen von den Fingern.

»Also wirklich«, ertönte eine Stimme hinter der Trauergesellschaft. »Das nenne ich mal einen rundum misslungenen Probelauf.«

Schuldbewusst drehte sich die Truppe zu Tante Schadenfreude um. Die hockte oben auf dem Zuwider-Denkmal, in der einen Hand ihren Gehstock, in der anderen ein Opernglas, mit dem sie ihre von der Verwandtschaft verwüstete Ruhestätte begutachtete.

»Am Tag der Tage wird es schon gut gehen, Tantchen!« Als Onkel Mahlstrom die Schultern lockerte, knarrten seine Gelenke wie die Balken eines alten Kahns. Er hob Schelmerei mit einer Hand hoch, duckte sich geschickt weg, als sie ihm Zuckerguss in den Bart schmieren wollte, und stellte sie grinsend wieder auf die Füße.

»Am Vormittag der Vormittage! Ich werde um elf Uhr bestattet«, präzisierte Tante Schadenfreude grummelnd und zog ihr schweres Eisenhalsband enger. »Bis zwölf habe ich unter der Erde zu sein und bis halb eins habt ihr ausgeheult zu haben, damit ihr um Viertel vor ins Haus zurückkehren könnt, wo ihr zu aufgewühlt sein werdet, das vorbereitete Mittagessen einzunehmen. Haben das alle verstanden? Wenn ich dich so ansehe, Mahlstrom, kommen mir leider gewisse Zweifel.«

Das Leben der Tante war vollständig durchorganisiert und an ihren Tod stellte sie die gleichen Erwartungen – und da es ihr nicht möglich sein würde, selbst Aufsicht über ihre Beerdigung zu führen, ließ sie ihre Familie einmal im Monat die gesamte Zeremonie durchspielen. Das ging schon so, seit Schelmerei denken konnte, und noch nie war es ihnen gelungen, alles richtig zu machen.

»Schelmerei, Clementine! Bitte versucht doch, den Sarg gerade zu halten. Man hatte den Eindruck, ihr würdet mich bergab tragen.«

»Aber wie denn, wenn Onkel Mahlstrom so viel größer ist?«, jammerte Clementine.

»In Anbetracht der durchschnittlichen Wachstumsrate Heranwachsender sollten wir bis zum Zeitpunkt der Beerdigung selbst ein ganzes Stück größer sein.« Phänomen kratzte einen Spritzer Zuckerguss von ihrem Laborkittel. »Das müsste für die richtige Balance sorgen.«

Die Tante schnaubte. »Billiger Optimismus! Ich könnte tot umfallen, bevor ihr auch nur einen weiteren Zentimeter gewachsen seid! Clementine, die Dekoration ist nicht unangemessen. Nur ein paar Schleifen mehr, in Ordnung? Und du, Schelmerei …«

Schelmerei ließ kurz das Kuchenschlecken bleiben.

»Ich tippe darauf, dass *du* John da reingetan hast.«

Schelmerei zuckte die Achseln. »Katzen mögen Kisten.«

»Ich weiß. Aber könntest du mein Grab bitte erst entweihen, *nachdem* ich bestattet wurde?«

Diese Bemerkung fand Schelmerei sehr unfair, hatte sich ihre Leistung aus ihrer Sicht doch stark gebessert. Im vergangenen Monat war ihr noch das Missgeschick unterlaufen, den Sarg so in der Haustür zu verkanten, dass die Familie tagelang wie unter einer Limbostange darunter hindurchtanzen musste.

Ihr säuerlicher Gesichtsausdruck spiegelte sich in dem ihrer Tante. »Na, ich schätze, für deinen Namen kannst du nichts.« Sie seufzte. »Lasst uns erst einmal zu Mittag essen. Aber bis morgen muss hier wieder Ordnung herrschen!«

Die Manöverkritik war beendet, die Truppe trat den Rückzug ins Haus an. Schelmerei strich mit den Fingerspitzen über die Grabsteine am Wegesrand und las die Namen: *Rubrik. Katharsis. Unterfangen. Solchergestalt.*

Für deinen Namen kannst du nichts.

Schelmerei schüttelte ihren Frust über den blöden Lieblingsspruch ihrer Tante ab. Am heutigen Tag würde sie sich von niemandem ärgern lassen.

Denn der heutige Tag war der vor dem morgigen und an jenem würde sie sich den Familienschatz sichern.

»Pass doch auf, wo du hinläufst!«, blaffte Clementine, als Schelmerei im Bocksprung über einen Grabstein setzte und knapp vor ihrer Schwester landete. »Selbst schuld, wenn man ständig auf dir rumtrampelt.«

»Nee, du bist schuld. Du hast so riesige Füße, damit musst du ja auf allem und jedem herumtrampeln.«

»Ich habe keine Riesenfüße. Du bist bloß sehr klein. Wie ein Ohrenkneifer, die kann man auch kaum im Auge behalten.«

Schelmerei schnalzte mit der Zunge und stürzte sich auf ihre Schwester, die Hände zu Beißzangen geformt.

Clementine zuckte zurück. »Gott, bist du seltsam.« Auf ihren viel längeren Beinen stakste sie davon.

»Dir ist schon klar, dass du sie nicht provozieren solltest?«

Phänomen rückte ihre Brille zurecht und fixierte Schelmerei mit wissendem Blick. Als Wissenschaftlerin konnte Phänomen nur wissend blicken. »Oder hast du vergessen, was aus deinem Katapult geworden ist?«

»Das werde ich nie vergessen.« Schelmerei hatte Clementine ja zu *erklären* versucht, dass sie überhaupt nicht auf sie zielen wollte, doch dafür hatten sich weder Schadenfreude noch Clementine selbst interessiert. Nun ruhte der *Belagerator 5000* als Häuflein Asche in Köchins Holzofen und Schelmerei hatte bittere Rache geschworen.

Wenn sie den Schatz gefunden hätte, würde sie Clementine nichts davon abgeben, das stand schon mal fest.

Als sich die Truppe dem Haus näherte, fiel Schelmerei zweierlei auf: Erstens parkte ein Auto in der Einfahrt, ein geducktes, windschnittiges, flaschengrünes Gefährt. Die Motorhaube, die dem Maul eines Barrakudas ähnelte, zeigte wie eine vorgehaltene Waffe in Richtung Haustür. Zweitens eilte Köchin ihnen in höchstem Tempo entgegen. Mit einer Spur aus verschmiertem Öl auf der Wange, vermutlich vom Werkeln an ihrem Motorrad, rannte sie den Schotterweg hinunter und kam schließlich steinchenspritzend zum Stillstand.

»Sie ist da«, ächzte Köchin außer Atem.

Schelmerei jauchzte auf und raste zum Haus, während ihre Familie in einer Staubwolke zurückblieb.

Im Rennen ging Schelmerei gedanklich die Ausrüstung durch, die schon lange auf dem Dach bereitlag: Seil, Taschenlampe, Dietrich-Set, Gartenschaufel, Brieföffner, Fernglas, Papier und Bleistifte. Außerdem eine Schachtel Kekse und eine Flasche Wasser für den Fall, dass sie irgendwo im Haus in eine Falle geriet und nicht mehr hinauskam. Ihre Verwandten waren vermutlich besser vorbereitet. Ob Phänomen sich wohl inzwischen dazu bequemt hatte, ihr den bestellten Metalldetektor zu bauen?

In der düsteren Eingangshalle waren zunächst nur zwei Hände in weißen Handschuhen auszumachen. Schelmereis Augen mussten sich erst an die Dunkelheit gewöhnen, um die dazugehörige Frau zu erkennen: Sie war beinahe so blass wie ihre Handschuhe und ihre Haut sah aus wie die eines Apfels, der genau einen Tag zu lang in der Obstschale gelegen hatte – irgendwie matt und schlabberig. Ihr Alter war schwer einzuschätzen. Jedenfalls trug sie ein Tweed-Kostüm und hatte dichtes, lockiges, ungeschickt hochgestecktes Haar von zweifelhafter Farbe. Als sie sich Schelmerei zuwandte, funkelten die kleinen runden Gläser ihrer Brille.

»Matriarchin!«, rief sie feierlich. »Es ist wieder so weit! Einmal mehr … ah.«

Irritiert betrachtete sie Schelmerei. Der war gerade wieder eingefallen, was sich gehörte, weshalb sie mit ausgestreckter Hand auf die Besucherin zuging. Die Frau warf einen Blick auf Schelmereis mit Kuchenmatsch und Erde dekorierten Hände und verschränkte ihre eigenen hinter dem Rücken, als hätte man ihr eine tote Ratte überreichen wollen.

In den folgenden Sekunden unangenehmen Schweigens trudelte der Rest der Familie ein. Vorneweg segelte Onkel Mahlstrom durch die Tür, schwer beladen mit Gepäckstücken, die nur dem Gast gehören konnten: zwei ramponierte Kisten, die vermutlich einmal vornehme Koffer gewesen waren, eine Hutschachtel und ein Haufen sonderbarer, ziemlich langer Röhren aus Leder. Sofort tobten zig Theorien durch Schelmereis Kopf, was sich darin verbergen könnte: Fernrohre? Gestohlene Kunstwerke? Vor Kurzem hatte sie vom Didgeridoo gelesen, einem ziemlich langen Musikinstrument aus Holz, das in Australien recht beliebt war. Ob die Frau vielleicht aus Australien kam?

Diese Theorie konnte sie gleich wieder verwerfen, als die Frau erneut etwas sagte. Sie sprach, wie man an einer englischen Universität spricht, allerdings recht gedämpft, also genau genommen wie in einer englischen Universitätsbibliothek.

»Da bist du ja, Matriarchin«, meinte sie hörbar erleichtert und nickte Tante Schadenfreude zu. »Und sieh an, Mahlstrom auch. Es ist wieder so weit! Einmal mehr versammeln wir –«

»Erbschaft«, fiel Tante Schadenfreude ihr ins Wort. »Du wolltest doch erst morgen kommen.«

Erbschaft nickte eifrig. »Ich weiß, ich weiß. Doch wie ich in meinem Brief ausgeführt habe, haben wir ein Thema von *größter* Wichtigkeit zu bespre–«

»Ich habe …« Schadenfreudes Stimme war anzuhören, dass sie derartige Ausflüchte als persönliche Beleidigung auffasste. »… keinen Brief erhalten.«

»Oh.« Für einen Moment verstummte Erbschaft. »Aber … ich habe ihn doch vor einer Woche abgeschickt, zusammen mit den übrigen Einladungen.«

Die Familienmitglieder stöhnten auf. Jeder wusste, dass Tante Schadenfreude keinem Uniformträger über den Weg traute, gleich ob es sich um Polizistinnen, Soldaten, Angehörige einer Blaskapelle, Verkaufspersonal, Feuerwehrleute, Schulkinder oder Chefköche handelte. Auch bei Postangestellten machte sie keine Ausnahme. Nur einem einzigen war es gestattet, sich dem Haus der Swifts zu nähern, nämlich ihrem guten alten Briefträger Suleiman, und der lag seit zwei Wochen mit der Grippe im Bett.

»Na, jetzt bist du nun mal da«, stellte Tante Schadenfreude widerwillig fest. »Daran kann man wohl nichts ändern. Mädchen? Das ist eure Tante Erbschaft. Erbschaft, das sind die Mädchen: Clementine, Phänomen und Schelmerei. Von der Ältesten zur Jüngsten und der Liebsten zur Lästigsten.«

»Es ist mir eine, äh, Freude«, sagte Erbschaft.

Schelmerei erkannte die Lüge sofort. Lügen sind verschlagene Kreaturen mit eigenem Willen – selbst wenn man sich noch so sehr bemüht, sie gut zu verstecken, sie kommen trotzdem irgendwo im Gesichtsausdruck oder in den Bewegungen der Hände zum Vorschein oder werden im Vom-einen-Fuß-auf-den-anderen-Treten sichtbar. Schelmerei hatte seit jeher einen exzellenten Blick für Unwahrheiten und nun ertappte sie eine knapp unterhalb des linken Auges ihrer Tante. Sie hatte wochenlang auf Erbschafts Ankunft hingefiebert, doch jetzt keimte in ihr Abneigung auf – vielleicht lag es an Erbschafts wässrigen Augen oder an ihren weißen Handschuhen oder daran, dass sie Schelmerei ansah wie ein vergammeltes Fundstück aus der hintersten Ecke eines Küchenschranks.

»Und du sollst wichtig sein?«, fragte Schelmerei zweifelnd. Sie hörte, wie Mahlstrom ein Kichern hinunterschluckte.

Tante Erbschaft richtete sich kerzengerade auf. »Das kann man wohl sagen! Ich bin die Archivarin. Es ist meine Aufgabe, nein, meine Berufung …« Mit ihren weißen Händen fasste sie sich ergriffen an die Brust und ihre Augen wurden glasig vor Erregung. »Meine Pflicht, ja, mein Vorrecht, das Leben der Swifts für die Nachwelt festzuhalten. Ich bin die Hüterin unserer Geschichte, die Chronistin unseres Erbes, die Bewahrerin unserer Traditionen –«

Tante Schadenfreude räusperte sich. »Apropos Traditionen. Wenn du dann fortfahren könntest? Aber bitte fass dich kurz.« Anscheinend fürchtete sie schon den nächsten Vortrag.

»Ja, bitte«, sagte Phänomen. »In meinem Labor läuft ein Experiment, bei dem die Zeit ein entscheidender Faktor ist.«

»Und ich muss mir überlegen, was ich morgen anziehen soll«, meinte Clementine.

»Und ich will endlich zu Mittag essen«, fügte Tante Schadenfreude hinzu.

Erbschaft wirkte empört. »Aber Schadenfreude, die beiden jüngeren Mädchen haben diesen Augenblick doch noch nie erlebt! Und die Tradition steht über allem!«

»Wartet auf die Tradition ein Pilzomelette in der Küche? Nein.«

Da spitzte Tante Erbschaft missbilligend die Lippen, so als hätte sie Schadenfreude nur zu gern die Meinung gegeigt, letztlich aber klugerweise davon abgesehen, weil sie noch ein bisschen länger leben wollte.

»Es ist wieder so weit«, presste sie zwischen zusammengebissenen Zähnen hervor. *»Einmal mehr versammeln wir uns!* Nach einem ausführlichen Studium der Bücher und meiner fachkundigen Deutung der Sterne – und nach ausgiebigen Erkundigungen, wer wann Zeit hat – berufe ich, die Archivarin Erbschaft Swift, hiermit die große Zusammenkunft der Swifts ein. Wir kehren also ins Zuhause unseres Hauses zurück, um die Bande zwischen uns zu stärken, um den Familienfrieden zu erhalten und um nach unserem verlorenen Vermögen zu suchen. Wie wir es bereits vor Jahrzehnten getan haben und noch in Jahrzehnten tun werden, solange unser Name auf Erden erklingen mag. Matriarchin Schadenfreude, sind wir hier willkommen?«

»Hmm?«, machte Schadenfreude. »Ach so … denke schon.«

»Damit ist es vollbracht!« Schwungvoll breitete Erbschaft ihre Arme aus. »Das Familientreffen ist offiziell eröffnet!«

2. Das Wörterbuch

In der Frühzeit der Familie Swift, in den alten Wams-und-Strumpfhosen-Tagen, wurde der Familiennachwuchs stets Mary oder John getauft. Dies hatte jedoch ein schreckliches Durcheinander zur Folge, etwa wenn beim Abendessen ein John die Kartoffeln reichen sollte und zehn Hände zugleich vorschnellten. Deshalb kam Mary Swift XXXV. auf die Idee, ihre Kinder mithilfe des Familienwörterbuchs zu benennen. Ihr Einfall setzte sich durch – und mit den Swifts ging es steil bergauf. Eine Mary oder ein John werden leicht übersehen, eine Trug oder ein Frösteln aber bleiben im Gedächtnis.

An den Tag ihrer Geburt erinnerte Schelmerei sich nicht, doch sie konnte sich die Szene in allen Details ausmalen: ein weiß möbliertes Zimmer, Ärztin und Hebamme, das müde Lächeln ihrer Mutter, als Schelmereis Vater zum x-ten Mal das Kopfkissen zurechtzupft. Auch von sich selbst hatte sie ein Bild vor Augen, eingepackt wie ein Erdnüsschen und mit einer Vielzahl störrischer Haare auf dem Kopf, die ihr schon damals zu Berge standen. Außerdem stellte sie sich das Wörterbuch vor – kein Kunststück, sie hatte es jetzt gerade direkt vor Augen –, ein uraltes, in Leder gebundenes Monstrum von einem Wälzer, das aus allen Fadenheftungen platzte, prall gefüllt mit Seiten aus Kalbsleder und Pergament und Papier mit Einträgen in gestochen scharfer Computerschrift, krummen Schreibmaschinenlettern oder handgekrakelten Buchstaben, bei denen das lang gezogene *S* mehr nach einem *F* aussah.

Das Wörterbuch war also irgendwann hereingebracht, auf das Bett gelegt (vor ihrem geistigen Auge sah Schelmerei die gerümpften Nasen des Krankenhauspersonals) und von Schelmereis Mutter an einer zufälligen Stelle aufgeschlagen worden, natürlich mit geschlossenen Augen. Im Anschluss hatte die Mutter ihren Zeigefinger über die Seite wandern und an irgendeinem Punkt anhalten lassen, auf einem bestimmten Wort samt Definition, dem Namen ihres Neugeborenen.

Schelmerei konnte sich all das bildlich vorstellen, weil die ersten Minuten im Leben eines jeden Familienmitglieds so und nicht anders abliefen. Soweit sie wusste, gab es nur eine einzige Ausnahme: Großonkel Hygge. Der war fünf Wochen vor dem Geburtstermin während eines Familienurlaubs in Dänemark zur Welt gekommen und so mussten sich seine Eltern mit dem behelfen, was gerade zur Hand war.

Tante Erbschaft hatte kaum zu Ende gesprochen, als Clementine schon die Treppe hinaufschoss, Tante Schadenfreude und Köchin sich in eine Diskussion über die Menüfolge stürzten und Mahlstrom an seinem Taschenmesser den Füllfederhalter ausklappte, um sich diesen mal genauer anzuschauen. Da sowieso niemand mehr auf sie achtete, näherte Tante Erbschaft sich der imposanten Glasvitrine mit dem Wörterbuch. Es war so aufgeschlagen, dass man die Titelseite lesen konnte.

Das Wort »illuminiert« hat zwei Bedeutungen, einerseits »von hellem Licht beleuchtet«, andererseits »farbenfroh und kunstvoll verziert«. Die Titelseite war beides und auf der illuminierten illuminierten Seite prangte ein in verschnörkelten Buchstaben gedruckter Schriftzug:

WÖRTERBUCH DES HAUSES SWIFT

Tante Erbschaft näherte sich so weit, bis ihre Nase fast gegen das Glas stieß. Sie löste einen kleinen Schlüssel von ihrer Halskette. Behutsam, voller Ehrfurcht, schloss sie die Vitrine auf und streckte die zitternden Finger einer weiß behandschuhten Hand nach dem vergilbten Papier aus.

Da raschelte es im oberen Stockwerk, als würde irgendwer hektisch in einem riesigen Buch blättern, dann ertönte ein immer lauter und schriller werdendes Kreischen und plötzlich ratterte Clementine die Stufen hinunter. Auf der ganzen Länge der großen Treppe, der Fliehenden dicht auf den Fersen, flatterten Motten.

Schelmerei lächelte.

Ein paar Tage nach der Zerstörung des *Belagerator 5000* hatte sie bei Suleiman die Post abgeholt. Für sie selbst war ein kleines, quadratisches Paket dabei gewesen. Die Oberseite war durchlöchert gewesen und innen drin waren Dutzende Raupen herumgewuselt, genau wie bestellt – die Werbeanzeige auf der Rückseite der Tierzeitschrift hatte nicht zu viel versprochen. Schelmerei war tief in Clementines höhlenartigen Schrank gekrochen, hatte das Paket geöffnet und den Larven die Kleider ihrer Schwester zum Fraß vorgeworfen. Sie hatten sich durch Seide, Schafs- und Baumwolle gefuttert, waren dick und rund und müde geworden und hatten sich in ihrem dunklen, warmen, trockenen Versteck in Kokons eingesponnen.

Jetzt waren sie offenbar geschlüpft.

Schelmerei wünschte, sie hätte miterlebt, wie Clementine den Schrank geöffnet hatte und von den starren Blicken der Motten begrüßt worden war. Ihre samtigen Leiber waren so groß wie Schelmereis Hand und auf ihren Flügeln befanden sich zwei riesenhafte gelbe Augen – zur Täuschung leicht zu beeindruckender Fressfeinde. In einem wild blinzelnden Wirbelwind fegten sie nun am Kronleuchter vorüber und ließen einen Staubregen niedergehen. Ihre Flügel strichen über Schelmereis Gesicht, was sie gar nicht unangenehm fand – es war, als würde sie von einem kuschelweichen Tornado geherzt. Tante Erbschaft, die sich schreiend durch die Haare fuhr, teilte diese Empfindung offenbar nicht. Angelockt von der Illumination (erste Bedeutung) des Wörterbuchs, schwirrte schon bald eine Motte in die Glasvitrine hinein und bei diesem Anblick brüllte Erbschaft auf, als würde sich jemand mit entzündetem Streichholz der *Mona Lisa* nähern.

In aller Ruhe, ungerührt von dem Chaos und Geschrei, knipste Phänomen das Licht aus. Schon wussten die Motten nicht mehr, wohin – einige flogen tiefer ins Haus hinein, die meisten flohen jedoch durch die offene Tür in Richtung Mittagssonne und erschreckten die ortsansässigen Vögel.

Schelmerei lachte aus vollem Hals.

Clementine wirbelte herum und fixierte sie mit blitzenden, feuchten, von Zorn erfüllten Augen.

»Schau dir das an!«, kreischte sie und reckte einen Fetzen blauer Seide in die Höhe. Möglich, dass er einmal ein Kleid gewesen war; auf jeden Fall hatten die Motten so viele Löcher hineingefressen, dass er nun einen einwandfreien Tintenfisch-Badeanzug abgegeben hätte.

Schelmerei musste noch lauter lachen.

»Du hast meine Kleider ruiniert!«, rief Clementine. »Die Hälfte davon war selbst genäht!«

»Gut so. Hast es nicht anders verdient!«

»Schelmerei.« Köchins Lederjacke quietschte leise, als sie die Arme verschränkte. Schelmerei sah in Köchins strenges Gesicht und ihr Magen zog sich schmerzhaft zusammen. Sie spähte hinüber zu Mahlstrom, ihrem treuesten Verbündeten, aber das machte es nur schlimmer. Er wirkte betrübt.

»Was denn?«, rief sie. »Clementine hat doch angefangen!«

»Du kleines Monster! Wie fändest du es denn, wenn ich etwas Selbstgemachtes von *dir* kaputt mache?«

Schelmereis Magen weitete sich wohltuend. »Hast du doch! Das war die Rache für den *Belagerator 5000*! Den –«

»Dein blödes Katapult?! Daran hast du einen Nachmittag gebastelt! Ich hab an manchen Kleidern wochenlang gesessen!«

»Es war nicht blöd! Es war –«

Krack.

Dieses Geräusch – das Krachen von Tante Schadenfreudes Gehstock auf dem Treppengeländer – ließ beide Mädchen verstummen. Schadenfreudes stecknadelscharfer Blick nagelte Schelmerei fest, als wäre sie eine der Motten aus dem Schrank, der eine Zukunft im Schaukasten drohte.

»Erbschaft?«, fragte Schadenfreude zunächst. »Alles in Ordnung?«

Tante Erbschaft wischte sich immer noch imaginäre Insekten aus den Haaren. Ihre einst blütenweißen Handschuhe waren staubgrau. »Ja ... Ja, ich glaube schon.«

»Schelmerei«, knurrte Schadenfreude nun. »Entschuldige dich bei deiner Tante.«

»Entschuldigung«, sagte Schelmerei sofort. »Mit dir habe ich kein Problem. Also, bisher.«

Schadenfreude nickte. »Gut. Und jetzt bei deiner Schwester.«

»Nein.«

Schadenfreude blickte Schelmerei finster an. Schelmerei blickte finster zurück, straffte ihre Schultern und sammelte Kraft für einen ordentlichen Schrei- und Füßestampfanfall.

Doch Schadenfreude zuckte bloß die Achseln. »Dann eben nicht.«

Clementines Mund klappte auf. »*Wie bitte?* Sie kommt einfach so davon?«

»Nicht doch. Sie wird selbstverständlich bestraft«, erwiderte Tante Schadenfreude mit einem warnenden Blick auf Schelmerei, die einen sehr zurückhaltenden Freudentanz aufführte. »Aber ob es viel bringen wird? Ich bezweifle es. Sie ist, wie sie ist. Für ihren Namen kann sie nichts.«

»Das kann doch keine Ausrede sein!«

»Aber die Ursache«, sagte Tante Erbschaft und klatschte in die Hände, um sie so gut wie möglich vom Staub zu befreien. »Die Macht des Wörterbuchs ist nicht zu unterschätzen. Sie hieße nicht Schelmerei, wenn es nicht der passende Name für sie wäre.«

Schelmerei runzelte die Stirn. Sie ging jeden Tag am Familienwörterbuch vorbei. Es war bloß ein Buch und nichts weiter. Okay, es war deutlich zu groß für die Badewanne, aber Buch war Buch.

»Was soll das denn heißen?«, fragte Schelmerei argwöhnisch.

»Mich nannte es Erbschaft, weil es wusste, dass ich mich der Familienchronik annehmen würde. Deinen Onkel nannte es Mahlstrom, weil es in ihm den künftigen Seemann erkannte. Und dich nannte es Schelmerei, denn du bist eine geborene Unruhestifterin.«

Phänomen grunzte ungläubig. »Soll das heißen, das Wörterbuch ist magisch?«

»Nein«, schluchzte Clementine. »Es soll heißen, ich muss

es einfach mit ihr *aushalten*!« Sie stürmte die Treppe hinauf, das nasse Gesicht in ihrem Seidenfetzen vergraben.

Schelmerei weigerte sich, ein schlechtes Gewissen zu haben. Früher oder später würde Clementine sich schon wieder beruhigen. Es waren doch nur ein paar Kleider gewesen. *So lang* hatte sie bestimmt auch wieder nicht fürs Nähen gebraucht.

Tante Erbschaft seufzte. »Die arme Clementine. Es ist nicht ihre Schuld, dass sie einen profanen Namen hat.« Damit war gemeint, dass der Name Clementine genau wie Friede, Roman, August und Marina in der normalen Gesellschaft, also außerhalb der Familie Swift, nicht weiter aufgefallen wäre. Dass er tatsächlich nicht »süße Zitrusfrucht« bedeutete, sondern »die Sanftmütige«, änderte daran auch nichts. »Verwandte wie sie führen stets ein ganz und gar langweiliges und durchschnittliches Leben. Denkt nur an Erztante Heiderose – eine reizende Dame, aber dass sie ausgerechnet Optikerin wurde! Das war uns allen ein Dorn im Auge. Ach, da fällt mir ein …« Erbschafts kleine, runde Brillengläser blitzten Tante Schadenfreude an. »Wir hatten doch etwas zu bespre–«

Aus einem anderen Teil des Hauses drang ein dumpfes *Bumm* herüber.

»Wie gesagt.« Phänomen atmete durch. »Bei meinem Experiment war die Zeit ein entscheidender Faktor.« Und sie stapfte davon, um den durch die Explosion entstandenen Schaden zu begutachten.

3. Die Kartografie des Inneren

Hätte das Haus der Swifts je zum Verkauf gestanden, wäre das Objekt vermutlich so oder so ähnlich angepriesen worden:

ZU VERKAUFEN

Charmantes, eigenwilliges Herrenhaus aus dem 17. Jahrhundert. Kern des Gebäudes 1602 errichtet, später mit Erweiterungen versehen. Ein Bauwerk mit viel Persönlichkeit und ausgeprägtem Charakter! Herrliche Lage in abgeschiedenem Landstrich, deutlich außer Hörweite der nächsten Siedlung. Die perfekte Wahl für alle, die dem Trubel der Welt entfliehen wollen! Etwas liebevolle Zuwendung vonnöten.

Übersetzt hieß das: An eine riesige, dreistöckige Schuhschachtel von einem Haus waren im Lauf der Jahre mehrere Anbauten geklebt worden wie alte Kaugummis. Dem ursprünglichen Gebäude wuchsen in den ersten hundert Jahren ein Ost- und ein Westflügel. Die Viktorianer pappten im

19. Jahrhundert einen Wintergarten hintendran. Und aus Gründen, die niemand mehr nachvollziehen konnte, baute Erzonkel Schwülstig ein Türmchen ans eine Ende des Dachs. Im Ergebnis hatte der kastenförmige Klotz mit dem deplatzierten Stummelturm starke Ähnlichkeit mit dem Kopf eines Nashorns.

Es hatte einmal eine Zeit gegeben, da waren die Swifts wohlhabend und das Haus, so seltsam es auch aussah, immer frisch gestrichen gewesen, seine Regenrinnen stets vom Laub befreit. Doch wie seine Bewohner hatte auch das Haus einen Abstieg erlebt, war verfallen und leicht verlottert. Schimmel, Staub und Verschleiß hatten die Herrschaft erlangt. In vergessenen Winkeln regierten Nagetiere, Vögel und Fledermäuse geheime Königreiche. Wirklich hässlich war das Haus dennoch nicht, sondern durchaus hübsch anzusehen, wenn man den Kopf schief legte und die Augen fest zusammenkniff.

Schelmerei liebte ihr Zuhause und trotzdem versuchte sie daraus auszubrechen, seit sie sich länger als eine Minute auf den Beinen halten konnte. Und nichts anderes wurde von ihr erwartet, schließlich hieß sie, wie sie hieß. Tante Schadenfreude gab sich zwar alle Mühe, ihre Großnichte davon abzuhalten, zu nachtschlafender Zeit draußen über das Gelände zu streifen, doch Schelmerei hatte Glück: Ihre Vorfahren hatten nicht nur am Äußeren des Gebäudes herumgepfuscht, nein, Generation um Generation hatte sich auch durch sein Inneres gegraben wie Wühlmäuse durch eine Matratze. Sie hatten Geheimgänge gebohrt, wehrlosen Porträts die Augen ausgestochen, um unauffällige Gucklöcher zu schaffen, in mehrere Einbauschränke eine zweite Rückwand eingezogen und sogar die eine oder andere Falltür springen lassen. Schelmerei hatte insgesamt drei Schleichwege ins Freie gefunden, von denen ihre Tante bislang nur zwei entdeckt und abgeriegelt hatte.

Da diese Ergänzungen nur selten auf den Bauplänen des Hauses verzeichnet waren, lebten seine Bewohner in einem permanenten Zustand leichter Panik. So wurde etwa gemunkelt, dass ein gutes Viertel der Bücher in der Bibliothek nicht zur Lektüre diente, sondern versteckte, mitunter gar tödliche Fallen auslösen sollte. Erzcousin Stehpult hatte dies auf besonders bittere Weise erfahren – er war von einem Band mit Erzählungen von Edgar Allan Poe in eine tiefe Grube befördert worden.

Dem Nachwuchs der Swifts wurde früh beigebracht, seinen Lesestoff mit Bedacht auszuwählen.

An diesem Nachmittag schnallte Schelmerei sich ihre Schienbeinschützer um, denn sie war zwangsrekrutiert worden, Köchin bei ihrem Kreuzzug gegen Schmutz und Dreck zur Seite zu stehen. Zur Vorbereitung des Familientreffens hatte Köchin sich nämlich vorgenommen, bewaffnet mit einem Dutzend Staubwedeln und eingehüllt in eine Wolke aus Politurgestank kreuz und quer durchs Haus zu marschieren. Als Fußsoldatinnen wider Willen dienten ihr außerdem Phänomen und Clementine – während Köchin einhändig Sofas und Tische anhob (die nötige Kraft hatte sie, ihr Bizeps war so dick wie drei zusammengeschnürte Schweinshaxen), wuselten die Mädchen darunter hindurch und bliesen mit Besen und Kehrblech zur Jagd auf Staubmäuse. Auch Onkel Mahlstrom packte mit an, er hob Schelmerei empor, wenn es in den höchsten Winkeln eine Spinne zu retten gab.

Gegen diese Aufgabe hätte Schelmerei überhaupt nichts einzuwenden gehabt, wäre da nicht auch noch Tante Erbschaft gewesen. Als Gast war sie natürlich von den Reinigungsarbeiten befreit, aber musste sie sich deswegen gleich überall breitmachen? Hinter jeder Ecke schien ihre farblose Haarpracht wie ein Heiligenschein über irgendwelchem Schnickschnack zu schweben, während sie sich über dessen ach so interessante Geschichte ausließ. Als hätte irgendjemand ein neues Möbelstück angeschafft, das einem nun überall im Weg herumstand.

»Oh, wie wundervoll!«, rief Erbschaft gerade und nahm irgendein Ding vom Kaminsims. »Hier, die eingravierten Initialen: O. S.! Und dazu eine schwarze Lilie – das Erkennungszeichen von Omen Swift! Omen wanderte im 16. Jahrhundert nach Spanien aus und sagte die Stürme vorher, welche der Spanischen Armada den Untergang bringen sollten – nur leider sprach sie kein Spanisch, weshalb der alte König Philipp nicht auf sie hörte. Das ist ein wichtiges Zeugnis unserer Familiengeschichte!«

»Es ist ein Lufterfrischer«, flüsterte Köchin in Onkel Mahlstroms Ohr. Der machte ein Geräusch, das man bei einer kleineren Person für ein Kichern gehalten hätte. Erbschaft schaute sich misstrauisch um und nahm schließlich Schelmerei ins Visier, die auf der Schulter ihres Onkels thronte und eine Unschuldsmiene aufgesetzt hatte.

»Hmm, ja«, sagte Erbschaft. »Eine kluge Idee, sie auf Trab zu halten.« Sie lächelte Köchin verschwörerisch zu.

Köchin zog die Stirn kraus. »Was soll das heißen?«

»Na, es muss doch anstrengend sein, eine *Schelmerei* im Haus zu haben«, erläuterte Erbschaft und klopfte Köchin gütig auf die Schulter. »Eine Swift mit einem solchen Namen – die muss man im Auge behalten. Wer weiß, was aus der mal wird!«

Wirklich böse war Erbschafts Lächeln nicht und trotzdem versetzte es Schelmerei einen kleinen Stich. Clementine, die in der Nähe eine Anrichte polierte, schnaubte verärgert. Köchin wiegte ihren Staubwedel in der Hand, als wollte sie überprüfen, ob er als Waffe taugte. Und Onkel Mahlstrom schob sich zwischen Köchin und Erbschaft wie ein im Meer treibender Eisberg zwischen zwei Schlachtschiffe.

»Ich hätte da eine Idee«, knurrte er. »Warum erzähle ich nicht nebenbei die Geschichte vom Familienschatz? Wenn ich irgendwo falschliege, wirst du's mir schon sagen, Erbschaft.«

Die Mädchen horchten auf. Von all ihren Verwandten konnte Onkel Mahlstrom mit Abstand am besten erzählen. Jede von ihnen hatte sich das eine oder andere Mal krank gestellt, nur damit er sich an ihr Bett setzte und etwas vorlas. Er machte immer alle Stimmen nach.

Tante Erbschaft nickte würdevoll und bedeutete Mahlstrom mit einem Wink, dass er anfangen könne.

»Es ist eine alte Geschichte«, brummte er, »fast so alt wie unsere Sippe und schon so häufig erzählt, dass sie abgenutzt und abgewetzt ist wie unser Wörterbuch. Vor langer Zeit – die Namen der Swifts waren noch frisch, das Haus ebenso –, da starb Eibe Swift, das Oberhaupt der Familie. Er hinterließ ein kleines Vermögen, das er gerecht aufteilte: Je ein Drittel ging an seine Söhne Wohlan und Zuwider und an Behende, seine einzige Tochter.«

»Die aufgrund einer flammenden *Hamlet*-Leidenschaft nach Dänemark auswanderte«, unterbrach Erbschaft ihn. »Tatsächlich hatte sie ein *faszinie–*«

»Schscht«, machte Köchin.

»Ganz richtig, Behende machte sich auf in die Ferne – und überließ das Haus ihren Brüdern. Wohlan, der Erstgeborene, zog in den Westflügel ...« Mahlstrom schwenkte seine Hand und damit auch Schelmerei, die sich glucksend an seinen Arm klammerte wie an eine Segelstange, gen Westen. »... Zuwider, der Jüngere, in den Ostflügel. Die beiden, tja, die beiden waren wie Tag und Nacht. Wohlan war ein anständiger Mann, jedenfalls so anständig, wie ein reicher Mensch sein kann. Er war Philanthrop – was das bedeutet, wollt ihr wissen? Dass er eine Menge Geld an Waisenhäuser und so weiter spendete. Zuwider hingegen ...« Mahlstrom schüttelte den Kopf und grummelte, als hätte er seinen Vorfahren persönlich gekannt. »Seine Liebe zum Gold war so groß – hätte er einen Käufer für die Knochen seines Vaters gefunden, er hätte sie eigenhändig ausgebuddelt und verkauft. Mit seinem Anteil am Erbe verfolgte er ehrgeizige Pläne. Er steckte jeden Penny davon in immer neue Projekte. Bergbau, Handel, Manufakturen … und bekam trotzdem nie den Hals voll. Wohlans Geldverschwendung, denn genau deren machte sich sein Bruder in Zuwiders Augen schuldig, regte ihn fürchterlich auf. ›Gib mir deinen Anteil‹, bedrängte er ihn, ›und bald sind wir zwei reich wie Könige.‹ Die beiden zankten und zankten, es nahm kein Ende. Bis Wohlan eines Tages im Garten aufgefunden wurde, mit einem Beil im Nacken, tot.«

Onkel Mahlstrom legte eine Kunstpause ein.

»Zuwider wurde nie verhaftet. Es kam nie zum Prozess. Doch er hat seinen Bruder Wohlan ermordet. So sicher, wie der Himmel blau und das Wasser nass ist, und so wahr ich hier stehe.«

Bei diesen Worten wurde Schelmerei jedes Mal eisig kalt. An manchen Wänden hingen bis heute Porträts von Zuwider. Auch ein großes Gemälde in der Eingangshalle, auf dem Eibe und seine drei Kinder im Schatten der gigantischen Eiche zu sehen waren, die einst über den Rasen vor dem Haus geherrscht hatte … Schelmerei hatte stundenlang das Gesicht des jungen Zuwider studiert und versucht, in seinen Zügen den Mörder zu identifizieren.

»Wohlan hatte seiner Frau und Tochter etwas Geld hinterlassen, doch ohne männlichen Erben (was zu jener Zeit wohl eine Rolle spielte) ging alles andere an Zuwider über – auch Wohlans Anteil an dem Haus. So wuchs und wuchs Zuwiders Reichtum. Er war Handelsmann, wurde dann Adliger, später gar Baron. Seine Nichte verheiratete er an den erstbesten Freier und schickte sie mit ihm ins Ausland. Im Garten errichtete er ein Denkmal für sich selbst, gerüchteweise genau dort, wo er Wohlan ermordet hatte.

Doch mit Zuwiders Besitz wuchs auch seine Angst. Er lebte in Furcht vor seinen Verwandten. Am allermeisten fürchtete er, einer von ihnen könnte es sich in den Kopf setzen, ihn auszurauben, so wie er seinen Bruder ausgeraubt hatte. Zuwider räumte seine Bankkonten leer und von dem Geld beschaffte er Gold, Silber, Juwelen – egal was, Hauptsache, es war etwas wert. So häufte er einen wahren Drachenschatz an und wie ein Drache hockte er sich obendrauf und blieb, wo er war. Nie wieder verließ er das Grundstück der Swifts. Er kapselte sich von der Welt ab, empfing keine Gäste mehr, verständigte sich nur noch per Brief. Als er endlich verstarb, traute sich erst eine Woche später eine tapfere Seele, seine Leiche zu bergen.«

»Da muss sie schon richtig matschig gewesen sein«, warf Schelmerei mit wohligem Ekel ein. »Seine Augen waren bestimmt total eingesunken und sein Körper hatte sich aufgebläht und die Ratten –«

»Ist ja gut.« Tante Erbschaft schluckte. »Wir sollten das Dahinscheiden unseres Vorfahren nicht noch *bejubeln.*«

»Die arme Behende versank in Trauer, als sie vom Tod ihrer Brüder erfuhr. Sie kehrte nach England zurück, in ihr Elternhaus, das nun ihres war. Durch Zuwiders Egoismus hatte sich die Familie gespalten und in alle Winde zerstreut. Doch in ihrer Klugheit fasste Behende einen Plan, sie wieder zu vereinen: Sie lud alle, wirklich alle Swifts ein, nach Hause zurückzukehren und auf die Jagd nach dem verlorenen Vermögen zu gehen. So kam es zum ersten Familientreffen und so wurde Behende zur ersten Matriarchin.«

»Und der Schatz?«, fragte Schelmerei ungeduldig.

»Bei ihrem ersten Treffen suchte die Familie jeden Winkel ab, bei all den folgenden ebenfalls«, sagte Mahlstrom und hielt inne, um dem finalen Tusch Wirkung zu verleihen. *»Doch nie fand man auch nur den kleinsten Hinweis auf den Verbleib von Zuwiders Schatz.«*

Es folgte eine Pause und Mahlstrom blieb stumm, bis die Stille beinahe unerträglich wurde. Dann klatschte er so laut in die Hände, dass Erbschaft zusammenzuckte. »Das war's! Das war die ganze Geschichte und die ist hiermit zu Ende.«

»Gut erzählt!«, rief Erbschaft strahlend – und konnte sich trotzdem eine kleine Ergänzung nicht verkneifen. »Obgleich natürlich nichts über Behendes eigene Worte geht, sprich über ihr Drama *Die traurige Tragödie von Wohlan und Zuwider*. Unser Cousin Mimisch wird es am Samstag zur Aufführung bringen. Wiederum obgleich selbst Behendes Stück nicht *halb so spannend* ist wie die alten Haushaltsbücher und Steuerunterlagen der Familie …«

Während Erbschaft zu einem Vortrag über die buchhalterischen Gepflogenheiten vergangener Jahrhunderte anhob, rutschte Schelmerei von Onkel Mahlstroms Schulter hinunter. Er tat so, als würde er ihr Verschwinden nicht bemerken, derweil sie sich in einen Geheimgang hinter einer alten Ritterrüstung verdrückte. Schelmerei hatte nämlich eigene Pläne, die es weiterzuverfolgen galt.

Seit einem Jahr schon arbeitete sie an ihrer Karte. Es war ein tollkühnes Unterfangen: Alle verborgenen Winkel, gut getarnten Gänge und Unterschlupfe im Haus wollte sie erforschen und aufzeichnen. Ein Ding der Unmöglichkeit, hätte praktisch jeder gesagt, aber Schelmerei war nicht praktisch jeder. Menschen wie sie, die eine solch fein austarierte Mischung aus Neugier und Sturheit an den Tag legten, entdeckten entweder versunkene Städte oder landeten irgendwann hinter Gittern. Ja, die neuen Fluchtwege, die sie bei ihren Streifzügen nebenbei aufgetan hatte, kamen Schelmerei ganz gelegen. In Wirklichkeit suchte sie jedoch nach dem verlorenen Vermögen der Swifts, nach Zuwiders Schatz, in welcher Ecke des Anwesens der alte Großonkel ihn auch vergraben haben mochte.

Mit diesem Schatz hatte Schelmerei einiges vor. Was genau sie mit dem Geld zu tun beabsichtigte, schwankte und wechselte je nach ihrer Stimmung, doch es war immer eine große Portion Abenteuer dabei. Und sollte ihr doch noch irgendein dahergelaufenes Familienmitglied die Beute wegschnappen, würde sie ohne Zweifel vor Neid in Flammen aufgehen und verkohlt umfallen.

Kater John schlenderte vorbei, im Maul eine taubengroße – und tote – Motte. Gedankenverloren kraulte Schelmerei ihn hinter den Ohren. Den größten Teil der Geheimräume und -gänge hatte sie schon in ihren Plan eingezeichnet, nun konzentrierte sie sich auf verdächtige Gemälde. Wenn in einem Krimi nach einem Wandtresor oder einer alten Schatzkarte geforscht wurde, wurde man schließlich am Ende so gut wie immer hinter dem seltsamsten und hässlichsten Gemälde weit und breit fündig. Und da Krimis im Gegensatz zu den meisten anderen Büchern der Bibliothek definitiv *keine* Falle auslösten (dafür galten sie als zu lehrreich), waren etliche Swifts sehr begeisterte Krimileser, die sich bei der Wahl ihrer eigenen Geheimverstecke ebenjene Idee daraus abschauten. Dies hatte zur Folge, dass Schelmerei nun in einem Haus voller geschmackloser Kunstwerke wohnte.

Auf der Rückseite der Karte hatte sie sich notiert, was sie auf ihrer mühseligen Erkundungstour durch die Stockwerke schon alles entdeckt hatte:

VERDÄCHTIGE GEMÄLDE IM ZWEITEN STOCK

KORALLENROTES ZIMMER:

Entengrütze (Wasserfarben): Wandtresor, aufgebrochen, leer
Clown, sein schweres Los beklagend (Ölfarben auf Leinwand): nichts
Sardinendosenfabrik bei Sonnenuntergang (Ölfarben auf Holz): loser Ziegelstein, dahinter altes Tagebuch (langweilig)
Affe auf Schaukelpferd (Bleistiftzeichnung): Guckloch in benachbartes Badezimmer

BADEZIMMER:

Meeresweiten bei Nieselwetter (Pastellfarben): nichts
Seejungfrau verspeist einen Hotdog (Wasserfarben): Guckloch in benachbartes Zimmer

FLUR, ZWEITER STOCK:

Stillleben einer Schüssel mit Pistazien (Pastellfarben): roter Knopf, NICHT DRÜCKEN!
Die Herzogin mit dem mürrischen Blick (Ölfarben auf Leinwand): Wandtresor, nicht verriegelt, enthält vergammeltes Sandwich
Eine Studie in Tintenschwarz (Tinte auf Papier): Botschaft in roter Farbe (hoffentlich?!), nicht zu entziffern
Nonne, in der Nase popelnd (Ölfarben auf Leinwand): Wäscheschacht

Bisher also nichts Ungewöhnliches.

Schelmerei lehnte sich gegen die Wand, angelte eine bräunliche Apfelhälfte aus den Tiefen ihrer Hosentasche und grübelte über ihre nächsten Schritte. Aus dem Stockwerk unter ihr war zu hören, wie Clementine beim Staubwischen ein französisches Lied trällerte. Aus dem Erdgeschoss, wie Köchin Phänomen mit lauter Stimme eine Einkaufsliste für eine Supermarkttour in letzter Minute diktierte. Wenn sie sich beeilte, konnte Schelmerei mit dem Grüngelben Zimmer anfangen, bevor irgendjemand ihre Abwesenheit bemerkte.

Sie warf das Kerngehäuse in den Wäscheschacht hinter

Nonne, in der Nase popelnd und wischte ihre klebrigen Finger rasch an der Tapete der benachbarten Mauernische ab.

Da stutzte sie.

Unter den Fingern spürte sie keine Tapete, sondern die kühle, leicht hubbelige Glätte von Ölfarbe auf Leinwand. Sie sah genauer hin.

Wie ihr langsam aufging, stand sie überhaupt nicht vor einer Mauernische. Sie stand vor einem bodenlangen und deckenhohen Gemälde, das einem leeren Stück Flur zum Verwechseln ähnlich sah. Dort, wo das Bild in die eigentliche Wand eingepasst worden war, verlief ein schmaler Spalt. Hätte sie nicht wie wild mit den Händen daran herumgewischt, hätte Schelmerei ihn nie im Leben bemerkt.

Das Herz klopfte ihr bis zum Hals. Sie grub ihre Finger in die schmale Lücke am Rand des Gemäldes. Kurz wünschte sie sogar, sie hätte so lange Nägel wie Clementine – doch die Wand war so nett, an zwei schlanken Scharnieren geschmeidig nach außen zu schwingen. Dahinter befand sich eine Tür.

Noch bevor sie vor der aufklappenden Wand zurückgewichen war, hatte Schelmerei in Gedanken die Goldmünzen gezählt. Deshalb war es ein schwerer Schlag, nun erkennen zu müssen, dass die Tür weder mit einer Klinke noch mit einem gewöhnlichen Schloss ausgestattet war. Da war bloß ein winziges rundes Loch auf Augenhöhe, so klein, dass ein Zahnstocher gerade so hineingepasst hätte.

Als anständige Entdeckerin hatte Schelmerei natürlich immer ein Schweizer Taschenmesser dabei und als ehrgeizige

Entfesselungskünstlerin stets eine Handvoll Büroklammern, bestens geeignet zum Knacken von kleinen Schlössern. Doch selbst nachdem sie minutenlang gebohrt und gestochert hatte, wollte sich der geheime Zugang nicht öffnen. Wer auch immer sich diese Tür mit Miniaturschloss ausgedacht hatte, er oder sie hatte dafür gesorgt, dass Kinder nicht daran vorbeikamen – eine beachtliche Leistung.

Dahinter gelangte Schelmerei also nicht, herausfinden könnte sie aber vielleicht sehr wohl etwas. Als Erstes hämmerte sie kräftig gegen die Tür. Dann legte sie sich flach auf den Teppich, drückte ihre Nase in den Spalt zwischen Tür und Boden und atmete mit einem kräftigen Schnaufen ein. Als Letztes nahm sie den Taschenspiegel aus ihrem Rucksack und kippte ihn vor der Unterkante der Tür hin und her, bis der Winkel *genauuuuu* richtig war.

Aus alldem konnte sie mehrere Schlüsse ziehen: Dem hohlen Klopfgeräusch nach verbarg sich hinter der Tür ein gar nicht so kleiner Raum. Dieser war voll kühler, trockener, nach alten Büchern duftender Luft. Im Spiegel war bloß Dunkelheit zu sehen gewesen, folglich war das Zimmer wahrscheinlich fensterlos.

Krimis. Der ungefährlichste Lesestoff der Bibliothek.

Schelmerei hockte sich auf den Boden und grübelte wieder über ihre nächsten Schritte. Im Angesicht eines dringenden Problems fällt es nie leicht, sich einzugestehen, dass es keinen großen Unterschied macht, ob man etwas oder aber überhaupt nichts tut. Für Schelmerei, die von Natur aus stark zum etwas

Tun neigte, wäre es eine besonders schlimme Niederlage gewesen, einfach Leine zu ziehen und die verriegelte Tür eine verriegelte Tür sein zu lassen. Darum beschloss sie, das Ganze weniger als Leineziehen zu betrachten denn als taktischen Rückzug.

Sie zückte einen Stift und erweiterte ihre Liste der verdächtigen Gemälde.

Wandgroßes Gemälde, getarnt (Ölfarben auf Leinwand):
Geheimraum?????

Dann zeichnete sie ein großes rotes Fragezeichen in den Flur im zweiten Stock. Genau dorthin, wo der Karte zufolge bloß ein ödes Stück Wand sein sollte.

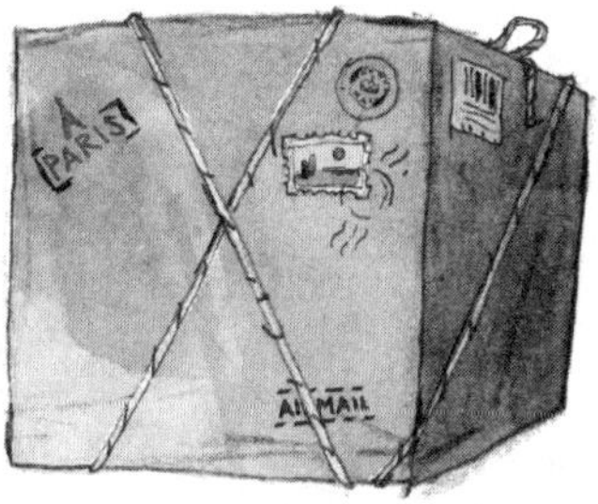

4. Forschungsvorhaben

Ums Essen wurde an diesem Abend nicht viel Tamtam gemacht. Tante Schadenfreude speiste in ihrem Zimmer und Mahlstrom ging früh zu Bett, nachdem er mit den ausgestopften Hirschen im Salon ins Gehege geraten und von einem abstürzenden Geweih leicht verwundet worden war. Zwischen den Narben, welche die dunkle Haut seiner Arme und Hände sprenkelten, den Andenken an etliche Malheure in seinen Jahren auf See, waren mehrere brandneue Verletzungen zu erkennen. Schelmerei, die exakt null Narben vorzuweisen hatte, war extrem neidisch.

Nach und nach fanden sich die übrigen Familienmitglieder, erschöpft von der Putzaktion, am Küchentisch ein. Dumm nur, dass Erbschaft kein bisschen erschöpft war – sie kaute pausenlos irgendein Stück Swift-Geschichte durch und verlor tausend Worte über einer einzigen Brotscheibe. Begeistert wie eine Gefängnisinsassin auf dem Weg zur Guillotine nahm Schelmerei neben ihr Platz. Köchin zwinkerte ihr über den

Kopf der Tante hinweg zu und tat so, als wollte sie diese mit der Schöpfkelle k. o. schlagen.

»Schelmerei! Hände!«, kreischte Erbschaft. »Erst die Hände waschen. Und setz dich gerade hin! Was macht ihr so lange Gesichter, Mädchen? Ihr seht ja aus wie mein erstes Pferd.«

Köchin stellte einen Teller an Schelmereis Platz und steckte ihr einen Extrabrocken Knoblauchbrot zu.

»Rasputin hieß er. Ein großer, dicker Rotschimmel und immer höllisch schlecht gelaunt. Clementine, du siehst ihm so ähnlich, ich hätte dir fast ein Stück Würfelzucker angeboten.«

Schelmerei kannte Köchin schon seit ihrer Geburt und lange hatte sie sie für eine Cousine x-ten Grades gehalten. Welch ein Schock es gewesen war, erfahren zu müssen, dass »Köchin« überhaupt nicht ihr richtiger Name war – ja, dass sie gar keine Swift war, sondern eine sogenannte Winifred! Zunächst hatte Schelmerei dies als schweren Verrat empfunden. Sie hatte jede Mahlzeit verweigert, die von der Verräterin zubereitet worden war. Doch nachdem sie eine Woche lang von ihrem Keksvorrat und von unreifen Früchten aus dem Obstgarten gelebt hatte, nahm sie doch lieber ein paar gedankliche Umbauarbeiten vor und kam zu dem Schluss, dass Köchin bei genauerer Betrachtung überhaupt keine Verräterin war. Sie war vielmehr eine strahlende Heldin. Köchin – oder eben Winifred – war keine geborene Swift, hatte sich aber tapfer in ihre Mitte gewagt und einen vernünftigen Swift-Namen angenommen, um aus freien Stücken ein Teil der Familie zu werden.

Wenn sie ausnahmsweise von ihrem Leben vor ihrem ersten

Tag bei den Swifts erzählte, verriet Köchin kaum mehr, als dass sie von zu Hause weggelaufen sei. Sie hatte rote Wangen und ein kantiges Kinn und redete, als hätte sie eine Murmel im Mund, die sie unter keinen Umständen verschlucken durfte. Wie sie Schelmerei einmal berichtet hatte, war sie als Kind sogenannten »Elektroschock-Lektionen« unterzogen worden, daher ihre atemberaubend vornehme Sprechweise. Schelmerei fand es nicht richtig, einen Menschen unter Strom zu setzen, bloß damit er sich einen schickeren Akzent aneignete. Kein Wunder, dachte sie sich, dass Köchin ausgerissen war.

Obwohl sie streng genommen nicht dazugehörte, gehörte Köchin eben doch zur Familie und niemand von den Anwesenden hätte daran gezweifelt. Niemand, mit einer Ausnahme, denn für Tante Erbschaft schien es nicht begreiflich zu sein, dass Köchin keine Hausangestellte war.

»Köchin?«, sagte sie. »Morgen hätte ich gerne zwei Eier zum Frühstück, aber bitte schön dünnflüssig.«

»Ach ja?«, erwiderte Köchin milde. »Dann zeigen wir dir lieber mal, wie man den Herd bedient. Er ist ein bisschen launisch.«

Kurz darauf kam Erbschaft ein Gedanke: »Köchin? Das Familientreffen macht doch bestimmt eine Menge Arbeit. Sicher, dass du das schaffst?«

»Danke der Nachfrage, das ist sehr freundlich. Aber wir sind für alles gerüstet.« Köchin deutete auf die Schüsseln, Töpfe und Auflaufformen, welche dicht an dicht auf der Arbeitsplatte standen, die erste Verteidigungslinie gegen den

Heißhunger der Familie. »In harten Zeiten zeigt sich, was in einem steckt. So sehe ich das!«

Und schließlich, als die Mädchen die Teller aufräumten, rieb Erbschaft mit dem Finger über einen Fleck an ihrem Trinkglas und fragte: »Ist das nicht irgendwie *eigenartig*? Ein so großes Haus – und nur eine einzige Bedienstete?«

Köchin wollte gerade ein Einweckglas öffnen. Es zersplitterte zwischen ihren Fingern.

»Eine Bedienstete?« Sie blickte sich mit gespielter Verwunderung um. »Haben wir jemanden eingestellt?«

In Schelmerei regte sich der Verdacht, dass es bei jedem Familientreffen zu solchen Gesprächen kam. Außerdem regte sich in ihr das Verlangen, sich Köchins Schöpfkelle auszuborgen.

Als die drei Schwestern lustlos ihren Nachtisch weglöffelten, schien Tante Erbschaft sich endlich zu einer Ansage durchringen zu können.

»Mädchen.« Sie verschränkte ihre Hände auf der Tischplatte. »Ich habe leider den Eindruck, dass ihr dem Familientreffen nicht so freudig entgegenseht, wie ihr solltet.«

Die drei schauten sie ausdruckslos an.

Erbschaft nahm einen neuen Anlauf. »Ich könnte mir vorstellen, dass … es eurer Tante nicht gelungen ist, euch dessen große Bedeutung für unsere Familie bewusst zu machen.«

Schelmerei wollte ihr schon sagen, dass ihr die Bedeutung absolut bewusst sei – immerhin ging es um einen Riesenhaufen Gold. Aber Clementine kam ihr zuvor.

»Doch, natürlich freuen wir uns auf unsere Verwandten«, begann sie taktvoll. Mit ihren vierzehn Jahren konnte sie sich als Einzige der drei Schwestern an das vorherige Familientreffen erinnern. Sie hatte den anderen berichtet, es sei gewesen, wie von einhundert nicht richtig gestimmten Musikinstrumenten in die Enge getrieben zu werden. »Es sind bloß so viele. Es wäre angenehmer, wenn sie uns nacheinander in Schichten besuchen kämen.«

»Oder sich zumindest in einer ordentlichen Schlange vor der Tür anstellen würden«, fügte Phänomen hinzu.

In Erbschafts wässrigen Augen flackerte wieder einmal der Abglanz des hellen Wahnsinns auf.

»Ja, unsere Familie mag ein wenig … chaotisch sein, aber Onkel Mahlstrom hat es euch doch erklärt. Dass wir alle hier in diesem Haus zusammenkommen, ist *Tradition*. Und Tradition, liebe Mädchen, muss am Leben erhalten, ihre Flamme muss von Generation zu Generation weitergetragen werden! Diese Aufgabe haben wir zu erfüllen. Voller Stolz auf unsere Familiengeschichte, unseren Vorfahren zu Ehren.«

»Warum?«, fragte Schelmerei. »Ein paar von denen waren nicht besonders ehrenhaft.«

»Zugegeben, es war das eine oder andere schwarze Schaf dabei. Aber wie du sicherlich weißt, sind wir Swifts keine gewöhnlichen Menschen. Für uns gelten nicht die üblichen Regeln.«

Köchin schnaubte. »Du meine Güte«, murmelte sie. »Da hätte ich ja genauso gut im Palast bleiben können.«

»Unserer Familie wurde ein großer Segen zuteil«, fuhr Erbschaft fort. »Gewöhnliche Menschen verbringen oft ihr ganzes Leben mit der Suche nach sich selbst. Wir Swifts *kennen* uns, sobald wir unseren Namen erhalten, kennen unsere Rolle von der Wiege bis zum Sterbebett. Wir brauchen nichts zu werden. Ob gut oder schlecht, wir *sind* es einfach. Das Wörterbuch weist uns den Weg.« Sie sah Schelmerei aufmerksam an. »Findest du es nicht auch tröstlich, ganz genau zu wissen, wer du bist?«

Schelmereis Magen drehte sich um – aber warum eigentlich? Darauf hätte sie keine Antwort geben können. Tante Schadenfreudes Worte kamen ihr wieder in den Sinn: *Für deinen Namen kannst du nichts.*

Köchin schlug Erbschaft höflich vor, sich Helm und Kettenhemd auszuborgen und derart gerüstet der Bibliothek einen Besuch abzustatten, bevor diese übers Wochenende abgeriegelt wurde. Erbschaft erhob sich wortlos, so als hätte sie keine Ahnung, wie verstört sie ihre Verwandten zurückließ.

»Was für ein Riesenstuss.« Köchin betrachtete die drei Mädchen, die bedröppelt die Tischdecke studierten, und kramte in einem Küchenschrank. »Hier. Ich bin vorhin rüber zur Post, weil Suleiman ja immer noch außer Gefecht ist. Und ratet mal, was …« Sie lächelte.

Köchins geheimnisvolle Aura rührte unter anderem daher, dass sie als Einzige regelmäßig das Grundstück verließ. Auf ihrem roten Motorrad schoss sie ungestüm knatternd die Einfahrt hinunter und kehrte einige Zeit später mit einem Beiwagen voller Besorgungen zurück. Jetzt zauberte sie ein großes, quadratisches, in braunes Papier eingewickeltes Paket hervor. Schon besserte sich Schelmereis Laune ein bisschen.

»Wenn morgen das Familientreffen losgeht, kommen dann auch Mum und Dad nach Hause?«, fragte sie hoffnungsvoll.

Köchin wich ihrem Blick aus. »Das verraten sie euch bestimmt in ihrem Brief.«

Pakete von den Eltern wurden stets im Rahmen einer feierlichen Zeremonie geöffnet, trafen sie doch nur alle paar Monate ein und waren immer randvoll mit Geschenken. Schelmerei legte Wert darauf, sich zuerst die Zollstempel anzusehen, an denen abzulesen war, welchen Weg die Postsendung bis zu ihrem Ziel zurückgelegt hatte. Sie schloss die Augen und malte sich aus, wie sich die verschiedenen Stationen der langen Reise anhörten und wonach sie dufteten – beides konnte einem kein Atlas und keine Fotografie verraten. Seit einiger Zeit waren auf den meisten Stempeln portugiesische oder spanische Wörter zu erkennen, die Schelmerei teilweise sogar verstand, und auf den Briefmarken waren hauchzart gezeichnete Berge hinter einem Nebel aus Regen- oder Meerwasser abgebildet. Vorsichtig strich sie das Papier glatt und entzifferte die Ortsnamen: *Lima. Rio de Janeiro. Paris. London.* Eines Tages, wenn sie sich Zuwiders Schatz gesichert hatte, würde sie vielleicht der Spur der Zollstempel bis zu ihren Eltern folgen.

Köchin entnahm dem Paket eine Flasche mit einer undefinierbaren dunklen Flüssigkeit für Mahlstrom und stellte sie schnell außer Reichweite der Mädchen. Darauf folgte ein dicker Briefumschlag für Schadenfreude. Eine Tüte Pflanzensamen für Köchin selbst. Und auch für jedes der Mädchen war etwas dabei: Für Phänomen ein neues Notizbuch mit Ledereinband, von der Art, wie sie Charles Darwin höchstpersönlich besessen hatte. Für Schelmerei ein wuchtiges Messer, fast ein Schwert, das zur Spitze hin breiter und von Köchin umgehend beschlagnahmt wurde.

Im Gegensatz zu ihren Schwestern stürmte Clementine nicht gierig nach vorn. Sie nahm ihren Brief sowie ein ordentlich geschnürtes Bündel französischer Modezeitschriften ruhig entgegen und ging damit die Treppe hinauf. Bei ihr löste die elterliche Post seit ein paar Jahren immer weniger Begeisterung aus. Eher Traurigkeit.

Außerdem fand sich für jede und jeden eine persönliche Postkarte. Auf Schelmereis stand:

> Als Erste am Fundort! Mehrere hochinteressante Schriftzeichen und viele atemberaubende Logogramme, sehr gut lesbar, weil bestens erhalten. Dein Vater wurde von irgendetwas gestochen und jammert in einem fort. Anbei eine Machete für den Kampf gegen die Brennnesseln.
>
> Alles Liebe
>
> Mutter und Vater
>
> PS: Mit der Machete bitte vorsichtig sein.
>
> PPS: Tut uns leid, dass wir nicht zum Familientreffen kommen können. Richte deinen Cousins und Cousinen schöne Grüße aus und mach keinen Ärger, kleine Ärgerei!

Auf der Vorderseite der Postkarte war ein von wucherndem Grünzeug überwachsener Stufentempel zu sehen. Dort trieben sich Schelmereis Eltern also herum und rekonstruierten im Auftrag der Universität alte, längst ausgestorbene Sprachen. Schelmerei tat so, als könnte sie in die Karte hineinblicken wie durch ein Fenster, und als sie die Augen fest zusammenkniff, entdeckte sie ihre Mutter, wie sie mit einem Notizbuch in der Hand vor einem eingeritzten Symbol kauerte, oder ihren Vater, wie er in einem Verbandskasten wühlte. Sie hatte die beiden seit mehr als einem Jahr nicht gesehen. Doch an der Wand ihres Zimmers würde sich die Postkarte neben den vielen anderen bestimmt sehr gut machen.

Das Gefühl, das Schelmerei bei jeder Erwähnung ihres Namens verspürte, hatte sich vor langer Zeit in ihr eingenistet. Es hatte eine kleine dunkle Ecke in ihrem Kopf bezogen, eine, die reichlich Regen abbekam, und war dort gewachsen und gediehen, gedüngt von den Worten ihrer Tante Erbschaft, war gewuchert, bis Schelmerei sich vorkam wie der Tempel auf der Postkarte, vom Dschungel verschluckt.

Doch Erbschafts Belehrungen hatten sie auf eine Idee gebracht. *Von der Wiege bis zum Sterbebett*, hatte sie gesagt … Unter dem Tisch faltete Schelmerei ihre Karte auseinander und studierte sie eingehend.

Dann trat sie Phänomen gegen den Knöchel.

»Labor«, antwortete sie fast lautlos auf den empörten Blick ihrer Schwester. »In einer Stunde.«

Im Vertrauen darauf, dass Gestank genau wie Hitze in die Höhe stieg und so die Bewohner der unteren Etagen nicht vom Mief permanenter chemischer Experimente behelligt würden, hatte Tante Schadenfreude Phänomen ein Dachbodenzimmer zugeteilt. Phänomen selbst hatte damit kein Problem – seit sie im Alter von vier Jahren einen Versuch mit Chlorgas vergeigt hatte, war ihr Geruchssinn sowieso hinüber. Von den anderen Familienmitgliedern wagte sich nur Schelmerei in Phänomens Reich, ja, häufig wurde sie sogar eigens herbeizitiert. Besonders, wenn ihre große Schwester ein riskanteres Experiment in Angriff nehmen wollte – dann spielte Schelmerei die gleiche Rolle wie ein Kanarienvogel in einer Kohlemine, dessen Aufgabe es war, vor giftigen Gasen zu warnen. Nur dass sie dabei lieber nicht von der Stange fallen sollte.

Während Tante Erbschaft unten herumpolterte und sich schließlich in das Puterrote Zimmer zurückzog, stieg Schelmerei die Leiter zum Labor hinauf. Sie mochte Phänomens Zimmer. Die schrägen Decken waren zart mit Ruß bedeckt und an den Wänden hingen ein riesiges Periodensystem und mehrere Poster mit ernst dreinblickenden Frauen in Laborkitteln. Das Bett war notdürftig unter das Dachfenster gequetscht worden. Die meiste Zeit verbrachte Phänomen ohnehin an einem großen schartigen Labortisch, über und über beladen mit Reagenzgläsern, Ampullen, Glasflaschen, Erlenmeyerkolben und drei Bunsenbrennern. Wie ein riesiges Insekt aus Messing kauerte ein altertümliches Mikroskop in der Ecke.

Als Schelmerei eintraf, stand Phänomen in der Mitte ihres

Labors, eine Schutzbrille auf der Nase, in der Hand ein Reagenzglas, und schnarchte leise. Schelmerei pikte sie mit einem Thermometer fest in den Oberschenkel. Prompt öffnete Phänomen die Augen und nahm einen Bunsenbrenner in Betrieb, als wäre nichts gewesen.

»Da bist du ja. Gut.« Sie drückte Schelmerei ein Becherglas in die Hand. »Wie riecht das?«

Schelmerei schnupperte. »Süß«, stellte sie fest. »Bisschen nach Mandelkuchen.«

»Ach, Mist«, sagte Phänomen. »Warum kommt jedes Mal Zyankali raus?!« Das Gift wanderte in eine Flasche mit einem Totenkopf-Glitzersticker drauf und die Flasche wanderte in einen Schrank mit anderen selbst gebrauten Mixturen, jeweils in sorgfältig verschlossenen und aussagekräftig beschrifteten Behältern.

»Du hast schlechte Laune.« Für diese Beobachtung genügte Phänomen ein schneller, bohrender Blick ins Gesicht ihrer Schwester. »Und du bist ganz hibbelig. Pass bloß auf, dass du nichts umschmeißt.«

Schelmerei zuckte mit den Schultern. »Kann ich nicht versprechen. Du weißt doch, was Tante Erbschaft gesagt hat. Ich kann nicht anders. Ich heiße nun mal so.«

»Deswegen bist du so mies drauf?«, erwiderte Phänomen schnaubend. »Die redet doch Müll. Immer dieser Mumpitz mit dem Wörterbuch …« Sie schwenkte ihr Thermometer wie einen Zauberstab. »Korrelation ist nicht gleich Kausalität, Schelmerei!«

»Das soll *was* heißen?«

»Dass zwischen zwei Dingen nicht zwangsläufig ein Zusammenhang besteht, auch wenn es vielleicht danach aussieht.«

Das war für Schelmerei kein überzeugendes Argument. Nachdenklich spielte sie mit einem Glasröhrchen herum. »Hmm. Was bedeutet ›Phänomen‹ noch mal genau?«

»Oh, das ist ganz simpel. Auf das Wort stoße ich bei meiner Forschungsarbeit ständig. Es bedeutet: ›interessante Erscheinung oder Verhaltensweise, zu der man unbedingt ein Experiment anstellen muss‹.«

»Also hast du einen Namen, der mit Naturwissenschaft zusammenhängt, und stehst auf Naturwissenschaften.« Schelmerei steckte ihren Finger in das Röhrchen und klimperte damit gegen den Labortisch. »Mahlstroms Name heißt so viel wie ›großer, mächtiger Wasserstrudel‹ und er war Kapitän.

Und du hast nicht das Gefühl, dass Tante Erbschaft richtigliegt? Dass das Wörterbuch weiß, was mal aus uns wird?«

Hinter ihrer Brille funkelten Phänomens Augen. »Natürlich nicht.« Sie zog einen Bleistift aus ihren Haaren und schlug ihr neues Notizbuch auf. »Nichtsdestotrotz ... glaube ich durchaus, dass sich weitere Nachforschungen dazu als lohnenswert erweisen könnten. Immerhin geht es um zentrale Fragen der Anlage-Umwelt-Debatte. Oder genau genommen vielleicht sogar um metaphysische Aspekte, die sich aber womöglich in manchen Bereichen in messbaren ...«

Während Phänomen noch mehr wirres oder zumindest völlig unverständliches Zeug faselte, versuchte Schelmerei unauffällig, ihren Finger aus dem Glasröhrchen zu ziehen. Er steckte fest. Unter der Tischplatte schüttelte sie panisch die Hand.

»Ich dachte mir, es gibt vielleicht einen Weg, das irgendwie zu überprüfen?«, fragte sie.

»Na, wenn wir eine Weile abwarten, wirst du erwachsen und dann wissen wir's«, antwortete Phänomen.

Mit einem leisen Klirren prallte das Röhrchen, das vor einer halben Sekunde von Schelmereis Finger gerutscht war, auf den Boden und zerbarst.

»Obwohl – vielleicht gehen wir der Sache doch lieber schneller auf den Grund. Hey, du wärst super geeignet für eine Fallstudie!«

Phänomen kramte nach ihrer Trinkflasche. Damit ihr Denkapparat jederzeit zu Höchstleistungen imstande war, hatte sie ihren eigenen Labor-Smoothie entwickelt – eine schlammfarbene Flüssigkeit, die unter anderem Spinat, Grünkohl, Lebertran, Heidelbeeren, verschiedene Algensorten, Sojasoße, Brokkoli und Eigelb enthielt. Phänomen hatte ihr sogar einen Namen verliehen: Lösungslösung. Schelmerei musste jedes Mal würgen, wenn ihre Schwester einen Schluck davon nahm, doch wie Phänomen ihr immer wieder erklärte, enthielt diese chemische Lösung sämtliche Vitamine und Proteine, die zum Lösen komplexer wissenschaftlicher Probleme nötig waren. Schelmerei erklärte ihr daraufhin immer wieder, dass das Zeug trotzdem nach Abwasserkanal stank.

»Erbschaft glaubt offenbar, das Wörterbuch selbst würde unsere Namen festlegen«, sagte Phänomen. »Daher wäre es sinnvoll, in einem ersten Schritt deine exakte Definition nachzuschlagen. Allerdings ist das Buch vermutlich sehr empfindlich und es befindet sich noch dazu in einer Vitrine. Und selbst wenn wir da rankommen sollten, würde ich nicht ausschließen, dass Erbschaft uns umbringt.«

Schelmerei nickte. »Soll sie's doch versuchen. Aber ich hab mir sowieso schon was anderes überlegt. Hier, schau.«

Auf dem Labortisch breitete sie ihre Karte aus. Die Definitionen der Swift-Namen waren auch anderswo zu finden und Schelmerei zog es mit aller Macht dorthinunter.

Sie deutete auf den unteren Bereich des Plans, der praktischerweise aussagekräftig beschriftet war: KELLER.

5. Gravierte Erkenntnisse

Bis Mitternacht schoben die Schwestern ihr Vorhaben noch auf – wohl wissend, dass die Zeit für Geheimnisse erst mit dem zwölften Glockenschlag begann. Dann schlummerte das ganze Haus tief und fest. Nicht dass die Gefahr, ertappt zu werden, besonders groß gewesen wäre. In Hörweite des Kellers schlief nur Köchin, die genauso felsenfest davon überzeugt war, in einem Geisterhaus zu leben, wie sie an die Macht von Knoblauch und Aspirin und die Zuverlässigkeit der Post glaubte. Sollte sie irgendeinen ungewöhnlichen Laut bemerken, würde sie ihn garantiert auf herumspukende Gespenster schieben.

Die Herausforderung bestand viel eher darin, überhaupt in den Keller zu gelangen. Er war abgeschlossen und für die Tür gab es bloß einen einzigen Schlüssel.

Bisher waren die Mädchen nur selten im Arbeitszimmer von Tante Schadenfreude gewesen, nämlich immer nur dann, wenn es großen Ärger gegeben hatte. Kaum setzte sie eine Fußspitze auf die Schwelle, erschauderte Schelmerei, in den

Ohren das schrille Echo zig alter Schimpftiraden. Die mit Mahagoniholz verkleideten, rot tapezierten Wände erinnerten an einen Gerichtssaal und auch der große Schreibtisch, hinter dem ihre Tante bereits bei etlichen Gelegenheiten ihr Urteil verkündet hatte, passte ins Bild. Die allermeisten Räume des Hauses hatte Schelmerei schon kartiert, das Arbeitszimmer aber nicht – dabei hatte Mahlstrom angedeutet, dass sich irgendwo darin ein geheimer Weg ins Freie verbarg, weshalb es Schelmerei in den Fingern juckte, die Holzverkleidung der Wände abzuklopfen ... Doch sie musste sich konzentrieren.

Tante Schadenfreude saß schlafend auf dem hohen, mit rotem Samt bezogenen Lehnstuhl, der ihr als Bett diente. Im Licht des halb erloschenen Kaminfeuers schimmerte ihr Eisenhalsband matt, genau wie der Schlüsselbund an ihrem Gürtel.

Phänomen war in der Tür stehen geblieben. Dank langjähriger Erfahrung im Umfüllen von Chemikalien hatte sie zwar die ruhigeren Hände, Schelmerei war jedoch die deutlich geübtere Diebin. Im Lauf der Zeit hatte sie sich jedes einzelne Tagebuch ihrer Schwester Clementine »ausgeborgt« und neuerdings war sie endlich auch groß genug, sich am Inhalt von Onkel Mahlstroms Taschen zu vergreifen.

Dicht neben dem Ohr ihrer Tante schnippte Schelmerei mit den Fingern, wartete einen Moment ab, ob Schadenfreude wirklich tief schlief, und als diese sich nicht rührte, hob sie mit ihrer einen Hand den Schlüsselbund an. Mit der anderen wickelte sie einen Fetzen mottenzerfressenes Clementine-Kleid drum herum, damit er nicht klimperte.

Das eiserne Halsband klapperte dumpf gegen die Stuhllehne, als Schadenfreude im Schlaf ein wenig hin und her rutschte. Schelmerei wusste nicht, warum ihre Tante das Halsband überhaupt trug. Es gab keinen zwingenden Grund dafür, hatte Köchin ihr einmal erklärt, also keinen medizinischen, und sonderlich bequem sah es auch nicht aus. Vielleicht dachte sie, ohne das Ding würde ihr der Kopf abfallen?

Schelmerei verbot ihren Fingern zu zittern und öffnete vorsichtig die Schnalle des uralten Ledergürtels, der die Taille ihrer Tante umfasste. Im Arbeitszimmer war es herdplattenheiß – Schadenfreude heizte den stattlichen Kaminofen selbst im Sommer tüchtig an. Schwitzend, ihre Zunge hoch konzentriert zwischen die Schneidezähne geklemmt, zog Schelmerei ohne einen Laut den Schlüsselbund herunter und schloss die Schnalle wieder.

Ihre Tante hatte keinen Mucks von sich gegeben.

Schelmerei wollte schon mit ihrer Beute türmen, da streifte ihr Blick ein großes, dickes Buch auf dem Lesepult. Ohne Phänomens flüsterleises Aufstöhnen zu beachten, schlug sie es an der mit einem Lesezeichen markierten Stelle auf.

Es war ein langweiliger Schmöker über irgendwelche längst verstorbenen Leute, vollkommen uninteressant. Doch auf dem Lesezeichen, einem alten, abgegriffenen Zettel, stand in Schadenfreudes Handschrift:

Schadenfreude (Substantiv)
Wohlgefallen am Unglück anderer

Das, fand Schelmerei, passte ziemlich gut.

»Komm jetzt«, zischte Phänomen.

Schelmerei legte das Buch wieder auf das Pult und verließ auf Zehenspitzen das Arbeitszimmer.

Neben der Tradition der Namensgebung gab es bei den Swifts noch einen anderen, nicht besonders lebensbejahenden Brauch. Ein, zwei Wochen nach der Geburt eines jeden Kindes traf im Haus ein großes, schweres Paket ein, dessen Inhalt im Keller eingelagert wurde, bis er eines Tages gebraucht würde.

Die Namen der Swifts waren buchstäblich in Stein gemeißelt.

Als sie vom oberen Ende der Treppe hinunterspähte, erkannte Schelmerei, wo all die Dunkelheit landete, die im Haus keinen Platz mehr fand. Sie und Phänomen überblickten einen Raum, so lang wie das Gebäude selbst, die weitläufige Heimstatt wabernder Schatten, die jeweils wieder von größeren, gefräßigeren Schatten verschluckt wurden. Der Schein ihrer Taschenlampe zerfaserte wie ein dünner Lichtfaden in einem Labyrinth aus Stahlgestellen, jedes davon mit Grabsteinen bestückt wie ein Bücherregal mit Lesestoff.

Schelmerei richtete den Lichtkegel auf den nächstbesten Stein. Auf diesem stand: »Bessern Swift«, gefolgt von ein bisschen freiem Raum für Tag, Monat und Jahr und der Definition der Dame: »Verb: besser werden, besser machen«. Ein schneller Taschenlampenschwenk offenbarte, dass sich das Regal unter dem Gewicht einer Unmenge weiterer Steine bog. Erst jetzt erkannte Schelmerei, wie groß ihre Familie war. Die Swifts hatten sich in alle Erdteile verstreut und nur sehr wenige von ihnen besuchten die Heimat – jedenfalls solange sie am Leben waren. Sobald sie es nicht mehr waren, machte man in aller Regel ihre Bekanntschaft.

»Boah!«, sagte sie fröhlich. »Also da finden wir mich nie.«

»Klar finden wir dich«, erwiderte Phänomen. »Schau, die Grabsteine sind alphabethisch sortiert. Wie in einer Bibliothek!«

Schelmerei kniff die Augen zusammen. Tatsächlich: In jedes Regal war sauber ein Buchstabe gestanzt worden. Genau wie in einem Bibliotheksarchiv, außer dass man hier nur ein einziges Buch mitnehmen durfte, und zwar erst, wenn man selbst nicht mehr dazu in der Lage war.

Auch mithilfe der eingeprägten Buchstaben fiel den Schwestern die Orientierung keineswegs leicht. Als sie beim *D* rechts abbogen, landeten sie beim *M.* Als sie beim *M* links abbogen, fanden sie sich beim *H* wieder. Sie passierten *P*, *Q* und *R* und standen erneut vorm *A.*

»*O!*«, rief Phänomen da.

»Was, oh?«

»Nicht *oh. O!* Wir sind schon wieder dran vorbei.«

»Oh. Siehst du *S*?«

»Was, es?«

»Nicht *es. S!* Aua, mein Zeh ...«

»Nee, *C* ist da drüben.«

»Haha. Mann, ich hab mir den Zeh angehauen.«

»Ihr seid beide so lächerlich«, meldete sich eine Stimme aus der Finsternis.

Die Mädchen fuhren herum.

Clementine stand mit verschränkten Armen hinter ihnen und gab sich so gelangweilt, wie es als nächtlicher Eindringling in einem Keller voller Grabsteine möglich war.

»Was machst du hier?«, zischte Schelmerei sie an.

»Was *ich* hier mache?«, fragte ihre Schwester ungläubig. »Ich war noch auf und habe *genäht* …« An dieser Stelle brachte sie einen vorwurfsvollen Blick in Richtung Schelmerei unter. »… als ich gehört habe, dass hier unten irgendjemand rumtrampelt. Ich dachte, es wären Einbrecher.«

»Hier trampelt niemand rum. Und wenn hier Einbrecher *wären*, was würdest du dann jetzt tun?«

»Ich würde sie fragen, ob sie nicht lieber Kidnapper wären, und ihnen den Weg zu deinem Zimmer erklären.«

Schelmerei hatte vor Kurzem ein neues Wort gelernt: *Weißglut.* Wenn man das Wort wörtlich nahm, war damit eine sehr helle und heiße Glut gemeint. Wenn jemand zur Weißglut *getrieben* wurde, war er sehr, sehr wütend. Clementine, deren Gesicht außen von ihrer Taschenlampe angestrahlt wurde und von innen her loderte, war die perfekte Verkörperung beider Bedeutungen.

Phänomen drängelte sich zwischen sie und Schelmerei.

»Das bringt doch nichts. Clementine, machst du mit oder nicht?«

»Na, so wie ich euch kenne, schmeißt ihr gleich ein Regal um und werdet unter einer Steinlawine begraben«, entgegnete Clementine.

»Soll heißen?«

»Soll heißen, dass mir das nicht recht wäre, auch wenn ihr es verdient hättet. Ihr seid doch meine Schwestern. Und jetzt aus dem Weg.«

Bevor Phänomen und Schelmerei zu ihr gestoßen waren, hatte die kleine Clementine kaum eine andere Beschäftigung gehabt, als draußen im Heckenlabyrinth herumzukrabbeln. So war sie mit der Zeit zu einer wahren Expertin für Irrgärten geworden – und entsprechend mühelos fand sie sich nun zwischen den Stahlregalen zurecht. Schelmerei und Phänomen hefteten sich an ihre Fersen und die Dunkelheit bildete die Nachhut.

Nach einer Weile rief Clementine: »Da ist *S*! Kommt, helft mir.« In einer gemeinsamen Kraftanstrengung drehten die Schwestern Schelmereis Grabstein auf dem oberen Regalbrett nach vorn und drängten sich drum herum.

Sie lasen:

SCHELMEREI SWIFT

Substantiv

1. Ulk, Neckerei, Lausbüberei, Schabernack jeglicher Art

2. hinterlistige Täuschung, hinterhältiger Betrug

»Und?«, fragte Clementine.

»Doch, das passt zu mir«, gestand Schelmerei deprimiert. »Manche von den Wörtern sagen mir nicht so viel, aber da steht was von ›Schabernack‹ und das trifft mich sehr gut.«

»Und warum bist du dann so unzufrieden?«

An Clementine gewandt, palaverte Phänomen über Anlage und Umwelt und Freiheit und Vorherbestimmtheit und andere komplizierte Themen, doch Schelmerei hörte nicht hin. Sie starrte nur auf den Granitklotz mit ihrem Namen darauf.

Die meisten Menschen hätten es als bedrückend oder beängstigend empfunden, ihren eigenen Namen auf einem Grabstein zu lesen, doch Schelmerei, die seit Jahren die Beerdigungszeremonie ihrer Tante einübte, sah darin bloß einen Pullover, der ihr noch ein paar Nummern zu groß war. Mit einem Finger zeichnete sie das ordentlich eingravierte *S* nach. Dieser Definition zufolge würde sie bis zu ihrem Tod Fallen stellen und Ärger stiften. Nicht, dass sie ihren Namen nicht gemocht hätte – sie mochte ihn wirklich –, und nicht, dass er nicht zu ihr gepasst hätte – und wie er zu ihr passte. Und trotzdem wäre es ihr lieber gewesen, wenn man sich vor dieser nicht ganz unwichtigen Entscheidung über ihr Leben kurz nach ihrer Meinung erkundigt hätte.

In Schelmerei kollidierten mehrere komplizierte Gefühle miteinander, Freude war allerdings nicht dabei.

»Ich hab eine Idee«, sagte sie auf einmal.

Das Tuscheln ihrer Schwestern verstummte. Wann immer Schelmerei eine Idee hatte, war Vorsicht geboten.

»Wir brauchen ein Seil, ein Skateboard, ein paar Streichhölzer und ein bisschen Chemiezeug aus dem Labor«, zählte Schelmerei auf. »Clementine, hilf mir mal, das Ding runter–«

»Ganz bestimmt nicht.«

Schelmerei stöhnte. »Clemen*tine*, jetzt sei doch nicht so eine Spaßbremse.«

Ihre Schwester schüttelte den Kopf. »Ich lasse nicht zu, dass du den Stein … in die Luft jagst oder was du dir wieder ausgedacht hast. Dann kriegen wir alle Ärger. Und außerdem bin ich immer noch böse auf dich!«

»Okay, wenn du nicht mit anfassen willst, kannst du gerne gehen«, sagte Schelmerei hochmütig und zerrte an dem Grabstein. Mit einem mahlenden Knirschen kippte er langsam in ihre Richtung. »Phänomen, du musst ihn mit auffangen.«

»Äh … okay …«, murmelte Phänomen verunsichert.

»Schelmerei, der ist doch zu schwer für dich«, mischte sich Clementine ein. »Und für dich, Phänomen, erst recht.«

»Gut, dann mach ich's eben allein!«, rief Schelmerei, stemmte einen Fuß gegen das untere Regalbrett und zog noch einmal. Sie keuchte vor Anstrengung. Als das Stahlgestell leicht wankte, riss Clementine die Augen auf und packte ihre Schwester an der Schulter.

»Jetzt hör schon auf! Du tust dir noch weh!«

Schelmerei schüttelte ihre Hand ab. »Freu dich doch. Dann kannst du hinterher behaupten, du hättest es mir gleich gesa–«

Mit einem energischen Ruck zerrte Schelmerei den Granitklotz über die Kante des Regalbretts.

Kaum ruhte das ganze Gewicht des Steins auf ihren Armen, erkannte sie ihren Fehler. Der Stein war einfach zu schwer. Er kippte in ihren Händen nach vorn, ihr Name stürzte in Richtung Stirn, ein Schrei von Clementine und …

… fast im selben Moment, in dem Schelmerei zur Seite sprang, krachte der Stein auf den Boden und brach entzwei.

Einige Sekunden lang standen die Schwestern stocksteif da. Schelmerei horchte angestrengt auf irgendeine Bewegung im Haus. Als sie sich gerade wieder entspannte, knarrte es hörbar und aus einem Flur hoch über ihnen schallte das dumpfe Stampfen zweier Füße und eines Gehstocks herunter.

»*Super* gemacht, Clementine. Super.«

»Du kannst doch nicht mir vorwerfen, dass du so eine …« Clementine verkniff sich den Kraftausdruck. »Ist auch egal. Macht, was ihr wollt, aber ich lasse mich bestimmt nicht hier unten erwischen.« Sie floh in die Dunkelheit.

Schelmerei und Phänomen konnten ihr entweder Hals über Kopf hinterhersprinten oder wer weiß wie lange ziellos durch die Regalreihen irren. Also folgten sie Clementines hin und her pendelndem Pferdeschwanz durch die Grabsteinschluchten zur Treppe, die Stufen hoch und aus dem Keller hinaus. Schnaufend schloss und verriegelte Schelmerei die Tür. Falls es ihr jetzt noch gelingen sollte, den Schlüsselbund am nächsten Morgen zurückzubringen, bevor Tante Schadenfreude sein Verschwinden bemerkte, und falls Clementine den Mund hielt, dann würde sie noch mal glimpflich davonkommen.

Das Arbeitszimmer von Tante Schadenfreude lag im zweiten Stock, ganz am Ende des Ostflurs. Den Schrittgeräuschen nach zu urteilen, stieg Schadenfreude gerade zum ersten Stock hinab. Schelmerei zerrte Phänomen unsanft durch die Eingangshalle, die große Treppe hinauf und nach rechts in den Westflur, dann die nächste Treppe hinauf in den zweiten Stock, während von unten zu vernehmen war, wie der Gehstock ihrer Tante unheilvoll die große Treppe hinabtockerte.

Sie hatten es geschafft – denkbar knapp. Die beiden Schwestern holten hechelnd Luft und trennten sich. Phänomen kletterte auf wackeligen Beinen zu ihrem Labor hinauf, Schelmerei machte sich auf den Weg zu ihrem Zimmer.

Im Haus brannte kein Licht mehr und in den düsteren Fluren war praktisch nichts zu erkennen. Für Schelmerei, die seit ihrer Geburt hier lebte, stellte das kein Hindernis dar – ihre Beine fanden den Weg von ganz allein. Sie kam bestens ohne die Hilfe ihrer Augen zurecht, aber ganz unerwartet gab es für diese doch wieder etwas zu sehen.

Onkel Mahlstrom hatte ihr einmal ein Bild von einem Anglerfisch gezeigt. Einer Kreatur, die tief im Meer zu Hause ist, in Gefilden, denen die Sonne nie einen Besuch abstattet. Der Anglerfisch verbringt sein ganzes Leben in schwärzester Finsternis und lockt leichtgläubige Beutetiere an, indem er vor seiner Stirn ein Licht baumeln lässt, knapp über seinem erwartungsvoll geöffneten Maul.

Als sie nun Tante Erbschaft durch den Flur schweben sah wie ein blasses Gespenst in einem altmodischen Nachthemd mit um den Kopf geschnallter Taschenlampe, dachte Schelmerei im ersten Augenblick an den Anglerfisch. Im zweiten dachte sie sich, dass die geheimnisvollen Röhren aus Erbschafts Gepäck offenbar nicht allzu schwer waren, denn sonst hätte sie sie nie als großes Bündel auf dem Rücken tragen können.

Schelmerei beobachtete, wie ihre Tante an *Die Herzogin mit dem mürrischen Blick, Stillleben einer Schüssel mit Pistazien, Eine Studie in Tintenschwarz* und *Nonne, in der Nase popelnd* vorüberglitt, um schließlich vor dem Gemälde stehen zu bleiben, das einem leeren Stück Wand glich. Sie ließ es an den Scharnieren nach außen schwingen und Schelmerei rechnete damit, dass sie gleich einen Schlüssel für das kleine, runde Loch zücken würde. Stattdessen nahm Erbschaft ihre Brille ab. Sie drehte an einem der Bügel, bis er sich mit einem *Klack* vom Gestell löste, und steckte ihn in das winzige Loch. Ein dumpfes Knirschen ertönte, als sich dahinter schwere Bolzen verschoben.

Sekunden später war Tante Erbschaft durch die Tür geschlüpft und hatte diese hinter sich geschlossen.

6. Auftritt der Gäste

Wenn sie nicht an einen schwachen Menschenkörper gefesselt gewesen wäre, der ab und zu etwas Schlaf benötigte, dann hätte Schelmerei die ganze Nacht vor dem Geheimraum Wache gehalten. Doch so nickte sie schließlich in ihrem Versteck – einer großen Vase – ein und wachte erst kurz vor Sonnenaufgang wieder auf, ihr Nacken verspannt, ein Bein wie abgestorben, in den tauben Fingern der Schlüsselbund ihrer Tante. Von unten waren gedämpfte Stimmen zu hören – Köchin und Schadenfreude werkelten schon in der Küche, Onkel Mahlstrom schleppte Tische in die Eingangshalle.

Schelmerei kippte die Vase um und sich aus. Und so schnell sie konnte, hinkte sie zum Arbeitszimmer ihrer Tante und pfefferte den Schlüsselbund auf den Schreibtisch. Hoffentlich würde Schadenfreude davon ausgehen, dass sie ihn selbst dort vergessen hatte. Danach schlenderte Schelmerei in die Küche hinunter, demonstrativ gähnend und sich übertrieben eifrig die Augen reibend, so als hätte sie noch bis vor einer Minute in den Federn gelegen. Man empfing sie mit einem hastig servierten Frühstück, einem hässlichen Samtkleid und einer strengen Ermahnung: Der Tag des Familientreffens war gekommen.

Als Schelmerei zu ihrem Ausguck auf dem Dach hinaufstieg, war es immer noch nicht hell. Erst langsam sickerte am Horizont etwas Grau ins Dunkel, so als würde der schwarze Nachthimmel auslaufen. Sie machte es sich im Schneidersitz gemütlich, ihr Notizbuch und eine Schachtel Kekse in Griffweite, und tastete nach ihrer Taschenlampe.

Auch ohne Telefon ließen sich Botschaften über weite Distanzen übermitteln. Es gab etliche Möglichkeiten: Jodeln zum Beispiel oder Brieftauben. Doch da sie die Kosten für Halsbonbons und Vogelfutter scheute, griff Schelmerei lieber auf ihre Taschenlampe und ihre fundierten Kenntnisse des Morsealphabets zurück, um sich kurz und bündig mit dem Briefträger zu verständigen.

Sie ließ die Taschenlampe aufleuchten. Ein kurzes Blinken stand für einen Punkt, ein langes für einen Strich. Ihre vollständige Nachricht setzte sich so zusammen:

•••• •— •—•• •—•• — / •••

Und das bedeutete:

HALLO S

Nach ein paar Sekunden schien im Fenster eines Dachbodenzimmers der mehrere Kilometer entfernten Postfiliale ebenfalls das Licht einer Taschenlampe auf und es kam die Antwort:

–– ––– ·–· ––· · –· / ···

Beziehungsweise:

MORGEN S

Die Antwort kam von Suleiman. Der Briefträger war ein ähnlich leidenschaftlicher Frühaufsteher wie Schelmerei und die schlief generell nur sehr ungern. Zwischen Schlafen und tot Rumliegen gab es ihrer Meinung nach keinen großen Unterschied und da sie sowieso vorhatte, niemals zu sterben, brauchte sie auch nicht dafür zu üben. Morgen für Morgen stieg sie aufs Dach, beobachtete den Sonnenaufgang und erkundigte sich per Lichtzeichen bei Suleiman, ob Post für sie gekommen war.

GEHT ES DIR BESSER?

JA DANKE. HAT KÖCHIN PAKET GEBRACHT?

JA

BIN BALD ARBEITSLOS

Schelmerei musste grinsen.

WAS GABS ZUM FRÜHSTÜCK?, fragte sie.

RÄUCHERHERING MJAM, antwortete er.

BÄH!

Schelmerei unterhielt sich gern mit Suleiman. Manchmal machte er sich die Mühe, einen langen Witz auszubuchstabieren, oder er erzählte ihr von den Mätzchen seines kleinen Terriers oder bat sie um Hilfe bei einem Kreuzworträtsel. Doch beim Morsen brauchte man für jeden Satz ewig und bald wurde das Licht der Taschenlampe von dem der Sonne verschluckt.

NÄCHSTE TAGE NICHT KOMMEN, blinkte sie. FAMILIENTREFFEN

OMG WIE AUFREGEND!!! VG AN DIE FAMILIE

Aufregend war es wirklich, dachte Schelmerei sich. Es war ganz fürchterlich schrecklich aufregend.

Der Himmel wurde heller, bekam ein bisschen Farbe im Gesicht. Oben auf dem Dach, flach auf dem Bauch liegend und mit einer Thermosflasche voll heißer Schokolade in der Hand, fühlte Schelmerei sich wie eine Wache auf dem höchsten Turm einer Ritterburg. Und am Boden näherte sich der Feind. Sie presste ihr Fernglas an die Augen.

Bis in den Vormittag hinein beobachtete sie Autos, moderne und altmodische und praktisch während der Fahrt auseinanderfallende Fahrzeuge, Zweisitzer und Fünfsitzer und lang gezogene Vielsitzer, die von oben wie Spitzmaulfische aussahen. Sie alle umrundeten das spiegelnde Silber des Sees und parkten Heck an Motorhaube auf der geschotterten Einfahrt, bis der Weg zum Haus hoffnungslos verstopft war. Es waren *so viele* und auf manche Wagendächer waren riesige Gerätschaften geschnallt worden, so als hofften die Insassen, noch vor dem Nachmittagstee eine mittelgroße Ausgrabung vornehmen zu können.

Schelmerei warf einen Blick auf den Rucksack mit ihrer bescheidenen Schatzsucherausrüstung. Einschüchtern ließ sie sich aus Prinzip nicht. Und doch starrte sie eine ganze Weile auf die Dachluke ihres Zimmers, anstatt ins Haus hinunterzusteigen, und lauschte dem Murmeln der Stimmen, das von unten heraufdrang und von dem ihr mit der Zeit genauso schwummrig und übel wurde wie von den Chemiedämpfen aus Phänomens Labor.

Irgendwann kletterte sie am Regenrohr entlang zu Phänomens Zimmer und klopfte an die Fensterscheibe.

»Kommst du runter?«, schrie Schelmerei.

»WIE BITTE?«

Phänomen stand wie üblich an ihrem Labortisch, diesmal allerdings mit großen, puscheligen Ohrenschützern auf dem Kopf.

»Kommst du runter, habe ich gefragt!«

»DER SIEDEPUNKT VON SCHWEFEL LIEGT BEI 444,6 GRAD CELSIUS!«, antwortete Phänomen viel zu laut, wobei von einer Antwort eigentlich keine Rede sein konnte.

Schelmerei rutschte am Regenrohr hinunter, um nach Clementine zu schauen – die stand an ihrem Frisiertisch und schminkte sich. Als Schelmerei sie mit einem trötenden Gänseschnattern begrüßte, fuhr Clementine zusammen und schmierte sich rosa Lippenstift längs über die Wange. Schelmerei schwang sich schnell in ihr eigenes Zimmer hinein, bevor sie von einem geschleuderten Schuh abgeschossen werden konnte, und entdeckte unter dem Bett Kater John. Sein orangefarbener Schwanz zuckte träge. Schelmerei ging es wie ihm.

»Bleib du nur hier, Kater John«, sagte sie feierlich. »Und sollte jemand reinkommen – keine Gnade, klar?«

Müde blinzelnd bestätigte John, dass er verstanden hatte, und durchbohrte mit seinen Krallen den Teppich.

Als sie am oberen Ende der großen Treppe stehen blieb und über das Geländer auf die Eingangshalle hinabblickte, begriff Schelmerei plötzlich, warum ihr Zuhause so irrsinnig groß war, warum es einen Ost- und Westflügel umfasste, einen Wintergarten, einen Turm und haufenweise Gästezimmer: Sein wahrer Sinn und Zweck bestand darin, sich zu füllen. Nun, da die beiden Flügel der schweren Eichentür weit offen standen und die Gäste eintrafen, saugte das Gebäude in tiefen, gierigen Zügen Menschen ein und pustete sie zwischen dem Billardzimmer, dem Salon und dem hinteren Bereich der Eingangshalle, wo Köchin ein selbst für ihre Verhältnisse prächtiges Büfett angerichtet hatte, hin und her. Alle plauderten, lachten und schlürften Sekt, aneinandergedrängt wie Sardinen in der Dose, und doch ging es nicht beengt zu. Vielmehr machte das Haus einen umso gemütlicheren Eindruck, ähnlich einem alten Kissen, das endlich schön dick aufgepolstert worden war.

Zu Schelmereis Linken raschelte es. Sie zuckte zusammen und entdeckte dort einen jungen Gast, der seine Beine zwischen den Geländerstäben hindurchgesteckt hatte und sich jetzt gerade eine Eidechse auf den Arm malte. Einen Sekundenbruchteil später hatte der Gast auch sie entdeckt – und erstarrte.

Grob geschätzt, war er ungefähr in Schelmereis Alter. Sie hatte noch nie eine Person ungefähr in ihrem Alter kennengelernt, abgesehen von Phänomen natürlich und die zählte nicht. Der Gast trug hochgekrempelte Hosen sowie einen knallblau-schwarz gemusterten und offensichtlich drei Nummern zu großen Pullover. Ob es ein Junge oder Mädchen war? Schelmerei war sich nicht sicher. Sie war sich auch nicht sicher, ob es unverschämt wäre, zu fragen, und falls ja, ob es letztlich eine nette Unverschämtheit wäre.

»Hallo«, sagte Schelmerei deshalb nur.

»Hallo«, antwortete der Gast.

Die beiden beäugten sich, wachsam wie Katzen.

»Ich bin Schelmerei«, stellte Schelmerei sich nach einer längeren Weile vor. »Schöner Pulli.«

»Ich bin …« Der Gast zögerte. »Rain. Nicht *Rein* wie *Sauber*, sondern *Rain*, mit *A*. Danke auch. Ist selbst gestrickt. Das Muster soll aussehen wie das des Blauen Pfeilgiftfroschs.«

»Cool«, sagte Schelmerei, übrigens zum allerersten Mal in ihrem Leben. »Über den habe ich mal was gelesen. Ist das nicht das giftigste Tier der Welt?«

»Genau.«

»Meine Eltern sind in Peru. Ich hab sie gefragt, ob sie mir ein paar Kaulquappen schicken können – wollte mir eine tödliche Froscharmee züchten. Sie haben gesagt, wenn Kaulquappen zum Fliegen bestimmt wären, würden ihnen Flügel wachsen, und außerdem schaffe ich das auch ohne ihre Hilfe.«

Darüber musste Rain grinsen. Schelmerei grinste zurück.

Waren sie und Rain am Ende gerade dabei, Freundschaft zu schließen? Schelmerei war noch nie in die Verlegenheit geraten, sich mit jemandem anfreunden zu müssen, und hatte darum keine Ahnung, wie so etwas funktionierte. Wäre an diesem Punkt eventuell ein Handschlag angebracht? Sie streckte ihre Hand aus. Rain zögerte, wollte dann einschlagen, doch in diesem Moment stampfte ein anderer Gast die Treppe hinauf, mit mürrischem Blick Kaffeebohnen aus einer großen Tüte mampfend.

»Ah. Hallo, da. Genießt ihr den Zoobesuch?«, fragte die junge Frau und beugte sich zu den Geländerstäben hinab wie zu einem Käfiggitter. Sie hatte sehr glatte schwarze Haare und strenge Augenbrauen und war vermutlich schon erwachsen, aber nur gerade so – die typischen Begleiterscheinungen zeichneten sich erst zart um ihre Augen ab. »Toll, wie munter die Tierchen heute sind.«

»Das ist aber nicht nett«, meinte Schelmerei. »Die sind immerhin mit mir verwandt.«

»Mit mir auch. Deshalb muss ich ja nicht nett sein.«

Als sich die junge Frau drei Bohnen in den Mund warf, musste Schelmerei von dem intensiven Kaffeegeruch beinahe niesen. Die Frau beobachtete ihre zuckende Nasenspitze aus dem Augenwinkel, lehnte sich über das Geländer und spuckte die Bohnen *eins, zwei, drei* hinunter.

»Ups. Jetzt hab ich doch glatt wen erwischt.« Sie verstaute die Tüte in ihrer Handtasche. »Ich heiße übrigens Flora. Besorgt euch lieber mal Namensschilder, ja? Wenn Erbschaft euch ohne die erwischt, dreht sie durch.«

»Echt?«, erwiderte Rain niedergeschlagen. »Sie besteht wirklich drauf, dass wir welche tragen?«

Flora wedelte mit einem goldenen Schildchen vor ihren Nasen herum. »Absolut. Wenn nötig auch mehrmals. Da drüben kann man sie abholen.« Sie zeigte auf einen langen Tisch neben der Eingangstür, wo stapelweise Papier, ein großformatiges blaues Buch, eine Reihe goldener Schildchen und nicht zuletzt Tante Erbschaft selbst zu sehen waren. Sie flatterte mit den Armen und krächzte jeden Neuankömmling an, doch bitte in dem Buch zu unterschreiben. Offensichtlich war sie ganz in ihrem Element, so wie immer, wenn alle anderen genervt waren.

»Das ist euer erstes Familientreffen, oder?« Als Flora die Kinder musterte, nickten diese. »Dann will ich euch als alte Veteranin einen Tipp geben: Verhaltet euch unauffällig, traut niemandem und lasst euch nur auf Gesellschaftsspiele ein, wenn ihr die Regeln kennt.«

Das erschien Schelmerei ein bisschen übertrieben. »Aber das sind doch alles Swifts«, sagte sie stirnrunzelnd. »Wir sind doch eine Familie.«

Flora musterte die beiden noch aufmerksamer. *»Ebendeswegen«*, erwiderte sie in unheilschwangerem Ton. »Hey, sagt mal – stinke ich nach Kaffee? Ja, oder? Ich seh's doch an deiner Nase.« Sie kramte einen winzigen Parfumflakon aus ihrer Handtasche und besprühte sich damit, fummelte ein Döschen hervor und warf sich drei Pfefferminzpastillen in den Mund. »Schon besser. Pfefferminzbonbon? Nein? Auch gut.« Den Rücken durchgedrückt, knackte sie mit ihren Fingerknöcheln und schnippte ein paar Kaffeebrösel von ihrem Kleid. »Nun denn … Auf ins Gefecht mit der lieben Bagage!«

Schelmerei sah zu, wie Flora die Treppe hinunterging, die Schultern gestrafft wie eine Kriegerin.

»Weißt du, was eine Bagage ist?«, fragte Schelmerei an Rain gerichtet, doch wie sie feststellen musste, stand sie allein da. Sie suchte im Gedränge der Verwandten nach einem bekannten Gesicht oder wenigstens nach einem bekannten Teil eines Gesichts. Schon über eine vertraute Nase, ein sympathisches Kinn oder zwei freundliche Ohren hätte sie sich gefreut oder auch über ein Lächeln, das ihrem eigenen glich. *Irgendeine*

Verbindung musste es doch geben zwischen ihr und all diesen Fremden. Erst nach einiger Zeit hatte sie den Löwenschopf von Onkel Mahlstrom erspäht – der drückte sich mit einem Glas in der Hand am Büfett herum.

Zuerst dachte Schelmerei, ihr Onkel wäre geschrumpft, er wirkte kleiner als noch am Tag zuvor. Sein Anzug saß perfekt, vermittelte allerdings den Eindruck, seit dem letzten Familientreffen in einem dunklen Schrank gehangen zu haben. Er lachte häufig, aber seine Hände, die normalerweise jedes seiner Worte mit flinken, ausdrucksstarken Gesten begleiteten, zogen sich immer wieder tief in die Hosentaschen zurück. In Schelmerei keimte der Verdacht auf, dass ihr Onkel, dessen Stimme durchdringend wie ein Nebelhorn war und dessen Rücken aufrecht wie ein Segelmast, gerade von einem nicht ganz unähnlichen Gefühl heimgesucht wurde wie sie selbst, und dieser Verdacht erweckte ihre Tapferkeit.

Sie schüttelte energisch den Kopf, machte ein paar Hampelmannsprünge, um Blut und Mut anzukurbeln, und folgte Flora ins Getümmel der lieben Bagage.

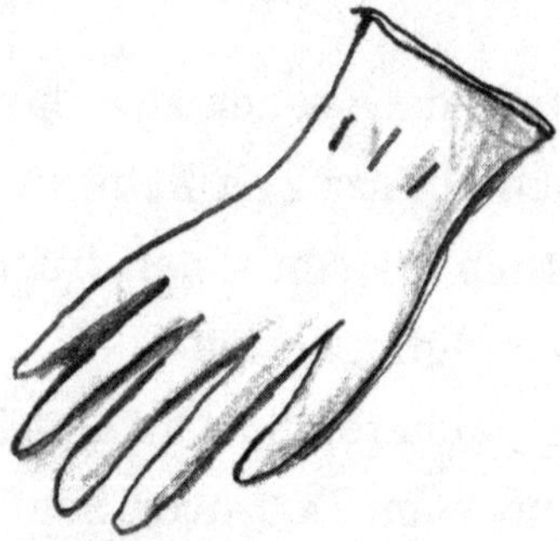

7. Knatsch im Schwarm

Wer einmal sehr klein war – sprich: alle, die nicht als ausgewachsener Mensch von durchschnittlicher Körpergröße zur Welt gekommen sind – und wer in diesem Zustand einmal das Pech hatte, in ein dichtes Gedränge zu geraten, der weiß, wie unangenehm es ist, als quasi nicht vorhandene, weil winzige Person von lauter extrem spitzen Ellenbogen gepikt zu werden. Schelmerei machte diese unangenehme Erfahrung zum ersten Mal. Es fühlte sich an, wie tief im Meer zu treiben. Über ihrem Kopf rauschte und brauste die Brandung verschiedener Gespräche, unter der Oberfläche wurde sie von kräftigen Wogen hin und her geschleudert. Kleider flatterten in unsichtbaren Strömungen, das Atmen fiel ihr schwer. Schelmerei arbeitete sich in die ungefähre Richtung des Büfetts vor, denn von dessen rettendem Ufer aus könnte sie sich vielleicht einen Überblick verschaffen.

»Du Halunke, du! Du Galgenvogel!«

Sie quetschte sich durch eine Lücke zwischen zwei Verwandten, gerade im richtigen Moment, um mitzubekommen, wie eine auffällige Gestalt im altmodischen Gehrock einem anderen Mann einen Handschuh vor die Füße schleuderte.

»Sie verlachen mich nicht, *Monsieur*, o nein!«, schrie der Herr im Gehrock. »Eine derartige Beleidigung lasse ich mir nicht bieten! Wir schießen es aus! Bei Mondschein!« Als er seine langen Locken nach hinten warf wie ein aufgebrachter Pudel, blitzte ein Namensschild auf: PAMPLEMOUSSE. Ungeschickt versuchte er, den Säbel aus der Scheide an seinem Gürtel zu ziehen, während sich sein Gegenüber seelenruhig den letzten Krümel eines Häppchens in den Mund warf und davonspazierte.

»Bandit! Flegel! *Fleur du mal!* Ich fordere Sie zum Armdrücken!«, rief Pamplemousse ihm hinterher. »Dumme Töle! *Chien andalou!* Schere, Stein, Papier – auf Leben und Tod!«

Schelmerei klaubte den Handschuh auf und reichte ihn dem aufgebrachten Herrn. Aus der Nähe konnte sie Pamplemousses gewachsten und gezwirbelten Schnurrbart erkennen, außerdem das Rüschenhemd und die Strumpfhose, die seine Garderobe perfekt ergänzten. Und sie sah, dass er bis an die Zähne bewaffnet war. An seinem Gürtel hing, neben dem langen, schlanken Säbel, noch eine Pistole und Dolche hatte er fast so viele wie ein Igel Stacheln.

»Hübsche Klamotten«, sagte Schelmerei. »Vor ein paar Jahrhunderten war so was groß in Mode, oder? Ich hab mal gelesen, dass sich die Leute damals die Augenbrauen abrasiert und stattdessen einen Streifen Mäusefell auf die Stirn geklebt haben. Und dass sie sich dauernd mit ihrem Gesichtspuder vergiftet haben, weil es voller Blei war.«

Pamplemousse musterte sie verwundert. *»Comment t'appelle-tu, petite?«*

»Das war Französisch, oder? Ich kann nur ein bisschen Spanisch«, antwortete Schelmerei.

»Ich habe mich nach deinem Namen erkundigt. Ich bin Pamplemousse de Pastiche Martinet«, verkündete er und verbeugte sich so tief, dass seine Locken den Boden streiften. »Kombattant, Harlekin, Emigrant.«

»Schelmerei. Äh … Mordskerlin, Lachnummer, Schweinebacke.« Allmählich dämmerte ihr, dass Namensschilder bei so einer Kennenlernparty doch ihren Sinn hatten – damit sparte man schlicht und einfach Zeit. »Was hat der Eine da getan, dass du dich so aufgeregt hast? Und warum hast du so viele Waffen dabei?«

»*Non!* Keine Waffen! Es sind sogenannte rhetorische Mittel. Ich nutze sie, um mir Gehör zu verschaffen. Und *der Eine da* …« Pamplemousses Gesicht verfinsterte sich. »… hat mir die letzte Mini-Quiche weggeschnappt. Darüber wird noch zu sprechen sein!«

Wutschnaubend stapfte er davon, tauchte in die Menschenmenge ein und forderte mit lauter Stimme einen Backgammon-Zweikampf. Niemand beachtete ihn.

Schelmerei beschloss, sich lieber doch ihr Namensschild abzuholen. Am Empfangstisch hatten sich gerade ein paar Leute versammelt: Eine hübsche Frau im Blumenkleid malte ihren Namen in akkurater Schreibschrift in das große Buch – was durch den Verlobungsring mit vogeleigroßem Diamanten an ihrer Hand deutlich erschwert wurde. Neben ihr stand Rain und starrte auf ein goldenes Namensschild, auf dem nicht *Rain* zu lesen war.

Erbschaft händigte Schelmerei ihr Schild aus und warf ein Faltblatt hinterher.

»Hier, Schelmerei, dein Stundenplan. Und das ist Ihrer, Miss DeMille. Sie und Ihr werter Verlobter nächtigen im Korallenroten Zimmer, das hoffentlich ...« Sie warf einen Blick auf den Verlobungsring. »... Ihren Ansprüchen genügen wird. Schelmerei, trag dich doch bitte ein und pass gut auf dein Namensschild auf, verstanden?« Sie unterbrach ihre gehetzten Anweisungen, um Rain stirnrunzelnd zu mustern. »Mein Kind, warum steckst du dir deines nicht an?«

»Mache ich gleich, Gran«, sagte Rain.

Gran? Tante Erbschaft hatte ein Enkelkind?! Diese Neuigkeit warf Schelmerei sekundenlang aus der Bahn. Erbschaft war ihr bislang mehr wie ein Pilz als wie ein Mensch vorgekommen. Wie etwas, das unter gewissen Voraussetzungen einfach *entstand* – doch das war natürlich Unsinn. Selbstverständlich hatte auch sie Eltern und Geschwister und Kinder. Irgendwie mussten sie ja alle miteinander verwandt sein.

»Was hast du da am Arm?«

Rain wollte schnell den Ärmel des blauschwarzen Pullovers herunterkrempeln, doch Tante Erbschaft war schneller. Sie schob ihn ganz hoch, ihre Miene eher besorgt als wütend.

»Hast du dich wieder angemalt? Also wirklich, mein Kind, du holst dir noch eine Tintenvergiftung. Überhaupt, warum bist du so käsig? Hast du schon gegessen? Oder hast du etwas gegessen, das dir nicht bekommen ist? Es wäre besser, wenn du erst mal bei mir bleibst, dann kann ich dich im Auge –«

»So was«, sagte Schelmerei vergnügt. »Da hat jemand was Unanständiges auf die Wörterbuchvitrine gekritzelt.«

Tante Erbschaft ließ Rains Arm los, schnaubte wie eine halb erdrosselte Kuh und galoppierte dem von Schelmerei frei erfundenen Schmierfinken hinterher. Sobald sie außer Sicht war, versenkte Rain das Namensschild in der Hosentasche und bedankte sich bei Schelmerei.

»Was hast du gegen dein Namensschild?«, fragte diese.

Rain musterte sie skeptisch, so als könnte sie sich gleich heftig empören. »Gran nennt mich so, wie mich das Wörterbuch genannt hat. Aber mir ist Rain lieber.«

»Ist das so eine Art Spitzname?«

»Nein, das nicht. Es ist einfach mein Name. Ich habe ihn mir ausgesucht.«

»Oh.« Schelmerei war neu, dass so etwas erlaubt war. »Vorhin wollte ich dich übrigens fragen, ob du ein Junge oder ein Mädchen bist, aber ich war mir nicht sicher, ob das unhöflich wäre. Wäre es unhöflich? Ich habe noch nie wen Neues kennengelernt und weiß deshalb nicht so genau, wie das geht.«

»Schon gut. Mir fällt es auch nicht leicht, neue Leute kennenzulernen. Also, äh … ich bin kein Junge und auch kein Mädchen.«

Schon wieder war Schelmerei neu, dass so etwas erlaubt war.

»Okay, dann … Hallo, Rain. Freut mich, dass wir verwandt sind.« Sie lächelte. »Und tut mir leid, dass Erbschaft deine Eidechse verschmiert hat. Die war echt gut gezeichnet. Wenn ich groß bin, lasse ich mich tätowieren, so wie Köchin. Wenn du willst, können wir das zusammen machen. So ein Tattoo könnte dir deine Gran nicht wegwischen.«

Rain lachte. »Sie ist schon in Ordnung, wirklich. Hat nur einen starken Beschützerinstinkt. Hey, wusstest du, dass Eidechsen ihren Schwanz abwerfen können, wenn sie bei Gefahr abhauen müssen? Später wächst ihnen ein neuer nach. Irre, oder?«

»Wenn du mal abhauen willst, geh am besten ganz nach oben. Da ist das Labor meiner Schwester. Aber Vorsicht, sie hat Ohrenschützer auf und wenn du sie erschreckst, verschüttet sie am Ende noch was Giftiges.«

»Cool«, sagte Rain mit einem schiefen Grinsen – und streckte die Hand aus. Schelmerei packte zu und schüttelte sie. Dann schwamm sie in Richtung Büfett davon.

Zum ersten Mal seit Beginn der Geschichtsschreibung hatte Schelmerei keinen Hunger. Durst hatte sie, doch im Punsch schwammen zerkaute Kaffeebohnen. Alle anderen tranken Sekt und weil sich niemand für sie zuständig fühlte, gönnte sich auch Schelmerei einen Schluck von dem

Getränk. Es erwies sich als ekelhaftes Gesöff mit einem säuerlichen Geschmack, der ihr auch nach dem Hinunterschlucken noch unangenehm im Mund herumspukte. Ein Glück, dass Flora in der Nähe stand. Sie rückte gerade ihr Namensschild zurecht.

»Kann ich einen Pfefferminzbonbon haben?«, fragte Schelmerei.

Flora sah sie irritiert an. »Wie bitte?«

»Du hast doch welche gegen deinen Kaffeeatem. Kann ich bitte einen haben?«

»Ich trinke keinen Kaffee«, erwiderte Flora, inzwischen leicht beunruhigt. »Und du solltest das auch lieber bleiben lassen! Kaffee enthält jede Menge Koffein und du bist doch noch sehr klein. So kleine Leute dürfen nicht zu viel Koffein zu sich nehmen.« Nach Luft schnappend pflückte sie die fast volle Sektflöte aus Schelmereis Fingern. »Und auch noch Alkohol! In deinem Alter! Deine Leber ist doch kaum größer als ein Tennisball!«

Eine Frau mit einem ausgestopften Pelikan auf dem Kopf – oder einem Hut, der stark danach aussah – winkte Flora in heller Aufregung zu. Flora verzog entschuldigend das Gesicht. »Beweg dich nicht vom Fleck, ja? Ich bin in drei Sekunden zurück.« Und sie flitzte davon.

Schelmerei hatte ehrlich vor, auf sie zu warten. Doch auf jeder Party herrscht am Büfett besonders dichter Verkehr und bald trieb es sie von den Futtertrögen fort, mitten in das wogende Menschenmeer hinein. Nur mit großer Mühe konnte sie all den Gästebeinen und von Tellern fallenden Essensbrocken ausweichen. Einmal trug es sie an Clementine vorüber, die starr lächelnd zuhörte, wie sie von einer älteren Dame wegen ihres profanen Namens bedauert wurde (»Armes Ding! Es ist nicht deine Schuld, nicht wahr? Ach, manche Leute werden einfach von ihrem ersten Atemzug an vom Pech verfolgt …«). Doch bei dem Versuch, zu ihrer Schwester durchzustoßen, kollidierte Schelmerei mit jemand anderem.

Es gibt Menschen, die haben es sich zum Hobby gemacht, so unangenehm wie möglich zu sein. Und darin üben sie sich unermüdlich, so wie andere täglich Trompete spielen oder Schlösser knacken. Als sie mit einer solchen Person zusammenstieß, erkannte Schelmerei sofort, woran sie war. Auf dem Namensschild der Dame stand SCHAUDERVOLL. Ihre äußere Erscheinung erinnerte an den elegant geschwungenen Geländerpfosten am Fuß der großen Treppe und sie glitzerte, als wäre sie durch emsiges Polieren aus dem Nichts erschaffen worden. Derart vornehm war niemand sonst gekleidet, nicht annähernd, und Schelmerei wich instinktiv vor den scharfen Bügelfalten ihres Kostüms zurück, so als könnten diese jederzeit nach ihr schnappen. Schaudervoll ging Arm in Arm mit einem abstoßend gut aussehenden Mann im schnittigen Anzug. Er hatte einen modisch-schmalen Schnurrbart, auf seinem Namensschild stand BRÜSK und sein bösartiges Lächeln passte perfekt zu dem seiner Begleiterin.

»Mein liebster Brüsk, was mag das sein?«, fragte die Frau flüsternd.

»Schaudervoll, mein Augenstern, das ist nicht mein Fachgebiet, aber … es könnte sich um ein kleines, schmuddeliges Kind handeln.«

»Kennen wir es?«

»In solchen Kreisen bewegen wir uns nicht, Schwesterherz.«

Mit zur Schau getragener Langeweile nippten beide an ihrem Sekt.

»Und?«, fragte Brüsk im Anschluss. »Wer bist du nun? Wir warten!«

»Ich bin Schelmerei«, antwortete die Angesprochene und fügte hinzu: »Swift.«

»Was du nicht sagst«, erwiderte Brüsk.

»Kannst du singen?«, fragte Schaudervoll.

»Nein.«

»Kannst du tanzen?«, fragte Brüsk.

»Nein.«

»Beherrschst du irgendein Instrument?«, fragte Schaudervoll.

»Nur so ein bisschen.«

»Und für eine anregende Unterhaltung fehlt es dir offensichtlich an Witz«, spottete Brüsk. »Hast du denn überhaupt so etwas wie eine Begabung?«

»Ich kann im Ärmel Spinnen schmuggeln«, flötete Schelmerei. »Hier, wollt ihr mal sehen?«

Brüsk wich mit gerümpfter Nase zurück, Schaudervoll lehnte sich hingegen nach vorne.

»Bei einer wie Erbschaft mag dieser Trick funktionieren«,

sagte sie in einem beunruhigenden Wispern. »Aber du solltest mal sehen, was *ich* im Ärmel habe.«

Gern hätte Schelmerei ihr die Zunge rausgestreckt und die beiden einfach stehen lassen, doch Schaudervolls Blick bohrte sich in sie hinein wie ein Angelhaken. Es war, als könnte sie sich unmöglich ohne Erlaubnis entfernen, und diese würden die Geschwister ihr niemals erteilen, solange sie so viel Freude an Schelmereis Unwohlsein hatten. Sie würden ewig zusehen, wie sie auf dem Trockenen zuckte und zappelte, ein wirklich schöner Fang des ersten Tages.

Da legte sich eine Hand fest auf Schelmereis Schulter.

»Schaudervoll! Wie schön, dich wiederzusehen! Ach, das mit deinem fünften Ehemann tut mir ja *so leid*«, sagte Flora mit einem beinahe aufrichtigen Lächeln. »Und dein dritter erst, Brüsk! Ein Herzinfarkt – in so jungen Jahren! Ihr habt wirklich nichts als Pech in der Liebe.«

Über den Rand seiner Sektflöte hinweg grinste Brüsk sie verschmitzt an. »Du scheinst nicht auf dem neuesten Stand zu sein, Cousine. Wir sind inzwischen beide wieder glücklich verheiratet. Aber du bist dieses Jahr offenbar ohne Begleitung erschienen?«

Floras Lächeln geriet nicht ins Wanken. Für mehrere angespannte Sekunden fixierten sie und Brüsk einander. Floras Fingernägel gruben sich in Schelmereis Schulter.

Schließlich verdrehte Schaudervoll die Augen. »Brüsk, mein Bester, sollten wir uns nicht allmählich nach interessanteren Gesprächspartnern umschauen?«

»Du nimmst mir das Wort aus dem Mund, Schaudervoll-Schatz«, antwortete er.

Schelmerei blickte ihnen hinterher und merkte sich, wohin sie gingen. So könnte sie später die exakt entgegengesetzte Richtung einschlagen.

Flora stupste sie an. »Was hab ich gesagt? Das sind Tiere.«

»Sind die schlimm! Grässlich! Fürch–«

»Fürchterlich reich. *Widerwärtig* reich. Zusammen haben die beiden so viele Ex-Gatten, sie könnten mit ihnen eine kleinere Segeljacht bemannen. Du solltest sie mal unter ihresgleichen sehen, also wenn sie mit all den Wohlhabenden und Verwöhnten turteln und sich freundlich geben. Boah, jetzt hab ich einen schlechten Geschmack im Mund.«

»Ich auch«, sagte Schelmerei. »Kann ich einen Pfefferminzbonbon haben?«

»Wie? Ach so, klar«, meinte Flora geistesabwesend und ließ eine Pastille in Schelmereis Hand fallen. »Och, jetzt kommt auch noch Laufpass angerannt. Ich muss schnell weg.«

Doch eine Sekunde, nachdem Flora von Schelmereis rechter Seite verschwunden war, tauchte sie links von ihr wieder auf. Es war der reinste Zaubertrick.

»Da bist du ja!«, rief sie. »Tadaa!«

Sie hielt Schelmerei ein Päckchen Kaugummi hin. »Kein Pfefferminzbonbon, aber besser als nichts. Und ich glaube, mit Kaugummi kommt man leichter vom Koffein los. Nur bitte nicht runterschlucken, okay?«

Schelmerei schaute nach rechts und links und wieder zurück, bis ihr schwindelig wurde. »Wie bist du … aber du bist doch gerade … ich mag gar keinen Kaffee«, brachte sie hervor.

Flora lachte. »Weiß ich doch.«

Schelmerei warf einen Blick auf das Namensschild an ihrem Kleid. Das *F* war klar zu erkennen, der Rest wurde von ihrem Strickjäckchen verdeckt.

»Du veralberst mich doch«, sagte sie langsam. »Du bist überhaupt nicht Flora.«

Die falsche Flora nahm Schelmereis Hand und beugte sich herzlich lächelnd zu ihrem Gesicht hinab.

»Stimmt. Aber es freut mich sehr, deine Bekanntschaft zu machen, Schelmerei Swift. Ich bin Fauna und ich bin mir sicher, dass wir uns bald einmal in Ruhe unterhalten können. Da drüben versucht aber jemand schon länger, deine Aufmerksamkeit zu erregen.«

Als sie sich umdrehte, sah Schelmerei eine riesige winkende Hand. »Onkel Mahlstrom!«, rief sie.

»Bleib, wo du bist, Skipper!«, antwortete er.

Krack!, schallte es durch die Eingangshalle und Schelmerei lernte schon wieder etwas dazu – nämlich, dass eine große Zahl sich zeitgleich in dieselbe Richtung drehender Köpfe so ähnlich kratzen und rascheln wie schliddernde Katzenkrallen auf Seide. Erztante Schadenfreude stand neben dem Familienwörterbuch, in der Hand ihren Gehstock, dessen Aufprall auf dem Treppengeländer das *Krack!* verursacht hatte. Sie brauchte kein Wort zu sagen. Unverzüglich bezog die Verwandtschaft in einem groben Halbkreis um sie herum Aufstellung.

Onkel Mahlstrom schaufelte Schelmerei mit einer Hand auf seine Schulter. Sie drehte ihre Finger in seine Haare ein und ließ den Blick über die Versammelten schweifen.

Wenn Tiere nicht allein, sondern in der Gruppe auftreten, zum Beispiel Kühe in einer Herde, spricht man von einem Tierverband. Die offiziellen Bezeichnungen dieser Verbände muten oft recht seltsam an. Wie Schelmerei wusste, bildeten mehrere Wildschweine eine Rotte und mehrere junge Füchse ein Geheck. Oder auch: ein Schof Enten, ein Sprung Rehe. Ein Trupp Paviane. Nun fragte sie sich, wie man den Familienverband der Swifts wohl nennen könnte. Ein Schwarm Swifts vielleicht? Oder eher ein Knatsch Swifts? Rain hätte ihr das bestimmt sagen können, denn Rain wusste offensichtlich eine Menge über Tiere.

Irgendwo im Gewühl glaubte Schelmerei das Schimmern von Schaudervolls Glitzeroutfit zu erkennen, anderswo die schlenkernden Schöße von Pamplemousses Gehrock. Zur Linken ihrer Tante entdeckte sie Flora und wollte ihr schon zuwinken, als auf einmal Fauna – oder war *das* Flora? – neben ihre Schwester trat. Der Anblick der beiden ließ Schelmerei erneut schwindeln. Sie waren eineiige Zwillinge – und sie glichen sich in jeder Hinsicht. Gleiche Größe, gleiche Figur. Sie hatten die gleiche Frisur und waren exakt gleich gekleidet. Gerade erspähte die eine Zwillingsschwester einen kleinen Riss im Ärmel des Strickjäckchens der anderen. Beherzt riss sie ihr eigenes an der gleichen Stelle ein und hakte sich bei ihrer Schwester unter.

Im Gewölbe der Eingangshalle verebbten erstmals die stetigen Wogen der Gespräche. Im Haus kehrte Ruhe ein, nur das dezente Summen eines dicht gedrängten, gespannt abwartenden Knatschhaufens lag in der Luft.

»Gut«, sagte Tante Schadenfreude. »Wie ich sehe, sind fast alle da. Und wer zu spät kommt, ist selbst schuld. Ich könnte jeden Moment tot umfallen. Also lasst uns anfangen.«

8. Streit suchen, Chaos finden

Tante Schadenfreude ragte vor ihrer Familie empor wie ein historisches Denkmal, ihr Rücken kerzengerade, ihr Kleid und Schultertuch begräbnisschwarz. In ihrem Eisenhalsband spiegelte sich das elektrische Licht des Kronleuchters. Niemand wagte auch nur die Nase hochzuziehen.

»Danke, dass ihr alle gekommen seid. Nur wenige von euch werden sich noch an Erztante Gnadenreich erinnern, die meine Vorgängerin war. Sie bezeichnete unsere Familientreffen immer als ›große Zusammen-Heimkunft‹. In meinen Ohren hörte sich das an, als sollte man lieber rasch die Eingangstür verbarrikadieren, doch sie hieß euch hier immer sehr gern willkommen. Sie war der Ansicht, dass es das gute Recht eines und einer jeden Swift sei, sich in diesem Haus wie zu Hause zu fühlen – denn so hätte Behende es gewollt.«

Schadenfreude tippte mit dem Finger auf ihren Gehstock.

»Bei allem Respekt vor Gnadenreichs Andenken: Das war ein so sentimentaler wie närrischer Gedanke. Ich habe mehr

Jahre in diesen vier Wänden verbracht, als ich mir eingestehen möchte, und ich kann euch sagen: Dieses Haus ist gefährlich.«

Schelmerei spürte, wie ein kühles Prickeln von ihren Haarwurzeln zu ihren Fußsohlen wanderte. Als die Verwandten ihre Grabwerkzeuge fester umgriffen, klirrte und klapperte es leise.

»Wie ihr wisst, ist es Tradition, dass bei jedem Familientreffen nach dem Vermögen gesucht wird, das unser Großonkel Zuwider irgendwo auf dem Anwesen versteckt hat. Nicht dass ich mich je erdreisten würde vorzuschlagen, mit diesem Brauch zu brechen …« Schadenfreudes Blick huschte zu Tante Erbschaft, die unmittelbar neben ihr stand, förmlich vor Stolz berstend. »… aber eines möchte ich euch in aller Deutlichkeit sagen: Jegliche Schatzsucherei wird auf eigene Gefahr unternommen. Wer hier im Dunkeln stochern will, dem sei dringend geraten, Verbandszeug und Proviant mitzunehmen – denkt nur an unseren bedauernswerten Cousin Treibsel. Apropos Treibsel: Falls ihr über ihn stolpern solltet, gebt uns doch bitte Bescheid, wo seine Überreste zu finden sind.«

Tante Erbschaft legte eine Hand auf Schadenfreudes Arm, als hätte sie etwas zu sagen. Doch Schadenfreude schüttelte sie entnervt ab.

»Nun zum Organisatorischen. Die Bibliothek wird für die Dauer des Treffens geschlossen, in erster Linie zum Schutz der allzu Leichtsinnigen unter euch. Das Frühstück kann täglich von sieben bis neun Uhr eingenommen …«

Schelmerei kannte die Hausordnung auswendig und wollte sie sich deshalb nicht schon wieder anhören. Sie zupfte an Onkel Mahlstroms Ohr.

»Aua!«

»Onkel? Was *macht* Tante Schadenfreude eigentlich?«

»Was sie macht? Vieles. Sie isst und atmet und wenn man den Gerüchten Glauben schenken kann, *schläft* sie –«

»Onkel!«

»Sie ist das Oberhaupt unserer Familie. Die Matriarchin, weil sie eine Frau ist. Ist das Oberhaupt ein Mann, ist es der Patriarch. Wäre es weder noch, sondern was anderes, wäre es das Erste und könnte sich einen eigenen Titel ausdenken, worauf ich schon sehr gespannt bin.«

»Ja, okay, das *ist* sie. Aber was *macht* sie?«

»Wirst du schon sehen.«

»… und zuletzt: Ab 21 Uhr sind Bohrungen im Haus verboten. Um neun Uhr abends ziehe ich mich zurück und mein Nachtschlaf darf nicht von stümperhaften Steinmetzarbeiten an unseren Marmorböden gestört werden. Und nun …«

Tante Schadenfreude ließ sich auf den roten Samt ihres Stuhls sinken. Als sie ihren Gehstock ein einziges Mal auf den Boden knallte, zuckte die halbe Familie zusammen.

»Wer eine Meinungsverschiedenheit auszutragen hat, möge jetzt vortreten. Aber stellt euch bitte in einer ordentlichen Schlange an. Und nicht drängeln!«

Die Menge mischte sich durch wie ein Kartenspiel, bis eine lange, ausgefranste Reihe entstanden war. Neben Tante

Schadenfreude stand Erbschaft und kritzelte angestrengt in ihr großes Buch.

»Vortreten«, sagte sie mit pfeifender Stimme.

Zwei Swifts folgten ihrer Aufforderung. Die eine, deren wundervolles blondes Haar bis zur Hüfte fiel, grinste schief. Die andere, die überhaupt keine Haare auf dem Kopf hatte, brodelte vor Zorn wie ein überkochender Suppentopf.

»Begehrlich Swift, Vendetta Swift«, verkündete Tante Erbschaft. »Bitte tragt eure Beschwerde vor.«

Vendetta zeigte auf ihren kahlen Kopf. »*Darüber* will ich mich beschweren! Meine Schwester hat mir im Schlaf die Haare abgeschnitten und sich daraus eine Perücke gemacht!«

Bei genauerem Hinsehen konnte Schelmerei an ihrem Schädel tatsächlich ein paar vereinzelte Büschel erkennen, so als wären ihre

Haare von einem minderbegabten Friseur aufs Geratewohl abgeschnippelt worden.

Tante Schadenfreude wandte sich an Begehrlich. »Stimmt das?«

Als Begehrlich ihre Haare – beziehungsweise die ihrer Perücke – zurückwarf, flatterten sie aufs Schönste. »Vendetta hat ja überhaupt nichts daraus gemacht! Hat sie immer nur zu einem schlampigen Knoten gebunden!«

»Mit MEINEN Haaren«, rief Vendetta, »kann ich anstellen, was ich will! Aber du dumme Schnepfe warst ja schon immer neidisch auf mich!«

»Auf dich? Ach, bitte! Außerdem stehen sie mir viel besser!«

Mit einem wütenden Heulen riss Vendetta die Perücke von Begehrlichs Kopf. Begehrlichs eigenes Haar kam zum Vorschein und fiel ihr in langen Wellen über den Rücken. Die beiden Frauen zerrten jeweils an einem Ende der Perücke wie beim Seilziehen, nur dass das Seil aussah wie ein bemitleidenswerter Zwergspitz.

»Es reicht!« Tante Schadenfreude hämmerte ihren Gehstock auf den Boden. »Begehrlich, du wirst dir von Vendetta den Kopf rasieren lassen. Dann seid ihr quitt – und mit euren nachwachsenden Haaren wird euch hoffentlich auch ein bisschen Selbstachtung zuwachsen. Die Nächsten!«

Tante Erbschaft führte die beiden zankenden Schwestern fort und beschlagnahmte nebenbei die Perücke. Weder Vendetta noch Begehrlich schienen mit Schadenfreudes Urteil zufrieden zu sein, sie erhoben aber auch keinen Einspruch.

Als Nächste an der Reihe waren eine Frau am Rande des Nervenzusammenbruchs mit einem Säugling im Tragetuch und ein stämmiger, bärtiger Mann – vermutlich ihr Ehemann, überlegte Schelmerei.

»Renée Swift, geborene Carter, ihr Gatte Fortissimo Swift und die gemeinsame Tochter Etepetete Swift«, verkündete Tante Erbschaft.

»Hallo«, sagte Renée unsicher. »Ähm … Wie ihr seht, sind wir, mein Mann und ich, gerade zum ersten Mal Eltern geworden und ihr wisst ja, wie schwierig es bei den Kleinen mit dem Schlafen ist. Wir sind am Verzweifeln. Jedes Mal, wenn das Baby endlich eingenickt ist, weckt mein Mann es mit seiner Stimme wieder auf. Weißt du vielleicht Rat?«

Tante Schadenfreude sah Fortissimo an. »Und?«

»ICH KANN NICHTS DAFÜR«, donnerte Fortissimo. In seiner Nähe zuckten mehrere Verwandte vor Schreck zusammen. »ICH HABE NUN MAL VON NATUR AUS EINE LAUTE STIMME.«

Die kleine Etepetete begann zu heulen. Renée versuchte, sie mit ein paar geflüsterten Worten zu besänftigen, und blickte dann Hilfe suchend zu Tante Schadenfreude hinüber.

»Fortissimo«, sagte diese. »Kannst du singen?«

»WAS FÜR EINE FRAGE«, dröhnte Fortissimo. »UND WIE ICH SINGEN KANN. HÖRT HER …«

Als er den Mund aufriss, hielten sich die Umstehenden vorsorglich die Ohren zu. Doch zur allgemeinen Überraschung entsprang seinen Lippen eine leise, zarte Stimme.

Still, mein Kind, so hör doch mal,
Papa schenkt dir 'ne Nachtigall ...

Augenblicklich beruhigte Etepetete sich.

»Damit wäre das geklärt«, sagte Schadenfreude. »Fortissimo, du wirst dich singend verständigen müssen, bis deine Tochter so groß ist, dass sie ohne Probleme die Nacht durchschläft. Die Nächsten!«

Eine Stunde lang ließ Tante Schadenfreude in dieser Weise Gerechtigkeit walten. Die Verwandten schilderten ihre Zankereien und Meinungsverschiedenheiten, Kabbeleien und Fehden, legten sie in allen Einzelheiten vor der Erztante dar, die daraufhin jeweils eine Lösung fand.

»Sie hat sich als mich ausgegeben!«

»Wir können uns nicht entscheiden, wer unentschlossener ist!«

»Er hat auf meinen Schneider geschossen!«

Obwohl nicht jede Lösung auf Gegenliebe stieß oder aber unmittelbar einleuchtete, stellte niemand Tante Schadenfreudes Urteilsspruch infrage. Zwei Streithähnen befahl sie, ihre Meinungsverschiedenheit durch eine Runde *Schere, Stein, Papier* beizulegen. Zwei andere mussten sich fünf Minuten lang auf einem Bein stehend entschuldigen. Ein Haufen Cousins hatte sich so hoffnungslos verkeilt, dass Schadenfreude verkündete, sie könne ihren Konflikt unmöglich lösen, bevor sie ihr nicht alle ein vierblättriges Kleeblatt gebracht hätten – warum also nicht gleich mit dem Suchen anfangen?

Dann trat ein junges Pärchen vor. Der Mann war hochgewachsen, hatte ein ebenmäßig hübsches Gesicht, eine eckige Brille und ein breites Lächeln auf den Lippen. Bei ihm untergehakt war die Frau mit dem Ring, der Schelmerei am Empfangstisch begegnet war – mit der goldenen Blume in ihren Naturlocken sah sie aus wie ein Frühlingstag in Menschengestalt. Über solche Leute sagten alte Damen Sätze wie »Oh, sehen die beiden zusammen nicht *wundervoll* aus?«. Doch im Moment klammerten sie sich aneinander, als würde jeden Augenblick der Startschuss zu einem Dreibeinlauf fallen.

»Tragt eure Beschwerde vor«, sagte Tante Schadenfreude.

Der Mann grinste. »Hi, Tantchen!« Er winkte ihr betont lässig zu und schob die Brille auf seiner Nase nach oben. »Beschwerde – nun ja. Wir haben etwas zu verkünden! Wir wollten euch sagen, dass … also –«

»Die Namen, bitte«, fiel Tante Schadenfreude ihm hörbar gelangweilt ins Wort.

»Also, ich bin Lauter Swift – wie du natürlich weißt, Tantchen – und das ist meine Verlobte: Viola DeMille aus New York.« Als Viola mit flatternden Fingern winkte, funkelte ihr prächtiger Diamantring. »Wir wollten dich um deinen Segen bitten. Für unsere Eheschließung.«

Lauter und Viola lächelten zurückhaltend.

»Es freut mich sehr, Sie kennenzulernen, Ma'am«, warf Viola ein.

Tante Schadenfreude musterte die beiden mit stechendem Blick.

»Kommt nicht infrage«, entschied sie dann.

Das strahlende Lächeln des Liebespaares dimmte sich um mehrere Watt herunter.

»Wie bitte?«, sagte Lauter.

Tante Schadenfreude sah die Verlobten böse an. »Einer Ehe, bei der die eine Partei so offensichtlich bei der anderen schmarotzen möchte, kann ich keinen Segen erteilen.«

Das war – selbst für ihre Verhältnisse – ziemlich unhöflich. Viola schnappte nach Luft, in der Menge wurde gemurmelt.

»Du meine Güte!«, rief Lauter, immer noch lächelnd, wenn auch mit sichtlicher Mühe. »Bist du jetzt bei der Armee, oder wie?« Tante Schadenfreude reagierte nicht. »Nur weil du heute so eine Mili*tante* bist …«

»Ma'am …«, begann Viola, doch Lauter tätschelte seiner Verlobten beschwichtigend den Arm.

»Keine Sorge, du wirst ihr schon noch ans Herz wachsen. Das Tantchen und du, ihr kennt euch doch kaum.«

»Mag sein – aber ich kenne mich *aus*«, erwiderte Schadenfreude unheilvoll. Sie nahm Viola aufs Korn, die schockstarr vor ihr stand. »Und es wäre mir sehr recht, wenn Sie unverzüglich dieses Haus verlassen würden.«

Das Murmeln verstärkte sich und griff auf die gesamte Eingangshalle über. Violas Augen wurden feucht. Und Lauter? Der lachte.

»Du bist mir vielleicht eine Marke, Tantchen!«, rief er kichernd. »Komm, Blümelein, wir fragen morgen noch mal.«

Als er seine Verlobte fortziehen wollte, erhob sich Tante

Schadenfreude halb aus ihrem Stuhl. »Lauter! Du wirst Miss DeMille nicht heiraten! Ja, ich verbiete es ausdrücklich!«

»Aber ja doch.« Lauter verdrehte die Augen, als wäre das Ganze ein kleiner Jux. Dabei juxte Schadenfreude nie. »Wir unterhalten uns später, Tantchen! Schön, dich zu sehen!«

Hand in Hand mit Viola, die ziemlich durch den Wind war, verdrückte er sich, während die Verwandtschaft tuschelte.

Die restlichen Streithähne wurden von Tante Schadenfreude mit einem Wink dazu aufgefordert, wegzutreten.

»Für den Moment reicht es.« Sie sah erschöpft aus. »Ruhe bitte, und zugehört! Damit ihr nicht auf dumme Gedanken kommt, hat Erbschaft euch allen einen Stundenplan mit Gruppenspielen und dergleichen ausgeteilt. Ihr könnt gern daran teilnehmen – oder auch nicht, mir ist es gleich. Doch über die üblichen Vergnügungen hinaus …« Schadenfreude betonte »Vergnügungen«, als wäre es ein schmutziges Wort. »… steht bei diesem Familientreffen noch etwas anderes auf dem Programm.«

Mit einem Ruck stemmte sie sich auf die Beine und lehnte sich schwer auf ihren Gehstock. Erbschaft wollte sie stützen, doch Schadenfreude wimmelte sie erneut ab.

»Ich bin alt. Hinter mir liegt ein langes, nicht unbefriedigendes Leben, doch nun bin ich dessen Ende deutlich näher als dessen Beginn. Ich bin müde. Und eure Probleme zu lösen, ermüdet mich noch mehr.« Ihre Hand wanderte zu ihrem Eisenhalsband, zog es enger. »In drei Tagen werde ich über meine Nachfolge entscheiden. Das war's.«

9. Schadenfreudes Abgang

Ein Zischen ging durch die Eingangshalle, eine prickelnde Unruhe wie in einem Sektglas. Und als alle im selben Moment zu plappern begannen, musste Schelmerei, die eine wirklich dringende Frage hatte, ihrem Onkel ins Ohr brüllen.

»Kann ich Matriarchin werden?«

»Aua! In ein, zwei Jahrzehnten vielleicht. Aber das wäre garantiert nichts für dich, Skipper.«

Da war Schelmerei sich nicht sicher – andere herumzukommandieren, würde ihr bestimmt Spaß machen. Onkel Mahlstrom zog einen Kompass aus der Hosentasche, warf einen Blick darauf, zog eine Taschenuhr aus der anderen Tasche, warf ebenfalls einen Blick darauf und zauberte dann einen Sextanten hervor, den er sich eine längere Weile vors Auge hielt. »Hmm«, murmelte er. »Der Wind dreht sich … Wenn du dich für Fragen des Familienrechts interessierst, geh am besten zu Tante Erbschaft.«

»Hab ich fest vor«, sagte Schelmerei und ergänzte ihre Liste von Fragen an Tante Erbschaft, die bereits drei andere umfasste: »Was ist in dem Geheimraum hinter dem Gemälde im zweiten Stock versteckt?«, »Was hast du dadrin gemacht?« und »Was ist bitte in diesen Röhren?«. Doch sie musste ihre Neugier noch ein bisschen zügeln, denn Tante Erbschaft führte gerade, dicht in eine Ecke gedrängt, eine hitzige Debatte mit Tante Schadenfreude. Immer wieder schwenkte sie voller Ärger ihren Stundenplan vor Schadenfreudes Gesicht hin und her.

»Was die beiden wohl so Aufregendes zu besprechen haben?«, hörte Schelmerei plötzlich jemanden fragen. Lauter und Viola hatten sich neben Mahlstrom geschoben. Viola wirkte recht verunsichert, rang sich aber ein tapferes Lächeln ab.

»Schätzungsweise Schadenfreudes spontanen Übergang ins Rentnerdasein«, erwiderte Mahlstrom fröhlich. »Die Gute lässt aber auch nichts durchblicken.« Er klopfte Lauter so kräftig auf den Rücken, dass dessen Brille auf die Nasenspitze rutschte. »Das freut mich aber, dich zu sehen, mein Bursche. Hast seit deinem Medizinstudium nichts mehr von dir hören lassen!«

»Ach, ich bin in den letzten Jahren zu einem wahren Nomaden geworden«, erwiderte Lauter. »Aber hier wird es wohl nie langweilig! Was das Tantchen da verkündet hat ... Na, das wird wohl ein Aufruhr!«

»Ein Tamtam«, meinte Viola.

»Ein Riesenbohei!«, rief Lauter und strahlte sie an. Die

beiden bewunderten einander mit einem sirupsüßen, karamellklebrigen Blick.

Mahlstrom räusperte sich. »Miss, jetzt stehen Sie bald eine volle Minute neben uns und Ihr Begleiter hat uns immer noch nicht anständig vorgestellt. Da muss ich das wohl selbst übernehmen. Ich heiße Mahlstrom und als Kopfbedeckung trage ich derzeit die junge Schelmerei.«

»Oh, bist du eine süße Kleine!«, sagte Viola zu Schelmerei, wohl ohne zu ahnen, dass sie sich das Mädchen damit zur Todfeindin machte. »Und dein Kleid – wie hübsch!« Als hätte sie die dicke Schmutzschicht darauf nicht bemerkt. Ihr eigenes Kleid war makellos rein, ihr Make-up ein Gedicht, ihre dunkelbraune Haut von beneidenswertem Glanz. Mit der gepflegtesten Hand, die Schelmerei je gesehen hatte, winkte Viola ihr zu. Die goldene Blume in ihrem Haar sah aus wie ein Veilchen – vielleicht, weil ihr Name in Wirklichkeit nicht »Bratsche« bedeutete, sondern »Veilchen«? Vermutlich ja, denn auch ihre Ohrringe waren veilchenförmig. Nicht veilchenförmig war im Grunde nur ihr massiver Verlobungsring. Schelmerei staunte, dass sie trotz seines Gewichts noch mit ihrer schmalen Hand winken konnte.

»Ich wurde ja schon vorgestellt«, sagte Viola peinlich berührt. »Auch wenn ich mich wirklich lieber anders eingeführt hätte.«

Lauter drückte ihr einen Kuss auf die Schläfe. »Na, wer wird denn gleich welken? Ich habe dich doch vorgewarnt, dass das Tantchen ein bisschen dornig sein kann. In solchen

Angelegenheiten muss man meistens mehrmals bei ihr anfragen.«

»Meinst du? Sie schien sich sehr sicher zu sein, dass sie mich nicht in ihrer … in deiner Familie haben will.«

Mahlstrom schüttelte den Kopf. »Ganz so grob ist Schadenfreude normalerweise nicht. Ich tippe darauf, dass da irgendein Missverständnis vorliegt. Wo Sie doch sogar Viola heißen! Das ist perfekt!«

»Ja, ich habe großes Glück«, sagte Lauter stolz.

»Viel Fortune«, sagte Viola.

»Dicken Dusel«, sagte Lauter.

In der Familie Swift, die dem Namen eines Menschen so große Bedeutung beimaß, galt es als gutes Omen, eine Partnerin oder einen Partner mit einem Vornamen zu finden, der dem Wörterbuch entnommen sein könnte. Schon komisch, dachte Schelmerei: Eine Swift namens Clementine wurde bemitleidet, weil auf der Welt noch etliche andere Clementines herumliefen. Doch wenn eine davon in die Familie einheiraten wollte, wurde sie herzlichst willkommen geheißen.

Von Lauters und Violas süßlichem Getue bekam Schelmerei Zahnweh. Außerdem begann die Verwandtschaft nun, da Schadenfreude nichts mehr zu sagen hatte, die Schaufeln und Spitzhacken hervorzuholen – wenn Schelmerei nicht ein bisschen auf die Tube drückte, würde am Ende irgendwer durch pures Glück vor ihr fündig werden. Sie hatte also Besseres zu tun, als auf Mahlstroms Schultern zu hocken und zuzuhören, wie er sich mit Viola über Jachten austauschte.

»Warum zeigst du dem glücklichen Paar nicht den Weg zu seinem Zimmer?«, schlug Mahlstrom vor, nachdem Schelmerei ihm ein wenig zu fest gegen das Schlüsselbein getreten hatte.

»Geh du nur«, sagte Viola zu Lauter. »Ich will … mir noch schnell einen Kaffee machen.«

Lauter bot an, sie zu begleiten. Viola meinte, das sei nicht nötig, woraufhin Lauter prophezeite, dass er sie während ihrer zehnminütigen Trennung (oder wie lange Viola eben zum Kaffeemachen brauchte) schrecklich vermissen werde. Viola beteuerte, dass er ihr ebenso fehlen werde. Zum Abschied küsste Lauter seine Verlobte so ausdauernd, dass man hätte meinen können, sie wäre innen hohl und müsste deshalb alle paar Stunden aufgepustet werden.

Endlich konnten sie los. Schelmerei rannte die Treppe so schnell hinauf, dass Lauter nur dank seiner deutlich längeren Beine Schritt halten konnte.

»Aber, aber! Wieso die Eile?«, schnaufte er. »Hast du Angst, die anderen finden zwischenzeitlich den Schatz?«

Das sollte offensichtlich witzig sein. Schelmerei schnitt eine Grimasse. »Ich habe keine Angst. Warum sollte ich auch, wo ich den Schatz doch selbst finden werde.«

Lauter lächelte sie an. »Das ist die richtige Einstellung!«

Schelmerei legte noch einen Zahn zu. Erst hatte Viola mit ihr gesprochen wie mit einem Baby, jetzt behandelte Lauter sie gönnerhaft. Dieses Wort hatte Schelmerei vor Kurzem gelernt und es bedeutete: »lieb und nett, aber auf selbstgefällige, herablassende Art«. Kannte sie von Clementine.

»Ich mein's ernst!«, brach es aus Schelmerei hervor. »Niemand weiß so viel über das Haus wie ich. Ich kenne alle Geheimräume, alle losen Fußbodenbretter und alle versteckten Hebel. Also nimm dich in Acht, ja?!«

Lauter hob beschwichtigend die Hände. »Es tut mir leid, wenn ich dich beleidigt habe. Du scheinst eine sehr schlaue und obendrein äußerst entschlossene Person zu sein.«

Schelmerei studierte ihn genau. Als sie in keinem Winkel seines Gesichts eine Unwahrheit entdecken konnte, ließ ihr Ärger nach. Ja, eigentlich war es sogar schön, dass ihr ausnahmsweise jemand etwas zutraute.

»Entschuldigung angenommen. Und was ist mit dir? Sind wir Rivalen?«

Lauter schenkte ihr ein schiefes Lächeln. »Ach nein, ich bin kein Schatzsucher. Der Job als Arzt reicht mir völlig.«

Auf dem Treppenabsatz legten sie eine kurze Pause ein, um zu beobachten, wie sich Erbschaft im Erdgeschoss einem Minenbohrer in den Weg stellte, den jemand durch die Haustür bugsieren wollte.

»Aber ich fände es schön, wenn *irgendwer* fündig würde«, sagte Lauter im Weitergehen. »Es ist ein Jammer, dass dieser bedeutende Teil unserer Familiengeschichte schon seit so langer Zeit verschollen ist. Und Junge, wäre Tante Erbschaft aus dem Häuschen!«

»Die ist schon aus dem Häuschen, wenn sie eine alte Mütze findet, die mal auf einem Swift-Schädel gesessen hat«, stellte Schelmerei nüchtern fest.

»Och, Erbschaft ist ganz in Ordnung. Sie ist ein bisschen eng*stirnig*, aber innen drin ist sie herzens*hut.*« Lauters schräger Scherz ließ Schelmerei aufstöhnen. »Jedenfalls hält sie die Tradition am Leben und das ist wichtig in diesen Zeiten. Was bleibt uns denn sonst noch?! Schau dir nur die Dame hier an.« Er stoppte vor *Die Herzogin mit dem mürrischen Blick* ab und beugte sich zu dem Gemälde hinüber wie zu einer neuen Bekanntschaft. »Alles in Ordnung, meine Dame? Ihre Wangen sind so *farblos.*«

Die Herzogin gab keine Antwort, wie zu erwarten.

»Irgendwas sagt mir, dass ich ihr einen Schnurrbart malen sollte. Was meinst du?«

Schelmerei war der gleiche Gedanke gekommen, und nicht erst einmal. Trotzdem schluckte sie ihre Belustigung energisch hinunter.

Doch Lauter sah die Heiterkeit in ihr blubbern. »Ich werde dich schon noch zum Lachen bringen, Schelmerei Swift! Egal, wie lange es dauert. Meine Leidenschaft ist das Heilen, nicht das Eilen!«

Als Antwort darauf schubste Schelmerei ihn ins Korallenrote Zimmer hinein. Alles, was Lauter dort sah, vom Bett bis zur Fußbodenleiste, pries er als »Reizend!« oder »Große Spitzenklasse!« und bevor Schelmerei verschwinden konnte, schüttelte er ihr mit ernstem Gesicht die Hand.

»Immer dran denken: Ein Apfel am Tag den Doktor verjagt. Aber nur, wenn man gut zielt.«

Da beschloss Schelmerei, dass sie Lauter gut leiden konnte.

Er war genauso adrett und glattgebügelt wie Viola – das sprach klar gegen ihn. Doch wegen seines komischen schiefen Lächelns war das irgendwie halb so schlimm.

Solange alle anderen zu tun hatten, wollte Schelmerei eine weitere Attacke auf die Tür des Geheimraums wagen. Sie hatte jedoch nicht bedacht, wie schwierig es war, sich unbemerkt durch ein Haus voller Verwandtschaft zu bewegen – als sie in den Flur im zweiten Stock einbog, kamen zwei Frauen um die Ecke und kreischten prompt vor Aufregung wie jede Tante auf jeder Familienfeier beim Anblick eines jeden Kindes. Schelmerei duckte sich rasch in den Seitengang zum Oberen Salon, fand sich dort aber neben einem kurzsichtigen älteren Herrn wieder, der angestrengt ein Gemälde studierte und ihr nun mit einer Handschaufel zuwinkte. Ganz gleich, wohin sie ging, überall schien sie jemand zu beobachten.

Irgendwann legte Schelmerei einen als Kerzenhalter getarnten Hebel um und wurde so in einen der Schlupfwinkel hineingeschwungen, die hier und da im Haus zu finden waren. Geräusche drangen nur gedämpft herein. Sie saugte die abgestandene Luft tief ein und setzte sich hin. Zum allerersten Mal an diesem Tag hatte sie Gelegenheit, in Ruhe darüber nachzudenken, was Erbschaft wohl in dem Geheimraum trieb. Schelmerei holte ihre Karte und einen Bleistift hervor und zeichnete mit groben Strichen Erbschafts runde Brille neben das rote Fragezeichen. Am klügsten, sagte sie sich, wäre es, sich in der Nacht erneut vor dem Zimmer auf die Lauer zu legen und abzuwarten, ob Erbschaft noch einmal hineinging.

Schelmerei gähnte. Dann sollte sie am besten jetzt kurz die Augen zumachen. Vergangene Nacht hatte sie bloß ein paar Stunden geschlafen, noch dazu in einer Vase. Nur ein kurzes Nickerchen also. Nur ein kurzes …

Bei Weitem nicht zum ersten Mal wurde Schelmerei von einem Hungergefühl geweckt. Ihr Appetit war überhaupt nicht damit einverstanden, in den Zwangsurlaub geschickt worden zu sein, und meldete sich sehr schlecht gelaunt zurück. Wie sie sofort erkannte, war es schon spät, womöglich hatte sie sogar das Abendessen verpasst. Doch von unten war noch immer das Murmeln vieler Menschen zu hören, ein beständiges Summen, das sie – wie ihr nun dämmerte – ein ganzes Wochenende lang begleiten würde. Deshalb hatte Phänomen also vorsorglich die Ohrenschützer ausgepackt.

Schelmerei wischte sich einen Speichelfaden vom Kinn, schwang sich aus dem Schlupfwinkel hinaus und zückte ihre Karte. Das Haus war durchzogen von Speiseaufzügen und Wäscheschächten, Überbleibseln einer Zeit, in der die Swifts Bedienstete gehabt hatten. Reiche Menschen fürchteten sich nämlich schrecklich vor Hausarbeit. Sie lebten am liebsten in dem Glauben, dass all ihre Mahlzeiten, ihre saubere Wäsche und ihre Exkremente wie durch Zauberei auftauchten oder aber verschwanden – eine Illusion, die durch verschiedene clevere Vorrichtungen aufrechterhalten wurde. Etliche davon hatte Schelmerei entdeckt und obwohl schon lange nicht mehr für ihren eigentlichen Zweck genutzt, erwiesen sie sich als sehr praktisch. Zum Beispiel der Wäscheschacht am Ende des Gangs, der auf direktem Weg zum Fuß der Treppe und damit ganz in die Nähe der Küche führte: Den konnte Schelmerei jetzt hinuntersausen und sich bei Köchin etwas Leckeres zu essen sichern, ohne sich an der Gästeschar vorbeischleichen zu müssen oder – schlimmer noch! – von Tante Schadenfreude erwischt zu werden.

Doch als sie, mit gesenktem Kopf in ihre Karte vertieft, den Flur hinunterging, wurde Schelmerei beinahe von einem um die Ecke rauschenden Wirbelwind im blauen Morgenrock geplättet. Sie konnte sich gerade noch in eine Nische drücken, da jagte Viola an ihr vorüber, riss die Tür zum Korallenroten Zimmer auf und stürmte in den Raum.

Das, fand Schelmerei, war seltsam. Eine Sekunde lang zögerte sie, überlegte, ob sie Viola nicht folgen sollte, doch für eine längere Spionageaktion war sie zu hungrig. Deshalb klappte sie *Nonne, in der Nase popelnd* auf und schmiss sich in den Wäscheschacht dahinter, anstatt noch länger herumzugrübeln.

Ins Grübeln kam sie erst, als sie rasend schnell in Richtung eines ungewissen Ziels stürzte. Sie schoss durch eine stockdunkle Röhre, die von etlichen Geräuschen widerhallte: von ihrem eigenen Atem, dem Quietschen ihrer Schuhsohlen auf dem Metall, dem Wummern ihrer an die Seitenwände knallenden Ellenbogen und Schläfen. Schelmerei grübelte gerade im Speziellen darüber nach, was sie eigentlich machen sollte, wenn sie anhalten müsste, da hielt sie von selbst an. In einer scharfen Biegung des Schachts war sie einfach stecken geblieben.

Angst hatte Schelmerei bisher nicht gehabt und auch jetzt kam es ihr nicht in den Sinn, sich zu fürchten. Doch während sie sich noch in ihrer ungewohnten Lage zurechtzufinden versuchte, hörte sie aufgeregte Rufe.

»Was war das?«

»*Saperlipopette!*«

»Da war so ein dumpfer Schlag und –«

Teufel auch! Ihre Rutschpartie hatte zu viel Krach gemacht! Vor Ärger trat Schelmerei sich mit der Ferse des einen Fußes gegen das Schienbein über dem anderen. Genau solchen Stress konnte sie gerade wirklich nicht gebrauchen.

»Alles gut!«, rief Schelmerei. »Komme gleich raus!«

Sie schüttelte ihre Schuhe von den Füßen und ließ sie in die Tiefe poltern, stemmte sich mit den Händen gegen die Wände des Schachts und wand sich langsam aus ihrer misslichen Lage hinaus. Das dauerte – und draußen wurde immer lauter und aufgeregter gerufen.

»Können wir irgendwas tun?«

»Wir müssen den Notarzt rufen! Und die Polizei! Und die Feuerwehr!«

»Jetzt übertreib mal nicht! Wir sollten sie einfach lassen, wo sie ist, zumindest fürs Erste!«

Mit einem peinlichen Quietschen konnte Schelmerei sich endlich befreien. Sie plumpste in die Tiefe, kam mit den Zehenspitzen schmerzhaft – sehr schmerzhaft sogar – auf dem

Grund des Schachts auf und schlängelte sich wenig elegant ins Freie.

»Leute, mir geht's gut.« Schelmerei wischte sich über das Gesicht und verschmierte dadurch Staub und Dreck auf ihren Wangen. »Ihr könnt euch wieder einkriegen!«

Niemand würdigte sie eines Blickes. Sie war hinter einem Gemälde neben der Küchentür hervorgekommen, einer Stelle, die freie Sicht auf das eigentliche Zentrum der Aufmerksamkeit bot.

Das Zentrum der Aufmerksamkeit war Erztante Schadenfreude, die am Fuß der großen Treppe lag, schlaff in sich zusammengesunken, regungslos.

ZWEITER TEIL

10. Vor-Fall oder Vor-Stoß

»Entschuldigung, aus dem Weg bitte! Ich bin Arzt!«

Lauters Füße begnügten sich beim Hinabeilen der Treppe mit jeder dritten Stufe, schon war er unten und ging neben Tante Schadenfreude in die Hocke. Ein paarmal versuchte er, die Finger unter ihr Eisenhalsband zu schieben, dann gab er es auf und tastete an ihrem Handgelenk nach einem Pulsschlag, ehe er schließlich ein Ohr an ihre Brust legte.

Tiefe Stille war eingekehrt, Schelmerei hörte nur noch das Blut in ihren Ohren rauschen. Sie entdeckte Phänomen und Clementine, beide leichenblass, und Onkel Mahlstrom, der sich wie ein Dampfer durch die Menge der Schaulustigen manövrierte. Sie wusste nicht, was genau mit Tante Schadenfreude passiert war, doch der Vorfall hatte sich offensichtlich nach dem Hauptgang ereignet. Nicht wenige Gäste hatten ihr Dessert aus dem Speisesaal mitgebracht, sodass sie nun mit einem Kristallbecher in der Hand dastanden und wie ferngesteuert geschmolzenes Eis mit Karamellsoße löffelten.

Schelmerei kam es vor, als wäre ihr Gehirn eingefroren. Es fokussierte sich auf die immer gleichen Details: dass der graue Haarknoten von Tante Schadenfreude noch perfekt saß, aber ihr linker Schuh vom Fuß geglitten war und die zerschlissene Strumpfhose an ihrer Ferse freigelegt hatte. Dass ihr Gehstock weg war, ihr Schultertuch verrutscht. Dass Lauters Augen hinter seiner Brille fest zusammengekniffen waren, während er auf ihren Herzschlag lauschte. Doch als Schelmerei sah, wie Schadenfreudes schwacher Atem eine seiner Haarsträhnen erzittern ließ, wurde sie von Erleichterung überschwemmt.

»Sie lebt«, verkündete Lauter mit beinahe erstauntem Unterton. Ein Seufzen – der Erlösung, vielleicht aber auch der Ernüchterung – ging durch die Zuschauermenge. Schelmerei fiel auf, dass sie ihre Finger in den Saum ihres Kleides eindrehte, und sie ließ es bleiben. Sie drängelte sich durch die Verwandten nach vorn, doch bevor sie sich zu ihrer Tante durchkämpfen konnte, rempelte sich eine kräftige Gestalt in die Szenerie und klappte leise aufheulend neben Schadenfreude zusammen. Mahlstrom legte Köchin vorsichtig eine Hand auf den Bizeps.

»Wenn ihr Halsband nicht gewesen wäre, wäre sie jetzt wahrscheinlich tot«, flüsterte Lauter. »Ein solcher Sturz … bricht einem normalerweise das Genick.«

Köchin nickte. Die Lippen aufeinandergepresst, tastete sie fachmännisch Schadenfreudes Arme und Beine ab. Genau wie vergangenes Jahr bei Schelmerei, nachdem sie von einem Baum gefallen war.

»Nichts gebrochen. Sie ist ein zäher Hund, so zäh wie sonst niemand …« Köchin räusperte sich. »Es wäre ihr nicht recht, wenn wir ihretwegen einen Aufstand machen.«

Über ihren Kopf hinweg spähte Lauter zu den Löffelnden hinüber. Er hatte offenbar verstanden.

»Hergehört!«, rief er ruhig, aber gebieterisch und breitete die Arme aus. Mahlstrom schob sich neben ihn, um der Familie die Sicht auf Tante Schadenfreude zu versperren. »Ich muss unser Tantchen irgendwohin schaffen, wo ich mich ungestört um sie kümmern kann. Geht ihr nur wieder rüber und esst auf. Ich sage euch so schnell wie möglich Bescheid, wie es um sie steht. In Ordnung?«

Murmelnd und tuschelnd zerstreute sich die Menge. Lauter fuhr sich blinzelnd mit der Hand durch die Haare und ruinierte dadurch seinen makellosen Seitenscheitel.

»In Ordnung«, sagte er abermals.

Er nickte Köchin zu. Ohne merkliche Anstrengung hob sie Tante Schadenfreude vom Boden. Mahlstrom hievte Phänomen und Clementine auf seine Schultern und folgte ihr die Treppe hinauf, Schelmerei im Schlepptau. Kurz bevor sie im zweiten Stock in den Flur zu Schadenfreudes Arbeitszimmer einbogen, sah Schelmerei, wie Phänomen sich ruckartig umdrehte und mit schmalen, blitzenden Augen zum obersten Absatz der Treppe hinüberspähte. Dort warf der Teppich unordentliche Falten.

Im Arbeitszimmer war es warm und still, nur das Kaminfeuer knisterte erwartungsvoll und auf der Anrichte stand eine

Tasse mit frisch gebrühtem Tee. Mit einem Wisch fegte Mahlstrom alles von der Schreibtischplatte herunter und häufte mit Lauters Hilfe Kissen und Decken auf, damit Köchin die Bewusstlose weich betten konnte. Selbst in diesem Zustand runzelte Schadenfreude noch die Stirn.

Lauter mühte sich mit dem Eisenhalsband ab. »Wie geht das Ding auf?«

»Gar nicht«, erwiderte Köchin. »Sie hat es sich vor Jahren maßschneidern lassen.«

»Und seitdem nie zurückgeschaut, sondern immer nach vorn.« Lauter gluckste schuldbewusst. »Unpassend. Sorry.«

»Sie hat es sich angelegt, als sie Matriarchin wurde«, erwiderte Köchin knapp. Einen Grund nannte sie nicht.

»Wann wacht sie wieder auf?«

Schelmerei erschrak über den Klang ihrer eigenen Stimme. Sie schien aus weiter Ferne herüberzudringen.

»Schwer zu sagen«, antwortete Lauter. »Aber früher oder später bestimmt! Von so einem Unfall erholen sich viele Leute wunderbar.«

Auch das konnte Schelmerei nicht beruhigen. Nichts war mehr, wie es sein sollte, als hätten Boden und Decke die Plätze getauscht. Auf der Welt gab es keinen aufrechteren Menschen als ihre Tante. Sie *schlief* sogar aufrecht. Sie so zu sehen, in der Horizontalen, war kaum besser, als wenn sie tot dagelegen hätte.

Aus dem Augenwinkel beobachtete Schelmerei, wie ihre Schwestern miteinander flüsterten. Also ließ sie die Erwachsenen allein diskutieren, was man dem Rest der Familie mitteilen sollte.

»Ihr Gehstock lag oben an der Treppe, nicht unten«, zischte Phänomen Clementine ins Ohr. »Und mit dem Teppich stimmt auch was nicht. Weißt du noch, als Schelmerei als kleines Kind über eine Ecke davon gestolpert ist? Da ist sie bis ganz nach unten gepurzelt.«

»Sie ist eher gehüpft«, sagte Clementine genervt. »Wie so ein Flummi.«

»Damit das nicht noch mal passiert, hat Köchin doch den Rand des Teppichs festgenagelt.«

»Ja. Und?«

»*Und* vorhin, als ich nachgeschaut habe, waren die Nägel rausgezogen. Da muss jemand absichtlich Hand angelegt haben. *Und* der Gehstock lag mehrere Meter entfernt von der obersten Stufe. Den hat sie niemals einfach fallen lassen.«

»Was soll das heißen?«, fragte Schelmerei.

Phänomen blickte sie mit tiefem Ernst an. »Ich muss noch meinen Junior-Spurensicherungskoffer holen, aber fürs Erste sieht es so aus, als hätte irgendwer unserer Tante ihren Stock weggenommen und ihn zur Seite geworfen, *bevor* sie gestürzt ist – und als hätte *danach* irgendwer den Teppich vom Boden gelöst, damit man denkt, sie wäre gestolpert.«

»Und dazwischen?«

»Dazwischen wurde sie runtergestoßen. Schelmerei, das war versuchter Mord.«

Phänomen und Schelmerei spielten gerne zusammen und am häufigsten spielten sie *Post Mortem*. Dabei inszenierte Schelmerei ihren eigenen gewaltsamen Tod und wartete dann ab, ob Phänomen anhand zuvor platzierter Hinweise den Tathergang rekonstruieren konnte. Manchmal wurde auch eines von Clementines Stofftieren zum Mordopfer, damit sie den Fall gemeinsam als Holmes und Blackbeard (Watson war unter Schelmereis Würde) aufklären konnten.

Clementine hasste dieses Spiel, Köchin auch – aus dem einfachen Grund, dass sie zu diesen Gelegenheiten meist exakt da, wo man am wenigsten damit rechnete, über Schelmerei stolperten, die ketchupüberströmt und mit gruselig hervortretenden Augen auf dem Boden lag. Genau genommen *spielten* die Schwestern jedoch ebenso wenig, wie sie zum Spaß einmal im Monat ihre Tante beerdigten. Sie übten. Phänomen hatte nie auch nur eine Sekunde daran gezweifelt, dass sie eines Tages als Ermittlerin gefordert sein würde. Und wenn es so weit war, bräuchte sie eine Assistentin.

Phänomens Schlussfolgerung, dass sich im Haus ein Möchtegernmörder herumtrieb, überraschte Schelmerei deshalb nicht. Obwohl ihr der Schreck noch in den Gliedern saß, obwohl ihre Tante schwer ramponiert auf dem Schreibtisch lag und obwohl Köchin schmerzerfüllt und Mahlstrom sorgenschwer dreinschaute, verspürte sie ein aufgeregtes Kribbeln. Das, dachte sie, kam wahrscheinlich von ihrem Namen, der wieder mal auf Ärger aus war. Trotzdem wisperte in ihrem Hinterkopf eine Stimme: *Endlich ist bei dir mal was los.*

Der Nebel aus Furcht, der sie umgeben hatte, lichtete sich ein wenig und mit jäher, kristallklarer Schärfe sah Schelmerei all die vom Schreibtisch gefegten Dinge am Boden: die Stifte ihrer Tante, ihren Schlüsselbund, ihr Tintenfässchen, das abgegriffene Lesezeichen mit der Definition ihres Namens. Sie sah auch, dass eine graue Strähne aus ihrem nüchternen Haarknoten entwischt war und nun quer über ihrer Wange hing. Und der Anblick dieser Strähne, die Schadenfreudes Ohnmacht schamlos ausnutzte, um sich ihrem Willen zu widersetzen, der Anblick dieser einen Strähne war es, der den Rest der lähmenden Starre von Schelmerei abfallen ließ. Irgendjemand hatte es gewagt, ihre Tante auf deren eigenem Hoheitsgebiet anzugreifen, ja, irgendwer hatte sie hinterrücks die Treppe heruntergeschubst! Dieses Detail empörte Schelmerei am allermeisten. Tante Schadenfreude war ein Gegner, der Furcht und *Respekt* einflößte, und wer es auf sie abgesehen hatte, sollte doch wenigstens den Anstand besitzen, ihr offen und fair gegenüberzutreten.

Und so schwor Schelmerei bei den unermüdlich zusammengezogenen Augenbrauen ihrer Tante: *Ich werde herausfinden, wer das war, und ich werde Rache nehmen.*

»Nein«, sagte Clementine bloß.

»Was?«, fragte Schelmerei.

»Tu nicht so unschuldig. Ich seh dir doch an, dass du gerade Rache geschworen hast, und das verbiete ich dir.«

»Na gut. Dann schwöre ich eben … Gerechtigkeit.«

»Ist das für dich überhaupt ein Unterschied?«

»Natürlich! Also das eine wird jedenfalls anders geschrieben als das andere. Oder, Phänomen?«

»Rache übt man aus purem Eigennutz. Gerechtigkeit dient dem Gemeinwohl. Den Fast-Mörder zu verhaften, wäre im Sinne der Gerechtigkeit, aber wir dürfen ihn nicht zur Strafe selbst abmurksen«, führte Phänomen sachlich aus.

»Will ich aber«, sagte Schelmerei.

Clementine schüttelte so heftig den Kopf, dass ihre Haare durch die Luft flogen. »Bitte hört mir zu, dieses *eine* Mal nur: Ihr könnt nicht einfach versuchen, das Ganze mal eben allein aufzuklären. Dafür seid ihr zu jung. Sind *wir* zu jung. Ihr müsst es den Erwachsenen sagen, dann können die die Polizei rufen und dann kümmert *die* sich darum.«

»Die Polizei hat das nicht zu interessieren«, erwiderte jemand.

Die Schwestern drehten sich um. In der Tür stand Tante Erbschaft, ihr großes Buch fest an sich gedrückt. Viola, noch immer in ihrem blauen Morgenrock, spähte verschlafen blinzelnd über Erbschafts Schulter. Neben Viola stand ein Mann im langen beigefarbenen Trenchcoat mit hochgestelltem Kragen. Er trug einen Fedora, also einen Hut mit breiter Krempe, der typisch für Detektive ist und Schelmerei deshalb seinen Beruf verriet.

Tante Erbschaft hüstelte. »Entschuldigt bitte, ich wollte nicht so … Wie sagt man noch?«

»Herrisch auftreten?«, riet Viola.

»Autoritär«, schlug Lauter vor.

»Bestimmerisch«, fügte Viola hinzu. »Schatz, was ist denn los? Ich habe geschlafen und plötzlich gab es so ein furchtbares Getöse und … Oh.« Sie hatte Tante Schadenfreude entdeckt. Die Hand vor den Mund geschlagen, flüchtete Viola sich zu Lauter und vergrub das Gesicht an seiner Schulter.

Schelmerei stutzte. Viola war ihr erst zehn Minuten zuvor über den Weg gerannt, sie hatte also bestimmt nicht geschlafen – es sei denn, sie neigte zum Schlafsprinten. In jedem anderen Fall hatte Viola gerade gelogen. Damit war sie die erste Verdächtige.

»Wir werden die Polizei jedenfalls nicht verständigen«, stellte Tante Erbschaft klar. »Das ist einfach nicht unsere Art. Wir Swifts regeln unsere Angelegenheiten selbst.«

Clementine starrte sie entgeistert an. »Das kann nicht dein Ernst sein.«

»Bei Unstimmigkeiten in der Familie ist es Aufgabe der Matriarchin, diese beizulegen, Lösungen zu finden und Gerechtigkeit walten zu lassen«, erklärte Tante Erbschaft unbeirrt.

»Aber Tante Schadenfreude ist die Matriarchin!«

»Korrekt.«

»Und sie ist das Opfer!«

»Korrekt.«

»Und bewusstlos ist sie auch!«

»Korrekt.«

»Dann gibt es doch offensichtlich ein Problem!«

»Nun ja. In *Historie und Hausrecht der Familie Swift* heißt es ausdrücklich, dass in Abwesenheit der Matriarchin die

Archivarin über sämtliche Angelegenheiten der Familie zu entscheiden hat, welcher Art *auch immer*. Und Archivarin bin ich. Ich werde fortan alles Organisatorische übernehmen.«

Clementines Hände verkrampften sich zu Fäusten. »Aber Tante Schadenfreude würde –«

»Deine Tante würde gerade in einer solch schweren Zeit unseren Traditionen treu bleiben!«, fiel Erbschaft ihr scharf ins Wort.

Flehend blickte Clementine zu Köchin hinüber.

»Es stimmt. Wie ihr wisst, hasst Schadenfreude Ärzte und Hausierer, aber Polizisten verabscheut sie noch mehr. Die kämen ihr nicht ins Haus«, sagte Köchin, das Gesicht allerdings zweifelnd verzogen. »Kopf hoch, Clem.«

Clementine kapitulierte vielmehr mit gesenktem Haupt vor der unumstößlichen Unlogik der Erwachsenenwelt. »Wisst ihr was?«, flüsterte sie nur. »Manchmal … manchmal hasse ich meine Familie.«

»Aber natürlich, meine Liebe«, sagte Tante Erbschaft. Mit lang ausgestrecktem Arm tätschelte sie Clementines Schulter, was vermutlich nett gemeint war, aber aussah, als würde sie voller Widerwillen einen Hundewelpen streicheln. »Arme Clementine. Ich weiß, eine wie du sucht von Natur aus nach einer profanen Lösung für unser Problem, aber hab keine Sorge! Alles wird sich gemäß unseren Reg–«

Doch Clementine, die gönnerhaftes Verhalten genauso wenig ausstehen konnte wie Schelmerei, stolzierte wortlos aus dem Zimmer hinaus.

Stille kehrte ein, bald gebrochen von dem Mann mit Hut.

»Es war ein Tag im Mai, gegen zehn Uhr abends, die Sonne hatte sich längst hinter den Horizont verzogen. Unten nippten die Gäste am Kaffee oder gönnten sich einen Schlummertrunk. Oben lag ihre frisch verstorbene Gastgeberin.«

»Sie ist nicht verstorben«, berichtigte Phänomen, doch der Mann gebot ihr zu schweigen und fischte einen Notizblock aus seinem Trenchcoat, um sich etwas aufzuschreiben.

»Die Party hatte schon begonnen, als ich eintraf, doch es wurde gerade erst interessant. Blut, heißt es, sei dicker als Wasser, und trotzdem hatte ich so ein Gefühl, dass die alte Schachtel nur als Erste leckgeschlagen war. War das olle Schlachtschiff gegen den Eisberg seiner Sünden gefahren? Hatte sich ein blinder Passagier an Bord geschmuggelt und unter die Crew gemischt? Ich hatte einen neuen Fall am Haken und diesmal blieb das Verbrechen … in der Familie.«

Tante Erbschaft räusperte sich. »Das ist Schnüffler Swift, seines Zeichens Privatdetektiv. Er hat freundlicherweise angeboten, die Ermittlungen zu übernehmen, und in Anbetracht seines Namens sollte er sich dazu bestens eignen.«

Schnüffler kroch bereits am Boden herum, klaubte verschiedene Dinge auf und steckte sie ein.

»Ich werde euch später alle verhören müssen«, kündigte er an. »Zuerst das Hausmädchen. Ich knöpfe mir immer als Erstes die Bediensteten vor.«

»Ich heiße Köchin, das ist mein *Name*. Ich bin keine Bedienstete und wenn ich fragen darf: Was zur Hölle soll das?«

Schnüffler hatte sich tief über Schadenfreude gebeugt und versuchte, in ihre Nase hineinzulinsen. Köchin packte ihn am Schlafittchen und riss ihn hoch, bis seine Schuhe nur noch an den äußersten Spitzen den Boden berührten.

»Also bitte, Miss. Ich verstehe ja, dass Ihnen Ihre Arbeitgeberin am Herzen –«

»Meine Arbeitgeberin? Sie ist meine *Freundin*«, zischte Köchin. »Meine beste Freundin. Du hast ja keine Ahnung. Sie hat mir ein Zuhause gegeben, als ich nirgendwohin konnte, sie hat …«

Mit Entsetzen sah Schelmerei, wie Köchin feuchte Augen bekam. Köchin, die nicht mal damals geweint hatte, als sie sich mit einem Fleischerbeil den kleinen Finger abgehackt und eigenhändig wieder angenäht hatte.

Sofort stand Onkel Mahlstrom neben ihr und legte ihr einen Arm um die Schultern. »Köchin gehört zur Familie«, sagte er in einem Ton, so hart und endgültig wie eine zuknallende Tür. »So redest du nicht mit ihr. Nie wieder.«

»Aber natürlich. Und das Opfer nehme ich wohl besser später unter die Lupe …«, sagte Schnüffler, während Köchin ihn wieder auf die Beine stellte. »Punkt eins: Wir müssen uns zusammenreimen, wie es umgekomm… äh, verletzt wurde.« Als er erneut etwas aus seinem Mantel angelte, japste Phänomen vor Schreck.

»Das ist ein Beweisstück!«

Schnüffler ließ den Gehstock ihrer Tante zwischen den Fingern kreisen. »Ist es nicht. Es ist bloß ein Stock.«

»Ich habe ihn extra am Tatort liegen lassen, weil ich erst noch mein Fingerabdruckpulver holen wollte!«

»Fingerabdruckpulver?«, schnaubte Schnüffler. »Wozu das denn?«

»Na, wegen der Fingerabdrücke! Die der Täter darauf hinterlassen haben könnte!«

»Ach, das glaube ich kaum. Wäre schön blöd von ihm, sich so leicht erwischen zu lassen! Und eines kann ich dir schon jetzt über den Fast-Mörder sagen: Erwischen lassen will er sich nicht!«

Schnüffler schleuderte den Gehstock in die Luft und fing ihn wieder auf. Tante Erbschaft applaudierte ihm.

»Spurensicherung können wir schon mal vergessen«, stöhnte Phänomen.

»Ist aber wirklich reizend von euch, dass ihr mir zur Seite stehen wollt«, sagte Schnüffler. »Wie wär's? Möchtet ihr beide meine Detektivgehilfinnen sein?«

Phänomen sah ihn böse an. Ohne es zu wissen, hatte Schnüffler einen schweren Fehler begangen. Nun streckte er auch noch grinsend die Hand aus, um Schelmerei die Haare zu verstrubbeln, und beging damit den nächsten. Schelmerei wollte sich mit gefletschten Zähnen auf ihn werfen, doch da senkte sich Köchins kräftige Hand auf ihre Schulter.

»Gut, Mädchen. Ab ins Bett, würde ich sagen.« Angestrengt lächelnd schob sie die beiden aus der Tür. »Und stellt bloß nichts an, verstanden?«, rief sie dabei so laut, dass es alle im Arbeitszimmer Anwesenden mitbekamen. Dann beugte sie sich eilig zu ihnen herunter. »Stellt was an, ja? Tut, was ihr könnt, okay? Ihr zwei werdet den Attentäter eher fassen als die Blitzbirne dadrinnen.« Sie sah sich verstohlen um. »Von allen Menschen in diesem Haus traue ich nur uns, eurer Schwester und Mahlstrom. Aber das –«

Als Schnüffler an ihr vorbeischritt, richtete Köchin sich schnell auf, doch er wollte nur die Stufen der großen Treppe mit einem Lineal vermessen.

»Das bleibt unter uns«, beendete Phänomen den Satz für Köchin. »Der Nicht-ganz-Mörder soll sich schön in Sicherheit wiegen.«

Schnüffler leckte am Geländer und brummelte vielsagend vor sich hin.

Köchin nickte. »Ist gebongt. Ich halte derweil bei eurer Tante Wache. Nicht dass er es noch mal versucht.«

Aus dem Haus war ein leises, an- und wieder abschwellendes Gemurmel zu hören. Es war spät geworden und aller Aufregung zum Trotz zog es die ersten Gäste in Richtung Bett.

»Aber seid diskret, ja?« Köchin sprach noch leiser. »Wenn wir eins vermeiden wollen, dann einen Ausbruch von Panik. Sollen die anderen nur weiter denken, es sei ein Unfall gewesen.«

»Verstanden.«

»Achtung!«, rief Schnüffler laut von der obersten Treppenstufe hinunter. »Hört her! Es gibt schlimme Neuigkeiten. Der Sturz unserer lieben Tante Schadenfreude war *kein* Unfall!«

Der folgende Aufruhr übertönte sogar Köchins Flüche.

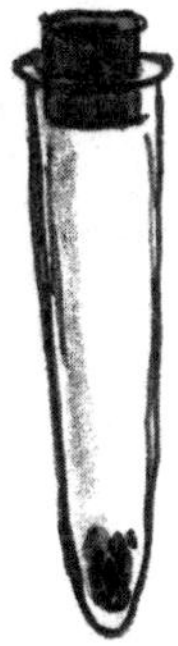

11. Verwandt, verzankt, verdächtigt

In ihrem Labor wischte Phänomen mit dem Ärmel ihres Kittels einige Gleichungen von der Tafel und begab sich dann auf die Suche nach einem Stück Kreide.

»Zuerst«, verkündete sie währenddessen, »müssen wir die Tatzeit bestimmen.«

Schelmerei machte es sich auf einer Sitzbank gemütlich. Daten, Details, Dauer – all das war Phänomens Spezialgebiet.

»Die im Speisesaal Anwesenden haben um 20.53 Uhr ein lautes Poltern wahrgenommen. Es ist also davon auszugehen, dass Tante Schadenfreude um diese Uhrzeit gestürzt ist. Eine Minute später bin ich – begleitet von den anderen – am Tatort eingetroffen.« Phänomen nahm einen besonders großen Schluck von ihrer Lösungslösung. »Diejenigen, die am Abendessen teilgenommen haben, können wir glücklicherweise als Täter ausschließen, sie waren ja mit dem Nachtisch beschäftigt. Wir müssen daher nur alle Gäste durchgehen und die aufschreiben, die gefehlt haben.«

Schelmerei machte große Augen. »Wirklich alle?«

Wirklich alle. Während ihre Schwester die Sitzordnung rekonstruierte, saß Schelmerei stumm da und kämpfte gegen ihre Müdigkeit an. Unter Mordermittlungen hatte sie sich etwas anderes vorgestellt.

»… und neben ihm eine der Zwillinge – frag mich nicht, welche – und daneben die Frau mit der Fellhandtasche –«

»Das ist Tante Malaria und es ist keine Handtasche, sondern ein Hund. Ein Bichon Frisé, wenn du es genau wissen willst. Ist eine französische Rasse.«

Clementine hockte auf der Kante der offenen Dachbodenluke. Von unten winkte Rain unbeholfen nach oben, gekleidet in einen Schlafanzug mit Käfermuster.

»Hey!«, rief Phänomen. »Hallo, Rain! Schelmerei, Rain hat mir vorhin bei meinen Experimenten geholfen. Wir haben ein sehr interessantes Gespräch über Schleimaale geführt, während du …« Sie wurde nachdenklich. »Ja, was hast *du* eigentlich die ganze Zeit gemacht?«

Die ehrlichen Antworten (»ein Nickerchen halten« und »im Wäscheschacht feststecken«) wären Schelmerei etwas peinlich gewesen, darum zuckte sie bloß geheimnisvoll mit den Schultern. Sie kämpfte gegen ihren Ärger darüber an, dass Phänomen sich von Rain bei ihren Experimenten hatte helfen lassen. Schließlich fand sie Rain doch sympathisch und außerdem hatte sie Rain *vor* Phänomen kennengelernt, woraus sich glasklar ergab, dass sie, Schelmerei, Rains beste Freundin – oder beste Cousine? – war und nicht Phänomen.

Rain selbst begutachtete die Wandtafel, vermutlich ohne irgendetwas von Schelmereis Überlegungen zu ahnen. Da entschied Schelmerei spontan, auf ihren Riecher und ihren Bauch zu hören, die sich einig waren, dass man Rain trauen konnte.

»Das ist unsere Liste der Verdächtigen«, sagte sie. »Irgendwer hat versucht, meine Tante umzubringen.«

Schelmereis Respekt vor Rain wuchs noch, als Rain keine Miene verzog. »Das erklärt einiges. Auf dem Weg hier rauf habe ich gesehen, wie ein Mann mit Hut am Teppich geschnuppert hat. Und das sind eure Verdächtigen?«

Auch Clementine studierte die Tafel. »Ihr habt noch gar nicht Mahlstrom und Köchin aufgeschrieben, obwohl beide nicht beim Essen waren. Das ist nicht sehr professionell.« Sie griff nach einem herumliegenden Stück Kreide.

Schelmerei schnappte es ihr weg. »Mach dich nicht lächerlich. Entweder du hilfst mit oder du kannst gerne wieder *gehen.*«

Clementine tat weder noch. Sie verschränkte bloß die Arme, setzte sich auf die Bank und starrte ihre Schwestern an, als könnte sie die beiden durch reine Telepathie zum Abbruch der Ermittlungen bewegen.

Rain hob zögerlich die Hand. »Äääähm … Clementine hat recht. Ihr solltet wirklich *alle* Personen aufschreiben und sie dann nacheinander ausschließen.« Rain trat von einem Fuß auf den anderen. »Ich fange mal an. Meine Gran war nicht beim Essen, weil sie sauer auf eure Tante war. Angeblich hat Schadenfreude nicht auf sie gehört und sich nicht um das

Wohl der Familie geschert – irgendwie so. Ich glaube aber nicht, dass sie ihr deshalb etwas antun würde«, fügte Rain rasch hinzu. »Auf die Tafel muss sie trotzdem, aber … Also, sie steigert sich manchmal ziemlich in den ganzen Familienkram hinein, doch sie wird deswegen nicht zur Mörderin.«

Als Schelmerei sich an das leicht wahnsinnige Funkeln in Erbschafts Augen erinnerte, kamen ihr da ein paar Zweifel. Jetzt war vermutlich der richtige Zeitpunkt für einen Satz wie: »Übrigens gibt es im zweiten Stock einen Geheimraum und ich habe gesehen, wie Tante Erbschaft mit einem Haufen seltsamer Röhren da rein ist, und ich glaube deshalb, sie führt irgendwas im Schilde.«

Doch Schelmerei brachte es nicht über sich. Welches Geheimnis sich auch in dem Zimmer verbarg, sie fand, dass es *ihr* gehörte. Und auch wenn es egoistisch war, wollte sie es für sich allein behalten. Abgesehen davon, überlegte sie, hatte dieses Mysterium vermutlich eher mit dem Schatz als mit dem Mordversuch zu tun. Und obwohl der Fast-Tod ihrer Tante sie zwischenzeitlich von ihrem Kurs abgebracht hatte, lag auf dem Dach immer noch ihre Ausrüstung bereit, steckte in ihrer Tasche immer noch ihre Karte und spürte sie tief im Herzen immer noch, dass sie – und nur sie – Zuwiders Schatz aufspüren konnte. Nun müsste sie eben nebenbei auch noch ein Verbrechen aufklären, so einfach war das. Kindergartenbabypipileicht.

Zunächst wusste sie noch einen Namen für die Tafel.

»Viola lügt. Sie hat nicht geschlafen. Sie ist im ersten Stock an mir vorbeigerannt, im Flur, kurz bevor ich mich, ähm, auf den Weg nach unten gemacht habe. Vielleicht war sie wütend auf unsere Tante, weil die gegen ihre Ehe mit Lauter war?«

»Hmm … Klingt schon verdächtig, könnte aber genauso gut Zufall sein«, sagte Phänomen. »Ich schreibe sie auf.«

Nachdem die Sonderkommission eine Stunde lang getagt und Beobachtungen abgeglichen hatte, stand endlich eine vollständige Liste an der Tafel, von Schelmerei um aufschlussreiche Anmerkungen ergänzt:

Tante Erbschaft (sorry, Rain)
Viola (VERDÄCHTIG)
Onkel Mahlstrom
Flora/Fauna
~~Mann mit eindrucksvollem Schnurrbart~~ Onkel Fährmann
Lauter
Schaudervoll (BÄH)
Brüsk (auch BÄH)
Köchin
die Dame mit dem Pelikanhut

Obwohl Clementine Protest einlegte, strich Schelmerei sofort Onkel Mahlstrom und Köchin durch, weil die beiden es einfach ganz offensichtlich nicht gewesen waren.

»Schön und gut, aber brauchen wir jetzt nicht noch Beweise und so?«, fragte Rain auf dem Schlafanzugärmel kauend. »Sonst werfen wir doch bloß mit Anschuldigungen um uns.«

»Wir könnten verschiedene Foltermethoden anwenden, um die Wahrheit aus den Verdächtigen herauszubekommen«, schlug Schelmerei vor. Im Zuge ihrer Nachforschungen zum Bau von Katapulten waren ihr etliche spannende Bücher über das Mittelalter in die Hände gefallen. »Rain, hast du Strickzeug dabei? Aus den Nadeln könnte ich bestimmt eine eiserne Jungfrau basteln.«

»Wir brauchen keine eiserne Jungfrau.« Phänomen zog ein Glasröhrchen aus ihrem Laborkittel. »Bevor Schnüffler auf dem Tatort herumgepatscht und -getrampelt hat, konnte ich zum Glück einen interessanten Fund machen und sichern.«

Sie schüttelte das Röhrchen. Der Fund klimperte.

»Dreck!«, rief Schelmerei erfreut.

»Ich tippe auf etwas anderes, muss meinen Verdacht aber erst noch experimentell überprüfen. Es könnte sich aus der Schuhsohle des Stoßenden gelöst haben oder aus einer Kleiderfalte.« Aufgeregt schob Phänomen ihre Brille nach oben. »Die Hauptsache ist, dass wir eine erste Spur haben!«

Sie schaffte das Mikroskop, einige Bechergläser und ihre Schutzbrille herbei.

»Wisst ihr was?« Phänomen trank noch einen Schluck Lösungslösung. »Mir hat es vor dem Familientreffen gegraut. Ich dachte, es wird extrem langweilig und ich muss lauter öde Gespräche über meine Wachstumsgeschwindigkeit und meine hartnäckigen Milchzähne führen. Aber jetzt hat irgendwer versucht, unsere Tante zu ermorden – was für ein Glück!«

12. Scharade par excellence

Am nächsten Morgen wachte Schelmerei früh, mit verklebten Augen und verhagelter Laune am Fußende von Clementines Bett auf. Seit das Haus derart voll war, schlief sie schlecht. Sie fühlte sich wie im Zoo, so viel wurde um sie herum geschnauft und gewuselt. Und doch erlebte sie zwischen Augenöffnen und Aufrichten einen kurzen seligen Moment, in dem Schelmerei nicht daran dachte, was am Vortag geschehen war. Ein paar Minuten, in denen es nur Ruhe und Frieden und das sanfte Licht der Morgensonne gab, das sich an einer Stelle durch die zugezogene Gardine zwängte und warm auf ihren faul daliegenden Arm schien.

Dann fiel ihr alles wieder ein und die schlechte Laune kehrte zurück.

Mit dem Handrücken wischte sie sich über die Nase. Sie hatten sich bis in die frühen Morgenstunden in Phänomens Labor verkrochen, so lange, dass es Schelmerei irgendwann zu mühsam erschienen war, vor dem Schlafen noch den ganzen

Kram von ihrem eigenen Bett zu räumen. Als sehr kleines Kind hatte sie sich häufig in Clementines Zimmer geschlichen und sich am Fußende des Betts hingekuschelt wie eine Katze. Und während sie schlief, hatte ihre Schwester sie jedes Mal zugedeckt gehabt und ihr einen Zopf geflochten. Nun fasste Schelmerei sich an den Kopf und ertastete dort den gleichen Haarwust wie am Vorabend, während Clementine noch schlummernd und fest an ihr Kissen geklammert vor ihr lag.

Über Stapel aus Zeitschriften und Haufen aus Stofffetzen hinweg suchte Schelmerei sich einen Weg zur Tür, vorbei an den vorwurfsvollen Blicken der Postermodels an den Wänden und an dem Nähtisch, auf dem mottenzerfressene Klamotten ihrer Ausbesserung harrten. In der Tür angekommen, legte sie den Kopf schief und horchte auf die Geräusche des Hauses.

So hörte er sich also an, der Morgen nach einem Fast-Mord. Deutlich ruhiger, als Schelmerei erwartet hatte, aber es war ja noch früh. Aus den oberen Etagen waren vereinzeltes Seufzen und Stapfen zu vernehmen und mehr als ein Gast schnarchte rasselnd vor sich hin. Die alten Rohre bebten und klapperten, als der Boiler an seine Grenzen ging, um Warmwasser für sämtliche Badewannen und Duschen bereitzustellen.

Auf Zehenspitzen huschte Schelmerei zu ihrem Zimmer, stopfte ihr feines Kleid unter das Bett – ein gefundenes Fressen für Kater Johns Krallen – und streifte sich die erstbeste halbwegs saubere Hose sowie irgendein T-Shirt über. Zuletzt schaute sie in ihren Hosentaschen nach, ob sie auch gut ausgerüstet war, mit Dietrichen und etwas Schnur und ihrer

Karte, denn vor dem Frühstück hatte sie etwas Wichtiges zu erledigen: Sie musste in den Ostflügel, um sich mit einem ihrer wenigen vertrauenswürdigen Verwandten zu besprechen, mit einem, dem sie sogar von dem Geheimraum erzählen konnte.

»Bitte um Erlaubnis, an Bord kommen zu dürfen, Captain!«

»Erlaubnis erteilt!«

Seit Schelmerei denken konnte, schrieb Onkel Mahlstrom an seinen Memoiren. Ein einziges Mal hatte er ihr einen Blick hinein gewährt, aber nur auf die erste Seite. Dort stand: *Als das fest verschlossene Gurkenfass auf den warmen Wellen des Karibischen Meeres schaukelte, kam mir der Gedanke, dass mein Vater doch richtiggelegen hatte und man mit acht Jahren schlecht beraten war, die Insel zu verlassen. Doch zu diesem Zeitpunkt erging es mir schon wie den Gurken im Fass: Es gab kein Entkommen. Mein Schicksal war besiegelt.*

Nicht auszuschließen, dass er darüber hinaus kein Wort mehr zu Papier gebracht hatte.

Mahlstrom arbeitete zwischen schwankenden Türmen aus Büchern, Seekarten und anderen Schriftstücken, die täglich die Position wechselten. Für Besucher stellte es darum eine Herausforderung dar, ihn überhaupt zu orten, und auch Schelmerei musste sich auf ihrem verschlungenen Weg durch das Chaos von seiner Stimme leiten lassen.

»Marco!«, rief sie.

»Polo!«, ertönte Mahlstroms gedämpfte Antwort irgendwo zu ihrer Linken.

Schelmerei schlüpfte unter einer alten Galionsfigur hindurch, einem gut aussehenden Meerburschen aus Holz, dem blöderweise sein Schiff abhandengekommen war. Bei jedem Besuch in Mahlstroms Zimmer weckte irgendeine neue Entdeckung ihre Faszination: alte Steuerräder und Taue, Rohre und Gemälde, Statuen und Souvenirs aus einem Leben auf See, außerdem Dutzende Globen, weil Mahlstrom selbst sich außerordentlich für diese interessierte. Schelmerei dachte gern daran zurück, wie sie als sehr kleines Kind manchmal auf einem davon gehockt und sich um die Welt hatte kreiseln lassen, immer rundherum, bis ihr schwindelig geworden war.

»Amelia!«, rief sie.

»Earhart!« Diesmal ertönte die Antwort zu ihrer Rechten.

Im Geheimen hoffte Schelmerei, dass ihr Onkel früher Pirat gewesen war. Und wenn eines Tages die Marine oder die Spanische Armada – oder wer sonst gerade auf den Weltmeeren für Recht und Ordnung sorgte – mit einem Haftbefehl gegen ihn anrücken würde, dann würde sie bei Mitternacht gemeinsam mit Mahlstrom die Flucht ergreifen, sich im nächsten Hafen ein Boot stibitzen und fortan ihr Leben auf offener See verbringen. Selbst wenn sie sich von Schiffszwieback ernähren müssten, der, wie Schelmerei mal gelesen hatte, in der Regel von Rüsselkäfern befallen war. Sie stand felsenfest zu Mahlstrom, weil er sie niemals ermahnte, brav zu sein. Lieber erzählte er ihr von den wildesten, absurdesten Eskapaden und dafür hatte sie ihn tief in ihr Herz geschlossen.

»Olaudah!«, rief sie.

»Equiano!« Gleich da vorn.

Schelmerei umschiffte einen letzten Papierturm und erblickte endlich den Mann im Zentrum des Irrgartens. Er saß an seinem Schreibtisch, einem riesenhaften Eichenholzgebilde von der Form eines Schiffsbugs.

»Hey-ho, Skipper!« Mahlstroms lebhafte Begrüßung passte nicht zu seinem müden Gesicht. Schelmerei war sich nicht sicher, doch die Hängematte in der Ecke sah irgendwie nicht so aus, als hätte darin jemand geschlafen.

»Gibt es was Neues …?« Schelmerei brachte es nicht über sich, ihre Tante beim Namen zu nennen.

Ihr Onkel zog das Haargummi aus seiner Mähne und schüttelte diese aus. »Hat sich nichts getan. Köchin meinte, ich ginge ihr auf die Nerven, und hat mich ins Bett geschickt«, sagte er kleinlaut. Dann musterte er Schelmerei, so als hätte er Sorgen, sie könnte an irgendeiner unsichtbaren Stelle Schmerzen leiden. »Und bei dir? Alles in Butter auf dem Kutter?«

»Mir geht's gut.« Schelmerei schob ihre Angst beiseite und zog ihre Karte hervor. »Onkel, schau dir das an.«

Niemand anderes als Mahlstrom höchstpersönlich hatte ihr beigebracht, wie man Karten zeichnet (»Ein hervorragender Zeitvertreib für junge Damen! Und wenn man es genau bedenkt, auch für junge Herren!«), und aus diesem Grund durfte er – und nur er – ihre Karte sehen.

Er setzte sich eine Brille auf und begutachtete ihre jüngsten Ergänzungen. »Oha! Das Erdgeschoss ist praktisch fertig! Und mit dem ersten und zweiten Stock bist du auch gut vorangekommen. Ich habe es eigentlich für ein Ding der Unmöglichkeit gehalten, aber du bist ja selbst unmöglich. War also im Grunde klar, dass du es hinkriegst.«

Schelmerei wurde ganz warm. »Stimmt schon, ich bin genial. Aber guck mal hier!«

Sie legte den Finger auf das große rote Fragezeichen, das sie vor Kurzem eingezeichnet hatte, und erzählte von dem täuschend echten Wandgemälde und von ihren bislang sehr dürftigen Erkenntnissen dazu. Onkel Mahlstrom lauschte ihrer Schilderung mit ernster Miene, bedächtig auf seinem Stuhl sitzend – bis sie ihm berichtete, dass sie Tante Erbschaft zwei Abende zuvor dabei ertappt hatte, wie diese in den Geheimraum geschlichen war. Da schoss eine seiner mächtigen Augenbrauen in die Höhe.

»Weiß noch irgendwer davon?«, fragte er hastig.

»Nein. Deshalb bin ich doch zu dir gekommen. Ich konnte mich letzte Nacht nicht vor dem Raum auf die Lauer legen und jetzt hab ich auch noch einen Mordversuch aufzuklären. Deswegen müssen wir die Tür aufbrechen und rausfinden, was Erbschaft zu verbergen hat. Es könnte mit dem Schatz zu tun haben!« Schelmerei hüpfte aufgeregt auf der Stelle. »Du hast mir das Kartenzeichnen beigebracht. Wenn wir dadrin also eine heiße Spur zu Zuwiders Schatz finden, teile ich hinterher siebzig-dreißig mit dir. Aber *nur* mit dir!«

Einige Sekunden lang betrachtete Onkel Mahlstrom die Karte – das heißt, eigentlich kam es Schelmerei vor, als blickte er durch sie hindurch, hin zu einem unsichtbaren Horizont. Beziehungsweise zu einem, den sie selbst nicht zu sehen bekommen durfte.

»Schelmerei«, begann er. »Du musst mir dein Wort geben. Dein Seemannsehrenwort. Nein, das habe ich mir nicht gerade eben ausgedacht. Das ist eine ernste Angelegenheit.«

Er lehnte sich nach vorn, die Augenbrauen eng und immer enger zusammengezogen, und fixierte Schelmerei mit eindringlichem Blick. »Du darfst niemandem von diesem Geheimraum erzählen«, presste er hervor. »Versuch nicht, die Tür aufzubrechen, jedenfalls nicht, solange wir Gäste im Haus haben. Und zeig auf keinen, wirklich auf *gar* keinen Fall irgendjemandem sonst deine Karte.«

Mit dieser Reaktion hatte Schelmerei nicht gerechnet. »Warum?«, fragte sie.

An Mahlstroms linker Schläfe zuckte etwas – keine Lüge, nicht ganz. Aber eine Unaufrichtigkeit. Es war das erste Mal, dass Schelmerei so etwas im Gesicht ihres Onkels entdeckte. Eine echte Premiere.

»Onkel Mahlstrom … weißt du irgendwas über diesen Raum?«

»Wer nicht fragt, dem wird nichts vorgelogen«, erwiderte er sachlich.

So kannte sie ihren Onkel überhaupt nicht.

»Aber wenn Tante Erbschaft was im Schilde führt …«

»Sie ist unsere Archivarin. Das Wohl der Familie steht für sie an erster Stelle. Wir sollten sie einfach machen lassen.«

»Aber –«

»Schelmerei«, sagte ihr Onkel gequält. »Ich bitte dich. Als Nichte, Freundin und Schiffskameradin, ja? Es tut mir in der Seele weh, aber wir müssen ausnahmsweise …« Er schüttelte sich. »… vernünftig sein.«

»Auf keinen Fall!«

»Doch, so leid es mir tut. Kann ich mich auf dich verlassen?«

Schelmerei zögerte.

»Aye, aye«, antwortete sie schließlich. Doch als sie ihre Hand ausstreckte, kicherte Mahlstrom leise.

»Also bitte. Erst reinspucken! Ein staubtrockener Handschlag taugt nicht für ein Seemannsehrenwort.«

Schelmerei hatte mit Phänomen und Rain ein Treffen am Frühstückstisch vereinbart. Als sie nun den Speisesaal betrat, saß Phänomen aufrecht auf ihrem Stuhl und schnarchte, in der Hand einen Löffel Haferbrei, der es nicht ganz zu ihrem Mund geschafft hatte. Rain starrte sie fasziniert an, heute in einen schwarz-gelb gestreiften Pullover gekleidet – als Wespe, vermutete Schelmerei, oder als Hornisse. Sie pikte ihre Schwester in den Rücken, diese öffnete unverzüglich die Augen und aß weiter, als ob nichts gewesen wäre.

»Da bist du ja. Gut, gut … Bäh, warum ist der Haferbrei kalt?«

Phänomen hatte schmutzig-dunkle Ringe unter den Augen,

doch ihr Blick war scharf. Sie war offenbar nicht untätig gewesen – in ihrem neuen Notizbuch, das aufgeschlagen neben der Schale mit Brei lag, erspähte Schelmerei eine beschriftete Tatortskizze und außerdem einen schlampig gezeichneten Mann mit riesigem Hut, der durch ein Fernrohr guckte, das er falsch herum in den Händen hielt. Daneben befanden sich eine frische Pulle Lösungslösung und das Glasröhrchen mit dem krümelförmigen Fundstück vom Schauplatz des Verbrechens.

»Hast du etwa damit die ganze Nacht verbracht?«, fragte Schelmerei sie. »Mit dem bisschen Erde da?«

»Ja. Also, nein.« Phänomen nahm das Röhrchen in die Hand. »Ich hatte gehofft, es *wäre* Erde, denn dann hätten wir die darin enthaltenen Mineralien bestimmen und anhand ihrer Zusammensetzung herausfinden können, woher die Erde stammt. Doch wie meine Tests ergeben haben, handelt es sich um ein kleines Stück einer getrockneten Frucht der Pflanze *Coffea arabica.*«

»Soll heißen?«

»Es ist ein Stück Kaffeebohne!« Phänomen strahlte. »So ein Mordfall macht echt einen Mordsspaß!« Sie wedelte hektisch mit der Hand. »Also, natürlich ist es schlimm, dass unsere Tante schwer verletzt ist und alle so durcheinander sind. Aber normalerweise gibt es für mich hier fast nie was Interessantes zu tun.«

Phänomens Aufregung linderte Schelmereis Gewissensbisse wegen ihrer eigenen Begeisterung. Doch als sie sich im Speisesaal umsah, stellte sie fest, dass das Gewaltverbrechen die

Stimmung sowieso nicht merklich getrübt hatte. Am traurigsten schaute noch Lauter drein, der am Ende der Tafel müde eine Müslischale leer schaufelte; sowie Viola, die mit ernstem Gesicht an einem Blätterteigteilchen herumpickte; und Erbschaft, die ungefähr alle dreißig Sekunden reflexartig zu Rain hinüberlinste, als könnte ihr Enkelkind in der Zwischenzeit an einem Stück Toast erstickt sein. Gegenüber von ihnen erzählte Pamplemousse einen derben Witz, während Fortissimo die kleine Etepetete nur mit mäßigem Erfolg davon abhalten konnte, in seinen Haferbrei zu patschen. So weit alles normal.

Rain zog Phänomens Notizbuch zu sich hinüber und legte ein Exemplar von Erbschafts Stundenplan daneben, um die Liste der Verdächtigen aus dem Buch abzuschreiben: *Onkel Fährmann, Die Dame mit dem Pelikanhut, Lauter* und *Viola.*

»Im Moment wappnen sich alle für die Verschärfte Scharade«, sagte Rain. »Das wäre kein schlechter Zeitpunkt, um ein paar Alibis zu überprüfen. Normalerweise lässt Gran mich nicht aus den Augen, aber die Vorbereitungen für das Spiel sollten sie ablenken. Da müsste ich mit ein paar Leuten sprechen können.«

»Perfekt«, sagte Phänomen, doch Schelmerei wusste nicht, was so perfekt sein sollte, hatte sie doch nur mit halbem Ohr zugehört. Ein Blick auf Rains Stundenplan (ihren eigenen hatte sie schon am ersten Tag verlegt) hatte ihr nämlich verraten, dass um zwei Uhr nachmittags eine Theatervorführung auf dem Programm stand: *Die traurige Tragödie von Wohlan und Zuwider* von Behende Swift, Zuwiders Schwester. Ja,

Schelmerei hatte ihrem Onkel versprochen, sich von dem Geheimraum fernzuhalten, doch über das Thema Schatzsuche hatte er kein Wort verloren. Und wenn sie ihrer Familie weiterhin einen Schritt voraus sein wollte, war sie auf alle Informationsbrösel angewiesen, deren Spur sie irgendwann zu dem verborgenen Vermögen führen könnte. Gut möglich, dass ein paar davon in Behendes Theaterstück zu finden waren.

Schelmerei war hin- und hergerissen. Auf der einen Seite gab es nichts Wichtigeres, als den Beinahe-Mord an ihrer Tante zu rächen. Auf der anderen Seite lockte unermesslicher Reichtum. Aber genau genommen, sagte sie sich, würde sie die Ermittlungen ja nicht *aufgeben*. Sie war bloß gezwungen, sie nach dem Mittagessen kurz zu pausieren.

Doch eins nach dem anderen. Wie ihr gerade eingefallen war, befand sich unter ihnen eine echte Expertin in Sachen *Coffea arabica*.

Im Wintergarten fanden sie Flora und Fauna, die sich inmitten der überbordenden Farbenpracht exotischer Pflanzen für die Verschärfte Scharade aufwärmten. Von den Scheiben gefiltertes Sonnenlicht färbte die Haut der Schwestern grünlich. Während die eine an einer Kaffeetasse nippend ein Bein zu den Orchideenblüten reckte, erhob sich die andere aus einem Korbstuhl und ging ihnen entgegen.

»Schelmerei! Ist das *schön*, dich wiederzusehen!«

Sanft wie ein Vogelflügel schloss sich eine warme Hand um Schelmereis Finger. »Falls du dich fragst, wer hier wer ist – ich bin Fauna. Und diesmal spielen wir dir keine Streiche, versprochen.«

Wer in kurzer Zeit viele neue Menschen kennenlernt, ist froh, endlich den Namen zum jeweiligen Gesicht zu wissen. Oder, wie Schelmerei in diesem Fall, die beiden Namen zum gleichen Gesicht. Fauna hatte die Angewohnheit, jedem Gesprächspartner die ganze Zeit in die Augen zu schauen, was eigentlich schnell ein bisschen unheimlich werden konnte. In ihrem Fall aber nicht. Sie war schlicht aufmerksam.

»Morgen zusammen!« Flora winkte den Neuankömmlingen zu und verschüttete dabei etwas Kaffee auf ihrem Oberteil.

Fauna seufzte. »Das Top fand ich wirklich schön.« Sie marschierte zu ihrer Schwester hinüber und kippte sich mit gerümpfter Nase ein wenig von Floras Kaffee auf das eigene Oberteil.

»Wir gleichen uns gern«, erklärte Flora, während beide die Flecken abtupften.

Nun, da die Zwillingsschwestern unmittelbar vor ihr standen, suchte Schelmerei hoch konzentriert nach einem eindeutigen Unterscheidungsmerkmal. Die beiden glichen sich gern? Dann herzlichen Glückwunsch. Sie waren bis ins letzte Detail identisch, bis hin zu dem losen Faden an ihren Hosen und dem Leberfleck über ihrer linken Augenbraue. Sie trugen die gleiche Kleidung und die gleiche Frisur, das Haar lang und glatt. Und sie hatten beide brutal kurze Fingernägel. Wenn es denn eine Abweichung gab, dann lag sie in der leichten Andeutung von Zornesfurchen auf Floras Stirn und in den zart zu erahnenden Lachfältchen um Faunas Mundwinkel. Ihre Namensschilder waren so angebracht, dass sie jeweils nur zur Hälfte zu erkennen waren. Natürlich, dachte Schelmerei, die Schilder würden ihnen sonst ja den ganzen Spaß verderben.

»Wir müssen euch verhören«, sagte Schelmerei.

In Phänomens Tasche befand sich das Glasröhrchen mit dem Kaffeebohnenkrümel. Phänomen zufolge waren Zwillinge häufig in Kriminalfälle verwickelt und deshalb besonders verdächtig, also warum sollten sie nicht bei den Schwestern mit den Nachforschungen anfangen?

»Verhören?« Flora grinste sie über ihre Kaffeetasse hinweg an. »Du meine Güte! Ihr sollt uns wohl für den alten Schnüffler in die Mangel nehmen …« Als Phänomen laut und wenig damenhaft schnaubte, grinste Flora noch mehr. »Wisst ihr, der war schon bei uns. Was hat er noch gesagt? Zwillinge seien immer ›besonders verdächtig‹?«

Phänomen hüstelte. »Okay, das ist natürlich Unsinn.«

»Schon, oder?«, erwiderte Flora. »Aber meinetwegen. Ihr

könnt uns verhören – wenn wir dabei für die Scharade trainieren können! Dieses Mal wollen wir endlich Brüsk und Schaudervoll schlagen.«

Für alle, die noch nie Scharade gespielt haben: Die Regeln sind nicht weiter kompliziert. Person A stellt ein Wort oder einen Satz pantomimisch dar und Person B muss erraten, was das stumme Gesten- und Grimassentheater bedeuten soll. Meist treten mehrere Duos gegeneinander an und dasjenige, das am schnellsten und besten rät, gewinnt.

Phänomen zückte ihr neues Notizbuch, aus dem sie über Nacht durch etliche wichtige Einträge und mehrere akkurat aufgeklebte Sticker ein Ermittlungsbuch gemacht hatte. »Nur eine von euch war gestern beim Abendessen«, begann sie. »Flora, warst du das?«

Flora schüttelte augenrollend den Kopf.

»Das war ein *Nein*«, übersetzte Fauna unnötigerweise.

»Und wo warst du dann?«

Flora antwortete mit einer äußerst gewitzten Geste.

»Das bedeutet, äh … *Geht euch nichts an.*«

Schelmerei krempelte mit grimmigem Gesicht ihre Ärmel hoch. Da hampelte Flora scheinbar unkontrolliert herum.

»Aber ich habe Tante Schadenfreude nicht umgebracht«, übersetzte Fauna. *»Es war bloß was Privates.«*

Phänomen sah Schelmerei an, eine Augenbraue skeptisch in die Höhe gezogen. Mit Scharade hatte Floras Getue wenig zu tun, schon weil der eigentliche Witz an Scharade darin bestand, zuzusehen, wie andere sich mit der pantomimischen

Darstellung von Wörtern wie »überhandnehmen« abmühten. Es war auch keine Gebärdensprache, denn die umfasste klare Regeln und ein bestimmtes Vokabular und wurde auf der ganzen Welt in irgendeiner Variante genutzt. Flora führte eher einen Ausdruckstanz vor, allerdings mit lauter Ausdrücken, die nur eine einzige Person verstand.

Wobei auf dem Stundenplan ja genau genommen *Verschärfte Scharade* stand. Ein allseits beliebtes Spiel um den Faktor 100 zu verkomplizieren, das war typisch Swifts.

In Bewegungen waren Lügen viel schwerer zu enttarnen als in Worten. Schelmerei konnte ihrer Schwester nur mit einem hilflosen Schulterzucken antworten.

Also blätterte Phänomen weiter zur nächsten Frage. »Fällt dir irgendjemand ein, der unserer Tante schaden wollen würde?«

Flora schnaubte.

»*Irgendjemand?! Schadenfreude hatte haufenweise Feinde und die meisten absolut zu Recht* ... Flora, das ist aber nicht nett! *Sie hat viele Leute wütend gemacht.*«

»Als Matriarchin, meinst du?«

Flora stand wackelig auf einem Bein, nickte und hielt sich gerade so in der Vertikalen.

»*Genau. Viele waren unzufrieden mit ihren Entscheidungen oder mit ihrer Art, Meinungsverschiedenheiten zu klären. Einmal hat sie befohlen, einen Streit durch Krokodil-* ... Tschuldigung.« Fauna nickte, als Flora eine Zuschnappgeste in leicht abgewandelter Form wiederholte. »*... durch* Alligator-*Ringen* *aus der Welt zu schaffen. So war sie. Ist sie. Sie hat Spaß daran, andere leiden zu sehen.«*

Schelmerei musste an das alte Lesezeichen mit der Definition denken. Ihre Tante konnte streng sein, das schon. Aber doch nicht grausam?

Fauna schien derselben Ansicht zu sein. »Das stimmt einfach nicht. Flora nimmt ihr bloß immer noch übel, dass wir einmal, als wir über die großen Ferien hier waren, Erbsen essen mussten.«

Flora ließ das Herumhampeln bleiben.

»Wir *hassen* Erbsen«, sagte sie beleidigt.

»*Du* hasst Erbsen«, berichtigte Fauna. »Mir schmecken sie gar nicht schlecht.«

Flora verschränkte die Arme. »Worauf ich hinauswill: Auf der ganzen Welt gibt es keinen zweiten Menschen mit einem so eisernen Willen und eisernen Herzen wie unsere eisenharte Tante mit dem Eisenhals. Falls da irgendwer Lust hatte, sie ein bisschen zu verbiegen … Nun, ich könnte es verstehen.«

»Könntest du also«, sagte Schelmerei.

Flora wollte etwas erwidern, wurde jedoch vom Tröten einer Hupe übertönt. *Sabotage* war kein verspätet eintreffender, hinterhältig veranlagter Swift und dennoch niemandem willkommen.

13. Abgeschnitten

Zum Ursprung des Lärms gelangte man am schnellsten durch die Katzenklappe des Wintergartens – die hatte genau die richtige Größe für einen dicken Kater oder einen kleinen Menschen. Schelmerei quetschte sich hinaus ins Freie und sah, dass Brüsk in der Einfahrt neben seinem stupsnasigen, tiefergelegten Sportwagen stand, den Kopf tief ins Seitenfenster gesteckt und ohne Unterlass auf die Hupe hämmernd. Sein Gesicht war feuerrot angelaufen, sein Schnurrbart hüpfte als dünner, scharfer Strich über seinen gebleckten Zähnen und er selbst sprang wortwörtlich im Dreieck, wenn auch in einem recht kleinen.

»Welcher Barbar … welcher Vandale …!?«

Schaudervoll schwebte aus der Menge zu ihm hinüber, in einen Morgenrock aus schwarzer Seide gehüllt und mit Lockenwicklern in den Haaren.

»Brüsk, mein Bester, beruhig dich doch«, sagte sie gelangweilt. »Was machst du hier so einen Krawall?«

Er riss die Fahrertür auf. »Schau selbst!«

Sie spähte in den Wagen hinein.

»Sieht aus«, sagte sie in gelassenem Tonfall, »als wäre das Lenkrad aus dem Auto meines Bruders gestohlen worden.«

Ein paar Leute lachten, allen voran Schelmerei. Schaudervoll gab sich Mühe, nicht zu breit zu grinsen.

»Wie schön, Schwester, dass du dich so gut amüsierst«, zischte Brüsk. Er stakste an ihr vorbei zu dem Wagen, der wenige Zentimeter hinter dem Heck seines eigenen parkte. Es war ein kompaktes Gefährt mit lippenstiftrotem Lack. »Deins ist auch weg.«

Schlagartig erstarb Schaudervolls Lächeln. Sie stürzte vorwärts und guckte durch die Windschutzscheibe ihres Autos. Als sie Brüsks Behauptung bestätigt sah, heulte sie zornig auf und hetzte weiter, zu dem Wagen hinter ihrem.

»Sie sind alle weg!«, brüllte sie. »Jedes einzelne!«

Bald hatten die Swifts Gewissheit, dass keines der Autos, die sich als lange Schlange in der Einfahrt aufreihten, noch mit einem Lenkrad ausgestattet war. Bei manchen hatte sich das Steuer problemlos ausklinken lassen, bei anderen war es kurzerhand abgesägt worden und ein trauriger Stumpf zurückgeblieben.

»Wann ist das nur passiert?«, klagte Onkel Fährmann. Er streichelte seinen Rolls-Royce wie ein Vollblutpferd mit gebrochenem Bein.

»Na, in der Nacht, als wir Nichtsahnenden selig geschlafen haben!«, erwiderte Brüsk.

»Aber warum?!«

»Kann man sich das nicht denken?« Ohne dass sie die Stimme erhob, war Schaudervoll über die gesamte Einfahrt hinweg zu hören. »Er will verhindern, dass wir von hier verschwinden.«

»Wer, *er*? Wer?!«

Schaudervoll zog eine ihrer eleganten Schultern hoch. »Wer auch immer Erztante Schadenfreude töten wollte. Der Mörder in unserer Mitte.«

Es kam zu einem Massenansturm auf das Telefon – alle Swifts wollten unverzüglich ihre Lebensgefährten, Freundinnen, Anwälte, Ärztinnen, Bewährungshelfer, Angestellten oder ihr Reisebüro informieren. Doch in der gemütlichen Nische neben dem Billardzimmer wurde der allgemeinen Stimmung der nächste Dämpfer versetzt: Das Hörerkabel des altmodischen Wählscheibenapparats war sauber durchtrennt worden und der Hörer selbst verschwunden. Man konnte zwar noch nach Herzenslust Nummern wählen, aber mit niemandem mehr sprechen.

Ein Spähtrupp schnürte sich die Stiefel und begab sich zu Fuß zur Grenze des Swift-Grundstücks, nur um bald mit schlechten Neuigkeiten zurückzukehren: Das Tor war sorgfältig abgeschlossen und zusätzlich mit schweren Eisenketten verrammelt worden. Und auf die Hilfe von Spaziergängern konnte man auch nicht hoffen, da Tante Schadenfreude den Nachbarn im Lauf der Jahre – mit deutlichen Worten und gelegentlichen Warnschüssen aus ihrer Schrotflinte – unmissverständlich klargemacht hatte, dass niemand, der nicht ausdrücklich von ihr dazu eingeladen wurde, einen Fuß auf ihr Land setzen durfte.

Ohne funktionstüchtiges Telefon und ohne fahrbare Untersätze war jede Verbindung zur Außenwelt gekappt.

Misstrauen legte sich auf das Haus wie eine Nebelglocke. Blutige Auseinandersetzungen waren eigentlich nichts Neues für die Swifts, die Attacke auf Erztante Schadenfreude hatte man deshalb noch recht locker genommen. (Ein Mordanschlag auf eine Rivalin? Halb so wild, schließlich kannte nun wirklich jeder von ihnen jemanden, der jemanden kannte, der sich mal an einem kleinen Attentat versucht hatte.) Doch einen ganzen Clan gegen seinen Willen festzuhalten? Das hatte eine neue Qualität, das war ein unerwarteter, unheimlicher Zug in einem Spiel mit unbekannten Regeln und ungewissem Ausgang. In den vielen Winkeln des Hauses beäugten sich die Swifts argwöhnisch und überall da, wo zwei von ihnen aufeinandertrafen, flimmerte in der Luft eine unausgesprochene Frage: Was nun?

Wenn eine die Antwort kannte, dann Tante Erbschaft. Mit ihren weißen Handschuhen und ihrem großen blauen Buch trieb sie die Verwandten vor sich her wie eine Schulklasse beim Wandertag.

»Wir werden uns von einem Mordversuch nicht unsere gemeinsame Familienzeit verderben lassen!«, rief sie mit verzweifelt bebender Stimme. »Die Verschärfte Scharade wird auf morgen verschoben! Nächste Gruppenaktivität ist damit Mimischs Aufführung der *Traurigen Tragödie von Wohlan und Zuwider*! Im Großen Salon, Beginn in fünfzehn Minuten!«

Auf mehrere verzweifelte Nachfragen, was denn bitte los sei, ging Tante Erbschaft nicht ein. Stattdessen rannte sie im Anschluss an ihre Ansage fast schon vor ihren Verwandten davon. Fauna füllte die Lücke, indem sie zwischen den aufgewühlten Swifts hin und her wuselte, auf Schultern klopfte, heißen Tee einschenkte und hier und da ein beruhigendes Wort fallen ließ, beobachtet von ihrer milde lächelnden Schwester.

»Die arme Fauna«, sagte Flora. »Sie kann einfach nicht aus ihrer Haut. Muss sich immer um alle kümmern.«

»Du bist ganz anders als sie«, stellte Phänomen fest. »Also nicht äußerlich, versteht sich. Aber Fauna scheint sehr fürsorglich zu sein. Richtig lieb. Du bist eher …«

»… ätzend«, schlug Schelmerei vor.

Ein treffendes Wort. Ätzend war ein Mensch, der beißende, verletzende Kommentare von sich gab. Doch auch aggressive Säure war ätzend und wenn man etwas sehr Bitteres aß, hatte man danach einen ätzenden Geschmack im Mund. So wie Flora, wenn sie ihre Kaffeebohnen kaute.

»Ätzend! Das gefällt mir!« Flora traf offenbar eine Entscheidung. »Hört mal, ihr beide. Ja, ich kann Tante Schade nicht ausstehen, aber ich will sie nicht im Grab liegen sehen. Selbst wenn ich wollte, würde Fauna das nie verkraften, kapiert? Das könnte ich ihr nicht antun.«

Dieses Mal konnte Schelmerei Floras Gesicht beobachten, während sie sprach, und Phänomen so endlich eine fachkundige Antwort geben. »Sie sagt die Wahrheit.«

Phänomen machte einen entsprechenden Vermerk in ihrem Büchlein. »Meine Schwester hat ein hervorragendes Auge für Mikroausdrücke und anderes verräterisches Verhalten. Würdest du lügen, wüsste Schelmerei das«, erklärte sie Fauna.

Während sich die Verwandten langsam in Richtung des Großen Salons bewegten, kam Rain angerannt, in einer Hand die Liste mit den Verdächtigen.

»Okay, ein paar Leute können wir ausschließen. Erstens: Onkel Fährmann hat ein Alibi. Er war gestern Abend auf Schatzsuche und ist dabei vor dem Avocadogrünen Badezimmer durch eine Falltür gestürzt – und gut zwei Stunden lang nicht mehr rausgekommen. Zweitens: Die Dame mit dem Pelikanhut heißt Zaudern und übrigens ist es kein Pelikan, sondern ein Afrikanischer Graupapagei. Als ich sie gefragt habe, warum sie nicht beim Abendessen war, ist sie in Tränen ausgebrochen. Anscheinend leidet sie unter Deipnophobie.«

»Was bedeutet …?« Mit einem Auge beobachtete Schelmerei die Verwandten, die sich nacheinander in den improvisierten Theatersaal schoben.

»Das ist eine krankhafte Angst vor Tischgesellschaften. Sie war praktisch den ganzen Abend in ihrem Zimmer. ›Allein der Gedanke, dass unter mir eine Tischgesellschaft stattfindet, hat mich am ganzen Leib zittern lassen‹, hat sie gesagt. Lauter, der ist ja Arzt, ist um acht – entschuldige, Phänomen, um zwanzig

Uhr und null Minuten – zu ihr hochgegangen, um ihr ein Beruhigungsmittel zu geben. Er ist eine gute Stunde lang geblieben und hat mit Zaudern und ihrem Bruder Backgammon gespielt. Schätze, wir können Lauter also auch gleich streichen.«

»Und Viola?«

Rain schüttelte den Kopf. »Mit ihr habe ich kein Gespräch unter vier Augen führen können. Sie hat behauptet, sie hätte Migräne gehabt. Lauter hat das direkt bestätigt – soweit er weiß, war sie den ganzen Abend in ihrem Zimmer. Oder zumindest bis sie auf dem Flur an dir vorbeigerannt ist, Schelmerei.«

Flora, die gerade ihre Kaffeebohnen aus der Tasche fischte, zuckte zusammen und ließ einige davon auf den Boden prasseln.

»Noch zehn Minuten, dann öffnet sich der Vorhang!«, rief jemand aus mehreren Zimmern Entfernung. Schelmerei wäre am liebsten sofort losgerannt.

»Und, verrätst du uns jetzt dein Alibi?«, fragte sie Flora stattdessen.

Diese zögerte.

»Ich war in meinem Zimmer«, sagte sie dann. »Hab gelesen.«

Wieder beobachtete Schelmerei aufmerksam ihr Gesicht. Und diesmal wurde sie stutzig. Sie erkannte eine Lüge, eine kleine nur, die neben dem Leberfleck an Floras linker Augenbraue herumlungerte. Und Flora erkannte, dass sie die Lüge erkannt hatte, und Schelmerei erkannte, dass sie erkannt hatte, dass sie sie erkannt hatte, und so lernten sich die beiden immer besser kennen, bis sich in Schelmerei leise ein neues Gefühl regte: Vertrauen.

»Also gut«, sagte Schelmerei und meinte damit: *Ich weiß, dass du mir nicht die ganze Wahrheit sagst, aber ich habe vorerst beschlossen, dich damit durchkommen zu lassen.*

»Also gut«, sagte Flora und meinte damit: *Ich weiß, dass du mir nicht glaubst, aber trotzdem vielen Dank für dein Vertrauen.*

»Also gut«, sagte Phänomen und meinte damit: *Ich bin mir nicht sicher, was sich da gerade auf euren Gesichtern abgespielt hat, aber es ist mir auch egal, denn es muss jetzt mal vorangehen.* Sie zog das Glasröhrchen aus ihrer Tasche. »Flora, was kannst du mir darüber erzählen? Dieses Fragment einer Kaffeebohne haben wir am Tatort gefunden.«

»Noch fünf Minuten, bis sich der Vorhang öffnet!«

Phänomen gab Flora das Röhrchen. Flora öffnete es und nahm den Kaffeebohnenkrümel heraus. Sie schnupperte daran und warf ihn in ihren Mund.

Phänomen schrie auf. »Warum kann hier denn niemand vernünftig mit Beweismitteln umgehen?!«

Ein paar Sekunden lang schob Flora den Krümel im Mund hin und her, ihre Stirn hoch konzentriert zusammengezogen. Dann rümpfte sie die Nase und spuckte ihn wieder in das Röhrchen hinein.

»Das ist Kopi Luwak«, verkündete sie und fügte hinzu: »Katzenkaffee. Habe ich bisher nur ein paarmal getrunken.

Es ist … nicht unbedingt meins, aber generell schon was Besonderes.«

»Warum das?«

Flora schüttete sich ein paar ihrer eigenen Bohnen in den Mund, kaute und schluckte. »Schon mal was vom Fleckenmusang gehört?«

Das konnte Schelmerei nicht behaupten, Rain aber sehr wohl. Wieder einmal erwies Rain sich als echte Bereicherung für das Team.

»Der Fleckenmusang oder *Paradoxurus hermaphroditus* ist eine mittelgroße, in Südostasien heimische Schleichkatze.« Irgendwie hatte Schelmerei das Gefühl, dass Rain einen auswendig gelernten Lexikoneintrag wiedergab. »Äußerlich ähnelt der Allesfresser einer Kreuzung zwischen Katze, Frettchen und Katta.« Rain lächelte. »Und er ist extrem niedlich.«

Flora nickte. »Kopi Luwak wird meist da hergestellt, wo ebendiese Schleichkatze lebt – auf Java, Bali und so weiter. Und *wie* er hergestellt wird, das ist das Besondere. Man füttert die Katzen nämlich mit Kaffeekirschen und …«

»Ah!« Schelmerei hatte eine dunkle Vorahnung, wie es weitergehen würde.

»… und auf dem Weg durch den Verdauungstrakt werden die in den Kaffeekirschen enthaltenen Bohnen sozusagen verfeinert, genauer gesagt: *fermentiert.* Wenn die Schleichkatze sie wieder … freigibt, werden sie aufgeklaubt, gereinigt und verkauft. Daher der Name: Katzenkaffee! Angeblich sorgt dieser Umweg über die Musanggedärme für einen angenehmeren Geschmack – aber mich überzeugt das ehrlich gesagt nicht. Mein Kaffee darf ruhig ein bisschen säurehaltiger sein.« Sie grinste. »Geradezu ätzend. Genau wie ich.«

Schelmerei war noch dabei, diese Erkenntnisse zu verarbeiten. »Das heißt, die Leute trinken … Schleichkatzenkacka?!«

»Erst probieren, dann kritisieren, sage ich immer«, erwiderte Flora. »Allerdings muss man sich das auch leisten können. Kopi Luwak gilt als Delikatesse, es ist einer der teuersten Kaffees der Welt. Keine Ahnung, wem der Krümel da gehört, aber derjenige muss unverschämt reich sein.«

»Noch eine Minute!«, rief Tante Erbschaft.

Phänomen nickte Schelmerei zu. »Okay, dann wissen wir jetzt, wen wir uns als Nächstes vorknöpfen müssen. Schelmerei? Schelmerei!« Sie erwischte ihre Schwester, die gerade unauffällig zum Großen Salon schleichen wollte, am Ärmel. »Hey, wo willst du hin? Wir müssen doch ermitteln!«

»Aber …«

»Dein Ernst? Du willst dich echt mittendrin verdrücken?«

Schelmerei schaute von der Salontür zu ihrer Schwester und dann, bloß zur Abwechslung, zu Rain. Je länger ihre Antwort auf sich warten ließ, desto finsterer wurde Phänomens Miene. Die ehrliche Erwiderung lag Schelmerei auf der Zunge: *Ja, mein Ernst.* Doch dann sah sie vor ihrem geistigen Auge ihre flach auf dem Schreibtisch ruhende Tante.

Und nach einem letzten sehnsüchtigen Blick zum Theatersaal seufzte Schelmerei und ließ sich von Phänomen davonschleifen.

14. Freundlichkeiten auf niedrigstem Niveau

Brüsk und Schaudervoll hatten auf die offizielle Zimmerzuteilung gepfiffen und direkt nach ihrer Ankunft Anspruch auf die Turm-Suite erhoben. Phänomen und Schelmerei waren nicht die Ersten, die im Rahmen ihrer Ermittlungsarbeit das Horn des Nashorns erklommen. Als die Tür des Turms in Sicht kam, spuckte sie gerade eine beigefarben gekleidete Gestalt aus.

»*Voller Tatendrang nahm ich Abschied von den Geschwistern*«, murmelte Schnüffler und kritzelte eifrig in sein Notizbuch. »*Eine brandneue Spur, und das vor dem Mittagessen! Ich hatte es im Gespür: Ich war dem Tantenschlächter dicht auf den Fersen, haarscharf auf den Hacken, nur noch einen Fußbreit von der Lösung des Falls entfernt. Die Lady hatte mich mit dem Riechkolben auf das Motiv gestoßen – jetzt hieß es Lesebrille auf und abwarten, ob mir nicht bald der Mörder vor mein Nasenfahrrad geriet.*«

Die Schwestern drückten sich an die Wand, um ihn vorüberrauschen zu lassen, doch wie an einem Zahnarztbesuch führte auch an einem Zusammentreffen mit Schnüffler kein Weg vorbei.

»He, da sind ja die putzigen Privatdetektivinnen!«

Phänomen tat so, als nähme ein kleiner Schmutzfleck auf ihrem Kittel ihre ganze Aufmerksamkeit in Anspruch.

Doch davon ließ Schnüffler sich nicht beirren. »Wollt wohl den Geschwisterchen auf den Zahn fühlen?«

»Ob wir Verdächtige befragen wollen?«, übersetzte Schelmerei. »Jawohl.«

»Verdächtige?« Schnüffler lachte auf. »Schaudervoll und Brüsk? Nee, nee. Diese Schaudervoll hat ein Gesicht wie ein Engel. Die könnte niemanden umbringen. Echte Ladys sind am Ende nie die Schuldigen!«

In Krimis, dachte Schelmerei, sah das aber anders aus. Dort war am Ende ziemlich häufig die Lady schuldig, besonders, wenn am Anfang zu oft ihre Ladyhaftigkeit betont wurde.

»Sie hat mir allerdings einen wertvollen Hinweis geliefert. Eine Spur, wenn man so will.« Schnüffler zwinkerte ihnen zu. »Aber das ist nur was für Profis. Jetzt husch, husch! Ich habe Nachforschungen anzustellen.«

Beschwingt lief er die Stufen hinunter, klimperte in seiner Tasche mit irgendetwas herum und pfiff ein Liedchen.

»Schelmerei?«, sagte Phänomen ernst. »Diesen Schnüffler kann ich nicht ausstehen.«

Schelmerei klopfte an die Tür, eine einschüchternde Barriere aus Eisen am Fuß des Turms. Kurz darauf ertönte eine leise, gelangweilte Antwort: »Herein.«

Die Gelbliche Suite hatte immer als durch und durch unspektakulär gegolten – mit ihrem bieder eingerichteten Wohnraum und den zwei unscheinbaren, übereinanderliegenden Schlafzimmern direkt unterhalb der Turmspitze. Auf der Tapete war ein zaghaftes Blumenmuster zu bewundern gewesen, bei den Gardinen hatte man sich für ein halbherziges Grün entschieden.

Da sich eine Lady wie Schaudervoll natürlich nicht mit solcher Schlichtheit hatte begnügen können, hatte sie den drei wuchtigen Krokodillederkoffern in der Ecke eine glamouröse neue Innenausstattung entnommen. Die Wände waren nun schwarz-golden tapeziert, die Vorhänge aus schwerem, dunkelrotem Samt – und immer noch komplett zugezogen. Über die Lampen geworfene Seidentücher sorgten für eine blutige Lichtstimmung und auf dem Boden wölbte sich eine Hügellandschaft aus kleinteilig gemusterten, vermutlich sehr teuren Vorlegeteppichen, deren Anblick Schelmerei bei zu genauem Hinsehen schwindeln ließ.

Auf dem Sofa fläzte sich Cousine Schaudervoll. Sie trug ein ölig anmutendes Abendkleid, tiefschwarz und glitzernd. Und wie Schelmerei erschrocken feststellte, blätterte sie mit einem langen, hervorragend gepflegten Fingernagel in Clementines Skizzenbuch. Noch erschreckender war nur, dass auf dem benachbarten Sessel Clementine selbst saß. Sie schien freudig erregt, aber auch ziemlich angespannt.

»Clementine!«, platzte Schelmerei heraus.

Schaudervolls Augen zuckten zu den beiden jüngeren Mädchen. »Sieh an, der Kobold von gestern Abend. Und *noch* eine Schwester! Wenn das nicht nach einem Märchen schreit.« Sie nippte an einem Weinglas. »Es waren einmal drei Schwestern. Die erste hatte die Gabe der Intelligenz erhalten, die zweite die der Schönheit und die dritte …« Sie grinste Schelmerei an. »Na, *irgendetwas* wird dich schon auszeichnen.«

Schelmerei hoffte so sehr, dass Schaudervoll den Mordanschlag begangen hatte. Niemanden sonst hätte sie lieber in eine eiserne Jungfrau geschubst.

»Ein Vögelchen hat mir gezwitschert, dass ihr hier als Ermittlerinnen … Bruderherz, welches Wort hat Schnüffler noch gebraucht?«

Schelmerei zuckte zusammen. Sie hatte Brüsk überhaupt nicht bemerkt, dabei bediente er sich gerade nur wenige Meter entfernt an einer behelfsmäßigen Bar, die ein Heer interessant aussehender Flaschen, einen Wasserkocher und eine Kaffeemaschine im Angebot hatte.

»*Herumstümpern*, wenn mich nicht alles täuscht«, antwortete er.

»Schnüffler ist hier der Stümper!«, rief Phänomen. »Der könnte nicht mal ein Kreuzworträtsel lösen – und erst recht keinen Mordfall!«

»Mensch, Phänomen!«

»Schon gut, liebste Clementine«, schnurrte Schaudervoll. »Nachdem aus dir etwas geworden war, hat Schadenfreude die Erziehungsarbeit offenbar ein wenig schleifen lassen.« Sie widmete sich wieder dem Skizzenbuch und tippte mit ihrem Fingernagel auf die Zeichnung eines orangefarbenen Sommerkleids. »Brüsk, schau nur! Reizend, nicht?«

Er spähte über ihre Schulter. »So schlicht und dennoch absolut unverwechselbar.«

Clementine blickte schüchtern lächelnd zu Boden – doch hinter den Backenzähnen der beiden Bewunderer sah Schelmerei ein gehässiges Gelächter lauern. Clementine wurde verhöhnt und ahnte nichts davon. Die abgrundtiefe Gemeinheit der Geschwister brachte Schelmerei kurz aus dem Konzept. Wenn ihr eines von Clementines Werken nicht gefiel, sagte sie es ihr ins Gesicht, anstatt hinter ihrem Rücken über sie zu kichern.

»Mach nur weiter so, dann hängen deine Kreationen eines Tages im Kaufhaus!«, lobte Schaudervoll.

»Glaubst du wirklich?«, fragte Clementine mit großen, leuchtenden Augen.

Schelmerei konnte nicht länger untätig zuschauen. Sie ging zur Bar, nahm eine Flasche in die Hand und ließ sie mit voller Absicht durch ihre Finger gleiten. Das Glas zerschellte am Boden.

»Ups«, sagte Schelmerei. Sie schnappte sich die nächste Flasche, von deren Etikett ihr ein besoffener Tintenfisch entgegenstarrte. »Ach, ich alter Tollpatsch!« Das Gefäß plumpste auf einen Vorlegeteppich und tränkte ihn mit dunkler Flüssigkeit. »Oje, das gibt einen Fleck. Tschuldigung!«

»Du kleine Vandalin!«, kreischte Brüsk und setzte sich in Bewegung.

»Es tut mir ja leid. Ich hab einfach solchen Durst.« Schelmerei griff sich die nächste Flasche. »Aber ich bin irgendwie so ein … oh, oh.«

Brüsk drehte sich fluchend um und ging Handtücher holen. Da der Moment günstig war, schnappte Schelmerei sich rasch die Kaffeebohnen und inspizierte sie. Schon die Tüte aus feinem Seidenstoff fühlte sich verdammt teuer an, es stand aber nichts von Schleichkatzen darauf.

Als Schelmerei wieder aufsah, wurde sie von Schaudervolls kühlem Blick getroffen. Während Brüsk fieberhaft den patschnassen Teppich bearbeitete und Clementine sich zum tausendsten Mal für ihre Schwestern entschuldigte, lieferten sich Schelmerei und Schaudervoll ein spontanes Wer-zuerst-wegschaut-Duell.

»Warum nimmst du nicht Platz?«, sagte Schaudervoll schließlich. »Du willst mich offensichtlich etwas fragen.«

Schelmerei setzte sich. Sie hielt die Packung mit den Kaffeebohnen hoch. »Das ist kein Kopi Luwak.«

Schaudervoll schnaubte. »Katzenkaffee? Um Himmels willen! Nein, mir kommt nur das Allerbeste in die Tasse.«

»Aber ist Kopi Luwak nicht mit der teuerste Kaffee der Welt?«, warf Phänomen ein.

»Ist er, meine Liebe. Aber ich *kaufe* meinen Kaffee doch nicht. Ich baue ihn auf meiner Privatinsel an, im Schatten eines aktiven Vulkans. Die aschehaltige Erde verleiht ihm ein wundervoll rauchiges Aroma.« Sie nahm einen Schluck aus ihrem Glas. »Ich bekomme schlicht keinen anderen Kaffee herunter.«

Schelmerei sank in sich zusammen. Schaudervoll hatte nicht gelogen.

»Du warst gestern nicht beim Abendessen«, nahm Phänomen einen neuen Anlauf.

»Das stimmt.«

»Wo warst du stattdessen?«

»Sie hat das Telefon blockiert.« Neben dem Sofa war Brüsk aufgetaucht, in den Händen je ein triefendes Handtuch. »Hat stundenlang mit ihrem Gatten geplaudert, was ich sehr rücksichtslos fand, weil sie doch wusste, dass ich mit *meinem* Gatten über seine Vermögensanlagen sprechen wollte.«

»Du hast also als Letzte das Telefon benutzt, bevor es sabotiert wurde?«

Clementine schlug sich die Hand vor den Mund. »Phänomen, du kannst doch nicht unsere Cousine verdäch–«

»Es sieht ganz danach aus«, fiel Schaudervoll ihr ins Wort. »Ihr könnt gern die Verbindungsdaten überprüfen. So macht man das doch im Film, nicht wahr? Die Verbindungsdaten überprüfen?«

»Ich glaube kaum, dass das technisch möglich ist.«

Schaudervoll zuckte die Achseln. »Gut, dafür kann ich nichts. Aber halt, Moment! Einmal ist euer Hausmädchen an mir vorbeigelaufen, sie hat ein Tablett nach oben getragen. Die kann meine Aussage bestätigen. Hat mich böse angeschaut, bloß weil ich sie gebeten habe, unsere Betten zu machen … An eurer Stelle würde ich mich nach Ersatz umsehen.«

Noch nie, nie, nie hatte Schelmerei so unangenehme Menschen wie Schaudervoll und Brüsk kennengelernt. Sie hätte die beiden mit größtem Vergnügen in Handschellen abgeführt oder wie im Mittelalter an den Schandpfahl gefesselt, damit alle Verwandten sie mit faulem Obst und Gemüse bewerfen konnten. Es wäre ihr gar nicht recht, sollten sich die Geschwister am Ende als unschuldig erweisen.

»Du könntest einen Auftragskiller angeheuert haben«, argumentierte Phänomen.

»Also wirklich. Lernt man so etwas heutzutage in der Schule?« Schaudervoll hielt Brüsk ihr leeres Glas hin, er trug es zu der nicht mehr ganz so reichhaltig bestückten Bar. »Da mir schon häufiger Detektive zu Leibe gerückt sind, kann ich euch eines sagen: Bei einem Mordfall schauen sich die Profis zuallererst nach einem Motiv um. Also solltet ihr euch fragen, was jemanden dazu bewegen könnte, ausgerechnet Tante Schadenfreude umbringen zu wollen.«

»Flora hat gesagt, dass viele Leute sie nicht leiden können«, meinte Schelmerei.

»Flora?! Ach herrje«, spottete Schaudervoll. »Als würde man jemanden umbringen, nur weil man ihn nicht leiden kann! Man bringt jemanden um, weil man sich davon etwas verspricht. Zum Beispiel Macht. Oder Geld.«

»Tante Schadenfreude hat kein Geld.«

»Hat sie nicht?« Brüsk reichte Schaudervoll ihr frisch befülltes Glas. »Sie besitzt das Haus. Und damit auch Zuwiders Schatz, nicht wahr? Zumindest bis zu seiner Entdeckung. Wobei … Aus rechtlicher Sicht sind das Haus und sein gesamtes Inventar Eigentum der Matriarchin oder des Patriarchen. Das gilt auch für irgendwo verborgene Vermögen, ganz gleich, wer sie letztendlich aufspürt.«

»*Was?*« Darüber hatte Schelmerei nie nachgedacht.

»So ist es. Allerdings …« Schaudervolls Blick glitt hinüber zu Schelmerei. »… könnte trotzdem eine unternehmungslustige Nachwuchskraft unbemerkt in die Schatzhöhle stolpern und sie einfach heimlich leer räumen.«

Es war, als wäre Schelmerei für ihre Cousine ein offenes Buch. In Schelmerei stieg das unschöne Gefühl auf, dass Schaudervoll sie so mühelos durchschaute wie niemand sonst.

Clementine schüttelte energisch den Kopf. »Das würde niemand aus unserer Familie tun.«

Endlich schien in Schaudervolls Gesichtszügen eine Spur offener Hohn und Spott durch.

»Und was hat Zuwider getan? Er hat seine Verwandten ermordet und ausgeraubt, und nicht nur die. Nicht dass er jedes Mal zum Beil gegriffen hätte. Aber was glaubt ihr denn, wie er zu seinem Reichtum gekommen ist?« Schaudervoll zog die Schultern hoch. »Ja, sein Schatz besteht aus Gold und Silber. Doch er ist erwachsen aus Textilien und Tabak, Minen und Maschinen, Gewürzen und Blut. Ja, die Geschichte unserer Familie dreht sich um Heldentum, Ränkespiele und

Abenteuer – davon kann Erbschaft euch ausführlich erzählen. Sie handelt jedoch im selben Maße von Diebstahl, Betrug und guter alter Bosheit.«

Schelmerei dachte an das Gemälde von Wohlan, Behende und Zuwider, unter der mächtigen Eiche aufgereiht, mit ernsten Mienen posierend. Sie dachte an Zuwiders Denkmal, das exakt dort errichtet worden war, wo dieser seinen Bruder getötet hatte. Es stand immer noch, nach all den Jahren.

»Geld und Macht. Ihr wollt ein Motiv? Da habt ihr sogar zwei. Ich werde euch das Gleiche sagen, was ich auch Schnüffler mitgegeben habe: Wenn ihr herausfindet, wer hier am schärfsten auf den Schatz ist, habt ihr auch den Attentäter gefunden. Aber ich war's nicht. Ich werde lieber mit unehrlicher Arbeit reich.«

Sie wedelte mit der Hand.

»Und nun geht bitte«, fuhr sie fort. »Alle drei, ja? Eure Anwesenheit ist doch sehr ermüdend. Jetzt weiß ich wieder, warum ich nie Kinder haben wollte.«

Clementine zog ihr Skizzenbuch unter Schaudervolls Glas hervor, dem es vorübergehend als Untersetzer gedient hatte. Sobald die Turmtür hinter den Schwestern ins Schloss gefallen war, verwandelte sich ihr schüchternes Lächeln in eine Grimasse.

»Wie könnt ihr nur so unverschämt sein?«, schimpfte sie. »So unhöflich? Das musste gerade echt nicht sein!«

»Musste es doch«, erwiderte Schelmerei.

»Okay, von dir habe ich nichts anderes erwartet. Aber du,

Phänomen, du müsstest es besser wissen!« Clementine drückte ihr Skizzenbuch fest an sich. »Endlich interessiert sich mal jemand für Mode. Endlich lerne ich jemanden kennen, dem meine Entwürfe gefallen und der mir Tipps geben kann, und … und ihr macht mir alles kaputt!«

Phänomen und Schelmerei sahen einander an. Keine von ihnen konnte sich dazu überwinden, Clementine die Wahrheit zu sagen – dass sie für Schaudervoll und Brüsk nur ein Mäuschen war, das man zur eigenen Belustigung ein bisschen quieken ließ.

»Sie gehören nun mal zum Kreis der Verdächtigen.«

Clementine schloss die Augen. Irgendwo in ihr drohte ein Fass endgültig überzulaufen.

»Ja, klar. Ihr großartigen Detektivinnen, ihr. Wart ihr heute schon bei Tante Schadenfreude? Habt ihr überhaupt mal nach ihr geschaut?«

Schelmerei öffnete den Mund und schloss ihn gleich wieder. In ihrem Übereifer, die Mordermittlungen voranzutreiben, hatte sie fast vergessen, dass ihre Tante ja noch am Leben war. Sie spürte einen Anflug von Schuldgefühlen, schob diese aber augenblicklich weit von sich weg.

»Was würde das denn bringen? Sie liegt doch noch genauso da wie gestern. Wenn wir was für sie tun können, dann das: Herausfinden, wer schuld an allem ist!«

»Es ist nicht zu *fassen*«, fauchte Clementine. »Du bist so egoistisch, so dickköpfig! Ich halte das nicht mehr aus!« Sie drehte sich auf dem Absatz um und stakste davon.

»Das wird bei ihr langsam zur Gewohnheit«, bemerkte Phänomen.

Schaudervolls Worte verfolgten Schelmerei den ganzen Weg die Turmtreppe hinunter. Sie hatte sich wirklich nie Gedanken gemacht, wessen Eigentum der Schatz eigentlich war oder wie Zuwider ihn damals angehäuft hatte. Im Haus herrschte ein großes Klopfen und Pochen, überall überprüften Verwandte die Mauern auf Hohlräume. Und trotz ihrer nagenden Zweifel verspürte Schelmerei schon wieder den Drang, Phänomen stehen zu lassen und in irgendeinem dunklen, mit Spinnweben verhangenen Winkel auf Erkundungstour zu gehen.

Schelmerei fragte sich, ob ihre Eltern sich vielleicht so ähnlich fühlten, wenn sie sich einer ihrer heiß geliebten archäologischen Fundstellen näherten. Sie waren keine Schatzsucher, sondern Übersetzer. Doch für Menschen, denen Sprache mehr bedeutet als jeder Reichtum, sind alte Schriften echte Kostbarkeiten, die es aufzuspüren gilt. Möglicherweise war ihr diese Neugier also in die Wiege gelegt worden. Oder – ihre Schritte wurden langsamer – in den Namen. Da sie immer davon ausgegangen war, dass Zuwiders Vermögen gemäß den üblichen Regeln einer ordentlichen Schatzsuche der glücklichen Entdeckerin gehören würde, hatten all ihre Fantasien darum gekreist, anderen ihren Erfolg unter die Nase zu reiben und sie vor Neid erblassen zu sehen. Doch seit sie wusste, dass sie das ganze Gold streng genommen bei ihrer Tante abliefern müsste, grübelte sie darüber, was wohl das richtige Vorgehen wäre. Vielleicht eine »hinterlistige Täuschung«, wie es in der Definition ihres Namens stand, oder gar ein »hinterhältiger Betrug«? Also ihren Erfolg und den Schatz schön für sich behalten? Genau das würden schließlich alle von ihr erwarten.

Schelmerei stupste Phänomen an. »Läuft unser Experiment noch?«

»Das mit dem Schimmel oder das mit deinem Namen?«

»Das mit meinem Namen.«

»O ja. Ich habe laufend mitgeschrieben.«

Phänomen blätterte zur letzten Seite ihres Notizbuchs, zu einer handgezeichneten Tabelle mit der Überschrift *Nominaldeterminismus am Beispiel von Schelmerei Swift*, was für Schelmerei wie immer vollkommen unverständlich war. Über der ersten Spalte der Tabelle stand *Rollengemäß*, über der zweiten *Rollenungemäß*. Auf der linken Seite befanden sich viel mehr Striche als auf der rechten.

»Ich sammle noch Daten«, erläuterte Phänomen. »Um festzustellen, ob du deinem Namen gerecht wirst. Ein Beispiel: Getränke auf dem Teppich auszukippen, um Schaudervoll und Brüsk zu ärgern, war absolut *rollengemäß* – du hast dich verhalten, wie es deine Definition vorgibt.« Sie ergänzte die erste Spalte um einen weiteren Strich. »Deine Ermittlerkollegin sitzen lassen zu wollen, nur um Behendes Theaterstück nach Hinweisen auf den Schatz zu durchleuchten – schau mich nicht so an, ich weiß es genau! –, war ebenfalls absolut *rollengemäß*. Verstehst du? Wenn der ganze Trubel rum ist, zählen wir einfach zusammen und ich ziehe meine Schlüsse.«

Schelmerei war sich nicht sicher, was sie davon halten sollte. Sie hatte dem Experiment aus freien Stücken zugestimmt und war immer noch gespannt auf das Ergebnis. Doch dass jede ihrer Handlungen danach bewertet wurde, ob sie *rollengemäß* oder *rollenungemäß* war, schmeckte ihr irgendwie gar nicht. Und was, wenn am Ende in der ersten Spalte mehr Striche wären als in der zweiten? Dann müsste sie einsehen, dass sie in Wirklichkeit überhaupt keine freien Entscheidungen traf, sondern sich nur auf einem Gleis vorwärtsbewegte, welches das Wörterbuch am Tag ihrer Geburt Schiene um Schiene für sie bereitgelegt hatte.

»Was unsere Ermittlungen im Fall Schadenfreude angeht, sollten wir meiner Meinung nach als Nächstes Tante Erbschaft in die Zange nehmen«, fuhr Phänomen fort. »Sie war aus noch ungeklärten Gründen wütend auf Tante Schadenfreude. Ich frage mich, was sie von ihrem Führungsstil als Matriarchin hält … Ob sie es vielleicht auf diesen Posten abgesehen hat.«

Jetzt, erkannte Schelmerei, wäre die Gelegenheit, ihrer Schwester von dem Geheimraum zu berichten. Er könnte mit dem Fall zu tun haben und außerdem wären Ehrlichkeit und Offenheit der beste Beweis, dass sie eben nicht hinterlistig und -hältig war. Doch sie konnte einfach nicht. Seit dem Gespräch mit Onkel Mahlstrom wollte sie die rätselhafte Tür nur noch dringender aufbrechen, Seemannsehrenwort hin oder her. In Gedanken hörte sie seine Stimme: »Du musst mir versprechen, niemandem davon zu erzählen.«

Schelmerei blieb stehen. Ja, die Stimme kam ihr bekannt vor, doch für ihren Onkel war sie eigentlich viel zu hoch und darüber hinaus viel zu laut, um reine Einbildung zu sein.

»Ich mein's ernst«, fuhr die Stimme fort. »Versprich's mir!«

Da genau so ein Verhalten ohnehin von ihr erwartet wurde, sah Schelmerei kein Problem darin, ihre Schwester hinter die nächste Ecke zu zerren und die Ohren zu spitzen.

»Okay, ich versprech's dir. Aber wem sollte ich es überhaupt erzählen?«

Auch die zweite Stimme kam Schelmerei bekannt vor, allerdings konnte sie zu zwei verschiedenen Menschen gehören. Mit beiden hatte sie sich ungefähr eine Stunde zuvor unterhalten. Das verdächtige Gespräch fand im Korallenroten Zimmer statt, also in der Unterkunft von Viola und Lauter. Schelmerei bedeutete Phänomen, dass sie bleiben sollte, wo sie war, dann flitzte sie in das benachbarte Bad – die Nasszelle des Korallenroten Zimmers –, stieg dort auf das Waschbecken und linste durch das Guckloch hinter *Seejungfrau verspeist einen Hotdog.*

»Das Wichtigste ist, dass wir Ruhe bewahren«, sagte Flora/Fauna. »Wir müssen bloß den Plan leicht anpassen.«

Viola saß auf der Bettkante und massierte sich die Schläfen. Als Schelmerei auf dem Becken eine bequemere Hockposition einnehmen wollte, stürzten beinahe zwei Zahnbürsten ab. Beide hatten halbherzförmige Köpfe, zusammengesetzt ergaben sie also ein vollständiges Symbol der Liebe.

Bäh, dachte Schelmerei, denn das war erstens kitschig und zweitens unhygienisch.

»Ich weiß!« Viola schien der Verzweiflung nahe. »Und ich weiß, dass ich mich zusammenreißen muss, aber ich denke mir die ganze Zeit: Gott, was habe ich nur getan? Davon werde ich mich nie erholen, Flora.«

»Doch. Weil niemand je davon erfahren wird.« Flora setzte sich neben Viola auf die Bettkante und strich ihr behutsam über die Schulter. »Äääähm … heile, heile?«

Zu Schelmereis (und offensichtlich auch Floras) Überraschung lehnte Viola sich an ihre Gesprächspartnerin und lachte schluchzend. *»Heile, heile?«*

»Ach, keine Ahnung!« Flora wusste anscheinend nicht, wohin mit ihren Armen. »Wenn ich mal jemanden trösten muss –«

»Geht's dir wie dem Pitcher mit Gipsarm?«, fragte Viola. Flora sah sie verständnislos an. »Baseball, du weißt schon.«

»Ja, klar …«

»Aber danke.« Viola schüttelte die Tränen aus ihren Augen und atmete tief durch. »Im Ernst. Hättest du mir gestern Abend nicht geholfen …«

Schelmerei horchte auf. Fauna war beim Abendessen gewesen, während Flora angeblich die ganze Zeit in ihrem Zimmer gelesen hatte. Womöglich würde sie jeden Moment ihr wahres Alibi ausplaudern – dass sie Viola bei irgendetwas unter die Arme gegriffen hatte.

»Ja, das … ist nicht der Rede wert.« Flora schob ihre Hand zaghaft zu Violas hinüber, zog sie jedoch in letzter Sekunde wieder zurück und kaute lieber grimmig auf ihren Fingernägeln. »Aber jetzt musst du die Schuldgefühle mal stecken lassen, klar? Was geschehen ist, ist geschehen und wir regeln das schon. Verstanden?«

»Verstanden.«

»Die Hauptsache ist, dass Lauter so ahnungslos bleibt, wie er ist. Was meinst du, kriegst du das hin?«

»Ja«, antwortete Viola mit etwas festerer Stimme. »Glaubst du, es hat noch wer anders Verdacht geschöpft?«

»Weiß nicht. Tante Schadenfreude hat sich noch nie in die Karten schauen lassen. Keine Ahnung, ob sie es irgendwem erzählt hat.«

Viola seufzte. »Dann spielen wir das Spiel wohl einfach weiter, was?«

»Nur eine Weile noch. Nach dem Familientreffen ist alles vorbei, dann legst du einen glatten Home-One hin. So sagt man das doch im Baseball, oder?«

»Ähem. Einen Home-*Run*.« Viola bekam Schluckauf.

»Ich hol dir ein Glas Wasser«, sagte Flora.

Entsetzt beobachtete Schelmerei, wie sie auf das Guckloch zusteuerte – beziehungsweise auf die Badezimmertür rechts daneben. Schelmerei stieg so leise und schnell wie möglich von ihrem Waschbeckenposten hinunter. Sie öffnete die Tür zum Flur genau im selben Moment wie Flora die andere. Und in der einen Sekunde, die verging, bis Flora den Raum betreten hatte, gelang es Schelmerei, lautlos hinauszuhuschen und die Tür hinter sich zu schließen.

15. Vorrede aus der Vergangenheit

Mit Vertrauen wirft man nicht um sich. Vertrauen setzt man jeweils in einem exakt dosierten Maß in bestimmte Menschen, mal eine Teetasse voll in den einen, mal einen Eierbecher voll in den anderen.

Schelmerei zum Beispiel konnte darauf vertrauen, dass Köchin sie Tag für Tag mit Nahrung und Nestwärme versorgte. Doch sie hätte ihr niemals *anvertraut*, dass sie einige Statuen vor dem Haus mit Clementines Lippenstift verziert hatte, da Köchin dies wiederum mit hoher Wahrscheinlichkeit Tante Schadenfreude anvertraut hätte. Schelmerei hatte großes Vertrauen in Phänomen, dass diese jede Matheaufgabe lösen konnte, aber nur geringes, dass sie niemals ihr Labor abfackeln würde. Schelmerei vertraute blind darauf, dass ihre Eltern sie bedingungslos liebten, setzte jedoch wenig Vertrauen in deren Pläne, auf ihrer nächsten Geburtstagsparty aufzutauchen.

An diesem Morgen hatte Schelmerei Flora ein Teetässchen voll Vertrauen geschenkt und Flora hatte es einfach auf dem

Boden ausgekippt. Für Schelmerei war dieser Verrat eine neue und sehr hässliche Erfahrung. Sie hatte geahnt, dass Flora etwas zu verbergen hatte, ja, sie hatte es ihr angesehen. Nun wusste sie, dass die Sache mit Viola zusammenhing und dass sie unbedingt geheim bleiben musste – und nur eine blutige Rechenanfängerin wäre beim Zusammenzählen von eins und eins zu einem anderen Ergebnis gekommen als: *Viola hat Tante Schadenfreude die Treppe heruntergestoßen und Flora hilft ihr dabei, die Tat zu vertuschen.*

Zu Viola hatte sich Schelmerei bisher keine abschließende Meinung bilden können, mal abgesehen davon, dass sie Menschen mit aufeinander abgestimmten Accessoires instinktiv misstraute. Doch Tante Schadenfreude war Violas Verlobung mit Lauter eindeutig ein Dorn im Auge gewesen, und zwar so sehr, dass sie die Eheschließung rundheraus verboten hatte. Viola hatte die Unschuldige gemimt, kannte aber anscheinend sehr wohl den Grund für Schadenfreudes ablehnende Haltung. Und jetzt überlegten sie und Flora, ob Schadenfreude wohl irgendwem von diesem – offenbar ziemlich schwerwiegenden – Grund erzählt hatte.

Für einen Mord, hatte Schaudervoll gesagt, brauchte es erst mal ein Motiv. Alles deutete darauf hin, dass Viola eines gehabt hätte. Nun, da Schadenfreude aus dem Weg geräumt war, könnte sie ungestört mit Lauter vor den Altar treten und Flora könnte ungestört ... keine Erbsen mehr essen? Gut, an diesem Punkt hatte Schelmerei noch zu feilen.

»Hmm«, machte Phänomen und bei dieser einen Äußerung

blieb es, bis sie in Tante Schadenfreudes Arbeitszimmer angekommen waren. Köchin hatte sich einen Stuhl neben den Schreibtisch gestellt, so nah es nur ging, und las Rain eine Gruselgeschichte vor.

Mit einer Entschlossenheit, die Schnüffler zu einem Berufswechsel bewegt hätte, feuerte Phänomen Fragen ab.

»Viola war gestern nicht beim Abendessen. Warum?«

»Es ging ihr nicht gut«, antwortete Köchin. »Lauter meinte, sie hätte Migräne, und weil er nach Zaudern sehen wollte, habe ich Viola selbst etwas zu essen hochgebracht.«

»Okay. Wann war das?«

»Gegen halb acht.«

»Was heißt *gegen*? Ich brauche eine exakte Uhrzeit. Mindestens auf die Minute genau, wenn es geht.«

»Die weiß ich aber nicht. Gegen 19.30 Uhr eben.«

»Hast du Schaudervoll beim Telefonieren gesehen?«

»Ja, diese unfassbar arrogante –«

»Und Viola? Wie ging es ihr deinem Eindruck nach?«

»Ich … nicht gut. Sie hat sich bedankt und gefragt, ob sie sich etwas zu lesen ausleihen könnte, aber ich hatte nur meine Gruselgeschichten auf Lager und die Bibliothek ist ja gesperrt. Außerdem, wie kommt sie darauf, bei Migräne unbedingt *les*–«

Phänomen drehte sich abrupt zu Schelmerei. »Wann hast du Viola den Flur entlanglaufen sehen?«

»Kurz vor 21 Uhr.«

»Was heißt *kurz*? Und ist sie von ihrem Zimmer weg- oder wieder dorthin zurückgerannt?«

»Wieder dorthin zurück.«

»Von woher?«

»Das weiß ich doch nicht!«

Entnervt stöhnend klappte Phänomen ihr Buch zu. »Ihr seid wirklich nicht zu gebrauchen.« Sie bemerkte die beiden enttäuschten Gesichter. »Befragungstechnisch, meine ich. Sonst schon. Aber befragungstechnisch nicht.«

Schelmerei konnte den Frust ihrer Schwester nachvollziehen. Phänomen legte nun einmal Wert auf Exaktheit, während Schelmerei selbst sehr gut ohne diese leben konnte. Um kurz vor 21 Uhr war Viola im Flur an ihr vorbeigerannt und fünfzehn Minuten später war sie in der Tür des Arbeitszimmers wieder aufgetaucht. In der Zwischenzeit hätte sie ohne Weiteres Tante Schadenfreude schubsen, zurück in ihr Zimmer laufen, sich kurz dort verstecken und dann vermeintlich schlaftrunken zusehen können, wie die bewusstlose Tante gerade die Treppe hinaufgetragen wurde. Und jetzt, am Tag danach, führte sie geheime Gespräche mit Flora und wollte bloß kein Misstrauen erregen. In Schelmereis Augen war die Sache klar wie Kloßbrühe, ein glasklarer Fall, mindestens so klar wie das Glas der polierten Wörterbuchvitrine – in die könnte sie Viola zum Beispiel einsperren und falls sie Schelmerei dann mit irgendwelchen Vorwürfen kommen sollte, könnte sie ihr mit Fug und Recht davon abraten, denn wer im Glashaus sitzt … Aber langsam! Noch konnte Schelmerei sich nicht sicher sein.

Tante Schadenfreude lag nach wie vor reglos auf ihrem Schreibtisch. Schelmerei traute sich kaum hinzusehen und wenn sie es doch tat, wurde sie von einem inneren Taumeln erfasst, als hätte sie in Gedanken aus Versehen eine Treppenstufe ausgelassen. Schadenfreude atmete so schwach und langsam, dass man hin und wieder sekundenlang meinte, sie hätte ganz damit aufgehört. Bis auf das sanfte Pfeifen ihres einen Nasenlochs gab sie keinen Laut von sich. Wer auch immer ihr das angetan hatte, durfte nicht länger frei herumlaufen. Andernfalls, malte Schelmerei sich aus, würde ihre Tante immer weiter und weiter verblassen und am Ende wären nur noch ihre unförmigen schwarzen Klamotten übrig.

»Was, wenn wir zu lange brauchen?«, flüsterte sie und hasste sich für ihre leise Piepsstimme. »Was ist, wenn er oder sie hier auftaucht, um die Sache zu Ende zu bringen?«

»Was dann passiert?« Köchin nahm einen eisernen Kerzenhalter vom Tisch und ohne dass sich auf ihrer Stirn auch nur eine einzige Schweißperle bildete, verbog sie ihn zu einer Brezel. »Das.«

»... aber was wäre ein Familientreffen ohne ein bisschen Drama?«

»Drama?! Wenn man Kriegslüstern von einer Hochzeit ausladen würde, das wäre ein Drama. Aber das hier ...«

»Wo man geht und steht, überall kriecht dieser Dummbeutel mit der Lupe herum, wie heißt er noch? Riechkolben?«

»Also, ich bin froh, dass er an dem Fall dran ist. Als mir mein Pekinese Hahnenfuß davongelaufen war, hat Schnüffler mir sehr geholfen.«

»Hat er ihn gefunden?«

»Nein, aber dafür einen anderen Pekinesen, der ein viel sonnigeres Gemüt hatte.«

Auf seinem Weg zur Küche schnappte das Ermittlungsteam hier und da Gesprächsfetzen auf. Köchin hatte Phänomen, Schelmerei und Rain gebeten, »lieber mal nach Mahlstrom zu sehen« – das verhieß nichts Gutes.

Als sie kurz unter sich waren, stupste Rain Schelmerei an. »Psst. Ich hab was für dich.« Immer noch im dicken Pullover, zauberte Rain daraus ein kleines, sehr altes Buch mit grünem Ledereinband hervor. »Übrigens hast du nicht viel verpasst.« Rain winkte lässig ab. »Mimisch hat fünfmal seinen Text vergessen und irgendwann das meiste einfach abgelesen. Und am Schluss ist ihm das Bühnenbild auf den Kopf gefallen.«

Schelmerei betrachtete das Buch.

DIE TRAURIGE TRAGÖDIE VON WOHLAN UND ZUWIDER

verfasst von Behende Swift

Sie packte Rain an den Schultern. Rain riss erschrocken die Augen auf, entspannte sich beim Anblick von Schelmereis überglücklichem Lächeln aber wieder.

»Rain«, sagte sie. »Du bist ein Genie.«

Ein Schulterzucken. »Na, du warst doch so frustriert, dass

du nicht zur Theatervorstellung konntest. Und ich musste sowieso hin, sonst hätte Gran Zustände gekriegt.«

»Was für Zustände?«

»Weiß nicht so genau, will ich auch nicht wissen. Aber na ja, als Mimisch sich tausendmal verbeugt hat, bin ich noch geblieben und hab sozusagen … das Buch mitgehen lassen.« Rain machte ein beschämtes Gesicht. »Das war mein erster Diebstahl überhaupt. Gran würde dir wahrscheinlich vorwerfen, dass du ein schlechter Einfluss bist.«

Dieser Gedanke erfüllte Schelmerei mit Stolz.

Sie öffnete das Buch. Auf der ersten Seite war zu lesen:

VORREDE

So hört, auf daß hier niemand kopflos werde
Im Wühl'n nach faulen Strebens fauler Frucht,
Uns sprechen lasset von den ehrlos Toten,
Von Narr'n des Glücks, der Sippe Schimmelwuchs,
Gewalt, zuwid'rem Tun, Zuwiders Taten,
Als er in blindem Neid, aus Gier nach Gold,
Das Beil an unsres Stammbaums Krone legte
Und es begrub in seines Bruders Leib.
Oh, teures Blut, bewahre unsre Bräuche,
Wer reich an Güte ist, wird reich entlohnt.
Ergründet unsres Seins bedeutsam Gründe
Und jedes Treffen einen Schatz ihr hebt.
Doch während nach dem Königshort ihr suchet,
Bedenkt: Der Arme schwimmt, der Reiche sinkt.

Zu spät und zutiefst ernüchtert erkannte Schelmerei erstens, dass zu Behendes Lebzeiten – im 17. Jahrhundert – noch eine andere Art zu sprechen üblich gewesen war, und zweitens, dass Behende wirklich total auf Shakespeare gestanden hatte.

»Geht das die ganze Zeit so weiter?«, wandte sie sich bestürzt an Rain.

»Leider schon. Sorry …«

Schelmerei stöhnte auf. Selbst wenn sich in Behendes Theaterstück Hunderte Hinweise auf den Schatz verbargen, sie würde nicht einen davon entschlüsseln können.

Auf dem weiteren Weg las sie wieder und wieder die Vorrede, das Navigieren überließ sie dabei ihren Füßen. Als diese schließlich die Stufen zur Küche hinunterstolperten, saßen am zerkratzten Esstisch Clementine und Flora oder Fauna. Hinter ihnen wetzte Onkel Mahlstrom hin und her, seine stürmische Frisur von einem Tuch gebändigt, Köchins Schürze um die Hüfte. Flora/Fauna schob einen Teller mit Keksen zu den Neuankömmlingen hinüber. Ihre Nägel waren nicht kurz geknabbert, sondern kurz geschnitten – Fauna also. Clementines Skizzenbuch lag aufgeschlagen vor ihr.

»Ich mein's ernst«, sagte sie gerade. »So viel Talent sieht man selten.«

Während hinter Schaudervolls Komplimenten nichts als Spott gesteckt hatte, meinte Fauna es offensichtlich wirklich ernst. Kekse futternd hörte Schelmerei zu, wie Fauna von Clementines Entwürfen schwärmte, sich nach ihren Inspirationsquellen erkundigte und aufmerksam zuhörte, als sie schüchtern von ihrem Plan berichtete, später einmal in Paris zu studieren.

Clementine seufzte sehnsüchtig. »Glaubst du, Viola geht dort shoppen? Ihr Kleid gestern – so *chic*! Aber ich könnte so was ja sowieso nicht tragen …«

»Stopp! Solches Gerede verbitte ich mir!«, erwiderte Fauna. »Du kannst anziehen, was du willst, und du wirst in allem wundervoll aussehen.«

Schelmerei hoffte inständig, dass Fauna nicht in Floras undurchsichtige Machenschaften verwickelt war. Und sie hoffte, dass Clementine eines Tages lernen würde, dass eine gute Garderobe nicht zwangsläufig mit einem guten Charakter einherging.

Doch eigentlich interessierte Schelmerei viel mehr, was die einzig wahre, wirklich nicht zu übersehende Attraktion im Raum zu sagen hatte: der Wirbelwind mit Schürze.

»Ihr hättet es vermutlich nicht gedacht«, sagte Onkel Mahlstrom, als würde er seine Gäste gerade in ein wohlgehütetes Geheimnis einweihen, »aber in meinen jungen Jahren war ich Chef-Smutje auf der *Drunken Noodle*.«

»Echt? Und was war dein Spezialgericht?«, fragte Rain.

»Möwe à la Mahlstrom! Andere Zutaten waren leider immer Mangelware, aber Möwen gab's reichlich.«

»In unserer Küche allerdings nicht, Onkel.«

»Na, wir haben doch Hühnchen – sind das nicht praktisch die Möwen des Festlands? Gut, dann bräuchten wir jetzt noch Schwarzpulver, und zwar nicht zu knapp –«

Clementine schritt ein. »Aber Onkel M, Köchin und ich haben doch einen Haufen Essen vorbereitet! Ist alles im Tiefkühlschrank, musst du nur noch aufwärmen.«

Die Mädchen und Rain wagten sich in die Eishöhle des begehbaren Tiefkühlschranks, ein mächtiges Gewölbe, größer als jedes ihrer Zimmer. Sie holten Unmengen an Gemüse, Lachsfilets am laufenden Meter, Lawinen von Kartoffeln und gefrorene Seen aus Dashi-Brühe in gigantischen Schüsseln. Es gab eine Lasagne im Tischplattenformat, ein Fass voller Schwarzbohneneintopf, tennisballgroße Klöße, blockweise Pilzrisotto, ziegelsteingroße Portionen Tofu und ganze marokkanische Lämmer am Spieß. Das, dachten sie, sollte eigentlich genügen. Doch zur Sicherheit schütteten sie zusätzlich einen Sack Reis in Köchins Reiskocher Marke Eigenbau – eine ehemalige Waschmaschine.

Wie ein kohleschaufelnder Heizer an Bord einer Dampflok schob Onkel Mahlstrom das Essen in die drei gigantischen, mit gierig aufgerissenen Klappen wartenden Backöfen. Dann, als diese genüsslich brummten und neben Clementine auch Fauna und Rain nach oben gegangen waren, um sich umzuziehen, bohrte Mahlstrom sanft einen Finger in Schelmereis Schulter.

»Auf ein Wort?«

Während Phänomen in ein Kochbuch vertieft am Küchentisch sitzen blieb, winkte Mahlstrom Schelmerei in den Gefrierschrank. Er schloss die Tür und wollte sich betont lässig gegen die Wand lehnen, verlor wegen deren vereister Oberfläche aber beinahe das Gleichgewicht.

»Schelmerei«, sagte er ernst. »Du erinnerst dich doch an dein Seemannsehrenwort?« Sie nickte. »Ich muss dich etwas fragen: Hast du irgendwem von deiner Karte erzählt?«

»Nein!«, rief Schelmerei voller Empörung. Es war nicht leicht, ihr ein Versprechen zu entlocken, aber wenn, dann hielt sie sich daran. »Warum?«

»Nur so«, meinte Mahlstrom. Die Erleichterung war ihm anzusehen. »War nur so eine Frage.«

Alle gingen fest davon aus, dass Schelmerei permanent log. Damit tat man ihr sehr unrecht, in Wirklichkeit log sie nämlich niemals. Da es ihr selbst so leichtfiel, Lügen zu erkennen, ging sie selbst lieber kein Risiko ein, ihrerseits bei einer Unwahrheit ertappt zu werden, indem sie stets eine Variante der Wahrheit oder aber überhaupt nichts sagte. Auf diese kluge Idee war Mahlstrom offenbar nie gekommen, denn jetzt zuckte einer seiner Mundwinkel verräterisch. Kein Zweifel, dort hatte sich eine Lüge häuslich eingerichtet.

»Onkel? Was ist los?«

Er rang mit sich. »Nichts, nichts. Also doch, da ist schon etwas. Manchen hier kann man nicht trauen – mehr sage ich nicht.«

»Wem?«

»Manchen eben«, meinte Mahlstrom. »Könnte ich mal kurz deine Karte sehen?«

Schelmerei spürte das zusammengefaltete Papier in ihrer Hosentasche. Normalerweise hätte sie es ihm ohne Zögern ausgehändigt, doch da war sie wieder, die Lüge, und dadurch wurde ihr Mahlstroms Gesicht plötzlich ganz fremd. Was sollte sie tun?

Zum Glück blieb ihr die Entscheidung erspart, weil Mahlstrom und sie plötzlich den übel riechenden Rauch bemerkten.

»O nein«, sagten sie wie aus einem Mund.

Mahlstrom hetzte zur Tür – doch da sich Tiefgekühltes selten von sich aus auf den Weg machen musste, sondern in der Regel von jemandem abgeholt wurde, hatte der Gefrierschrank innen keine Türklinke. Mahlstrom hämmerte gegen das Metall. »Phänomen! Phänomen!!!«

Immer noch in ihr Buch vertieft, bemerkte Phänomen nichts davon. Mahlstrom und Schelmerei hämmerten minutenlang weiter, zugleich wurde der durch die Lüftungsschlitze sickernde verbrannte Geruch immer intensiver. In Mahlstroms Bart bildeten sich Eiskristalle.

Schließlich öffnete Phänomen von außen die Tür, das Kochbuch in der Hand.

»Was macht ihr denn im Gefrierschrank?«, fragte sie.

Mahlstrom und Schelmerei drängelten sich an ihr vorbei, mitten hinein in den schlimmen Gestank. Als sie die drei großen Öfen aufrissen, rülpsten diese jeweils eine giftige Rauchwolke aus. Phänomen stand in der Mitte der Küche und sah leicht irritiert zu, wie Mahlstrom Gericht um Gericht aus den Backrohren zerrte – natürlich viel zu spät. Alle waren zu schwarzen Krümeln verkohlt.

»Tut mir leid, Onkel«, sagte Phänomen traurig. »Ich hab's nicht gemerkt.«

»Ist nicht deine Schuld«, erwiderte Mahlstrom. »Du konntest es ja nicht riechen.«

Zu dritt betrachteten sie den Küchentisch mit dem langsam abkühlenden Berg aus ungenießbarem Essen.

»Was machen wir denn jetzt?«, fragte Schelmerei.

»Ich weiß es nicht«, sagte Mahlstrom. »Ganz ehrlich – ich hab noch nie was anderes gekocht als Möwe.«

»Na ja …« Phänomen zögerte. »In dem Buch hier steht, dass Kochen im Grunde bloß angewandte Chemie ist. Vielleicht kann ich uns was zusammenpfuschen.«

»Wir haben kaum noch Zutaten«, gab Mahlstrom zu bedenken.

»Dann machen wir eben eine Suppe. Das kann nicht so schwer sein.« Phänomen stöberte bereits im Gewürzregal, welches eine ganze Wand beanspruchte. »Und verglichen mit meinen anderen Experimenten ist das hier doch ganz harmlos, denn wenn beim Kochen was schiefgeht, sollte zumindest nichts in die Luft fliegen.«

»Pass bloß auf«, sagte Schelmerei, »dass am Ende nicht wieder Zyankali rauskommt.«

16. Interessantes zum Nachtisch

Mahlstrom verschwand in seinem Zimmer und tauchte bald mit einer riesigen Zinnwanne auf dem Rücken wieder auf. Die schrubbten Schelmerei, Phänomen und er sauber, füllten sie mit Wasser und wuchteten sie auf den gewaltigen Herd. Sie durchforsteten die Küche und warfen alle Zutaten hinein, die weder von Köchin gekocht noch von Mahlstrom verkohlt worden waren. Kurze Zeit später köchelte vor ihnen eine würzige, zähflüssige Brühe, dunkel und pampig wie Bratensoße, gemütlich vor sich hin blubbernd und schmatzend an Schelmereis Rührlöffel saugend. In dieses Gebräu ließ Phänomen die aufgetauten Klöße fallen, die daraufhin zur Größe von Fußbällen anschwollen. Am Ende glich der Eintopf einem Sumpf, den man eventuell durch geschickte Sprünge auf die darin schwimmenden Teigklumpen hätte überqueren können.

Aus zwei Wischmopps und einer Tischdecke bastelte Mahlstrom eine stabile Trage und nachdem sie die Wanne mit der heißen Suppe daraufgehievt hatten, traten sie die mühselige

Wanderung zum Speisesaal an. Dabei balancierten sie die Trage so vorsichtig wie Tante Schadenfreudes leeren Sarg bei den etlichen Probebestattungen.

Schelmerei, die das letzte Abendessen verschlafen hatte, erschrak fast über die verschwenderisch prachtvoll gedeckte Tafel. Für gewöhnlich drängte sich nur ihre ungewöhnliche Kleinfamilie am einen Ende des Tisches um eine löchrige gelbe Tischdecke. Nun verbarg sich das ganze Möbelstück unter einem tortengussweißen Tuch und auf diesem glitzerten Silberbesteck, Kristallgläser und hier und da ein Kerzenleuchter. Der thronartige Stuhl von Tante Schadenfreude am Stirnende des Tisches war hingegen verwaist.

In Anbetracht von so viel Glanz und Gloria hätte man den Swifts wohl hervorragende Tischmanieren zutrauen dürfen. Tatsächlich stürzten sie sich aber wie eine wütende Meute auf die Wanne. Unter rücksichtslosem Einsatz von Ellenbogen und Besteck fielen sie mit Schüsseln und Bechern bewaffnet über die Suppe her, kleckerten und spritzten hemmungslos. Sie angelten triefende Klöße heraus, klatschten sie auf die Teller und zerlegten sie wie Geburtstagskuchen. Fünfzehn Minuten später waren die Wanne leer und das Tischtuch reif für den Abfalleimer.

Während sie ihren Teller sauber wischte, lauschte Schelmerei mit einem Ohr den Gesprächen in ihrer Nähe. Sie wechselte dabei von einer Unterhaltung zur anderen, als würde sie Radiosender durchschalten.

»... ja, Migräne. Sehr unangenehm, aber gut, wozu bin ich mit einem Arzt verlobt?«

»... doch sehr unhöflich, diese Köchin ... kaum noch tüchtiges Personal zu finden ...«

»... irgendwo im tiefsten Peru, habe ich gehört ...«

»... so was braucht's ein Brecheisen und einen Mietgorilla ...«

»... Miss DeMille? Von den DeMilles aus New York?«

Bei diesem Sender blieb Schelmerei. Etwa in der Mitte der Tafel hatte sich Schaudervoll neben Viola niedergelassen. Lauter saß einige Plätze abseits, spielte an der Schnalle seiner Arzttasche herum und blickte – aus gutem Grund – nervös zu seiner Verlobten hinüber.

»Ich kenne Ihre Tante Hyacinth von etlichen gesellschaftlichen Anlässen! Wie schön, dass es bald eine Verbindung zwischen unseren beiden Familien geben wird.« Schaudervoll strahlte. »Alle sind der Meinung, dass Sie mit Lauter einen *prächtigen* Fang gemacht haben.«

Viola spähte den Tisch hinunter, wo ihr Verlobter offensichtlich die Ohren spitzte. »Ja, das kann man wohl sagen.« Sie lächelte und winkte ihm mit den Fingern zu. Ihr Diamantring funkelte kokett.

Schaudervoll beäugte das Schmuckstück mit kaum verhohlener Abscheu. »Ich muss mich bei Ihnen entschuldigen. Dass Sie sich mit unseren alten, abgestandenen Gebräuchen herumschlagen müssen! Sie halten uns bestimmt allesamt für lächerliche Gestalten.« Sie stieß ein einstudiertes Lachen aus. »Doch uns Swifts gibt es nun einmal schon arg lange und über die Jahre sammeln sich Traditionen an. So wie Plaque.«

»Ach, sind nicht alle Familien auf ihre eigene Art recht seltsam?«, erwiderte Viola diplomatisch. »Und seit ich weiß, woher Lauter kommt, verstehe ich ihn viel besser. Zum Beispiel, warum er nach New York gezogen ist.«

Für Schelmerei war es unheimlich, Violas und Schaudervolls Geplänkel zu verfolgen. Ihre Lippen lächelten, ihre Worte sagten wenig aus, doch die beiden waren eindeutig in einen Kampf verstrickt. Sie nutzten Höflichkeit als Waffe.

»Sehr freundlich. Und dennoch …«, ließ Schaudervoll nicht locker. »Sie fühlen sich hier doch hoffentlich herzlich willkommen – trotz Schadenfreudes unfreundlichem Empfang? Ich fände es unerträglich, sollte man Sie hier schändlich behandeln. Sie wissen schon, hinter Ihrem Rücken über Sie reden … oder Sie gar verdächtigen!«

Violas Lächeln hielt sich wacker. Als sie Schaudervolls Hand tätschelte, klatschte es wie bei einer Ohrfeige.

»Wie lieb von Ihnen«, sagte sie. »Aber keine Sorge, mit arroganten, egozentrischen Angehörigen der gehobenen Gesellschaft komme ich zurecht. Also falls mir hier welche über den Weg laufen *sollten*.«

Schaudervolls dunkle Augen ruhten abschätzend auf Viola. Einer ihrer Mundwinkel zuckte.

»Lauter hat sich in Ihnen getäuscht«, erwiderte sie schließlich leise, hörbar nur für Viola, verständlich aber auch für eine ambitionierte Lippenleserin wie Schelmerei.

»Ah, Kinder.«

Ein Schatten fiel auf den Teller von Rain. Schelmerei drehte sich erschrocken zu Tante Erbschaft um, die sich in ihrer ganzen bescheidenen Größe hinter ihnen aufgebaut hatte.

»Wie ich gehört habe, betreibt ihr meinen ausdrücklichen Anweisungen zum Trotz Nachforschungen zu Schadenfreudes … *Unfall.*« Sie sah noch schlechter aus als zuvor, aufgerieben und verschlissen von stundenlangen Ringkämpfen mit ihren Verwandten. »Dass ich dich nicht davon würde abhalten können, war mir bewusst …« Ihr stechender Blick zielte auf Schelmerei. »… aber von euch anderen hatte ich mir mehr Vernunft erhofft. Phänomen, du bist älter und hast den besseren Namen. Du müsstest die Situation doch realistisch einschätzen können. ›Schnüffler‹ *bedeutet* ›Detektiv‹ – folglich ist er die logische Wahl, das Ganze aufzuklären.«

Phänomen trank einen großen Schluck Lösungslösung und verzichtete gnädig darauf, etwas zu erwidern. Schelmerei hingegen sah nicht ein, wieso sie besondere Rücksicht nehmen sollte.

»Tante Erbschaft, warum warst du am Abend der Tat nicht beim Essen?«, fragte sie in möglichst unschuldigem Ton. »Und wo warst du stattdessen?«

Erbschafts Mund klappte auf.

»Was … ich … Das hat dich nicht zu interessieren! Ich bin die Archivarin! Ich versuche hier, ein Familientreffen über die Bühne zu bringen und nebenher meine *eigenen* Nachforschungen voranzutreiben – und nun hat Mimisch sich auch noch *Die traurige Tragödie von Wohlan und Zuwider* stehlen lassen! In der Erstausgabe! Also belästige mich bitte nicht mit deinen Schelmer… mit deinem Unfug!«

Schelmerei spürte, wie Rain tief im Pullover versank. Sie zwickte Rain kumpelhaft. Solange keine Beweise vorgebracht wurden, durfte man auf gar keinen Fall irgendetwas zugeben.

»Und du, mein Kind …« In sanfterem Ton wandte sich Erbschaft an Rain. »Du hast dich da doch hoffentlich nicht reinziehen lassen? Das wäre schlicht zu gefährlich. Denn sollte dir, meinem einzigen Enkelkind, etwas zustoßen …«

Rain starrte auf das Tischtuch.

»Aber ich kann unmöglich neben allem anderen auch noch ein Auge auf dich haben!« Erbschaft seufzte. »Deshalb befehle ich euch in meiner Eigenschaft als Archivarin einmal mehr, das Detektivspielen einzustellen, bevor es womöglich schlimme Folgen hat.« Sie wandte sich abermals an Rain. »Und bitte, steck dir dein Namensschild an! Wie soll man sonst wissen, wer du bist?«

Rain wühlte übertrieben eifrig in den Hosentaschen, allerdings nur, bis Erbschaft abgedampft war. »Sie hat eben einen starken Beschützerinstinkt …«

Volle Kaffeetassen wurden auf den Tisch gestellt, geleert

und wieder weggeräumt. Einige der Gäste zog es in andere Zimmer, manche lockerten ihren Gürtel und lehnten sich zähnestochernd zurück. Schelmerei schlug unter dem Tisch Behendes Theaterstück auf und grübelte darüber, ob *Narr'n des Glücks* nun Glück hatten oder doch eher Pech.

Da ertönte ein Schrei.

Er hatte eine ähnliche Wirkung wie ein Stein, der in einen See fällt. Sekundenlang sank der Geräuschpegel, rauschte der Schrei gewissermaßen durch die verschiedenen Gespräche hindurch – dann schwappten sie wieder hoch und überschlugen sich stürmisch, während die Swifts quietschend ihre Stühle zurückschoben und zum Ursprung des Lärms eilten.

Schelmerei war schnell und doch zu langsam. Ehe sie auf die Idee kam, auf die Tischplatte zu springen und diese hinunterzurennen, hatte bereits ein Dutzend Verwandter den Speisesaal verlassen. Das Geschrei hielt derweil an und lenkte die ganze Familie den Flur hinunter, vorbei am Großen Salon bis zur Doppeltür der Bibliothek, die neuerdings weit offen stand und schon von Menschen verstopft war. Auf allen vieren krabbelte Schelmerei ins Gedränge hinein und pikte ein paar Unterschenkel mit ihrem Suppenlöffel aus dem Weg.

Renée Swift, geborene Carter, saß wie ein Häuflein Elend in der Tür und schluchzte. Eine der Zwillingsschwestern strich ihr übers Haar und murmelte beruhigende Worte. Es konnte nur Fauna sein, Flora hatte eher kein Händchen fürs Trösten. Viel mehr konnte Schelmerei nicht erkennen – nur einen Streifen Bücherregal und etwas Rotes, Nasses auf dem Boden.

Fortissimo schob sich durch die Menge, die kleine Etepetete in den Armen.

»LASST MICH DURCH!«, dröhnte er und fügte an Etepetete gerichtet hinzu: *»Schaukel, schaukel, Baaaaaby, auf dem hohen Aaaaaast* … DAS IST MEINE FRAU!«

Er kniete sich neben Renée, das Gesicht seiner Tochter mit einer Hand vom Inneren der Bibliothek abgeschirmt. *»Bläst der Wind, die Wiege schau*– ALLES GUT, SCHATZ, ICH BIN BEI DIR! *–kelt. Bricht der Ast, die Wiege fäää*– NICHT HINSEHEN.«

Jetzt konnte Schelmerei sich ein wenig nach links manövrieren und in der einen Millisekunde, die ihr blieb, bevor sie von Mahlstroms Hand gepackt und hochgehoben wurde wie ein Plüschtier in einem Greifautomaten, schaute sie ganz genau hin. Sie sah die glänzenden Spitzen von Schnüfflers Schuhen, seinen zerknittert auf dem Teppich ausgebreiteten Trenchcoat, eine seiner Hände, die sich noch kraftlos an ein Buch klammerte, und die eigentlich schneeweiße, nun aber rot befleckte Marmorbüste von Großonkel Zuwider, die den Platz von Schnüfflers Kopf eingenommen hatte.

17. … auf daß hier niemand kopflos werde

Bei den meisten Familientreffen, da war Schelmerei sich ziemlich sicher, gab es höchstens einen Schwerverletzten und in der Regel null Tote. Wobei man auch die meisten Bibliotheken gefahrlos ohne Helm betreten konnte. Nachdem Fauna, beständig wie eine Waschmaschine im Schonprogramm murmelnd, Renée und Fortissimo fortgeschafft hatte, scheuchte die Familie Lauter zur Tür hinein. Seine Arzttasche in der Hand, starrte er auf die kopflose Leiche hinab. Blickte von der Leiche zu den gespannt wartenden Verwandten und wieder zur Leiche zurück. Und tastete an deren Hals nach einem Puls.

»Ich fürchte, er ist tot«, verkündete Lauter.

Die Menge schnappte pflichtschuldig nach Luft. Lauter räusperte sich und streifte sich gummischnalzend weiße Einmalhandschuhe über. »Eine schwere Kopfverletzung, würde ich sagen. Ich schätze … Also, es sieht so aus, als wäre ein Regalbrett unter dem Gewicht der Bücher zusammengebrochen – und Schnüffler ist wohl von einer infolgedessen abstürzenden Büste getroffen worden.« Er betrachtete die Leiche. »Ein schrecklicher Unfall.«

»Seht mal.« Mahlstrom deutete auf die betreffende Stelle. »An dem Brett ist ein Scharniergelenk angebracht. Der arme Kerl hat nicht aufgepasst und eine Falle ausgelöst.«

»Meine Güte! Heißt das etwa, er war einfach nur tollpatschig? Um nicht zu sagen …« Als ihm der Scherz über die Lippen kam, zuckte Lauter kurz zusammen. »… un*gelenk*?«

Mahlstrom verzog keine Miene. »Ja.«

Lauter hatte genug Anstand, peinlich berührt dreinzuschauen. »Könntest du mir helfen, ihn von der Büste zu befreien? Allein kann ich sie nicht mal heben. Und ihr anderen, geht bitte zurück in den Speisesaal. Du auch, Viola. Ich komme zurecht. Wir … wir sind gleich bei euch.«

Jemand stupste Schelmerei am Ellenbogen.

»Ich gehe hoch, meinen Junior-Spurensicherungskoffer holen«, flüsterte Phänomen ihr zu. »Du passt auf, dass sie die Leiche *genau so* liegen lassen, okay?«

Das war leichter gesagt als getan, denn Onkel Mahlstrom blieb dem – auch für ihn ungewohnten – Pfad der Vernunft absolut treu. Als Schelmerei und Rain unter dem fragwürdigen Vorwand, ein Lexikon ausleihen zu wollen, auf ihn zuspazierten, hob er sie einfach mit je einer Hand in die Luft, drehte sie um, stellte sie auf der anderen Seite der Tür wieder ab und zog diese mit einer Entschuldigung ins Schloss. Schelmerei musste sich darauf beschränken, durchs Schlüsselloch zu beobachten, wie Erbschaft mit Kreide einen Umriss auf den Boden zeichnete, um Schnüffler und auch um seinen heruntergepurzelten Hut. Das, da war sie sich mit Rain einig, wäre ganz nach Schnüfflers Geschmack gewesen.

Dann wurde der Überwurf des Diwans zum Leichentuch umfunktioniert und der Tote mit vereinten Kräften aus der Bibliothek hinausgeschleppt – Mahlstrom packte ihn an den Füßen, Lauter am Nicht-mehr-Kopf. Schelmerei unternahm noch einen allerletzten Versuch, die beiden zumindest zu bremsen (»Wie bitte? Ich bin euch im Weg? Ach, das tut mir aber leid. Ich Dummi, dass ich hier mitten in der Tür stehe, wenn ihr so schwer zu schleppen habt! Ist ja gut, Onkel. Ich *geh* ja schon. Jaja …«), und als auch dieser gescheitert war, konnte sie nur noch zusehen, wie die betrübte Dreierbande am Ende des Flurs verschwand und sich die Tür hinter ihr zufiel.

Doch wenn eine Tür zugeht, öffnet sich bekanntlich eine andere – oder diese andere wird zumindest nicht abgeschlossen. Schelmerei und Rain huschten in die nun unverriegelte Bibliothek hinein und verkrochen sich hinter dem Diwan. Bald trat Phänomen auf den Plan. Sie war mit ihrem Junior-Spurensicherungskoffer ausgerüstet, einem großen Blechding, das sie von ihren Eltern geschenkt bekommen hatte. Auf dem Deckel war ein Comic-Hund mit Detektivmütze abgebildet, der an einem blutigen Pfotenabdruck schnupperte.

Stirnrunzelnd begutachtete Phänomen den verwaisten Kreideumriss. »Ich muss schon sagen«, sagte sie laut, »dieser eklatante Mangel an Professionalität ist –«

Schelmerei zerrte sie am Saum ihres Laborkittels hinter den Diwan.

»Als wäre jetzt der richtige Zeitpunkt für Streiche und Heimlichtuerei!«, schimpfte Phänomen.

»Schscht! Jetzt ist exakt der richtige Zeitpunkt!«

Sie warteten. Ob bald wieder das schwere Stampfen von Mahlstroms Stiefeln ertönen würde? Stattdessen hörten sie zarte Schritte auf dem Flur, registrierten das zarte Klicken der Türklinke und erblickten einen zumindest äußerlich zarten Menschen. Schnell schaute dieser sich um, verstohlen wie eine Maus, und wieselte zu einem der Regale.

Es war Viola.

Schelmereis Blut prickelte, als sie sah, wie Viola – nur mit Strumpfhose an den Füßen, die hohen Schuhe locker in der Hand – den Raum durchquerte, die Fingerspitzen über die Buchrücken gleiten ließ und dabei die Stirn immer krauser zog. Die Swifts hatten ihre Sammlung weder nach dem Genre sortiert (wie manche Buchliebhaber) noch nach Autor und Titel (wie andere Buchliebhaber) noch nach der Farbe des Einbands (wie Raumausstatter auf Abwegen). Stattdessen waren die Bände nach wichtigen inhaltlichen Merkmalen kategorisiert. Kleine Plaketten an den Regalen gaben Auskunft darüber, wo *Bücher mit Tigern drin* zu finden waren oder *Bücher über Reisen ohne Rückkehr* oder *Bücher, über die man reden kann, um klüger zu erscheinen.* Die Suche nach einem bestimmten Titel wurde dadurch deutlich erschwert und auch Viola war offenbar noch nicht fündig geworden. Da ertönten erneut Schritte.

Fieberhaft schaute Viola sich nach einem Versteck um. Ihr Blick blieb am Diwan hängen. Sie ging einen Meter auf diesen zu und Schelmerei wappnete sich schon für ihre baldige Enttarnung. Doch in letzter Sekunde überlegte Viola es sich noch einmal anders und flitzte lieber hinter einen der bodenlangen Vorhänge neben dem Fenster.

»Mussten wir ihn unbedingt in den Gefrierschrank tun?«, fragte Erbschaft seufzend, während hinter ihr die anderen Erwachsenen eintrudelten. »Jetzt müssen wir jedes Mal an ihm vorbei, wenn wir Eis holen gehen. Und was ist, wenn sein Geist in die Sojasprossen fährt?«

»Das glaube ich kaum«, meinte Mahlstrom. »Es gibt weit unheimlicheres Gemüse.«

»Pastinaken«, warf Lauter grimmig ein. »Die waren mir schon immer verdächtig. Wobei … An Schnüfflers Stelle würde ich mich lieber nach einer frischen Rübe umsehen.«

Er polierte seine Brillengläser, hüstelte, stemmte die Hände in die Hüften – und sank plötzlich in einen Sessel. »Bitte entschuldigt. Ein kleiner Schwächeanfall. Kommt vermutlich von den ganzen Kopf-Wortspielen.«

So hört, auf daß hier niemand kopflos werde, dachte Schelmerei und konnte nur mit Mühe ein hysterisches Kichern unterdrücken.

»Nicht dass ich unnötig darauf herumreiten will«, fuhr Lauter fort. Sein Gesicht war aschfahl. »Aber sein Kopf …«

»Sah aus wie eine geplatzte Melone«, sagte Mahlstrom nüchtern. Er inspizierte den Teppich, an dem die ehemalige Position von Schnüfflers Schädel dank eines großen bräunlichen Flecks noch prima abzulesen war. Dann hob er die Büste von Großonkel Zuwider auf – wohlgemerkt ohne die breiige Masse am Sockel zu berühren – und drehte und wendete sie. »Doch, kommt hin. Schwer, das Ding.«

»Ich konnte es nicht mal anheben«, flüsterte Lauter ehrfürchtig.

Mahlstrom zog einen alten Sack aus seiner Tasche. »Das Monstrum ist mir sowieso auf den Senkel gegangen.« Als er die Büste hineinplumpsen ließ, zwickte Rain Phänomen warnend in den Arm, damit sie angesichts des nächsten vor ihren Augen weggemopsten Beweisstücks nicht laut aufheulte.

»Und so fordert die Bibliothek einmal mehr das Leben eines Swifts«, sprach Tante Erbschaft im leichten Singsang. »Erst Cousin Stehpult – möge er in Frieden ruhen – und nun Schnüffler.«

Lauter starrte betrübt vor sich hin. »Eine furchtbare Tragödie. Ein großer Geist, zu früh aus unserer Mitte gerissen …«

»Nun ja, was das anbetrifft«, sagte Erbschaft, »wollen wir mal sehen, was selbst ihn überlisten konnte.«

Obwohl die Kartierung der Bibliothek noch auf Schelmereis To-do-Liste stand, waren ihr etliche Fallen darin bereits bekannt. So musste man praktisch im selben Moment, in dem man *Belagerungsgeräte der normannischen Eroberer* aus dem Regal zog, einen Sprung nach hinten machen, um nicht von einer herabschwingenden Streitaxt gefällt zu werden. Die *Blödelbibel der Streiche und Späße* veranstaltete einen tödlichen Ulk mit einem Gummihuhn. Das *Phantom der Oper* ließ den Kronleuchter abstürzen und nur weil Clementine sich das irgendwie nicht merken konnte, befand sich der Kronleuchter in so beklagenswertem Zustand.

Mahlstrom deutete auf das Regalbrett, von dem die Büste gefallen war. Diese hatte wohl als Stütze für mehrere *Bücher mit berühmten Bibliotheken* drin gedient. Doch nun ragte eine Seite des Bretts schräg nach oben und der Großteil der Bücher war auf den Boden katapultiert worden.

»Da«, sagte Mahlstrom. »Das Scharniergelenk. Eine ziemlich simple Falle und keine schwer zu erkennende, wenn man es gewohnt ist, darauf zu achten. Sie funktioniert wie eine Wippe – normalerweise ist sie perfekt ausbalanciert, doch entfernt man das falsche Buch, kippt erst das Gleichgewicht, dann das Regalbrett und schließlich die Büste. Die Mädchen hätten das Ganze sofort durchschaut.«

Für einen Moment wurde höflich geschwiegen, weil niemand aussprechen wollte, was sich alle dachten: dass Schnüffler wirklich nicht der Hellste gewesen war.

»Immerhin wissen wir, welches Buch der Auslöser war«, sagte Lauter. »Das in seiner Hand. *Die Tote in der Bibliothek* von Agatha Christie.«

Schelmerei spürte, wie ihr jemand aufgeregt in die Seite

pikte – es war Phänomen. Ihre Augäpfel traten beinahe aus den Höhlen, so schwer fiel es ihr, irgendeine enorm bedeutende Erkenntnis nicht laut herauszuposaunen.

Schelmerei legte sich den Finger auf die Lippen und meinte damit: *Sei bloß still. Später kannst du's uns immer noch sagen.*

Phänomen presste die Augen zusammen und meinte damit: *AAAAARRRRGGGHH!*

Rain hob die Brauen und meinte damit vermutlich: *Puh, seid ihr zwei merkwürdig.*

»Gut, dann wäre ja alles geklärt«, beendete Tante Erbschaft die Diskussion. »Ein tragischer Unfall also. Schlimm, schlimm! Jetzt aber schnell zu den anderen und ein paar beruhigende Worte verlieren.«

»Bitte um Erlaubnis, offen zu sprechen«, erwiderte Onkel Mahlstrom stirnrunzelnd. »Lasst uns wenigstens die Möglichkeit in Betracht ziehen, dass hier ein Verbrechen geschehen ist. Schnüffler wollte immerhin einen Mordversuch aufklären!«

»Erlaubnis abgelehnt«, konterte Erbschaft. »Wenn ich es euch doch sage: Das war ein Unfall. Schnüffler war Detektiv und Detektive lassen sich nicht bei ihrer Ermittlungsarbeit ermorden.«

»Köchin würde mir zustimmen«, hielt Mahlstrom dagegen. »Wir haben mit eigenen Augen gesehen, wie Schadenfreude am Vorabend des Familientreffens die Bibliothek verriegelt hat. Wie ist Schnüffler also überhaupt hier reingekommen? Den einzigen Schlüssel hatte Schadenfreude immer bei sich, im Bund an ihrem Gürtel, und laut Köchin ist der Schlüsselbund seit ihrem Sturz verschwunden.«

»Vielleicht hat Schnüffler ihn ja aufgespürt. Wo er doch schließlich *Detektiv* war.«

»Sollten wir nicht Köchin zu uns bitten, um sie nach ihrer Einschätzung zu fragen?«, mischte Lauter sich vorsichtig ein.

Mahlstrom winkte ab. »Die weicht Schadenfreude nicht von der Seite. Aber es sind noch andere Dinge spurlos verschwunden: ein Kompass von mir und Köchins Motorradschlüssel. Das heißt, sofern hier kein kleptomanischer Geist herumspu–«

»Unser Hausgeist klaut nicht!«, empörte sich Erbschaft. »Köchin hat den Schlüssel sicher nur verlegt.«

Dieser Wortwechsel wirkte auf Schelmereis Magen wie ein Pfannenwender auf Pfannkuchen. Ja, jemand hatte Schadenfreudes Schlüsselbund gestohlen, und zwar niemand anderes als Schelmerei selbst. Sie war damit in den Keller eingebrochen – und am ersten Tag des Familientreffens hatte sie den Bund morgens auf den Schreibtisch ihrer Tante geschmissen. Was, wenn Schadenfreude ihn nie wieder in die Hand genommen hatte? Dann hätte er unbeaufsichtigt dort gelegen und jeder hätte ihn sich – während des ganzen Trubels zwei Stockwerke tiefer – heimlich greifen können. Eine schwitzige Hitze kroch Schelmereis Wirbelsäule hinauf.

Doch weiter wollten die Erwachsenen ihre Ermittlungen offenbar nicht treiben. Mit ernster Miene tuschelnd gingen Mahlstrom und Lauter fort, nur Erbschaft blieb noch einen

Moment und ließ skeptisch den Blick schweifen, so als hätte sie irgendetwas an der Bibliothek auszusetzen.

Danach räumte auch sie das Feld und schon machte Phänomen Anstalten, in die Höhe zu schnellen. Doch Schelmerei und Rain ließen sie nicht. Nach einer halben Minute des Wartens trat Viola hinter dem Vorhang hervor. Kurz betrachtete auch sie den blutigen Teppich, ihre makellose Stirn durchzogen von einer einzigen Falte. Dann trippelte sie zu den *Büchern für alle, die wissen wollen, wohin*, schnappte sich einen Atlas und floh.

Endlich durfte Phänomen die Fassung verlieren.

»Was für Idioten!« Sie sprang auf. »Was für unglaubliche Nichtskönner! Als würde man Fischen beim Feuermachen zugucken! Erbschaft kann den Tatsachen nicht in die Augen sehen, Mahlstrom ist vieles, aber definitiv kein Ermittler – und von Lauter als *Arzt* hätte ich ein *Mindestmaß* an Kenntnissen im wissenschaftlichen Arbeiten erwartet! Aber nein, er *mmmpffl*!« Sie hatte sich ihren Pferdeschwanz in den Mund gestopft und kaute wütend darauf herum.

Schelmerei war ganz ihrer Meinung. Irgendetwas passte hier nicht ins Bild. Nicht dass sie das Puzzle unbedingt mit der von Phänomen gewünschten Exaktheit würde zusammensetzen können, aber sie wollte sich zumindest von ihrer Schwester die Teile zeigen lassen.

»Dann erklär uns doch mal, was sie alles falsch gemacht haben«, sagte Schelmerei.

Phänomen spuckte ihren Pferdeschwanz aus. »Also, fangen

wir an: Sie sind von vornherein von einem Unfall ausgegangen. Dabei weiß jedes Kind, dass man zuerst die Fakten sichten und dann aus diesen seine Schlüsse ziehen muss. Stattdessen haben die in den Fakten nach Beweisen für ihre voreiligen Schlüsse gesucht!«

»Versteeehe …«

»Im Grunde hätte schon die Leiche sie bei *etwas* genauerer Betrachtung misstrauisch machen müssen. Allein wie Schnüffler dalag: flach auf dem Boden mit zerschmettertem Kopf und in der Hand –«

»*Die Tote in der Bibliothek* von Agatha Christie.« Jetzt wusste Schelmerei, was an der ganzen Sache faul war.

»Ist es denn so wichtig, welches Buch es war?«, meldete sich Rain zu Wort.

Phänomen nickte ernst. »Schelmerei und ich wissen, dass es in der Bibliothek keine ungefährlicheren Bücher gibt als Krimis. Dieser Roman hat garantiert keine tödliche Falle ausgelöst. Das sollte auch Mahlstrom und Erbschaft bewusst sein. Warum tun sie dann so ahnungslos?«

Erbschafts Verhalten erschien von Minute zu Minute verdächtiger. Ihr Enkelkind grub die Schuhspitzen in den blutbefleckten Teppich und fragte: »Und … was sagt uns das alles jetzt?«

»Kennt ihr Ockhams Rasiermesser?«, fragte Phänomen. »Das ist ein Grundprinzip des logischen Denkens. Es lässt sich so zusammenfassen, dass in der Regel die einfachste Erklärung zutrifft. Also, welche Lösung findet ihr simpler: dass dieser *eine* Krimi ausnahmsweise eine Falle ausgelöst hat? Oder dass es gar keine Falle war? Gibt es denn eine einfachere Erklärung als die, dass sich irgendwer die Büste geschnappt und Schnüffler den Kopf zerdeppert hat?«

»Und hinterher … das Regal aus den Angeln gehoben hat, damit es nach einem Unfall aussieht?«, fügte Rain hinzu, die Stirn in Falten gelegt.

»Exakt! Und um die Inszenierung zu vervollständigen, hat der Täter dem Opfer am Ende irgendein Buch in die Hand gedrückt.«

»Ja, wahrscheinlich das erstbeste. Und dann … Ah!« Rain riss die Augen auf. »Das heißt doch, dass der Täter sich hier nicht besonders gut auskennt, denn wer sich hier auskennt, hätte gerade *keinen* Krimi genommen! Damit können wir meine Gran praktisch ausschließen, oder?« Rain strahlte, sichtlich überwältigt von diesem Moment der Erleuchtung. Doch das Lächeln verblasste schnell. »Dann stellt sich aber immer noch die Frage, warum Gran das Ganze als Unfall abtut.«

»Stimmt. Das kann ich mir auch nicht erklären.«

»Viola hätte das mit den Krimis nicht gewusst«, schaltete sich Schelmerei ein, um endlich, endlich ihre eigene Hauptverdächtige ins Spiel zu bringen. »Sie gehört nicht zur Familie.«

Phänomen nickte. »Sie wirkt immer zwielichtiger. Mir fällt aber leider immer noch kein passendes Motiv ein. Und wenn sie Schnüffler getötet hat, warum sollte sie dann kurz darauf am Tatort herumschleichen?«

»Um rauszufinden, ob ihr irgendwer auf die Schliche gekommen ist«, antwortete Schelmerei. »Ich würd's genauso machen.«

Rain erschrak. »Würdest du?«

Schelmerei bejahte eifrig. »Aber sicher. Ich meine, wozu sollte ich ewig einen Streich vorbereiten, wenn ich am Ende nichts davon mitbekomme? Und das hier ist doch so ähnlich.«

Sie sah, wie Phänomen in ihrem Ermittlungsbuch blätterte und einen weiteren Strich in die *Rollengemäß*-Spalte malte.

»Es wäre hilfreich zu wissen, *wann* Schnüffler ermordet wurde«, überlegte Rain laut. »Und wie der Täter – oder Schnüffler selbst – überhaupt hier reingekommen ist.«

»Die Tat ist mehrere Stunden her«, sagte Schelmerei mit Blick auf die bräunliche Schmiere im Teppich. Phänomen hatte ihr schon häufiger erklärt, dass Blut anders trocknete als Ketchup: Es wurde braun. »Und ich schätze, der Täter hat einfach die Tür aufgeschlossen. Ich schätze, er oder sie hat den Schlüsselbund vom Schreibtisch unserer Tante stibitzt. Da hab ich ihn nämlich neulich hingeworfen.«

»Ach, *Schelmerei*«, seufzte Phänomen, wie um Schelmereis Schuldgefühle noch weiter anzustacheln. »Na ja … falls Schnüffler den Schlüsselbund hatte, wurde er ihm inzwischen wieder abgenommen.« Ihr Gesicht verfinsterte sich. »Nicht zu fassen, dass sie die Leiche einfach weggetragen haben. Und die Büste auch!« Sie zückte eine selbst gebaute Vorrichtung aus mehreren miteinander verbundenen Lupen, die sich an die Brille klemmen ließ. »Was soll's. Jetzt sind wir dran.«

Und sie starteten ihre Raumdurchsuchung. Sie krochen über den Teppich, spähten unter Stühle, inspizierten das gekippte Regalbrett und die offen auf dem Boden herumliegenden Bücher. Sie untersuchten jeden Millimeter des Bretts und des Agatha-Christie-Romans auf Fingerabdrücke. Viel Verwertbares fanden sie nicht, eigentlich kaum etwas, bis Schelmerei nach zehn Minuten eine Entdeckung machte.

Es war ein kleines, rundes Loch mit einem ähnlichen Durchmesser wie ihr Daumen, etwa auf halber Höhe der Wand, für Schelmerei gerade so zu erreichen. Fast hätte sie den Finger hineingesteckt. Doch sie dachte gerade noch rechtzeitig daran, dass Phänomen sie dann vermutlich wegen Pfusch am Tatort anbrüllen würde, und winkte ihre Schwester lieber zu sich.

»Hmm«, machte Phänomen. Sie entnahm ihrem Junior-Spurensicherungskoffer ein langes Wattestäbchen und wackelte damit in dem Loch herum. Als sie es hinauszog, war es voller Mörtel. Und es war ein bräunlicher Fleck daran.

»Blut?«, fragte Rain.

»Scheint so. Aber wir müssen erst die Laboranalyse abwarten!« Sie begutachtete das Stäbchen noch einmal kritisch und steckte es in ein Röhrchen mit der Aufschrift *BEWEISMITTEL!*, das außerdem mit einem Frosch im Laborkittel gekennzeichnet war. »Doch was das für ein Loch ist – keine Ahnung. Nach einem Bohrloch sieht es nicht aus …«

»Ein Einschussloch?« Schelmerei grinste. Das wäre mal was.

»Nein, nein … Dafür ist es zu ordentlich. Ein Projektil hätte eine kleine Erhebung rund um das Loch hinterlassen, wie bei einem Krater.« Phänomen verstaute das Röhrchen sorgfältig in ihrem Koffer und ließ dessen Schnalle zuschnappen. »Fragt mich nicht, was, aber irgendwas haben wir übersehen. Ganz sicher.«

»Ist das so ein Bauchgefühl?«, erkundigte Schelmerei sich gespannt.

Phänomen rümpfte die Nase. »Mach dich nicht lächerlich«, flüsterte sie, während sie zu dritt aus der Bibliothek hinausschlichen. »Wissenschaftlerinnen haben keine Bauchgefühle!«

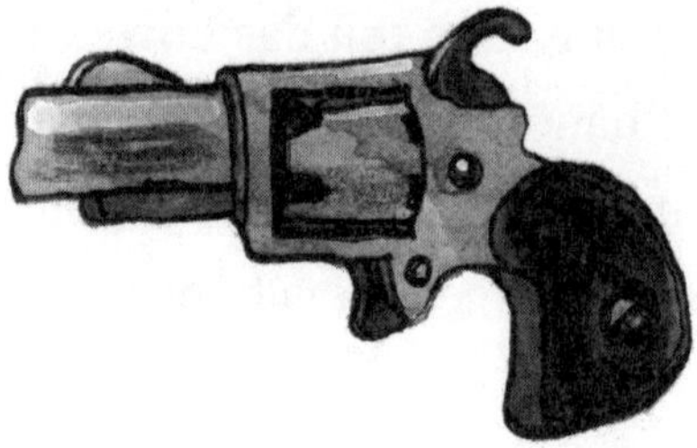

18. Motive und Methoden

Während Phänomen, Schelmerei und Rain in der Bibliothek die Unfall-Theorie widerlegt hatten, hatte Erbschaft im Abendsalon allen versichert, dass Schnüffler bei einem Unfall ums Leben gekommen sei. Angesichts der regen Debatte, die sich daraufhin entspann, war Erbschaft wohl nicht sehr überzeugend gewesen. Den ganzen Tag lang war unter den Gästen Paranoia gewuchert, reichlich gewässert und genährt von spontanen Tratschereien in allen Ecken des Hauses. Als sich das dreiköpfige Ermittlungsteam in den Salon schob, kippte die Stimmung gerade von Misstrauen in blanke Panik.

»Den Stuss sollen wir glauben?«

»Alors!«

»Warum tut denn niemand was?!«

»Bodenlos, wie dieses Haus geführt wird! Bo-den-los!«

»Jetzt atmen wir alle mal tief durch«, sagte Fauna. »Ich habe Tee gekocht. Wir können in Ruhe eure Anliegen bespre–«

»Zum Teufel!«, brüllte Fährmann. »Da ist ein Mörder!«

Die kleine Etepetete begann zu heulen.

»Bitte«, flehte Renée flüsternd. »Könnt ihr nicht etwas leiser sein? Denkt doch an die Kleine.«

»Ach, zum Teufel auch mit deiner Kleinen«, schimpfte Fährmann. »Hast *du* nicht Schnüffler gefunden? Nicht gerade unverdächtig, wenn du mich fragst!«

»Ich wollte zum Speisesaal und hab mich verlaufen! Ich hab bloß die falsche Tür aufgemacht!«

»Wer's glaubt!«

»SO SPRICHST DU NICHT MIT MEINER FRAU!«, dröhnte Fortissimo.

»Warum denn nicht? Sie ist im Grunde eine Fremde. Sie ist keine Blutsverwandte.«

»Hey!«, rief Viola in scharfem Ton. Lauter hielt ihre Hand so fest, dass sich seine Knöchel weiß färbten. »Bei allem Respekt – behalten Sie Ihre Ansichten bitte für sich, ja?«

»Ach, aye?«

»Ja. Sonst hört noch jemand auf Sie und das kann niemand hier wollen.«

»Pass bloß auf, meine Hübsche. Noch seid ihr zwei nicht verheiratet. Werdet ihr auch nie sein, wenn's nach der alten Schadenfreude geht. Ja, so gesehen hat hier kaum jemand ein besseres Mo–«

»Viola hat das nicht so gemeint«, schritt Lauter eilig ein. »Meine Verlobte ist nur durcheinander. Nicht wahr, mein Schatz, du bist nur durcheinander?«

Violas Gesichtsmuskeln zuckten. »Ich bin erschüttert.«

»Konsterniert«, sagte Lauter.

Für einen Moment entdeckte Schelmerei in Violas Zügen echten, tiefen Zorn. Renée sah aus, als könnte sie keiner Fliege etwas zuleide tun, Köchin lebte seit fast zwanzig Jahren bei der Familie und war inzwischen praktisch zur Ehren-Swift ernannt worden, doch was Viola anbetraf, hatte Fährmann nicht unrecht. Anfangs hatte Schelmerei sie noch als lieb und nett und daher langweilig abgetan. Doch mit jeder Begegnung wurde deutlicher, dass in Viola ein verborgener Kern aus härtestem Stahl steckte. Sie war wie ein Blumenstrauß, in dessen Mitte sich ein Brecheisen verbarg. Schaudervoll hatte es erkannt, Flora ebenfalls und nun auch Schelmerei.

»In einem muss ich mich Fährmann anschließen«, sagte Tante Zaudern und rückte ihren Papageienhut zurecht. »Es befindet sich ein Mörder unter uns. Warum sollte man uns sonst hier festhalten?«

»Wir sollen einzeln abgemurkst werden!«

»Es könnte jeder sein!«

»Er kann jederzeit wieder zuschlagen!«

Krack!

Im ersten Moment glaubte Schelmerei, Tante Schadenfreude hätte ihren Gehstock auf irgendein Möbelstück gehauen, um für Ruhe zu sorgen. Doch es hatte kein Stock geknallt, sondern eine Schusswaffe. Auf einem Tisch am anderen Ende des Salons stand Pamplemousse, breitbeinig, einen Arm in die Luft gereckt. Ein winziger Revolver, klein wie eine Schnupftabaksdose, schmiegte sich in seine Handfläche. Aus einem kraterförmigen Loch in der Decke rieselte feiner Putz und puderte seine Perücke.

»*Écoutez, s'il vous plaît!*«, fauchte er mit seiner hohen Stimme. Als er die Hand senkte, rasselten an seinem Gürtel mehrere Säbel, Nunchakus und einige größere Pistolen. »*Mes amis!* Ich kann nicht länger schweigen! Wenn ich mich nun an euch wende, berufe ich mich auf unsere Blutsbande, auf die Liebe in meinem Herzen … und auf den Zorn der Gerechten.« Er warf theatralisch sein Haar zurück. »Einer von euch ist ein Verräter der schlimmsten Art. Einer von euch hat sich an der heiligen *fraternité* vergangen. Einer von euch ist … ein Mörder.«

Beunruhigte Blicke wurden gewechselt.

»Just hier, in diesem Raum«, fuhr Pamplemousse fort, »weilt ein Mensch, der sich unter uns gemischt, mit uns Brot gebrochen hat … während er Pläne zu unserem Untergang schmiedete! Während er uns die ganze Zeit ans Leder wollte! Eine solche Beleidigung ist nicht hinnehmbar!«

Sein Schnurrbart bebte vor Empörung. Mit den Zähnen zerrte er einen Handschuh von seinen Fingern und schleuderte ihn auf den Tisch. Er platschte in eine Teetasse.

»Im Namen von Tante Schadenfreude fordere ich hiermit den verkappten Killer … zum Duell!«

Ein Raunen ging durch die Menge. Bei manchen sorgte diese Ansage für Vorfreude, bei einigen für Bestürzung.

Pamplemousse stemmte seine Hände in die Hüften. »*Oui!* Morgen bei Sonnenaufgang werde ich *le* jämmerlichen *froussard* auf der Wiese vor dem Haus in einem erbarmungslosen

Wettstreit der Geisteskräfte niederringen. O ja, ich spreche von *Scrabble* – auf Leben und Tod!«

Als Schelmerei zu Köchin sagte, sie gehe nun ins Bett, war das nur halb gelogen. Sie ging zumindest *an* ihr Bett, um Kater John etwas zu essen und zu trinken zu bringen. Rain begleitete sie, wie erwartet äußerst interessiert daran, das vierbeinige Geschöpf kennenzulernen. Und nach etlichen lockenden Worten schob sich tatsächlich eine orangefarbene Pfote unter der Matratze hervor, dann zwei leuchtend grüne, skeptisch zusammengekniffene Augen und schließlich das ganze dicke Fellknäuel. Kater John beäugte zunächst das Futter und Wasser, als wäre er deutlich Besseres gewöhnt, drückte nach dem Fressen seinen Kopf gegen Rains Hand und ließ sich sogar bereitwillig am Bauch streicheln. Doch sobald sich die Kinder langsam wieder zum Gehen wandten, zog er sich in seine Höhle zurück.

»Ich hab ihn zum Wachdienst verdonnert«, erklärte Schelmerei. »Hab ihm eingeschärft, mein Zimmer mit allen Mitteln gegen Eindringlinge zu verteidigen.«

»Was für ein großer, kräftiger Kerl!«, rief Rain. »Der ist bestimmt ein guter Wachkater. Es passt ihm anscheinend gar nicht, dass so viele Leute in seinem Haus rumrennen.« Rain streckte die Hand in Johns Versteck unter dem Bett und kraulte den Vierbeiner noch einmal am Kopf. »Kater können sehr starkes Territorialverhalten zeigen. Wenn alle weg sind, ist er bestimmt wieder besser drauf.«

Kurz darauf saßen Schelmerei, Phänomen und Rain im Labor, besprachen den Fall und kauten dabei grüblerisch auf Schelmereis drittem Keks-Geheimvorrat herum. Das heißt, eigentlich besprachen nur Phänomen und Rain den Fall, während Schelmerei darüber nachdachte, aus purer Langeweile einen Bunsenbrenner einzuschalten und damit ihre Haare in Brand zu setzen. Seit einer halben Stunde kabbelten (genau das richtige Wort, wenn über unwichtigen Kleinkram gestritten wird) sich die beiden anderen über den exakten zeitlichen Ablauf der Taten. Schelmerei selbst konnte sich kaum etwas Öderes vorstellen, als immer und immer wieder durchzugehen, was man sowieso schon wusste. Wären sie und ihre Schwestern ganz normal zur Schule gegangen, hätte sie erkannt, dass sie gerade unter einem ähnlichen Gefühl litt wie so viele Kinder beim Lernen für eine Prüfung.

Endlich wandten sich Phänomen und Rain ihrer kleinen Sammlung an Beweisstücken zu. Sie bestand aus dem Glasröhrchen mit dem Kaffeebohnenkrümel, dem Wattestäbchen mit dem bräunlichen Fleck vom Loch in der Wand und dem Kriminalroman *Die Tote in der Bibliothek*, auf welchem, wie Phänomen inzwischen zweifelsfrei festgestellt hatte, nur Schnüfflers Fingerabdrücke zu finden waren.

»Beim Thema Kaffee kommen wir nicht voran, aber zum Loch in der Wand kann ich euch etwas Neues sagen«, verkündete Phänomen an ihrer Lösungslösung nuckelnd. »Ich habe die Spuren am Wattestäbchen analysiert und meine Hypothese hat sich bestätigt: Es handelt sich um Blut.«

»Und das bedeutet *was?*«, fragte Schelmerei.

Phänomen schwieg kurz. »Keine Ahnung.«

»Ah, super.« Schelmerei rollte einen herrenlosen Erlenmeyerkolben über den Boden. »Und ich dachte, wir sitzen hier nur sinnlos rum.« Wie lange sie in der Zwischenzeit nach dem Schatz hätte suchen können! Sie erinnerte sich an Tante Erbschafts Auftritt in der Bibliothek und beschloss, wenigstens noch einmal zu versuchen, aus Behendes Theaterstück schlau zu werden. Auch wenn ihr der Text mit jedem Anlauf schleierhafter wurde.

Unter dem Tisch schlug sie das Buch auf. Zum Beispiel *Ergründet unsres Seins bedeutsam Gründe* – das klang schwer nach einem Hinweis. Außerdem steckten mehrere doppeldeutige Wörter in dem Text, wie *faul*, das sowohl *träge* heißen konnte als auch *verdorben*. Und wenn ein Beil *begraben* wurde, dann meist ein Kriegsbeil als Geste des Friedens, aber hier war offensichtlich das Gegenteil gemeint – nämlich Zuwiders Mord an seinem Bruder.

»Gehen wir noch mal die Liste der Verdächtigen durch«, versuchte Rain, die spürbare Anspannung abzubauen.

Tante Erbschaft (sorry, Rain)
Viola (VERDÄCHTIG)
~~Onkel Mahlstrom~~
Flora/Fauna (Fauna wahrscheinlich nicht, weil sie sehr nett ist)
~~Mann mit eindrucksvollem Schnurrbart~~ Onkel Fährmann – hat in Falltür festgesteckt

Lauter – hat sich um Tante Zaudern gekümmert
Schaudervoll (BÄH) – war angeblich am Telefonieren – überprüfen
Brüsk (auch BÄH) – wollte angeblich auch telefonieren – überprüfen
~~Köchin~~
die Dame mit dem ~~Pelikanhut~~ Afrikanischer-Graupapagei-Hut (Tante Zaudern): hat in ihrem Zimmer Beruhigungsmittel genommen

»Das Alibi von Schaudervoll und Brüsk habe ich mehrfach überprüft«, sagte Rain. »Vier Personen haben sich beschwert, dass sie wegen den beiden nicht ans Telefon konnten, und sie haben mir auch erzählt, wann das war. Die Aussagen sind also bestätigt.«

»Hervorragende Arbeit«, lobte Phänomen.

Und *kopflos werden*?, überlegte Schelmerei weiter. Wenn das kein unheimlicher Zufall war. Behende konnte damals nicht wissen, was Schnüffler zustoßen würde … oder doch? Schelmerei fixierte die widerspenstigen Worte auf der Buchseite mit strengem Blick. Bezog sich der *Stammbaum* nur auf ihre Familie oder auch auf einen echten Baum? Und wie sah es damit aus: *Wer reich an Güte ist, wird reich entlohnt?* Musste Schelmerei etwa lieb und nett tun, um an den Schatz zu kommen? Das wäre nun wirklich unfair.

»Schwester? Hörst du eigentlich zu?«

»Was? Ach so, ja … Ich sag's euch, Viola war's!«, antwortete Schelmerei eingeschnappt, natürlich ohne zu wissen, wovon die Rede war. »Eben in der Bibliothek hat sie sich total komisch benommen und sie macht gemeinsame Sache mit Flora.

Du hast ihr Geschluchze doch selbst gehört: *O Gott, was habe ich nur getan und was mache ich jetzt mit dem Blut an meinen Händen* und so weiter.«

»Nichts davon hat sie gesagt!«, entgegnete Phänomen. »Und in der Bibliothek hat sie sich bloß einen Atlas geholt. Was soll der Killer bitte mit einem Atlas anfangen?«

»Vielleicht eine Fluchtroute planen?« Schelmerei trat mit dem Fuß gegen die Sitzbank. »Was weiß denn ich.«

»Ich stimme dir zu, dass sie zum engeren Kreis der Verdächtigen gehört. Aber wir brauchen etwas Handfestes. Bisher haben wir nur Indizien, falls ihr wisst, was das ist.«

Schelmerei schwirrte der Kopf. Die Analyse von Theaterstücken war eindeutig nicht ihre Stärke und allmählich dämmerte ihr, dass das Gleiche für das Aufklären von Kriminalfällen galt. Von all dem langwierigen Gerede über Beweise und Motive wurde sie nur hibbelig und kratzbürstig. Rain konnte Phänomen viel besser unterstützen als sie. Rain konnte geradeaus denken.

Wie gern Schelmerei aufs Dach geklettert wäre und einfach dort oben herumgesessen hätte. Und vielleicht mit Suleiman geredet hätte, selbst wenn sie ihm per Taschenlampe nie vollständig Bericht erstatten könnte. Oder doch, aber dann wäre sie am Ende so alt und grau wie Tante Schadenfreude.

Die Fragen nach dem »Warum« und »Wie« interessierten Schelmerei wenig, sie wollte nur eines wissen: »Wer?« Sie kam sich vor wie ein Pfeil im gespannten Bogen. Irgendwer musste sie endlich auf das Ziel richten – und fliegen lassen.

19. Auf ein Wort mit Pamplemousse

Um fünf Uhr morgens, draußen ging gerade die blutrote Sonne auf, wurde Schelmerei vom Gelächter der auf dem Schornstein hockenden Krähen geweckt. Auch diese Nacht hatte das ganze Haus vom Geschlurfe und Geschnarche der Gäste widergehallt, während sie sich in ihrem Bett hin und her gewälzt und in ihrer Decke verwickelt hatte. Bis weit nach Mitternacht waren von irgendwo kratzende und knirschende Geräusche zu hören gewesen, so als würde jemand einen Ziegelstein als Nagelfeile verwenden. Erst nach einiger Zeit hatte sie begriffen, dass der Lärm von ein paar Verwandten kam, die zur Geisterstunde munter am Schatzsuchen waren.

Schelmerei streifte sich die erstbesten Klamotten über und rannte auf die Wiese, zu den anderen, die schon auf das Scrabble-Duell hinfieberten. Große Becher mit dickflüssiger heißer Schokolade standen bereit, dazu ofenfrische Croissants – nachdem Köchin ihre Gruselgeschichten ausgelesen hatte, hatte sie sich Mehl und Butter ins Arbeitszimmer bringen lassen und einen Teig zubereitet, ein Auge stets auf ihrer bewusstlosen Freundin. Manche der Schaulustigen steckten noch im Morgenmantel und auch der Rest benahm sich wie bei einem zwanglosen Picknick. Abgesehen von Erbschaft, die sich nicht nur strikt weigerte, dem Zweikampf beizuwohnen, sondern es auch Rain strengstens verboten hatte, schien nur Fauna und Clementine bei der Sache nicht ganz wohl zu sein.

»Ach je …«, sagte Fauna. »Der Mörder wird doch nicht wirklich auftauchen? Oder vielleicht regnet es und das Duell muss abgesagt werden?«

Flora legte ihr eine Hand auf den Arm. »Wie beim Kricket, meinst du? Wohl kaum.«

Clementine beobachtete verärgert die aufgehende Sonne. »So was Dummes. Ist der lebensmüde, oder was?«

Sie richtete ihren finsteren Blick auf Pamplemousse. Der schritt zügig den Scrabble-Platz ab, hielt gelegentlich für eine lockere Dehnübung inne und murmelte ununterbrochen komplizierte Wörter vor sich hin.

Das Sonnenlicht tastete sich an der Hausfassade hinauf. Sobald die ersten Strahlen auf die untersten Fenster fielen, klatschte Pamplemousse in die Hände.

»Die Stunde ist gekommen – und mein Kontrahent zeigt sich nicht! *Ma famille*, wir haben es mit einem Feigling zu tun!«

Er trank in aller Seelenruhe einen Schluck heiße Schokolade. Dann richtete er seinen Gehrock und ließ sich mit Blick zum Haus auf einer Bank am Rand des Spielfelds nieder, ein

Bein über das andere geschlagen, abwartend, aber voll vornehmster Geduld.

»Fünf Minuten will ich ihm noch gewähren«, kündigte er an.

Wer mindestens einmal in seinem Leben eine Partie Scrabble absolviert hat, weiß, dass bei diesem Gesellschaftsspiel Buchstabensteine auf ein Brett gelegt und so Wörter gebildet werden. Die einzelnen Buchstaben besitzen jeweils einen bestimmten Punktwert und je länger und komplizierter das Wort ist, desto mehr Punkte erhält man. Die Punkteausbeute kann sich noch vervielfältigen, wenn man beim Legen ein Bonusfeld trifft. Am Ende gewinnt, wer die meisten Punkte gesammelt hat. Ein tödlicher Verlauf ist nicht üblich.

Die Swifts spielten allerdings auch nicht nach den üblichen Regeln. Während sich so manch reicher Mensch ein überdimensioniertes Schachbrett in den Vorgarten pflastern lässt, hatten sich die Swifts als leidenschaftliche Anhänger von Wort-Spielen für ein weltweit einzigartiges, tennisplatzgroßes Scrabble-Spielbrett entschieden. Es bestand aus etlichen liebevoll aus Steinen und Buntglas zusammengesetzten Feldern. Das Wort »ausschmücken« bedeutet »kleinteilig verzieren und verschönern«, was auf die Felder zweifelsfrei zutraf. Es kann aber auch »durch kleinteilige Zusätze ergänzen bis verschlimmbessern« bedeuten und in dieser Hinsicht hatten die Swifts die Regeln reichlich ausgeschmückt. Zu Beginn erhielt jeder Spieler nicht sieben, sondern vierzehn Buchstabensteine und es waren *alle* Wörter aus *sämtlichen* Sprachen erlaubt.

Auch Kraftausdrücke, sprich Wörter, die Schelmerei von Köchin lernte, die ihr in Schadenfreudes Gegenwart aber nie über die Lippen kommen würden.

Doch so herrlich der Scrabble-Platz in der aufgehenden Sonne auch glitzerte, Schelmerei wurde das Gefühl nicht los, dass Clementine recht behalten könnte. Es lag Gefahr in der Luft. Pamplemousse selbst rechnete offenbar nicht mehr mit dem Erscheinen seines Gegners. Lässig zurückgelehnt saß er auf der Bank, tunkte Croissant-Stückchen in seine Schokolade und verzehrte sie anmutig. Doch wann immer Schelmerei den Blick vom Haus abwandte, kribbelte es in ihrem Nacken. So als würden sie beobachtet.

Pamplemousses fünf Minuten zogen sich in die Länge. Die Sonnenstrahlen schlichen die Erdgeschossfenster hinauf und setzten sie mit einem Schlag in Brand. Während die Verwandten ihre Augen gegen das grell auflodernde Licht abschirmten, schüttelte Pamplemousse mit großer Geste seinen Ärmel zurück, um einen Blick auf die Uhr zu werfen.

»Tja!«, höhnte er. »Wie es scheint, braucht es weniger Mumm, eine alte Frau die Treppe hinunterzustoßen, als sich einem Gegner mit Esprit und Geschick zu stellen.« Er erhob sich und klopfte seinen Gehrock ab, untermalt vom Klappern seiner Waffen. »Bist du denn nicht unter uns, kleiner *lapin*? Komm nur raus! Ich will es auch sanft angehen. Ja, ich überlasse dir gar den ersten Zug!«

Mit einer weit ausholenden Bewegung deutete er auf die Stapel aus Buchstabensteinen am Rand des Platzes.

Die Swifts reckten die Hälse und wischten sich dabei unauffällig Blätterteigkrümel aus den Mundwinkeln. In Schelmereis Nacken kribbelte es schon wieder.

Pamplemousse lachte auf. »Zumindest darüber haben wir nun Gewissheit erlangt: Wir haben es mit einem kleinen, hasenfüßi–«

Neben seinem linken Fuß bohrte sich ein Pfeil in den Boden.

Für einen Augenblick rührte sich niemand. Pamplemousse war zur Salzsäule erstarrt, die Augen auf das noch zitternde Geschoss gerichtet. Dann zog er es mit spitzen Fingern aus der Wiese. Ein langes Stück des Schafts war mit dunklem Erdreich verklebt. Der Pfeil war voller Wucht eingeschlagen.

»Was ist das da?«, flüsterte Fauna.

Sie meinte ein kleines, um den Pfeil gewickeltes Stück Papier. Pamplemousse entrollte es und räusperte sich.

»Da bin ich«, las er laut vor. *»Wähle du meine Steine.«*

Er blickte sich verunsichert um. Sein Schnurrbart zuckte. »Aber wie …?«

Ein zweiter Pfeil schlug in den Boden ein, höchstens einen Zentimeter neben dem ersten. Wieder mit einem Stück Papier daran.

»Ich benötige einen Freiwilligen aus dem Publikum«, las Pamplemousse vor.

Wie zu erwarten meldete sich niemand. Das heißt, Schelmerei wollte gern, wurde aber von Clementines energischem Griff zurückgehalten.

»Äh … Mademoiselle Fauna? Wenn ich bitten dürfte …?«

Leichenblass trat Fauna einen Schritt vor.

Ihre Schwester fasste sie am Arm. »Lass mal. Ich mach das schon.«

Als Flora sich dem Haus zugewandt auf eine Bank am Scrabble-Platz setzen wollte, pfiff ein Pfeil knapp an ihrem Kopf vorbei. Fauna schrie kurz auf. Flora strich mit zitternden Fingern die nächste Botschaft glatt.

»Andere Seite«, las sie vor.

»Er sieht uns«, flüsterte Clementine erschaudernd.

Flora setzte sich mit dem Rücken zum Haus hin. Pamplemousse, ebenfalls recht blass um die Nase, nahm gegenüber Platz. Ohne ein Wort zu sagen, zogen sie abwechselnd hölzerne Buchstabensteine aus den Stapeln neben dem Platz, jedes so groß wie ein Schneidebrett.

Mit zusammengekniffenen Augen suchte Schelmerei die Fassade nach geöffneten Fenstern ab. Die Pfeile waren eindeutig von weit oben abgefeuert worden. Im Vergleich zu Bodentruppen waren höher – etwa auf Burgmauern – postierte Schützen immer im Vorteil.

Flora legte den letzten Stein auf ihre Seite des Spielfelds, auch diesen wieder so, dass weder Pamplemousse noch die Zuschauer den Buchstaben auf der Vorderseite erkennen konnten. Dann lehnte sie sich merklich angespannt zurück.

Pamplemousse räusperte sich. »Wie gesagt, der erste Zug gehört dir.«

Wenige Millimeter neben Flora blieb der nächste Pfeil stecken. Sie zuckte zusammen. Fauna wollte zu ihr stürzen, wich aber erschrocken zurück, als knapp vor ihrem Fuß ein weiteres Geschoss einschlug. Eine unmissverständliche Warnung: Nur Flora war es gestattet, sich zu bewegen. Nervös löste sie das Papier von ihrem Pfeil.

»GESCHREIBSEL«, las sie vor und legte die entsprechenden Steine auf das Spielfeld.

Auf Pamplemousse mochten viele, durchaus wenig schmeichelhafte Bezeichnungen zutreffen. Er war ein Narr, ein Dandy, eine Witzfigur von einem Mann. Doch er war auch ein wirklich guter Scrabble-Spieler. Lange Zeit war kein Laut zu hören außer dem *Klack* der abgelegten Steine und dem *Tschock* der einschlagenden Pfeile. Das Pfeifen, mit dem sie über ihren Kopf segelten, bemerkte Schelmerei bald kaum noch.

Vergeblich spähte sie immer wieder zum Haus hinüber. Tastete es nach tückischen Schatten und fahlen Gestalten ab, nach irgendetwas verstohlen Lauerndem, einer ominös aufflackernden Bewegung. Doch es war nicht das Geringste zu erkennen.

Pamplemousse gelang es, auf einem Feld mit doppeltem Buchstabenwert »SCHARWENZELN« unterzubringen.

Tschock! Der Pfeil schlug mit »UNBEOBACHTET« zurück.

Pamplemousse geriet ins Schwitzen. »MENSCH«, legte er hektisch. »DAUMENSCHRAUBE«, ergänzte der Schütze das Wort prompt um einige Buchstaben.

»Genau die werden gerade angezogen«, murmelte Phänomen, die jeden Zug gespannt verfolgte. »Ach, Mist! Da hätte er ›MITOCHONDRIEN‹ bilden können!«

»Wenn er verliert, muss er dann wirklich sterben?«, wisperte Schelmerei. Pamplemousse hatte schließlich für alle hörbar von Leben und Tod gesprochen.

Phänomen schwieg, völlig in den Bann gezogen.

Die Morgensonne kroch zum zweiten Stock hinauf. Bald würde sie bei Tante Schadenfreude zum Fenster hineinleuchten und sie auf ihrem Schreibtisch in helles Licht tauchen wie eine Heilige aus dem Mittelalter. Nicht zum ersten Mal wünschte Schelmerei fast, ihre Tante würde dem ganzen Trara mit einem energischen Stockhieb auf den Boden ein Ende bereiten.

Da schob sich eine Wolke vor die Sonne und als sich ihr Licht für eine Sekunde abschwächte, erspähte Schelmerei auf dem Dach – direkt neben dem Schornstein über ihrem eigenen Zimmer – eine dunkle Silhouette. Ihr Atem geriet ins Stocken. Zugleich zog die Wolke weiter, die Sonne prallte wieder vom Himmel und ließ die Augen des Schützen kurz als riesige helle Punkte aufscheinen. Schelmerei sah die Gestalt des Mörders und der Mörder sah ihre.

Sie wollte losstürmen, doch noch bevor sie den zweiten Schritt getan hatte, sauste ein Pfeil herab, durchlöcherte ihr Hosenbein und nagelte sie am Boden fest. Die Menge japste schockiert. Fauna packte Schelmerei und riss sie hinter sich.

»Ich kann ihn sehen!«, schrie Schelmerei. »Da oben, auf dem Dach! Lass mich los!«

Wortlos schüttelte Fauna den Kopf, fühlte mit einer Hand nach dem Loch in Schelmereis Hose und ertastete Blut an ihrem Schienbein. Der Pfeil hatte die Haut nur gestreift, diverse Stürze aus Baumkronen hatten Schelmerei schlimmer mitgenommen. Doch Fauna schien eine Riesenangst um sie zu haben. Die beiden blickten sich in die Augen und für einen Moment brach in Schelmereis Innerem etwas auf. Für diesen einen Moment sah sie in Fauna ihre Mutter.

Es lief nicht gut für Pamplemousse. Mittlerweile schwitzte er aus allen Poren und lüftete in regelmäßigen Abständen seine gepuderte Perücke, um sich die Stirn abzutupfen. Phänomen schrieb in ihrem Notizbuch die Punkte mit und kaute dabei immer verbissener auf ihrem Pferdeschwanz herum.

»BEKLEMMUNG«, legte Pamplemousse und füllte damit die meisten der noch freien Felder aus. Alle warteten auf den Pfeil, der jeden Moment in hohem Bogen herabsegeln würde, im Gepäck den finalen Zug seines Gegners.

Tschock. Der Pfeil schlug mitten auf dem Scrabble-Platz ein und zerstörte die Ordnung der zentralen Buchstaben. Flora entrollte ruhig das Papier.

»VERDÜNNISIEREN«, las sie vor. Das Wort passte perfekt. Es kreuzte das von Pamplemousse gelegte »FROHGEMUT« und endete zielgenau auf einem Feld mit dreifachem Wortwert.

Pamplemousse starrte entgeistert auf den Scrabble-Platz. Dann schoss er in die Höhe und fegte seine übrigen Buchstabensteine so ungestüm fort, dass Fährmann einen Sprung zur Seite machen musste. Auf Pamplemousses Wangen bildeten sich hellrote Flecken.

»Du … du schummelst doch! Du hast nicht gewonnen, o nein!« Er stach seinen Zeigefinger in die Luft, Richtung Dach. »›VERDÜNNISIEREN‹ – das ist kein vernünftiges Wort!«

»Ich hoffe doch sehr«, meldete sich ein kleiner Mann in den hinteren Zuschauerreihen. »Ich heiße schließlich so, verflixt!«

Pamplemousse ging dazu über, die Buchstabensteine auf dem Platz herumzukicken, während Flora sich entkräftet auf ihre Bank fallen ließ. Abgesehen von Pamplemousses entrüstetem Schnauben herrschte eine gespannte, fast unerträgliche Stille. Die Verwandten tauschten verunsicherte Blicke. Niemand wollte als Erstes aufbrechen und dadurch riskieren, unter Beschuss zu geraten.

Nachdem er aus den mühevoll gelegten Worten ein unverständliches Kauderwelsch gemacht hatte, zückte Pamplemousse mit einer Hand seinen Säbel und mit der anderen seinen kleinen, altmodischen Dosenrevolver. Die Augen weit aufgerissen, sein Blick starr, feuerte er wahllos in die umstehenden Bäume, die Wiese, die Wolken. Als die Waffe leergeschossen war, zog er einen Dolch aus seinem Stiefel. Doch was konnte er tun?

Er spähte zum Dach hinauf. Wahrscheinlich hörte die ganze Familie das Pfeifen und während seiner letzten Atemzüge muss Pamplemousse gesehen haben, wie er ihm entgegenschoss: der wirklich letzte Zug seines Gegners.

»Merde«, sagte er leise.

Der Pfeil bohrte sich in seine Brust wie ein sauber gesetzter Punkt.

Von Entsetzen und Fassungslosigkeit überwältigt, lockerte Fauna ihren Griff. Schelmerei riss sich von ihr los und noch bevor Pamplemousse auf dem Boden aufgeschlagen war, stürmte sie zum Haus. Phänomen schrie ihr eine Warnung hinterher, doch es ging kein Pfeil mehr nieder, Schelmerei überquerte die Wiese undurchlöchert. Sie brach durch die Haustür und tastete sich zunächst blind durch die dämmrige, im Vergleich zum sonnigen Morgen stockfinstere Eingangshalle. Dann raste sie die Treppe hinauf – auf allen vieren, denn so ging es schneller.

Hätte man sie gefragt, was sie mit Pamplemousses Mörder anstellen wollte, falls sie ihn erwischen sollte, hätte sie keine Antwort geben können. Sie hatte das Denken weitgehend eingestellt, war zur Maschine geworden, mit Beinen wie Motorkolben und ihrer Lunge als Blasebalg. Sie wurde angetrieben von einem einzigen Gedanken, der kaum noch einer war, von einem Gedankenrest, der schwer auf dem Gaspedal ihres Gehirns lag: *Schnapp ihn dir! Schnapp ihn dir!*

Schelmerei rannte in ihr Zimmer, riss die Dachluke auf und stemmte sich aufs Dach hinauf. Kalt war es dort oben, die Ziegel noch benetzt von Tau. Sekundenlang glaubte sie, eine hochgewachsene Gestalt vor sich zu sehen. Doch es war bloß der Schornstein, dessen Schatten dem Schützen Deckung geboten hatte – vielleicht immer noch Deckung bot.

Sie raste vorwärts in der Erwartung, gleich vor dem Mörder mit den riesigen, lodernden Insektenaugen zu stehen.

Aber nein. Auf dem Dach war niemand.

Von der Wiese waren laute Rufe zu hören, im ganzen Haus wurden Türen aufgerissen und zugeknallt. Schelmerei spähte über die niedrige Brüstung am einen Ende des Dachs. Die Verwandten strömten auf die Leiche zu wie Ameisen auf einen Brocken Kuchen. Blut sickerte in die Ritzen des Scrabble-Felds, sodass Pamplemousse bald von einem Raster aus roten Linien gerahmt wurde.

Irgendjemand rief nach Schelmerei. Anstatt darauf zu reagieren, lehnte sie sich erschöpft gegen die leicht feuchten Ziegel. Sie konnte nicht mehr. An dieser Stelle des Dachs befand sich zwischen mehreren Schornsteinen eine Art Innenhof, eines ihrer Lieblingsverstecke – und ihr wurde ganz schwindelig, als sie sich ein Detail bewusst machte: Sofern er keine Lust gehabt hatte, das dreistöckige Haus am Regenrohr zu erklimmen, hatte sich der Schütze mit Sicherheit durch die Dachluke gequetscht, genau wie sie selbst so viele Male. Folglich war der Mörder in *ihrem* Zimmer gewesen. War über das Gerümpel auf *ihrem* Fußboden und auf *ihr* Bett gestiegen. Schelmerei wurde schlecht vor Wut.

Doch zumindest hatte er ihr etwas hinterlassen. An der Brüstung, in der heimeligen Ecke zwischen Mauer und Schornsteinwand, lehnte Schelmereis Rucksack, offenbar immer noch fertig gepackt für ihre Flucht nach der erfolgreichen Bergung des Familienschatzes. Und obendrauf – so offensichtlich, dass sie es nicht übersehen konnte – ruhte ihr Fernglas.

20. Eiskalt

In Schelmereis Ohren dröhnte es, als sie über die Brüstung spähte, und an der Stelle, an der sie von dem Pfeil gestreift worden war, pochte ein dumpfer Schmerz in ihrem Schienbein. Jene Verwandten, die die tödliche Scrabble-Partie miterlebt hatten, erstatteten den Neuankömmlingen begeistert Bericht. Schelmerei beobachtete ihre aufgeregten Gesten – wie sie eine unsichtbare Bogensehne spannten und einen imaginären Pfeil fliegen ließen. Dann wurde auf das Dach gezeigt, wo vielleicht sie selbst zu erkennen war, eine kleine, lauernde Gestalt im Schlupfwinkel des Mörders.

Irgendjemand hatte Pamplemousse mit einem Bettlaken abgedeckt. Der Stoff hing schief über dem Pfeil, den zu entfernen sich bisher niemand die Mühe gemacht hatte, weshalb es aussah, als wäre über der Leiche ein kleines Zirkuszelt aufgebaut worden. Lauter eilte mit seiner klobigen Arzttasche über die Wiese, linste kurz unter das Laken und schüttelte den Kopf. Flora saß noch auf ihrer Bank. Fauna hatte sich unterdessen dazu aufgerafft, die rundherum verstreuten Pfeile einzusammeln, um sie bei Lauter abzuliefern. Zwei stämmige Cousins hoben Pamplemousse noch auf eine behelfsmäßig zusammengeschusterte Trage und schleppten ihn fort.

»Schelmerei!«

Mit einem Schlag erwachte Schelmerei aus ihrer Erstarrung. Anscheinend hatte Rain schon länger nach ihr gerufen.

»Geht's dir gut?«, fragte Rain. »Ich hab vom Speisesaal aus zugeschaut, Gran hat mich nicht rausgelassen. Aber dann ist sie weggerannt und ich dachte mir: *die Leiche!*«

Spätestens jetzt war Schelmerei hellwach. Ganz genau, das war *die* Chance, eine echte Leiche zu untersuchen, nicht bloß eine Doch-nur-Bewusstlose oder einen blutigen Matschfleck. Dafür würde Phänomen sich interessieren.

Schelmerei schaltete schnell.

»Lauter lässt Pamplemousse garantiert zu Schnüffler in den Gefrierschrank bringen. Und Phänomen ist mir bestimmt gefolgt – sie ist bloß ein bisschen langsamer unterwegs. Also sammeln wir sie jetzt einfach ein und dann lenke ich Lauter mit meinem Bein ab, während ihr beide ermittelt.«

»Alles klar. Wir sollt… o nein.«

Offenbar über irgendetwas erschrocken, ließ Rain sich urplötzlich durch die Dachluke zurück in Schelmereis Zimmer fallen und hechtete unters Bett. Sie spürte, wie ihr der Magen in die Schuhe sackte. Bald tauchte Rain wieder auf – mit staubgrauen Haaren und leeren Händen.

»Kater John ist weg«, berichtete Rain hilflos. »Und … Der

Mörder muss doch hier vorbeigekommen sein. Was ist, wenn er John was angetan hat?«

Furcht und Wut lähmten Schelmerei. »Geh du zu Phänomen. Ich muss John suchen.«

»Musst du nicht. Du bist hier die mit dem kaputten Bein! Schau zu, dass du deine Schwester irgendwie in den Gefrierschrank kriegst, und ich finde Kater John – versprochen. Danach treffen wir uns oben an der großen Treppe.« Rain nickte ihr ernst zu. »Los jetzt!«

So schnell sie konnte, hinkte Schelmerei die Treppe hinunter, fing ihre Schwester ab, als diese gerade den ersten Stock erreicht hatte, und drehte sie mit einem Ruck wieder herum. »Leiche«, keuchte Schelmerei bloß und weil Phänomen sowohl sehr klug als auch sehr Schelmerei-erfahren war, verstand sie sofort.

Vor der Treppe zur Küche blieben die Schwestern stehen. Gerade kamen die beiden stämmigen Leichenträger aus der Tür, beide mit einem Wassereis in der Hand. Schelmerei fokussierte sich auf ihr schmerzendes Bein. Lügen musste sie nicht, aber schauspielern. Das Geheimnis guter Schauspielkunst besteht darin, ein Quäntchen Wahres zu finden und sich darin einzuwickeln wie in ein Ganzkörper-Regencape. Wahr war in diesem Fall, dass Schelmereis Bein wehtat. Theatralisch stöhnend, stolperte sie nun die Stufen hinunter.

»Du meine Güte!« Lauter stand vor ihr, in den Händen unzählige Pfeile. Er schaute sich hektisch nach irgendeiner freien Fläche um, wo er sie ablegen könnte, gab es schließlich auf und warf sie einfach in den Holzofen. »Schelmerei, du blutest ja!«

»Es tut schon ... ein bisschen weh. Aber das ist doch gar nichts im Vergleich zu ... Oh, der arme Pamplemousse ...«

Schelmerei fasste sich an die Stirn und riskierte dabei einen heimlichen Blick zum Gefrierschrank. Im Halbdunkel des Inneren war gerade so das Weiß des Bettlakens zu erkennen und weiter hinten eine abgewetzte Schuhspitze von Schnüffler. Wenn der Mörder so weitermachte, würde es dadrinnen bald ganz schön eng werden.

Pamplemousse waren die Waffen abgenommen worden. Nun türmten sie sich auf dem Küchentisch. Schelmerei entdeckte Wurfsterne, ein wunderschönes Stilett und den Dosenrevolver, mit dem er in die Decke gefeuert hatte – es juckte ihr in den Fingern, das Ding mitgehen zu lassen. Doch sie riss sich zusammen und sank stattdessen schmerzerfüllt ächzend auf einen Küchenstuhl. Lauter nahm seine Arzttasche und ging vor ihr in die Hocke. Während er sich frische Einmalhandschuhe überstreifte, winkte Schelmerei über seine Schulter hinweg rasch ihre Schwester herein.

Fast wie ein Profi – Schelmerei war schon ein bisschen beeindruckt – schlich Phänomen die Treppe hinunter und näherte sich dem Gefrierschrank.

»Wie ist das passiert?«, fragte Lauter.

»Ach, ich hab nur einen Pfeil abbekommen«, antwortete Schelmerei. »Beim Scrabble, du weißt schon.«

Von ihrer Position aus konnte sie den Pferdeschwanz und

einen Ellenbogen ihrer Schwester erkennen, außerdem eine Ecke von Pamplemousses gelüftetem Laken. Phänomen war also bereits an der Arbeit.

»›Nur‹, sagt sie!«, rief Lauter ungläubig. »In Anbetracht der Umstände hätte es aber tatsächlich schlimmer kommen können.« Seufzend schob er seine Brille nach oben und bewegte vorsichtig Schelmereis Bein hin und her. »Es ist ein Jammer … Erst unser Tantchen, dann Schnüffler, dann Pamplemousse. Und jetzt bist auch noch du, ein Kind, in die Schusslinie geraten! Was ist bloß aus unserer Familie geworden?«

Als Lauter den Kopf schüttelte, hatte er so große Ähnlichkeit mit einem schwermütigen Labrador, dass Schelmerei ihn am liebsten gekrault hätte. Aus der Nähe betrachtet, stand Lauter die Erschöpfung überdeutlich ins Gesicht geschrieben. Er hatte tiefschwarze Augenringe und seine Haare standen struppig ab. Jetzt nahm er ein Fläschchen aus seiner Tasche, eines von vielen, die leise klimperten, als sie gegeneinanderstießen. Phänomen hätte bestimmt gern in dem Arztkoffer gestöbert. Momentan war sie aber, wie Schelmerei erkennen konnte, damit beschäftigt, in Pamplemousses Taschen zu stöbern.

»Ich muss die Wunde reinigen«, erklärte Lauter. »Es könnte ein bisschen brennen, ja? Hey, was ist ein Skelett beim Arzt?«

»Keine Ah–«

Ein stechender Schmerz fuhr in Schelmereis Bein und um ein Haar hätte sie laut gebrüllt.

»Spät dran«, sagte Lauter und tupfte ihre Haut mit einem

Wattebausch ab. »Tut mir leid. Aber ganz ehrlich, so wie das Wochenende bisher läuft, wundert es mich, dass Viola mich überhaupt noch heiraten will. Weißt du, ich habe ihr ausführlich von uns berichtet. ›Die Swifts‹, habe ich ihr erzählt, ›sind eine alte, vornehme Familie. Du wirst in ein Haus mit bedeutendem Erbe einheiraten!‹ Und was erwartet uns hier? Eine heruntergekommene Ruine, ein unterkühlter Empfang sowie Mord und Totschlag. Halt das mal kurz, ja? Danke.« Er schnappte sich eine Pinzette, um die Steinchen, die Schelmerei eben extra noch schnell in die Wunde gerieben hatte, wieder daraus zu entfernen.

»Früher haben die Swifts Großes vollbracht«, fuhr Lauter wehmütig fort. »Sie haben die Welt verändert.« Er nahm eine Mullbinde und Klebeband aus seiner Tasche und umwickelte Schelmereis Bein. »Wir waren Erfinder, Dichterinnen, Soldaten, Übersetzerinnen, Hofbeamte, Politikerinnen … Und nun? Zanken wir uns nur noch untereinander. Wenn ich Patriarch wäre, würde ich …« Er kratzte sich gedankenverloren an der Hand und lachte in sich hinein. »Na, egal. Das ist doch sowieso Unsinn, oder?«

»Ich glaube, du wärst ein guter Patriarch«, sagte Schelmerei. »Vielleicht fragt Tante Schadenfreude dich, wenn sie wieder aufwacht.«

»Bloß nicht!«

»Doch, ich glaube, mit dir würden die Leute besser klarkommen. Flora hat mir erzählt, dass Tante Schadenfreude ziemlich unbeliebt ist. Wundert mich nicht, sie kann echt gemein sein.«

»Viola gegenüber war sie *wirklich* grob, nicht wahr?«, bemerkte Lauter. »Aber gut, das dürfte ein Missverständnis gewesen sein.«

Aus dem Gefrierschrank war ein leises Schleifen zu vernehmen. Phänomen, die an irgendetwas nicht herankam, rückte sich eine Familienpackung gefrorene Fleischbällchen als Tritthocker zurecht.

»Äääähm … Wie lange kennt ihr euch eigentlich schon, also du und Viola?«, fragte Schelmerei laut, um die verräterischen Geräusche zu übertönen.

»Seit drei Monaten, einer Woche und drei Tagen.« Als sein Lieblingsthema zur Sprache kam, blickte Lauter verträumt in die Luft und lächelte dümmlich.

»Seit drei Monaten? Und ihr wollt schon *heiraten*?«

»Für Liebende ist die Zeit bedeutungslos«, erwiderte er. »Wer sich sicher ist, ist sich sicher.«

»Ja, aber …« Schelmerei kämpfte mit sich. Auf der einen Seite sollte Lauter wahrscheinlich – oder sogar ganz bestimmt – erfahren, dass seine Verlobte etwas Verdächtiges im

Schilde führte. Auf der anderen Seite würde er ihr vielleicht nicht glauben und daraufhin wahrscheinlich – oder sogar ganz bestimmt – Viola warnen.

In Lauters Rücken steckte Phänomen ihren Kopf aus der Tür und reckte überschwänglich den Daumen hoch.

»Bleib eben sitzen, ich hol dir rasch einen Eisbeutel für dein Bein.« Lauter drehte sich zum Gefrierschrank. Dort war für einen Sekundenbruchteil noch Phänomens erschrockenes Gesicht zu sehen, dann zog sie sich ins Innere zurück.

Schelmerei musste schon wieder schnell schalten.

»Warte!«, rief sie. »Lauter … Wenn Viola etwas zu verbergen hätte, würdest du es dann wissen wollen?«

Lauter drehte sich um und musterte sie verwirrt.

»Viola hat keine Geheimnisse vor mir. Sie vertraut mir schon immer voll und ganz. Gerade das – aber noch vieles mehr! – liebe ich so an ihr.«

»Na ja, ich frag bloß, weil … weil Tante Schadenfreude doch gegen eure Ehe ist. Wäre das nicht ein Motiv? Also ein, äh, ein Mordmotiv?«

Lauters Reaktion kam spät und als sie kam, fiel sie nicht wie von Schelmerei erwartet aus. Er lachte.

»Du traust Viola zu, unsere Tante …? Das könnte sie nicht. Und davon abgesehen wäre das ein erbärmliches Motiv. Viola weiß, dass mich rein gar nichts davon abhalten kann, sie zu heiraten! Unsere Liebe ist zu kostbar! Und wenn man mich exkommunizieren, fortjagen, enterben sollte!« Lauters Brille war erneut zur Nasenspitze hinabgerutscht. Verlegen schob er sie hoch. »Nicht dass ich davon ausgehe, dass es so weit kommen wird. Wenn unsere Tante aufwacht, überlegt sie es sich bestimmt anders. Viola Swift! Klingt das nicht wunderschön? So wunderschön wie meine Viola – nicht wahr?«

»Ja, äh … Ja«, erwiderte Schelmerei. »Sie hat … wunderschöne Augen. Und sie riecht gut.«

Lauter klopfte seine Taschen ab. »Meine Rede! Aber was wollte ich noch mal …? Ach ja! Eisbeutel!« Er machte einen Schritt auf den Gefrierschrank zu.

»Nicht!«, rief Schelmerei. »Ich … ich … ich brauch keinen, danke.«

»Sei nicht albern. Eis wirkt Wunder gegen Schwellungen. Also halt mal schön das Schienbein still, ja?« Er ging weiter und betrat den Gefrierschrank.

Schelmerei blieb die Luft weg. Jeden Moment würde Lauter entweder schrill aufschreien oder Phänomen mit erhobenen Händen, wie eine enttarnte Spionin, in die Küche führen … Aber er kehrte einfach nur mit einer Tüte Mais aus dem Gefrierschrank zurück. Ein Liedchen pfeifend schloss er die Tür hinter sich.

Schelmerei versuchte, sich ihr Entsetzen nicht anmerken zu lassen. Seit dem Kochdebakel am Vorabend wusste sie, dass sich der Gefrierschrank nicht von innen öffnen ließ. Damit war Phänomen nun dazu verdammt, zwischen zwei Leichen vor sich hin zu bibbern. Befreien konnte Schelmerei sie nicht, das hätte Lauter mitbekommen. Und Lauter selbst gedachte offenbar nicht, seine junge Patientin in Ruhe zu lassen. Also presste Schelmerei den gefrorenen Mais auf die verbundene Wunde und beschloss, nicht in Panik zu verfallen.

»Lauter? Ich dachte mir eben, wo Viola doch gerade so eine blöde Zeit hat … Wie wär's, wenn du sie mit Frühstück im Bett überraschst?«

Seine Miene hellte sich auf. »Weißt du was? Das ist eine Spitzenidee! Das da …« Er deutete über seine Schulter auf den mit mehreren Leichen bestückten Gefrierschrank. »… ist doch nicht halb so wichtig wie das Wohl meiner Verlobten! Würdest du mir kurz helfen? Du machst den Kaffee, ich den Toast?«

Ein paar Minuten, überlegte Schelmerei, sollte Phänomen schon in der Kälte durchhalten. Sie humpelte zum Küchenschrank mit dem Kaffeevorrat.

»Doch nicht das Zeug!«, rief Lauter, den Kopf tief im Brotkasten. »Ich hab Violas eigenen Kaffee mitgebracht. Ist ein bisschen extravagant, aber er schmeckt ihr eben.« Als Schelmerei seinem Fingerzeig zur Arbeitsfläche folgte, fand sie sich Auge in Auge mit einem Tier wieder. Es sah ein bisschen wie ein Katta-Äffchen aus und ein bisschen wie ein Waschbär. Als Zeichnung starrte es sie von einem Beutel Kaffeebohnen an.

Ein Fleckenmusang.

Schelmerei hatte kaum noch daran gedacht, was Flora über den Kaffeebohnenkrümel gesagt hatte, der am Ort von Schadenfreudes Treppensturz gefunden worden war. Ja, seit Floras verdächtigem Gespräch mit Viola hatte sie diese Spur fast schon als falsche Fährte abgetan. Nun hatte sie plötzlich einen Fleckenmusang vor der Nase – übrigens hatte Rain recht, er war *extrem* niedlich – und ihr wurde klar: Viola trank auch noch die gleiche Sorte Kaffee wie der Mörder.

Schelmerei mahlte die Bohnen, befüllte das Milchkännchen und ließ Zucker in ein Döschen rieseln. So viel Aufwand für eine junge Frau, die mit hoher Wahrscheinlichkeit eine Stunde zuvor einen Pfeil in Onkel Pamplemousse gejagt hatte.

Zwei Minuten verstrichen. Und noch einmal drei und noch einmal sieben. In keiner davon vergaß Schelmerei, dass ihre Schwester ein paar Meter entfernt immer heftiger mit den Zähnen klapperte, während nebenan Kaffee und Toast zubereitet wurden. Sie stellten alles fein säuberlich auf ein Tablett, das Lauter nur noch hochtragen musste.

»Ab jetzt sollte ich allein zurechtkommen«, sagte er schwer beladen, wie er war. Da er noch seine weißen Handschuhe anhatte, hätte man ihn für einen gut aussehenden Butler halten können. »Danke für deine tolle Hilfe und mach langsam mit dem Bein. Nichts übers Knie brechen, ja?«

Bevor Schelmerei ihn mit einem Geschirrtuch abwerfen konnte, verdrückte er sich aus der Küche.

Und endlich, nach sechzehn langen Minuten, die Phänomen in der Eishöhle verbracht hatte, konnte Schelmerei sich an die Klinke der schweren Tür hängen und den Gefrierschrank mit ihrem ganzen Gewicht aufwuchten.

»Phänomen?«, rief sie. »Phänomen?!«

In einer Ecke raschelte es. Eine kleine Lawine aus Tiefkühlgemüse löste sich und in einem Nest aus gefrorenen Karotten und Pastinaken kam Phänomen zum Vorschein. Sie war nur leicht eingeeist, die zitternden Lippen zwar blau verfärbt, aber zu einem tapferen Lächeln verzogen.

»Sch...sch...schau mal«, stammelte sie und streckte ihre geschlossene Faust vor. Schelmerei musste die steif gefrorenen Finger einzeln auseinanderbiegen.

»H...h...hab ich ... vom Pfeil ...«, fügte Phänomen hinzu.

Es war ein kleines Stück Papier, das aussah wie die vielen Botschaften des Schützen.

»Eine Schriftprobe«, sagte Phänomen triumphierend. »Endlich eine richtige Sp...Sp...Spur.«

Schelmerei entrollte den Zettel. Darauf befanden sich zwei Wörter, in ordentlicher Schreibschrift verfasst:

Au revoir.

Pamplemousses linke Hand war unter dem Laken hervorgerutscht, der Anblick seiner bemerkenswert gut gepflegten Fingernägel tat Schelmerei in der Seele weh. Sie hatte gehört, dass Haare und Nägel nach dem Tod weiterwuchsen – was bestimmt nicht in Pamplemousses Sinne gewesen wäre. Gern hätte sie das Laken angehoben, um sich endlich mal in Ruhe eine Leiche anzuschauen, doch weil Phänomens Zähne mittlerweile doch ziemlich laut klapperten, wandte sie sich schweren Herzens von dem Toten ab und zerrte ihre tiefgefrorene Schwester zum Auftauen in die Küche.

»Wie hat er ausgesehen?«, fragte Schelmerei einige Minuten später. Sie trauerte immer noch der verpassten Gelegenheit nach.

»W…wie Pamplemousse, nur t…tot«, erwiderte Phänomen.

Das Eis auf ihrer Haut war inzwischen weitgehend geschmolzen. Vor den warmen Holzofen gekauert, nippte sie an einer heißen Schokolade. Dabei blickte sie starr auf das Stück Papier und auf den Beutel mit Kaffeebohnen, den Schelmerei ihr hingelegt hatte.

»Gut, dass du den Zettel erwischt hast«, sagte Schelmerei. »Die anderen Pfeile hat Lauter einfach ins Feuer geschmissen.«

»Ja. Und jetzt wärmen sie mich schön auf.«

Schelmerei angelte ein Marmeladenglas von der Küchentheke. »So sind sie wenigstens zu irgendwas gut.«

»*Au revoir.* Auf Wiedersehen.« Phänomen zog die Stirn kraus. »Schon ein bisschen arrogant, oder? Und natürlich bringt eine Schriftprobe wenig, wenn wir sie nicht mit der Handschrift unserer Verdächtigen vergleichen können.«

»Jep, das ist der nächste Schritt«, sagte Schelmerei Marmelade schmatzend. Dank der beiden frischen Spuren hatte sich ihre Laune stark gebessert.

»Viola trinkt also Katzenkaffee«, meinte Phänomen. »Dir ist schon klar, dass das nur ein Indiz ist?«

»Nö, weil mir nicht klar ist, was das genau heißt.«

»Was das heißt? Die Tatsachen, dass Viola auf den gleichen Kaffee steht wie der Mörder, dass Schadenfreude gegen ihre Ehe mit Lauter ist und dass sie verdächtig durch die Gänge rennt, würden vor Gericht zwar als merkwürdige Umstände bewertet, aber nicht als handfeste Beweise. Für eine Verurteilung würde das niemals reichen.«

»Wir sind hier nicht vor Gericht, sondern zu Hause«, entgegnete Schelmerei, fuchtelte nachdrücklich mit dem Löffel in der Luft herum und schleuderte dadurch einen Klumpen Marmelade auf den Zettel. »Die hat ganz klar was zu verbergen.« Phänomen stöhnte auf und wischte mit ihrem Ärmel das Papier sauber. Schelmerei fuhr fort: »Du weißt doch, dass ich einen guten Blick für so was habe. Und bei Viola schlägt nun mal mein … mein sechster Detektivsinn aus. Mein Bauchgefühl.«

Phänomen rümpfte missbilligend die Nase. »Mit deinem Bauch hat das nichts zu tun. Vielmehr verarbeitet dein Gehirn unterbewusst Fakten und kommt so zu einem Ergebnis, ohne dass du dir dieses Vorgangs bewusst wärst.«

»Umso besser. Mein Gehirn *weiß* also, dass Viola Dreck am Stecken hat. Mir ist bloß noch nicht *bewusst*, was für welchen.«

»Hier«, sagte Phänomen seufzend. »Den hab ich auch noch sichergestellt.«

Sie reichte Schelmerei den Pfeil, der bis eben in Pamplemousse gesteckt hatte – ein altertümliches Ding ohne vernünftige Pfeilspitze. Eigentlich sah er mehr nach einem dünnen, scharf geschliffenen Holzpflock mit Stahlkappe aus. Mehrere Zentimeter davon waren rot gefärbt.

Während ihrer Arbeit am *Belagerator 5000* hatte Schelmerei sich intensiv mit mittelalterlicher Kriegsführung befasst. Dabei hatte sie – unter anderem – erfahren, welch großer Fortschritt der Andere-Menschen-möglichst-schnell-umbringen-Branche mit der Erfindung der Armbrust gelungen war: Mit dieser neuartigen Waffe konnte man weiter schießen als mit ihren Vorgängern, sie hatte mehr Durchschlagskraft und erbrachte extrablutige Resultate. Das lange, schmal zulaufende Ding in Schelmereis Hand war streng genommen gar kein Pfeil. Es war ein Bolzen. Munition für eine Armbrust.

Und da war noch etwas. Diese Spitze ... in Schelmereis Hinterkopf rührte sich etwas.

»Das ist eine Antiquität«, sagte sie langsam. »Aus dem 18. Jahrhundert oder noch älter, ganz bestimmt.« Und Tante Schadenfreude behauptete immer, Schelmereis Waffenleidenschaft hätte keinen praktischen Nutzen! »Aber warum sollte man hier mit einer uralten Armbrust antanzen? Die Teile sind schwer. Außerdem sind Pistolen eh besser.«

»Und wenn der Täter die Waffe im Haus gefunden hat?«, spekulierte Phänomen.

Die Erleuchtung traf Schelmerei mitten zwischen den Augen. Mit klebrigen Fingern packte sie Phänomen am Arm.

»Ockhams Rasiermesser«, flüsterte sie. »Wir müssen Rain holen. Und dann nichts wie los. Zurück in die Bibliothek.«

»Warum?«

»Ich hab da so ein Bauchgefühl.«

21. Geradlinige Ermittlungsarbeit

Mit einem ausladenden Kater auf den Armen, vier schmalen Kratzspuren am Hals und etlichen Sorgenfalten auf der Stirn erwartete Rain sie oben an der Treppe.

»Ich hab ihn auf einem Geschirrschrank gefunden. Er hat gefaucht wie verrückt und das Fell stand ihm zu Berge.«

Kater Johns Augen, normalerweise vor Müdigkeit nur auf Halbmast, waren weit aufgerissen und seine Ohren zuckten hin und her, als würde er auf irgendetwas horchen.

»Er hinkt ein bisschen, aber wie es sich anfühlt, ist zumindest nichts gebrochen«, sagte Rain. »Ich finde ihn sehr tapfer.«

Schelmerei streckte die Hand aus und berührte Kater John am Hinterbein – eine dämliche Entscheidung, denn der Kater jaulte prompt auf und sprang aus Rains Armen, nicht ohne auch dort vier lange Kratzer zu hinterlassen.

»Kater John! Das tut man nicht!«, schimpfte Schelmerei.

»Ist schon gut.« Mit zusammengebissenen Zähnen krempelte Rain die Pulloverärmel weiter hoch, weg von der blutigen Wunde. »Er kann nichts dafür, das ist sein Instinkt. Aber wir müssen rausfinden, wer ihm so wehgetan hat. Mord ist schlimm genug, aber Katzen zu treten, geht gar nicht.«

Obwohl nicht mehr abgeschlossen, war die Bibliothek – wenig verwunderlich – menschenleer. Wahrscheinlich nicht zuletzt wegen des riesigen braunen Flecks auf dem Teppich. Eine etwas naive Person hatte die Kordeln der roten Vorhänge entfernt, sie zusammengeknotet und quer vor den Eingang gespannt wie vor einen Ausstellungsraum im Museum, der nicht betreten werden durfte. Das Ermittlungsteam schlüpfte kurzerhand darunter hindurch und Phänomen schloss die Tür. Schelmerei schnappte sich die größten (und ungefährlichsten) Wälzer, die sie finden konnte, und baute daraus eine Büchertreppe, hoch genug für einen Blick auf das Loch in der Wand.

»Schau«, sagte sie zu Phänomen. Auf der *Geschichte Pisas* balancierend zog sie den Armbrustbolzen aus ihrem Gürtel und schob ihn ins Loch. Er passte perfekt hinein. Phänomen winkte sie von dem Bücherturm herunter, stieg selbst hinauf und legte ein Auge an die Wand. »Hast du mal eine Schnur?«

Damit konnte Schelmerei immer dienen.

Phänomen knotete das eine Ende an den Bolzen. »Okay, gut … Rein physikalisch betrachtet, muss die Flugbahn *schnurgerade* verlaufen sein. Schelmerei, nimm du das andere Ende des Fadens und entferne dich damit, bis ich Stopp sage.«

Brav machte sich Schelmerei mit der Schnur in der Hand auf den Weg zur gegenüberliegenden Wand.

Ihre Schwester murmelte nachdenklich vor sich hin. »Dem

Einschusswinkel nach zu urteilen und unter Berücksichtigung der … hmmmmm.« Sie tippte sich mit dem Zeigefinger ans Kinn. »Da! Stopp! Sieht ganz gut aus. Aber etwas höher halten, bitte.«

In einer Ecke entdeckte Rain die fahrbare Leiter, mit der man an die obersten Regalbretter kam, und rollte sie herüber.

»Eine Stufe hoch!«, befahl Phänomen. »Noch eine. Und ein bisschen nach links? Genau! Wenn der Bolzen *hier* exakt *so* die Wand getroffen hat …« Sie klopfte mit ihrem Fingernagel auf das Loch. »… dann wurde er von *da* abgefeuert.«

Die Schnur spannte sich in einer geraden Linie vom Loch in der Wand über den Blutfleck auf dem Boden bis zu dem Regal direkt vor Schelmereis Nase, das mit einer verlockend beschrifteten Plakette für sich warb: *Bücher für Rechtsanwälte und vermutlich niemanden sonst.* Zwischen zwei Bänden klaffte eine Lücke, in der ein weiteres kleines, rundes Loch zu erkennen war. Schelmerei schob die übrigen Bücher beiseite und schlug mit der Faust gegen die Rückwand des Regals. Sie klang hohl.

»Rain, hilfst du mir mal?«

Rain hängte sich richtig rein, hängte sich mit allen zehn Fingern an die äußere Kante der Rückwand, bis es ihnen gemeinsam gelang, ein Stück davon wegzureißen. Hinter dem Regal kam tatsächlich ein Hohlraum zum Vorschein – mit einem hölzernen Gestell darin. Es stand irgendwie verloren und verlassen da, so als hätte darauf bis vor Kurzem noch irgendetwas geruht. Daneben lag ein einzelner Bolzen.

Rain und Schelmerei sahen sich an.

»Okay«, sagte Rain. »Jetzt wissen wir, woher Pamplemousses Mörder die Tatwaffe hatte.«

»Da …«, murmelte Phänomen. »Ein Stück Schnur, leicht ausgefranst. Das war eine Falle. Die ausgelöst werden sollte, sobald jemand das inzwischen fehlende Buch aus dem Regal zieht.«

»Denke auch. Aber sie *wurde* doch ausgelöst, oder? Sonst wäre kein Loch in der gegenüberliegenden Wand.«

Zu dritt starrten sie in den düsteren Hohlraum. In den Ecken hingen Spinnweben und alles war bedeckt von einer dicken Staubschicht.

»Woher wusste der Mörder überhaupt, dass dadrin eine Armbrust ist?«, fragte Phänomen. »Das Loch im Regal sieht man doch nie, wenn man nicht gezielt danach sucht.«

»Vielleicht wusste er es gar nicht.« Rain hob den herumliegenden Bolzen auf und betrachtete ihn eingehend. »Vielleicht hat er die Falle versehentlich ausgelöst. Er oder Schnüffler …«

Phänomen ging im Raum auf und ab. Als das allein nichts half, steckte sie zusätzlich ihren Pferdeschwanz in den Mund und kaute angestrengt darauf herum. Schelmerei und Rain setzten sich auf halbhohe Bücherstapel und hörten ihr beim Nachdenken zu.

»Nur eine Theorie, aber …«, sagte sie. »Schelmerei und ich sind Schnüffler gestern auf der Treppe zur Turm-Suite begegnet. Schelmerei, erinnerst du dich an sein Gerede, dass er irgendwelche Nachforschungen anzustellen hätte? Es wäre nur logisch, wenn er dazu in die Bibliothek gegangen ist. Zugegeben, er hätte hier eigentlich gar nicht *reinkommen* dürfen …« Sie reckte ihren Zeigefinger in die Höhe. »… doch bekanntlich ist der Schlüsselbund von Tante Schadenfreude verschwunden, seit Schelmerei ihn auf deren Schreibtisch geschmissen hat.«

»Sprich weiter.«

»Als Köchin Tante Schadenfreude nach ihrem Sturz auf den Tisch gelegt hat, ist alles, was gerade darauf war, auf dem Boden gelandet. Auch die Schlüssel.«

»Und Schnüffler ist am Boden rumgekrabbelt«, warf Schelmerei ein. »Er könnte sie eingesteckt haben.«

»Genau. Und am nächsten Tag ist er nach seiner Unterhaltung mit Schaudervoll und Brüsk zur Bibliothek, hat einfach die Tür aufgeschlossen und ›nachgeforscht‹. Er hat ein Buch aus diesem Regal gezogen –«

»Aber nicht *Die Tote in der Bibliothek*, weil das ein Krimi ist«, unterbrach Schelmerei sie.

»Ja, und auch weil hier *Bücher für Rechtsanwälte und vermutlich niemanden sonst* stehen. Keine Romane weit und breit, bloß Gesetzestexte und Grundstücksverzeichnisse und Rechtsgeschichte. Er hat ein Buch aus dem Regal genommen, dadurch die Armbrustfalle ausgelöst und …«

»Und was?«, fragte Rain. »Der Bolzen hat ihn verfehlt?«

Phänomen schüttelte den Kopf. »Unmöglich.« Sie tat so, als würde sie ein Buch aus dem Regal ziehen wollen. »Er muss so dagestanden haben … Rain, steig mal kurz auf die zweite Stufe der Leiter … ja, genau so, und sehr nah dran, seine Augen exakt auf Höhe der Armbrust hinter der Rückwand. Er hätte den Pfeil nicht kommen sehen und niemals rechtzeitig den Kopf einziehen können.«

»Dann hat er ihn wohl nicht eingezogen«, sagte Rain.

Darüber dachten sie alle einen Moment nach, während Rain wieder von der Leiter herunterstieg.

»In dem Loch an der Wand war doch Blut«, bemerkte Rain, etwas weißlich im Gesicht. »Und du hast es selbst gesagt, Phänomen: Seine Augen waren exakt auf Höhe der Armbrust.«

Eine Armbrust – selbst eine ein paar Hundert Jahre alte – war darauf ausgelegt, harte Rüstungsteile zu durchschlagen, um so an den weichen Menschen dahinter heranzukommen. Auf kürzeste Distanz sollte einer ihrer Bolzen deshalb wie geschmiert vorn in den Schädel eines ahnungslosen Detektivs ein- und hinten wieder austreten können, um sich zuletzt in die Wand dahinter zu bohren.

»Autsch«, sagte Rain und niemand wollte widersprechen.

»Das heißt«, folgerte Schelmerei, »dass Schnüffler überhaupt nicht mit der Büste erschlagen wurde. Sondern er hat in der Bibliothek einen Bolzen ins Auge gekrie–«

»Aber Moment«, unterbrach Rain sie. »Sein Kopf war eindeutig zertrümmert. Und *warum*, wenn er doch durch einen blöden Zufall umgekommen ist? Warum sollte sich dann noch irgendjemand die Mühe machen, an der Leiche herumzupfuschen?«

Schelmerei dachte nach. »Weil dieser Jemand gern eine

Armbrust hätte, schätze ich. Jedenfalls würde es mir so gehen. Ich finde Armbrüste super. Und wenn ich vorhätte, irgendwen umzubringen, würde ich mir erst recht eine besorgen.«

»Das Anwaltsbuch, das Schnüffler haben wollte, ist auch weg«, sagte Phänomen. »Also: Stellt euch vor, die Leute wären hier reingekommen und hätten Schnüffler mit Loch im Kopf am Boden liegen sehen. Dann hätten sie wissen wollen, wie das Loch entstanden ist. Und wenn sie dann *keine* Armbrust gefunden hätten, wäre offensichtlich gewesen, dass schon vor ihnen irgendwer bei der Leiche gewesen sein muss. Doch der Mörder wollte die Armbrust *und* das Buch mitnehmen, ohne auf sich aufmerksam zu machen. Folglich *musste* er an dem armen Schnüffler rumpfuschen!« Sie kaute auf ihrem Pferdeschwanz. »Okay, Ockhams Rasiermesser geht anders ...«

»Das war höchstens Ockhams stumpfe Nagelfeile«, stimmte Schelmerei ihr zu. Rain kicherte.

»Ich muss mir noch mal einen Überblick über die Beweislage verschaffen«, sagte Phänomen. »Oder ein Diagramm zeichnen. Bisher ist das alles nichts als Spekulation.«

»Oder ihr gebt einfach auf und wir rufen die Polizei.«

Clementine war in der Tür erschienen wie ein verantwortungsbewusster Flaschengeist.

»Ach, falls ihr's noch nicht mitgekriegt habt«, fügte sie hinzu. »Unten liegt noch eine zweite Leiche.«

Schelmerei setzte sich wieder auf einen Bücherstapel. »Haben wir mitgekriegt. Wir haben sie uns sogar schon angeschaut.«

»Was sonst.« Clementines verstörende Ruhe war irgendwie noch schlimmer als der Schreianfall, den Schelmerei erwartet hatte. »Wäre ja zu schön gewesen, wenn ihr eure Ermittlungen eingestellt hättet, nur weil ihr jetzt *wirklich* in Lebensgefahr schwebt. Phänomen, was denkst du dir eigentlich dabei?«

Phänomen sah sie fragend an. »Ich *denke* nicht, ich *sehe*, dass niemand sonst etwas Vernünftiges tut! Dass in diesem Haus Kriminalistik auf unterstem Niveau betrieben wird! Wenn du dich lieber zurückziehst und dich folglich als völlig nutzlos für die Ermittlungsarbeit erweist, muss doch irgendwer die Sache in die Hand nehmen und dem Fall auf den Grund gehen!«

»Und dieser Jemand bist du?«, erwiderte Clementine spöttisch.

»Na, du wohl eher nicht, hm? Oder etwa Schelmerei?! Ich *kenne* Rain kaum, aber Rain hat mir schon jetzt mehr geholfen als ihr zwei zusammen.«

»Äh … wie bitte?«, krächzte Schelmerei.

»Äähm …«, machte Rain.

Phänomen drehte sich zu Schelmerei, ein beinahe mitleidiges Lächeln auf den Lippen. »Schelmerei. Du bist nicht der schlechteste Watson – entschuldige, Blackbeard nennst du dich ja –, aber dein Gehirn taugt einfach nicht für richtige Ermittlungsarbeit. Du hast dich dem Fall nie mit vollem Einsatz gewidmet. Du interessierst dich in Wirklichkeit mehr für deine bescheuerte Schatzsuche.«

Es war, als hätte Schelmerei einen Schlag abbekommen, und in so einem Fall schlug sie instinktiv zurück.

»Ist das dein Ernst? Ich renne hier ewig irgendwelchen blöden Spuren und Mini-Hinweisen zu unwichtigen zeitlichen Zusammenhängen und was weiß ich hinterher, bloß weil du nicht einsehen willst, dass es eindeutig Viola war! Und deshalb hatte ich auch gar keine Chance, weiter nach dem Schatz zu suchen! Ich hab's noch nicht mal in den Geheimraum geschafft!«

Kaum hatte Schelmerei den letzten Satz ausgesprochen, erkannte sie, dass sie sich verplappert hatte. Sechs Augen starrten in ihre Richtung, so groß und rund wie Autoscheinwerfer.

»Ja, also«, fuhr sie fort. »Im zweiten Stock gibt's einen Geheimraum, da hab ich Tante Erbschaft am Abend vor dem Familientreffen reingehen sehen. Ich hab euch nur nichts davon erzählt, weil –«

Phänomen schüttelte den Kopf. »Sorry, aber … du warst im Besitz von wichtigen Informationen zu unserem Fall, ja, zu einer *Verdächtigen* – und du hast sie für dich behalten?«

»Ich dachte eben, das ist nicht so wichtig«, verteidigte Schelmerei sich. »Oder nur wichtig für die Schatzsuche, aber nicht für unsere Ermittlungen –«

»Ich glaub's nicht«, unterbrach Clementine sie. »Nein, stopp, ich glaube es absolut, weil du schon immer eine unverbesserliche –«

»He da.«

Vier Köpfe schwenkten zu Flora, die ihren eigenen gerade zur Tür hineinsteckte. Schelmerei wusste gleich, dass es Flora war und nicht Fauna, weil Fauna weder »He da« gesagt hätte noch:

»Fauna meint, ihr sollt mal raufkommen.«

»Wir haben zu tun«, keifte Clementine sie an.

»Das sehe ich. Aber sie hat gesagt, ich soll darauf bestehen«, erwiderte Flora. »Es sei *wichtig für den Zusammenhalt der Familie* oder so was in der Art. Und deshalb … bestehe ich jetzt darauf.«

Die Schwestern sahen sie böse an. Nur Rain schien froh über die Ablenkung.

»Wenn ihr euch nicht in Bewegung setzt, werde ich immer weiter darauf bestehen – und immer lauter«, sagte Flora. »Jetzt geht schon.«

Sie gingen schon.

22. Dispott

Im Nachmittagssalon, der etwas bescheidener daherkam als der Morgen- und der Abendsalon, hatten sich über dreißig Verwandte versammelt. Mittendrin stand Fauna, klammerte sich an einen von Erbschafts Stundenplänen und guckte ratlos.

»… würde ich, falls niemand eine bessere Idee hat, vorschlagen, den Dispott vorzuziehen«, erklärte sie. »Für die nächste Stunde war Pamplemousses Vortrag über die Tarnung von Kleinwaffen geplant, aber Pamplemousse ist, nun ja, tot. Und Tante Erbschaft ist … also, *verschwunden* möchte ich nicht sagen, aber wir können sie nicht finden.«

Schelmerei fragte sich, ob diese Familientreffen in Wirklichkeit bloß ein Vorwand waren, um den Stammbaum zu stutzen. Sie drehte sich zu Rain, damit rechnend, ein besorgtes Gesicht zu sehen, und sah stattdessen ein Augenrollen.

»Wahrscheinlich ist meine Gran gerade in dem Geheimraum, von dem du uns nichts erzählt hast«, meinte Rain trocken.

Phänomen und Clementine hatten sich im größtmöglichen Abstand zueinander und zu Schelmerei postiert. Sie achteten jeweils peinlich genau darauf, nicht in die Richtung ihrer Schwestern zu blicken, weshalb ihnen kaum etwas anderes übrig blieb, als abwechselnd Boden und Decke anzustarren.

»Bist du mir gar nicht böse?«, fragte Schelmerei leise.

Rain zuckte mit den Schultern. »Bisschen schon. Aber ich kenne dich nicht gut genug, um dir richtig böse zu sein. Deine Schwestern kennen dich offensichtlich *total* gut.« Eine Pause. »Wusstest du, dass Hyänenjunge manchmal ihre Geschwister töten, um selbst größer und stärker werden zu können?«

»Das ist ja schrecklich! Aber wie kommst du jetzt darauf?«

»Ach, kam mir gerade so in den Sinn. Ich hab mich neulich gefragt, wie gut Großonkel Zuwider sich wohl mit Hyänen auskannte.«

Etliche Verwandte waren bereits dabei, sich aufzuwärmen. Flora knackte mit den Fingerknöcheln, Brüsk strich sich den Schnurrbart glatt. Rain blickte noch skeptisch drein, doch als Schelmerei ihren Namen auf ein Stück Papier schrieb, tat Rain es ihr gleich. Gemeinsam schmissen sie die Zettel in einen Hut, den Fauna irgendwo aufgestöbert hatte.

Stark vereinfacht ausgedrückt ist ein Dispott nichts anderes als ein Duell im Beleidigen. Die Spieler werfen ihre Namen in einen Hut, einen Eimer oder ein anderes Behältnis und stellen sich im Kreis auf. Nachdem die Schiedsrichterin (in diesem Fall Fauna) zwei Namen gezogen hat, beginnt ein Wettstreit der Worte, ein Zweikampf zwischen Scharfsinn und Scharfsinn. Wer als Erstes keine Antwort mehr parat hat oder zu lachen beginnt, hat verloren. Mitmachen kann, wer will, denn es handelt sich um ein sehr, sehr einfaches Spiel. Trotzdem gibt es ein paar Regeln zu beachten.

»Keine Flüche, keine Fäkalsprache, keine Angriffe unter der Gürtellinie«, erklärte Fauna. »Nicht vergessen: Beim Fechten will man seinen Gegner nicht *wirklich* abstechen und beim Dispott will man ihn nicht *wirklich* verletzen. Und: Mein Urteil gilt. Wenn ich sage, ihr seid raus, seid ihr raus.«

»Ohne Pamplemousse ist es sowieso nicht dasselbe«, meinte Mimisch missmutig. »Keiner konnte so kreativ beleidigen wie er.«

Tante Zaudern lächelte. »Einmal hat er mich als *cœur de lion* bezeichnet. Ich weiß bis heute nicht, was das bedeutet.«

»Löwenherz«, grummelte Clementine. »Das bedeutet es. Ich frage mich ehrlich gesagt, ob er überhaupt aus Frankreich kam. Ich kann nämlich Französisch und als ich ihn gestern gebeten habe, mir das Salz zu reichen, hat er mir geantwortet, dass es im Juli stattfinde.«

»Wie dem auch sei«, sagte Fauna. »Wir sollten diesen Dispott seinem Andenken widmen.« Sie schüttelte den Hut und trat in die Mitte des Kreises. »Wer das erste Duell gewinnt, wird vom nächsten Teilnehmer herausgefordert und immer so weiter, bis der letzte Gegner ausgeschieden ist. Also passt auf, dass ihr euer Pöbelpulver nicht zu früh verschießt. Gut, als Erstes … Tintinnabula gegen Begehrlich!«

Die beiden Frauen traten vor.

»Du bist ein Giermagen«, legte Tintinnabula sofort los. »Eine habsüchtige, hexenfingrige Xanthippe!«

»Und du bist ein auf dem letzten Loch pfeifender Wasserkessel. Eine iahende Schwafeltrompete! Die trantütigste Todesfee der Welt!«

Tintinnabulas Lippen zuckten. Begehrlich kicherte.

»Ach Leute, was soll das denn?«, beschwerte Fauna sich. »Ihr habt euch beide sichtlich amüsiert und seid damit beide RAUS! Als Nächstes: Flora gegen Linkisch.«

Wie bald deutlich wurde, war Flora eine herausragende Dispottantin. Sie beleidigte ihre ersten drei Herausforderer mühelos in Grund und Boden und nachdem sie beinahe die Fassung verlor, als Fortissimo sie als »LANGES ELEND« bezeichnete, brachte sie ihn im Gegenzug mit »Plattfußtrampeltier« seinerseits zum Wiehern.

Doch während sie reihenweise Verwandte rauskegelte, fiel Schelmerei auf, dass Flora nicht ganz so heftig austeilte, wie sie selbst einstecken musste.

»Du bist Unrat«, sagte Tante Laufpass. »Ein verdorrtes, verkrüppeltes, vom Winde verwehtes Unkraut.«

»Von mir aus. Dafür bist du ein verseuchtes, aus dem Mund stinkendes Wirtstier.«

»Du bist ein hoffnungsloser Fall. Eine nichtsnutzige Bummelantin ohne besondere Vorzüge.«

»Und du ein Stück bittere, vertrocknete Zitronenschale. Eine knittermäulige Mäkeltante.«

»Schaltet mal einen Gang zurück, ihr zwei«, mahnte Fauna.

»Du hast den Namen eines Schafs und das Gespür einer Ziege«, sagte Tante Laufpass.

»Dann können wir ja zusammen auf die Weide gehen, denn du bist eine arme blöde Kuh«, feuerte Flora zurück.

Während die Menge johlte, stammelte Laufpass nur noch mit dunkelrotem Gesicht sinnlose Worte vor sich hin. Folgerichtig wurde sie aus dem Kreis gebuht.

Fauna belegte ihre Schwester mit einem missbilligenden Blick. »Ihr seid beide zu weit gegangen. Dafür bekommst du die Gelbe Karte, verstanden?«

Auch wenn Flora nickte, verriet ihr Grinsen, dass sich die Strafe ihrer Ansicht nach gelohnt hatte. Nächster Herausforderer war Brüsk.

»Du bist ein monetensüchtiges Mondkalb«, begann Flora.

»Und du eine Blechpuppe«, erwiderte er, »mit einem Knäuel Stahlwolle als Herz.«

»Du langfingriger, aalzüngiger Glücksschmarotzer. Du umgibst dich mit Wildschweinen und bist gut Freund mit den Schmierigsten und Gierigsten.« Das Publikum lachte. »Du bist vollkommen, durch und durch, von Kopf bis Fuß …«

Im Augenwinkel sah Schelmerei, wie sich langsam die Tür öffnete. Viola schob sich halb in den Salon hinein, winkte Flora hektisch zu und verschwand wieder.

Auf einmal war Floras Selbstsicherheit dahin.

»… perfekt«, schloss sie. Brüsk sah sie erstaunt an. »Ich … genau. Genau das wollte ich sagen. Du bist ein … ein wahres Wunderding. Einfach nur prima. Ein umwerfender Kerl. Ein

Star, die Nummer eins, einfach … toll.« Sie schüttelte sich. »Ich will … muss los. Bitte entschuldigt!« Sie eilte aus der Tür.

»Wir sollten den beiden hinterher.«

Schelmerei zuckte zusammen. Neben ihr war Phänomen aufgetaucht, ihre blitzende Brille auf die Tür ausgerichtet, durch die Flora verschwunden war.

»Was soll das heißen: *wir?*«, erwiderte Schelmerei verärgert. »Schon vergessen, dass mein Gehirn nicht für Ermittlungsarbeiten taugt? Dass auf mich einfach kein Verlass ist? Und außerdem ist Viola doch sooooo unverdächtig! Nichts deutet auf sie als Mörderin hin, außer alles.«

Schelmerei spürte Phänomens Frust und freute sich.

Der Dispott ging weiter. Brüsk verlor gegen Fährmann, Fährmann gegen Rain und Rain gegen Schelmerei wegen Lachens über »unerträglich naseweiser Ameisenbär«. Zum ersten Mal an diesem Wochenende hatte Schelmerei ganz unkompliziert Spaß, bis Fauna den nächsten Namen zog.

»Clementine!«

Fauna wedelte auffordernd mit dem Zettel und Clementine schlurfte in den Kreis.

»Muss ich wirklich gegen *die* antreten?«, fragte sie im selben Moment, in dem Schelmerei sagte: »Gegen die trete ich nicht an. Ich sag's euch, das ist hier die wahre Mörderin. Die Stimmungskillerin. Vermiest einem alles.«

Clementine sah sie böse an. »Ach ja? Okay, dann bist du einfach nur mies. Wie eine Miesmuschel. Ein kleines Ding, auf das man ständig drauftritt und sich ärgert.«

Die Leute lachten, doch Fauna wurde unruhig.

»Clementine, wenn du eine Farbe wärst, dann wärst du Beige.« Schelmerei kam in Fahrt. »Wenn du was zu essen wärst, dann Kartoffelbrei. Wenn du ein Buch wärst, dann *Zu Tode langweilen für Anfänger, Fortgeschrittene und Profis.*«

»Und wenn du was zu essen wärst, wärst du eine Garnele von voriger Woche, weil einem von dir einfach nur schlecht wird«, gab Clementine zurück. »Und übrigens, nur weil ich nicht mit dir und Phänomen herumrenne und *Detektiv spiele* –«

»Klar, du verplemperst deine Zeit lieber mit Nähen und Wehmütig-in-die-Luft-Gucken und Langweiligsein –«

»Moment mal!« Phänomen drängelte sich in die Mitte des Kreises. »Du ziehst meine Ermittlungsarbeit nicht in den Dreck!«

Fauna hob die Hand. »Immer nur zwei auf einmal, bitte!«

»Lieber langweilig als egoistisch und verlogen!«, keifte Clementine.

»Wie war das? *Deine* Ermittlungsarbeit?«, fragte Schelmerei an Phänomen gewandt.

Fauna verteilte eifrig Gelbe Karten. Das Publikum, keineswegs entsetzt über den schamlosen Regelbruch, feuerte die Schwestern fröhlich jubelnd an. Die bekamen von beidem kaum etwas mit. Die Luft zwischen ihnen knisterte vor Zorn.

Phänomen giftete Schelmerei an. »O ja, *meine* Ermittlungsarbeit! Du hast mir wichtige Informationen vorenthalten! Du warst unvorsichtig und leichtsinnig, bist fahrlässig mit Beweismitteln umgegangen, hast nie auch nur *versucht*, die Grundregeln der Detektivtätigkeit zu befolgen, und weißt die meiste Zeit kaum, wo bei dem Fall oben und unten ist!«

»Und du hast uns angelogen!«, fügte Clementine hinzu.

»Ja, wenn das nicht hinterlistig war! Oder sogar hinterhältig!«

Ohne es zu wissen, hatten ihre Schwestern Schelmerei schlimm getroffen und in ihrem Schmerz schlug sie wild um sich.

»Na und?«, rief sie. »Euch beiden war das Familientreffen doch sowieso egal! Ihr habt euch null drauf gefreut – im Gegensatz zu mir! Ich hab seit Monaten an meiner Karte gearbeitet!«

Clementine stieß ein Schnauben aus. »Tut mir sehr leid, dass der versuchte Mord an unserer Tante dir deine Wochenendpläne verdorben hat.«

»Halt doch mal die Klappe!«, riefen Phänomen und Schelmerei wie aus einem Mund.

Neben ihnen blitzte es rot – Fauna signalisierte ihnen mit hochgereckter Karte, dass sie disqualifiziert waren. Ebenso gut hätte sie vor drei rasenden Stieren ein rotes Tuch schwenken können. Dem Publikum war das Lachen vergangen, inzwischen verfolgte es die Szene mit dem wohligen Schrecken von Zaungästen eines Hausabrisses.

Phänomen baute sich vor Clementine auf. »Du redest ständig über Tante Schadenfreude, aber was hast du eigentlich für sie getan? Du kommst uns nur andauernd bei unseren

Ermittlungen in die Quere, beleidigst uns, forderst uns auf, unsere Nachforschungen einzustellen, und haust dann wieder ab!«

»Ja, weil ihr einfach keine Ahnung von nichts habt! Und weil irgendwer wenigstens *versuchen* muss, auf euch aufzupassen!«

»Sorry, aber du bist nicht unsere Mutter!«

Clementine zuckte zusammen. »Stimmt. Das sieht man schon daran, dass ich hier bin und nicht irgendwo am anderen Ende der Welt. Leider.«

Schelmerei spürte Hitze in ihrer Kehle hochsteigen. »Genau, *leider*«, spuckte sie aus. »Du Verräterin hasst unsere Familie ja sowieso und du hasst uns beide und –«

»Hey.« Rain schob sich zwischen die drei Kontrahentinnen. »Das bringt doch nichts. Es wäre besser, wenn ihr euch wieder beruhigen und –«

»Es wäre besser, wenn du dich nicht dauernd einmischen würdest!«, erwiderte Clementine. Rain wich einen Schritt zurück. »Jaja, alle haben dich supergern und so, aber das ist eine Sache zwischen mir und meinen Schwestern, also verzieh –«

»Es reicht!«

Faunas Ton duldete keinen Widerspruch. Die Kinder waren augenblicklich still. Clementine sah Rain an und legte sich die Hand auf den Mund, als hätte sie ihre letzten Worte am liebsten wieder hineingeschoben.

Bevor noch irgendjemand etwas sagen konnte, verschwand sie aus dem Zimmer.

Phänomen starrte die Wand an, ihre Ohren feuerrot, und sagte: »Ich vergeude hier nur kostbare Zeit.« Sie nahm sich ein Beispiel an ihrer Schwester und den kürzesten Weg zur Tür. Da machten sich auch die anderen Dispottantinnen und Dispottanten allmählich auf die Beine. Die meisten schmunzelten, als wären sie schon lange nicht mehr so gut unterhalten worden.

Rain stupste Fauna am Ellenbogen. »Ähm, ich bin Einzelkind. Ist so was wie eben normal?«

Erstaunlich schnell vertrieb Fauna die letzten Bummler aus dem Nachmittagssalon, setzte die verbliebenen zwei Kinder aufs Sofa und organisierte eine Kanne Tee. Um irgendetwas zu tun zu haben, zerlegte Schelmerei ein Stück Dominokuchen in seine Einzelteile und gab Rain das Marzipan. Ihr war sehr unwohl zumute.

»Weißt du was?«, plauderte Fauna einfach los. »Für mich gehört deine Schwester zu den interessantesten Menschen hier.«

Schelmerei schmeckte kaum etwas von dem Kuchen, den sie gerade mühevoll herunterschluckte. »Phänomen? Stimmt schon irgendwie. Sie ist sehr klug und –«

»Nein, die meine ich nicht – auch wenn sie ebenfalls sehr interessant ist. Ich spreche von Clementine.«

Fauna schenkte Rain Tee nach. Rain nickte dankbar und tunkte ein Stück Marzipan in die Tasse.

»Ich habe mich gestern länger mit ihr unterhalten. Hast du

sie schon mal gefragt, warum sie eigentlich Kleider entwirft?« Fauna wartete die Antwort nicht ab. »Weil man durch Kleidung der Welt zeigen kann, wer man ist. So hat sie es mir erklärt. Sie will anderen helfen, sie selbst zu sein.«

Schelmerei bohrte gelangweilt eine Schuhspitze in den Teppich und weigerte sich, etwas zu sagen.

»Das finde ich cool«, meinte Rain. »Ich hab aus einem ähnlichen Grund mit dem Stricken angefangen. Gab einfach keinen Pullover mit Papageifisch drauf.«

Fauna nickte. »Es ist nicht leicht, einen profanen Namen zu haben – fragt mal Flora! Ihr habt ja mitbekommen, wie die anderen beim Dispott auf sie losgegangen sind. Clementine ist ein kluges Mädchen mit einem guten Herzen. Sie steht auf Herausforderungen wie Irrgärten und knifflige Codes. Sie hat sich selbst Französisch beigebracht. Und trotzdem wird sie von ihrer Familie behandelt, als könnte sie nur langweilig sein.«

»Sie hasst uns«, murmelte Schelmerei.

Über ihre Teetasse hinweg blickte Fauna ihr lange in die Augen. Sie schien über Schelmereis Worte nachzudenken. »Ich glaube, manche in unserer Familie sind sehr ungerecht zu ihr. Das ist es, was sie hasst. Clementine will einfach nur als sie selbst wahrgenommen und wertgeschätzt werden. So wie wir alle.« Sie sah zu, wie Rain mit dem Finger Krümel auftupfte. »Was ich dich schon immer fragen wollte: Seit wann nennst du dich Rain?«

Rain zog die Schultern zusammen und studierte die Krümel eingehend. »Seit einem Jahr ungefähr. Aber es ist schwierig, den Leuten klarzumachen, dass ich jetzt anders heiße. Vor allem … vor allem meiner Gran.«

Fauna hob die Augenbrauen. »Warum das?«

»Na ja, ich … hab's ihr noch nicht richtig erklärt«, gestand Rain. »Dass ich wirklich anders heißen will, meine ich. Weil das irgendwie … so eine große Sache ist. Und ihr kennt sie ja. Sie glaubt felsenfest an das Wörterbuch und den ganzen Kram. Ich weiß ja nicht, ob es ihrer Ansicht nach in Ordnung ist, einen Swift-Namen mal eben zu ändern?«

Fauna schnaubte. »Wisst ihr was? Für mich ist das alles totaler Bock… – Quatsch mit Soße.« Sie schüttelte den Kopf. »Dass uns ein Buch sagen soll, wer wir mal sein werden.«

»Aber bei vielen passt es nun mal«, meinte Rain. »Manchmal kommt es mir vor, als wär es sozusagen … unausweichlich.«

Schelmerei dachte an die vielen Grabsteine im Keller, an Erbschafts weiß behandschuhte Finger auf dem Glas der Wörterbuchvitrine, an Phänomens Tabelle mit den sauber eingetragenen Strichen.

Ein paar Sekunden lang biss Fauna auf ihrer Unterlippe herum. »Als … also, als ich geboren wurde, dachten alle, ich wäre ein Junge. Auch die Ärzte. Deshalb haben mir meine Eltern Jungsklamotten gekauft. Erst als ich sprechen gelernt hatte, konnte ich sie über ihren Fehler aufklären, und da war er ihnen fürchterlich peinlich.«

»Mir ging's ähnlich«, sagte Rain. »Von mir wollte auch niemand wissen, wer ich eigentlich bin.« Rain lächelte und zwischen Fauna und Rain erblühte etwas, eine Art Verständnis.

»Und warum gerade *Rain*?«, fragte Fauna.

»Das ist ein freier Streifen Land zwischen zwei Feldern.« Nach kurzem Zögern fuhr Rain fort. »Ich hab mich dafür entschieden, weil darauf wachsen kann, was will.«

Fauna lachte vergnügt. »Oh, das finde ich schön! Und es passt zu dir, von Grund auf. Sorry für das schlechte Wortspiel, ich bin kein Lauter.«

»Wenn ich fragen darf, wie war ... War es schwierig? Die Leute dazu zu bringen, dass sie auf dich hören?« Rain fummelte an den Pulloverärmeln herum.

»In manchen Fällen, ja«, antwortete Fauna und nippte an ihrem Tee. »Es wird immer Menschen geben, die glauben, sie kennen dich besser als du selbst. Aber ich habe schnell kapiert, dass mir die egal sein können. Wer dich liebt, wird dir zuhören. Als wir noch jünger waren, hat Flora sich öfter meinetwegen geprügelt.« Fauna kicherte. »In Flora steckt genug Wut für zwei.«

»Heißt also ...?«

»Es soll heißen: Wenn du deinen Namen ändern willst, dann mach's. Ein paar von uns halten dir auf jeden Fall den Rücken frei. Stimmt doch, Schelmerei?«

Schelmerei nickte und schwenkte ihre geballten Fäuste.

Rain lachte, die Augen feucht. »Ich frage mich nur, ob Gran mir das erlauben wird.«

»Sie hat nicht zu bestimmen, wer du bist. Diese Entscheidung hast nur du zu treffen und niemand sonst.«

Rain und Fauna lächelten sich an. Zwischen ihnen schien

sich etwas sehr Bedeutsames abzuspielen, doch Schelmerei war außen vor. Und das fand sie in Ordnung. Sie fand diesen Moment sogar großartig.

Außerdem linste gerade Onkel Mahlstrom zur Tür hinein. Gut möglich, dass er gleich nach ihr rufen würde. Sie stahl sich unbemerkt davon, bevor er noch in etwas sehr Bedeutsames hineinpolterte.

»Übrigens ist dein Pulli klasse«, hörte sie Fauna noch sagen, als sich die Tür hinter ihr schloss.

Onkel Mahlstrom hetzte Schelmerei den Flur hinunter in immer ruhigere, abgelegenere Gefilde des Hauses. Für jeden seiner Riesenschritte musste Schelmerei drei kleinere machen. Irgendwann gab sie nicht mehr vor, im Gehen mithalten zu können, und verfiel ins Joggen.

»Was ist los?«, fragte sie.

»Du hast doch deine Karte dabei?«, flüsterte er, während sie die nächstgelegene Treppe hinaufliefen. Es war merkwürdig, Mahlstrom auf leisen Sohlen durchs Haus huschen zu sehen. Es war derart sonderbar, dass Schelmerei schließlich stehen blieb. Sie dachte an die zerknitterte Liste von Verdächtigen in ihrer Tasche und an Clementines Mahnung, ihren Onkel und Köchin nicht vorschnell zu streichen. Sie dachte an sein auffälliges Interesse an ihrer Karte und bemerkte seinen ruhelosen, wie eine Flipperkugel von Tür zu Tür springenden Blick.

»Onkel Mahlstrom«, sagte Schelmerei. »Ich betrachte dich als Verbündeten –«

»Das ehrt mich«, erwiderte er ernst.

»Doch in letzter Zeit verhältst du dich äußerst verdächtig und gar nicht mehr, wie ich meinen Onkel kenne. Und wegen deines verdächtniserregenden Verhaltens kann ich nicht anders, als Verdacht zu schöpfen. Ich muss dich fragen: Warum hast du mich dazu ermutigt, das Haus zu kartieren? Warum sollte ich niemandem davon erzählen? Und warum warst du gestern im Gefrierschrank so zappelig?«

»Das kann ich dir erklä–«

»Freut mich. Dann erklär es mir, denn vorher gehe ich keinen Schritt weiter.«

Schelmerei verschränkte die Arme, stellte sich breitbeinig hin und fixierte ihren Onkel mit ihrem grimmigsten Piratinnengesicht.

Der seufzte. »Du wirst die ganze Angelegenheit gleich verstehen. Aber dazu musst du mitkommen. Es wird Zeit, dass wir dir alles erzählen.«

Er drehte sich zu der leeren Wand neben sich. Es war genau die, die Schelmerei auf ihrer Karte mit einem großen roten Fragezeichen markiert hatte. Mahlstrom klopfte und tippte in einer komplexen Abfolge dagegen. Es klickte. Die Wand schwang nach außen.

Mit großen Augen spähte Tante Erbschaft in den Flur hinaus. Sie blickte schnell zwischen Mahlstrom und Schelmerei hin und her, dann atmete sie geräuschvoll ein und zerrte die beiden in den Geheimraum.

23. Alles auf eine Karte

»Ist euch jemand gefolgt?«, zischte Tante Erbschaft. Sie sah aus, als wäre sie schwer unter die Räder gekommen, und zwar unter extrem staubige, schmutzige Räder.

»Hol mal die Segel ein«, sagte Mahlstrom. »Wir haben niemanden im Kielwasser. Die sind alle beschäftigt.«

Schelmerei blickte sich in dem Geheimraum um. Wer so hohe Erwartungen hatte wie sie, konnte nur enttäuscht werden. Doch was sich hier vor ihr auftat, war wirklich besonders dürftig.

Zunächst einmal war nirgendwo Gold zu entdecken und auch keine Knochen – bloß Papier, jede Menge Papier. In Ballen aus langen, dünnen Streifen in den Ecken. In riesigen, mit Zahlen und Grafiken bedeckten Bögen auf einem Tisch, einer über dem anderen, die gewellten Ecken mit leeren Tassen und Untertellern beschwert. Und es gab Papier in Form von hohen, locker an die Wand gelehnten Bücherstapeln. Die geheimnisvollen röhrenförmigen Behälter, die Erbschaft zum

Familientreffen mitgebracht hatte, lagen leer am Rand und der wenige papierfreie Platz wurde bis ins Letzte von einem kleinen Feldbett und einem Picknickkorb ausgefüllt. Jetzt war Schelmerei klar, warum Tante Erbschaft so zerknittert aussah: Sie hatte offensichtlich in dieser Kammer übernachtet, hatte sich hier verkrochen wie ein Hamster in einem Nest aus Papier.

Darüber hinaus erwarteten Schelmerei drei Überraschungen. Die erste war Clementine, die ihr mit rot unterlaufenen Augen entgegenstarrte. Die zweite war Phänomen, die etwas in ihr Notizbuch schrieb und so tat, als hätte sie keine Schwestern. Die dritte war ein großes Ding auf dem Tisch, das mit einem weißen Tuch abgedeckt war. Schelmerei wollte sofort einen Blick darunter werfen, doch Tante Erbschaft jaulte auf wie eine ausflippende Katze und schlug ihre Hand weg.

»Aua!«, rief Schelmerei. »Onkel Mahlstrom, was soll das alles? Und was macht *ihr beide* hier?« Sie fixierte ihre Schwestern vorwurfsvoll.

»Ich bin nicht freiwillig hier, Tante Erbschaft hat mich hergeschleppt«, erwiderte Clementine. »Und dann hat Onkel M *die da* dabei erwischt, wie sie ein vollkommen unauffälliges Stück Wand abgeklopft hat.«

Phänomen spitzte die Lippen, schaute aber nicht von ihren Notizen auf.

»Ist auch egal«, sagte Schelmerei mit einem bitteren Grinsen. »*Irgendwann* hättet ihr den Raum sowieso gefunden.«

Um weiterem Streit vorzubeugen, lehnte Onkel Mahlstrom

sich zwischen sie und tippte auf den Tisch mit den großen Papierbögen. »Schelmerei! Kommt dir das bekannt vor?«

Schelmerei betrachtete die Bögen. Es waren Pläne des Swift-Anwesens aus verschiedenen Zeiten. Auf einem fehlten der Turm und der Wintergarten, außerdem hatte jedes zweite Zimmer die falsche Größe und Form. Auf einem anderen war der Turm, wo er hingehörte, aber als »Rondell« beschriftet. Und auf dem ursprünglichen Plan gab es nicht mal den See – an dessen Platz befand sich die Skizze einer riesenhaften Eiche. Schelmerei sah das Haus, das sie so gut kannte, zigmal durcheinandergewürfelt und ihr wurde schwindelig.

»Das hier ist der aktuellste Plan«, sagte Onkel Mahlstrom und schob das am wenigsten vergilbte Blatt zu Schelmerei hinüber. Es war mit einer Jahreszahl versehen: 1900. Der Nachmittagssalon glänzte durch Abwesenheit, dafür war das Heckenlabyrinth grob eingezeichnet und über mehreren kleinen, verschachtelten Räumen stand »Dienstbotenzimmer«. Da hatten die Swifts also noch Hausangestellte gehabt.

Schelmerei runzelte die Stirn. »Das stimmt ja alles hinten und vorne nicht.«

Onkel Mahlstrom nickte. »Das Problem ist das Haus selbst. Es ist praktisch unkartierbar. Als würde es mit seinen eigenen Zimmern Reise nach Jerusalem spielen.« Er rieb sich das Gesicht. »Man kann nur raten, welche Geheimkammern noch geheim sind, welche inzwischen zugemauert wurden und ob der Schatz überhaupt – holla!«

Beim Stichwort »Schatz« war Schelmerei auf einen Stuhl

gesprungen, um zumindest beinahe auf Augenhöhe mit ihrem Onkel zu sein. Nun stach sie ihm ihren Zeigefinger in die Brust. »Wusste ich's doch! Du bist ohne mich auf Schatzsuche gegangen!« *Deswegen also sein undurchsichtiges Getue mit der Karte*, dachte sie zornig. »Wir waren doch Verbündete!«

Mahlstrom neigte schuldbewusst den Kopf. »Aye, und ich hoffe, das können wir auch in Zukunft weiterhin sein.«

»Wie lange suchst du schon?«

Ein Räuspern. »Es war bloß ein Hobby«, wand er sich. »Ein paar … ein paar Jahre lang. Aber nur bis zu deiner Geburt oder zumindest nicht viel länger.«

»Meuterer gehen über die Planke. Das weißt du doch.«

Tante Erbschaft klopfte auf den Tisch. »Schluss mit den Albernheiten, Schelmerei. Die Suche nach Zuwiders Schatz ist kein Spiel. Beziehungsweise war es mal eines, jetzt ist es aber alles andere als das.« Sie strich die großen Bögen glatt. Es war, als hätte es eine beruhigende Wirkung auf sie, sich für einen Moment weniger auf die anwesende Verwandtschaft als auf das vor ihr liegende Papier zu konzentrieren. Jedenfalls zuckte Erbschaft nicht mehr ganz so unruhig. »Wie dein Onkel habe ich seit meiner Ernennung zur Archivarin hin und wieder den Schatz betreffende Nachforschungen betrieben. Aus rein familiengeschichtlichem Interesse, versteht sich. Doch in letzter Zeit hat das Thema eine neue Dringlichkeit erhalten.«

»Wieso?«, fragte Clementine.

Erbschaft hüstelte. »In finanzieller Hinsicht ist die Familie inzwischen ein wenig … klamm.«

»Wir sind pleite«, übersetzte Onkel Mahlstrom. »Eigentlich sind wir schon seit einer Weile etwas knapp bei Kasse, aber jetzt sind wir müssen-in-einer-bröckelnden-Ruine-wohnen-pleite.«

Schelmerei war baff. Sie hatte immer gedacht, das leicht Kaputte ihres Zuhauses wäre eine bewusste Geschmacksentscheidung.

»Seit drei Jahren widme ich jede freie Minute der Suche nach dem Schatz«, erklärte Erbschaft. »Ich habe verschüttgegangene Papiere ausgegraben, Bibliotheken durchforstet und jeden gesprächsbereiten Swift befragt – alles, um den einen, entscheidenden Hinweis zu finden. Die Früchte meiner Arbeit seht ihr hier.« Sie deutete auf die Papiermassen. »Vor ein paar Monaten stieß ich endlich auf eine Spur. Deshalb habe ich das Familientreffen einberufen – nicht ahnend, dass ich uns dadurch ins Verderben stürzen würde. Doch nun, da unsere Matriarchin … außer Gefecht gesetzt ist, ist es von noch größerer Wichtigkeit, den Schatz so bald wie möglich zu heben.«

»Was? Warum?«

»Weil«, begann Phänomen, den Blick immer noch in ihr Notizbuch gerichtet, »der Schatz aus rechtlicher Sicht der Matriarchin gehört, wenn er denn gehoben wird, und wir im Moment quasi keine haben. Das Haus ist voller Verwandter, die alle nach dem Schatz suchen. Und sollte einer von ihnen fündig werden, könnte er einfach beschließen, ihn für sich zu behalten.

Außerdem sucht die Person, die unsere Tante geschubst, Schnüffler zerquetscht und Pamplemousse durchlöchert hat, offensichtlich nicht als Teil einer lustigen Gemeinschaftsaktivität nach dem Schatz, sondern geht dafür über Leichen.«

Tante Erbschaft nickte. »Ganz genau. Und dein Onkel glaubt, dass du, Schelmerei, der Schlüssel zu unserem Schatz bist. Ich bezweifle das, doch da mein eigener Ansatz …« Ihr Blick wanderte zu dem Ding unter dem weißen Tuch. »… nur für Belustigung gesorgt hat, will ich mich erst einmal darauf einlassen, es auf seine Art zu probieren.«

»Darum kommt es jetzt auf deine Karte an«, sagte Mahlstrom zu Schelmerei. »Das Haus wurde so oft umgegraben, durchgeschüttelt und gemischt wie ein Kartenspiel, dass kein Anbau und keine Treppe mehr am ursprünglichen Platz sind. Hier, schau.«

Auf einen Plan aus dem Jahr 1799 legte er den von 1900. Wegen des hauchdünnen Papiers waren beide Entwicklungsstufen des Hauses zugleich zu sehen, die alte unter der neueren. »Ich würde sagen, wenn wir alle Pläne so vergleichen, müsste man rausfinden können, wo der Schatz ist. Wonach wir suchen, ist klar: Nach irgendeinem Fleck, der seit Zuwiders Tagen nicht angetastet wurde. Nach irgendeiner Kammer, in der sein Vermögen viele Jahre lang unbemerkt herumgelegen haben kann. Nun fehlt uns bloß noch deine Karte. Diese Pläne hier verraten uns, wie es hier mal aussah. Du musst uns verraten, wie es heute aussieht.«

»Aber die Karte gehört mir«, sagte Schelmerei trotzig.

»Stimmt«, erwiderte ihr Onkel. »Und nur du konntest sie anfertigen. Niemand kennt ein Gebäude besser als ein ungezogenes Kind, das darin zu Hause ist.«

In Mahlstroms Gesicht war nichts als aufrichtiger Ernst zu erkennen. Seit seinem Geständnis hatten sich die kleinen, störenden Schatten der Unwahrheit daraus verzogen. Doch Schelmerei erinnerte sich noch gut an diese und hatte nicht vergessen, wie sehr sie ihr wehgetan hatten.

»Du hast mich angelogen.«

»Es tut mir leid. Aber genau genommen war es keine Lüge«, merkte Mahlstrom an. »Ich habe nur nicht die Wahrheit gesagt.«

Schelmereis eigene Logik wurde gegen sie verwendet – das war keine angenehme Erfahrung. Sie knabberte an ihrem Daumen und überlegte: Wenn sie ihre Karte herausrückte, hätte sie gegenüber ihren Verwandten keinen Vorteil mehr. Allerdings war es Onkel Mahlstrom, der sie darum bat, und der hatte sich ihre Loyalität an jedem Tag ihres Lebens verdient. Er hätte genauso gut von ihr *verlangen* können, die Karte auszuhändigen. Er hätte das Ding einfach aus ihrer Tasche ziehen oder schreien und brüllen können. Doch gerade weil sie bis in die Knochen spürte, dass er all das niemals tun würde, hatte sie ihn so lieb.

Sie griff in ihre Gesäßtasche, um die Karte herauszuholen.

Die Tasche war leer.

Schelmerei führte das verzweifelte Klamotten-Abklopf-Ritual auf, das nie fehlen darf, wenn ein Geldbeutel, ein

Asthmaspray oder eine handgezeichnete Karte verschwunden ist.

»Sie ist weg«, flüsterte sie.

Onkel Mahlstroms Brauen zogen sich über seinen Augen zusammen wie tief hängende Wolken. »Schelmerei ...«

»Das ist die Wahrheit! Nein, Phänomen, mach keinen Strich in die erste Spalte! Ich will euch nicht reinlegen, ehrlich. Sie ist weg. Ehrenwort, sie war –«

»Schon gut, Skipper«, murmelte Mahlstrom und legte ihr eine Hand auf den Kopf. Es war ein vertrautes, beruhigendes Gefühl und Mahlstrom meinte damit: *Du kannst nichts dafür.* Doch natürlich konnte sie etwas dafür.

Schelmerei fehlten die Worte. Es kam vor, dass sie Dinge irgendwo ablegte und dann vergaß, wo. Deswegen stopfte sie ja immer so viel nützlichen Krimskrams in ihre Taschen – damit sie stets praktische Alternativen griffbereit hatte. Nur die Karte war durch nichts zu ersetzen. Und Schelmerei wusste nicht einmal, wie lange sie schon verschwunden war.

»Nichts ist gut«, presste Tante Erbschaft hervor. »Sollte die Karte dem Killer in die Hände fallen, genießt er einen klaren Vorteil. Und sie dürfte ihm nicht nur im Hinblick auf die Schatzsuche gelegen kommen. Mit einer Übersicht aller versteckten Wege, Durchgänge und Schlupfwinkel, die du je entdeckt hast, könnte er wer weiß was anstellen.«

Für einen Moment kehrte Stille ein.

»Nun gut, Erbschaft«, sagte Mahlstrom ernüchtert. »Dann müssen wir es wohl auf deine Art probieren.«

Es patschte gedämpft, als Erbschaft ihre behandschuhten Hände zusammenklatschte. »Glaub mir, es wird funktionieren.« In ihren Augen glomm wieder das leicht wahnsinnige Funkeln auf.

Mahlstrom schüttelte niedergeschlagen den Kopf. »Ich würd's lieber lassen. Das ist wie das Pfeifen im Walde. Macht es am Ende nur schlimmer.«

»Könnt ihr bitte aufhören, in Rätseln zu sprechen?«, fragte Phänomen. »Tante, was hast du vor?«

Erbschaft hatte sich zu dem abgedeckten Ding auf dem Tisch umgedreht.

»Wie gesagt, meine Bemühungen rund um den Schatz trugen nur begrenzt Früchte«, erzählte sie flüsternd. »Bis ich vor ein paar Monaten hierauf stieß.«

Erbschaft hielt ihre Brille hoch, hebelte den einen Bügel ab und präsentierte ihnen allen einen winzigen Schlüssel. »Sie stand bei einer Auktion zum Verkauf, nebst einem alten Tagebuch von Urgroßtante Angedenken, die einst Archivarin war. Für unsere Sammlung versuche ich, so viele Familienerbstücke wie möglich zu erstehen. In Angedenkens Aufzeichnungen war von diesem Raum die Rede und von dem Objekt, das er beherbergt. Und zu meinem großen Erstaunen erfuhr ich, dass Angedenken mit dessen Hilfe einen *unanfechtbaren Beweis* dafür gefunden hatte, dass der Schatz erstens real ist und zweitens nie gehoben wurde.

Ich berief das Familientreffen ein – wie bereits erwähnt – und verließ meine Bibliothek, gut gerüstet mit Bauplänen und den übrigen Ergebnissen meiner Nachforschungen. In diesen Geheimraum wollte ich vordringen, dann die Matriarchin von meiner Entdeckung unterrichten und schließlich die ganze Familie dafür gewinnen, endlich gemeinsam unser verschollenes Vermögen zutage zu fördern, um unseren ehrwürdigen Stammsitz zu retten. Doch Schadenfreude …« Erbschafts Miene verdüsterte sich. »… bezeichnete mich als Närrin und Angedenken als Knalltüte. Die Familie, sagte sie, würde niemals kameradschaftlich zusammenarbeiten und ich würde mit alldem nur Chaos und selbstsüchtiges Treiben heraufbeschwören. Und besonders deutlich machte sie ihre grundlegenden Zweifel *daran.*«

Sie riss das weiße Tuch vom Tisch und legte dadurch eine klobige Apparatur frei – eine seltsame, kompliziert wirkende Maschinerie aus Messing und dunklem Holz. An einer Seite wuchs ein Ding heraus, das einem alten Hörrohr ähnelte, und obendrauf wölbte sich eine große, altertümliche Glühbirne.

»Darum«, sagte Erbschaft und streichelte das Gerät, »drehen sich Angedenkens Aufzeichnungen. Um den Interdimensionalen Ekto-Elektrischen Klankommunikator, kurz IEEK.«

Schelmerei beäugte die Maschine misstrauisch. Irgendetwas daran verursachte ihr Zahnweh. Die runde Glühbirne an der Spitze schien sie anzustarren wie ein lebloses, zornig geweitetes Auge und der schmale Schlitz in der Mitte sah unangenehm maulartig aus. Und trotzdem war ihr klar, dass sie, wäre sie allein gewesen, schon längst versucht hätte, das Teil irgendwie einzuschalten.

»Was ist das?«, flüsterte Schelmerei.

»Eine Maschine … zur Kontaktaufnahme mit den Toten«, erwiderte Tante Erbschaft feierlich.

»Wow«, japste Schelmerei.

»Niemals«, sagten Phänomen und Clementine zugleich. Ihre Mienen hätten gegensätzlicher nicht sein können. Während Clementine sich so weit wie möglich von der Maschine entfernt hatte, kämpfte Phänomen gegen einen Kicheranfall an.

»So was Albernes«, hickste sie. »Mit den Toten kann man keinen Kontakt aufnehmen. Weil sie *tot* sind.«

Erbschaft schnaufte. »Der IEEK wurde im Jahr 1888 von Scharlatan Swift erfunden. Sie und Angedenken haben gemeinsam eine erfolgreiche Séance durchgeführt und Scharlatan war überzeugt von seiner Funktionstüchtigkeit.«

»Sie hieß *Scharlatan*?«, fragte Phänomen hämisch. »Warum nicht gleich *Flunkerei*?«

»Angedenken hat die übernatürliche Begegnung im Detail schriftlich festgehalten«, entgegnete Erbschaft. »Der Geist, mit dem sie sprach, soll ihr sogar mitgeteilt haben, wo der Schatz zu finden ist!«

»Aber *das* hat sie anscheinend nicht aufgeschrieben?«, fragte Clementine skeptisch.

»Leider nein. Dieses Wissen nahm sie mit ins Grab.«

»Und danach ist wohl niemand auf die Idee gekommen, mal bei ihr durchzuklingeln? Dachte ich mir. Also, nur damit ich das richtig verstehe …« Clementine verschränkte die Arme, ihre typische Kampfhaltung. »Das soll dein ›unanfechtbarer Beweis‹ sein? Du hast das Familientreffen nur angeordnet, um irgendwelche verstorbenen Verwandten anzurufen und … zu *fragen*, wo der Schatz ist?«

»Ja«, antwortete Tante Erbschaft.

Clementine sah Mahlstrom an. »Und du? Hältst du das für eine vernünftige Idee?«

»Natürlich nicht. Deshalb habe ich meine Hoffnung ja in die Karten gesetzt.« Er legte seine Stirn in Falten. »Von der Geisterwelt sollte man sich tunlichst fernhalten.«

»Verstanden. Der einzige nicht durchgeknallte Mensch in diesem Haus ist also bewusstlos. Damit gebe ich offiziell auf.« Clementine pflanzte sich auf einen Stuhl und warf ihren Kopf in den Nacken.

Für Schelmerei hatte der Tag eine unerwartet positive Wendung genommen. Mit den Toten sprechen – aber immer doch! Sie hatte mal ein Ouija-Brett ausprobiert, aber blöderweise einen sehr öden Geist erwischt. Der hatte ihr keine einzige Frage beantwortet, sondern immer nur selbst gefragt, warum der Wein so »komisch« schmecke. Beim IEEK hatte sie ein anderes, besseres Gefühl. Sie hätte die Maschine zu gern ausgiebig untersucht. Trotz ihres Alters glitzerte das Messing und glänzte das Holz. Möglich, dass Erbschaft die Apparatur gründlich gereinigt hatte, aber irgendwie hätte Schelmerei dagegen gewettet. Nein, wahrscheinlich hatte sich in all den Jahren, die der IEEK hier eingesperrt gewesen war, kein Staubkorn in seine Nähe getraut.

»Wie funktioniert das Ding?«

Mit dieser Frage konfrontiert, sackte ihre zuvor in freudiger Erregung aufgeplusterte Tante ein wenig in sich zusammen.

»Nun ja, derzeit funktioniert es bedauerlicherweise nicht. Man kann den IEEK zwar einschalten, doch er spuckt nur meterweise Kauderwelsch aus.« Sie deutete auf das Gestrüpp aus Papierstreifen, das sich in den Ecken türmte.

»Selbstverständlich funktioniert er nicht«, sagte Phänomen schniefend. »Weil es keine Geister gibt. Weil aus wissenschaftlicher Sicht nichts auf ihre Existenz hindeutet. Und schaut mal, das EMF-Messgerät ist nicht angeschlossen, dieser Seismograf sitzt zu locker und das Räderwerk wird von einem Mäuseskelett blockiert.«

Für ein paar Sekunden wurde geschwiegen.

»Menschenskind!«, rief Mahlstrom. »Erbschaft, dass dir das Mäuseskelett nicht aufgefallen ist!«

Erbschaft packte Phänomen an den Schultern. »Mädchen. Soll das heißen, du kannst den IEEK wieder in Ordnung bringen?«

Phänomen zuckte in Erbschafts Griff mit den Achseln. »Ich brauche zehn Minuten und ein Zangen-Set. Dann sollte er wieder so weit funktionstüchtig sein. Aber nicht mal ich werde ihn dazu bringen können, Kontakt zu Toten aufzunehmen.« Sie begann, an der Rückseite der Maschine zu hantieren, und murmelte dabei entnervt vor sich hin.

Über ihren Kopf hinweg lächelten sich Schelmerei und Clementine verschmitzt zu – bis sie sich an ihre Fehde erinnerten und sofort wieder in entgegengesetzte Richtungen starrten.

Onkel Mahlstrom hatte sie dabei beobachtet.

»Wir haben uns doch nicht etwa überworfen?«, fragte er.

Das Schweigen der Schwestern war Antwort genug.

Er seufzte. »Ich glaube ehrlich, dass ihr die drei klügsten Köpfe im ganzen Haus seid. Deshalb habe ich euch ja hierhergeholt. Mein Vertrauen zu euch reicht weiter, als ich euch werfen könnte – und ihr könnt euch vorstellen, wie weit das wäre. ›Komm, lass uns die Mädchen um Rat fragen‹, habe ich zu Erbschaft gesagt. ›Zu dritt könnten die Schwestern mit gefesselten Händen eine Galeone durch ein Sturmtief steuern‹, habe ich gesagt. Doch dass so schlaue Menschen so leichtsinnig sein können …«

»Aber –«, begann Schelmerei.

»O doch, leichtsinnig! Bei Windstille kann eine Schiffscrew zanken und streiten, wie sie will. Aber wenn ein Tief anrückt, wenn der Sturm aufzieht, dann werden die Schotten dicht gemacht. Und dann vertraut man einander sein Leben an.« Mahlstrom zog Schelmerei und Clementine an sich, bis sie voll und ganz in seiner Umarmung verschwanden. »Ihr gehört alle zur selben Crew. Also benehmt euch auch so.«

Hinter ihnen machte es *Klick*. Es hörte sich an, als wäre eine alte Holzplatte passgenau eingerastet.

Und Phänomen sagte: »Fertig.«

24. IEEK

Erbschaft dimmte das Licht, nahm neben der Maschine Platz und ließ einen weiß behandschuhten Finger über dem Hauptschalter schweben. Angedenkens Tagebuch lag offen vor ihr. Erbschaft las, wie eine Schreibmaschine schreibt – stetig tickten ihre Augen von Wort zu Wort, bis sie, vermutlich mit einem stummen *Ding!*, mit der nächsten Zeile fortfuhren.

»Gut«, flüsterte sie. »Auf ein Neues: Angedenkens Aufzeichnungen zufolge legt man zunächst diesen Schalter um ...«

Alle hörten, wie die Maschine ansprang. Alle spürten ihr leises, tiefes Brummen in den Augäpfeln und Zähnen und ein Prickeln in der Luft, das ihnen Gänsehaut über die Unterarme trieb.

»Das ist bloß das elektrostatische Feld«, sagte Phänomen in wissendem Ton.

Die Glühbirne auf dem Gehäuse des IEEK flammte auf und

erlosch wieder. Mit einem leisen Surren wurde eine frische Papierrolle ins Druckwerk gehoben.

»Erstklassige Arbeit, Phänomen!«, rief Mahlstrom strahlend. »Und jetzt?«

Tante Erbschaft entzifferte mühsam das Tagebuch. »Einen Augenblick bitte … bis zum zweiten Schritt bin ich noch nie gekommen und Tante Angedenken neigt leider zum Schwafeln … Ah! Da haben wir es! Wenn wir nun diesen Knopf hier drücken …« Sie drückte ihn. »… tastet das Gerät die Umgebung nach blutsverwandten Geistern ab – von denen in dem Gemäuer nicht wenige zu finden sein sollten –, das Hörrohr erfasst und verstärkt das Wispern aus der Geisterwelt …«

»Was natürlich Unsinn ist«, warf Phänomen ein.

»… der Seismograf registriert Erschütterungen des Jenseits …«

»Lächerlich!«

»… und das EMF-Messgerät erspürt überirdische Fluktuationen des elektromagnetischen Feldes.«

»So ein Quatsch! Tante, ich bitte dich!«

Womöglich wären die beiden ernsthaft aneinandergeraten, hätte die Maschine nicht in diesem Moment *Pling!* gemacht und zeitgleich die Glühbirne geblinkt.

»Kontakt hergestellt«, flüsterte Erbschaft. »Nun können wir Fragen stellen.« Sie räusperte sich. »Hallo, ist da jemand?«

Die Glühbirne blitzte genau einmal auf. In Schelmereis Nacken kribbelte es.

»Einmal Blinken bedeutet *Ja.* Das ist bei Gesprächen mit

Geistern so üblich.« Tante Erbschaft bebte vor Aufregung. »Ach, ich hatte so gehofft, die ganze Familie könnte diesen Moment miterleben. Das erste interdimensionale Familientreffen! Wir hätten Stumpfsinnig nach ihrem berühmten Piroggen-Rezept fragen können oder Necken, ob sie wirklich ein Techtelmechtel mit der Queen hatte –«

»Erbschaft«, ermahnte Mahlstrom sie sanft. »Immer den Kompass im Blick behalten.«

»Du hast ja recht.« Sie atmete durch. »Gut ... Was sollen wir als Erstes fragen?«

Niemand konnte rechtzeitig antworten, denn kaum hatte Erbschaft ihren Satz beendet, klackerte die Maschine in hohem Tempo los. Durch den schmalen Schlitz an ihrer Seite spuckte sie einen Papierstreifen aus, auf dem große schwarze Buchstaben verkündeten:

ICHVROST

Erbschaft dachte nach. »Vrost? Dein Name sagt mir nichts.«

OCHVIRST

»Sekunde«, murmelte Phänomen. »Muss noch ein paar Feineinstellungen vornehmen.«

Das tat sie in altbewährter Manier, nämlich durch einen kräftigen Schlag auf den Deckel.

VORSICHT

»Vorsicht?« Mahlstrom lehnte sich nach vorn. »Warum?«

Die Maschine surrte und klackerte und spuckte mit einem fröhlichen *Pling!* die Antwort aus:

TOD

In einem geheimen Zimmer im Haus der Swifts hatten sich fünf Familienmitglieder um eine surrende, blinkende Brücke ins Jenseits versammelt. Das fahle Licht der Glühbirne warf zuckende Schatten auf ihre Gesichter, brachte Messing und dunkles Holz matt zum Schimmern, während der IEEK einen langen Papierfaden auf den Tisch spulte. Tante Erbschaft ließ ihn durch ihre Finger gleiten und seufzte.

VORSICHT MORD TOD MORD VORSICHT TOD MORD GEWALT TOD VORSICHT

»Der Geist scheint hysterisch zu sein«, überlegte sie laut.

»Ob alle Seelenwesen so leicht aus der Fassung zu bringen sind?«

Onkel Mahlstrom strich sich durch den Bart. »Wir müssten ihn irgendwie beruhigen. Aber wie?« Er klopfte behutsam auf den Deckel der Maschine. »Wird schon werden …«

KÖRPERVERLETZUNG, spuckte der IEEK ihm entgegen.

»Das Ding ist defekt«, sagte Phänomen. »Oder es funktioniert genau wie gedacht, weil es nämlich mit irgendwelchen unheimlichen Wörtern um sich werfen *soll*, um leichtgläubigen Menschen Angst einzujagen.«

Clementine schüttelte sich. »Wenn ja, klappt es wunderbar. Ich finde das schon ziemlich gruselig.«

Schelmerei war unzufrieden. Sie hatte sich ehrlich auf die Unterhaltung mit dem Geist gefreut, aber ihre Tante musste natürlich den eintönigsten überhaupt anfunken.

»Soll das eine Warnung sein?«, nahm Erbschaft einen neuen Anlauf. »Eine unserer Verwandten ist schwer verletzt, ein anderer wurde erschlagen und –«

TOD TOD MORD VORSICHT TOD VORSICHT BLUT MORD MORD MORD

»Wir könnten den Apparat aus- und wieder einschalten«, schlug Mahlstrom vor.

Schelmerei, die mit ihrer Geduld am Ende war, stupste das Gerät an. »He, du! Wie bist du gestorben?«

Der IEEK verstummte.

»Schelmerei!«, zischte Erbschaft. »So was fragt man nicht!«

»Bist du auch ermordet worden oder hattest du bloß einen Unfall? Oder bist du ein Pestopfer? Hattest du überall so fiese Beulen? Hast du grüne Flüssigkeit ausgekotzt? Schätze, du könntest auch in einer Schlacht gefallen sein … Oder – oooh! – wurdest du erhängt?! Oder erschossen oder abgestochen oder von einem Raubtier zerfleischt? Von Kannibalen aufgegessen?«

Der IEEK klackerte und plingte.

UNVERSCHÄMTHEIT, hatte er getippt.

»Es reicht!«, schimpfte Erbschaft. »Was weiß ich, was sich unter Geistern geziemt, aber ich kann dir sagen: Man fragt eine Dame nie nach ihrem Alter und deine Frage ging in eine sehr ähnliche, äußerst unangebrachte Richtung.«

»Aber ist es denn *wirklich* ein Geist?«, mischte sich Clementine ein.

Die Glühbirne auf der Maschine blinkte einmal. JA.

»Na gut. Wenn wir uns nicht wie vernünftige Leute unterhalten können, muss es mit Ja-Nein-Fragen weitergehen.« Erbschaft holte tief Luft und legte ihre Fingerspitzen sanft auf die Tischplatte. »Seelenwesen, wir danken dir für deine Bereitschaft, mit uns zu sprechen«, sagte sie mit zitternder Stimme. »Weißt du, wer wir sind?«

Ein Blinken. JA.

»Sehr gut. Dann weißt du auch, was sich in den vergangenen Tagen in diesem Haus zugetragen hat?«

JA.

»Ach, kommt schon«, murmelte Phänomen. »Das Ding blinkt doch nur nach dem Zufallsprinzip rum.«

»Weißt du, wer Tante Schadenfreude attackiert hat?«, machte Schelmerei weiter, weil ihr das alles zu langsam ging.

JA.

»War es die Person, die Schnüffler und Pamplemousse ermordet hat? Und *wer* war's?«, fragte sie aufgeregt.

Die Maschine surrte und klackerte und spuckte Papier aus. Mit gierigen Fingern griff Schelmerei danach.

MORD TOD MORD VORSICHT

Sie lehnte sich frustriert zurück.

»Jetzt ist er anscheinend wieder in Panik geraten«, stellte Clementine fest. »Äh ... Fragen wir doch mal was anderes.«

»Vielleicht nach dem Schatz?« Onkel Mahlstrom strich sich immer noch durch den Bart. »Ob er wohl weiß, wo Zuwiders Schatz ist? WEISST DU, WO ZUWIDERS SCHATZ IST?«, brüllte er, als gäbe es keinen großen Unterschied zwischen tot und gehörlos.

Die altertümliche Glühbirne flammte einmal auf.

»Aha! Gut, und wo ist er?«

Klackern, Surren, *Pling.*

SCHAUT UNTER HAUS

»Unter dem Haus!«, rief Erbschaft. »Das grenzt es doch gehörig ein! Aber bitte, Geist, sag uns: *Wo* unter dem Haus?«

»Woher soll er das denn wissen?«, nölte Phänomen. »Ihr sucht bloß nach irgendwelchen Mustern in sinnlosem Geschwafel!«

& % ? ! £ & ! , brabbelte die Maschine.

Clementine war empört. »Hat er uns jetzt beleidigt?!«

»Nein, er schwafelt nur rum!«, rief Phänomen.

Bisher hatte Schelmerei gedacht, ihre Schwester wollte ihnen bloß den Spaß verderben. Doch jetzt erkannte sie, dass Phänomen ehrlich aufgebracht war. Sie kaute wieder auf ihren Haaren herum.

»Das ist doch Zeitverschwendung!«, ereiferte Phänomen sich. »Warum sprechen wir mit einer Maschine, statt einfach unser Hirn zu benutzen? Und überhaupt, mit wem reden wir denn da angeblich? Das habt ihr noch gar nicht gefragt!«

SCH

Mahlstrom riss die Augen auf. »Er will seinen Namen schreiben!«

»Was das wohl werden soll?«, überlegte Schelmerei laut. »Schadenfreude?!«

»Die ist doch noch gar nicht tot! Ich tippe ja auf Scharlatan.«

»Jetzt wartet mal ab!«

SCHSCHHH

»Wie? Das soll ein Name sein?«

»Könnten wir bitte alle mal still –?«

MORD MORD MORD MORD MORD MORD

Ein grässliches Heulen erhob sich, ein Klagelaut so voller Trauer und Entsetzen, dass Clementine und Phänomen sich instinktiv aneinander festklammerten.

Schelmerei hingegen lehnte sich über den Tisch und packte die Glühbirne. Die blinkte erschrocken.

»Sag uns einfach, wer's war!«, schrie Schelmerei den IEEK an, der währenddessen immer aufgeregter surrte.

MORD WAS FRAGT IHR MICH MORD FRAGT DOCH LIEBER DEN KATER MORD ICH WILL HIER EINFACH NUR IN RUHE MEIN LEBEN NACH DEM TOD GENIESSEN

Als Schelmerei ihre Faust auf die Maschine hämmerte, begann Erbschaft zu kreischen.

»SAG'S UNS!«, brüllte Schelmerei. »Jetzt sofort oder ich reiß dir alle Drähte raus und bau mir daraus eine Harfe und spiele dir darauf *sehr schlecht und misstönend* vor!«

Es knirschte und knarrte. Wie es aussah, war durch Schelmereis Hieb wieder zu Bruch gegangen, was Phänomen in Ordnung gebracht hatte, denn die Maschine spuckte aus: ALTERMORDSTUDIEREER DRUMALERTESTIERODER ARRESTMILDERTEODEUR SALUTIERTMODERDERER – und noch mehr sinnlosen Buchstabensalat, immer und immer weiter, bis sie endlich mit einem traurigen Wimmern verstummte.

Doch das grässliche Heulen verstummte nicht. Es kam nämlich nicht von der Maschine, kam überhaupt nicht aus der kleinen Kammer. Es hatte seinen Ursprung in einem anderen Teil des Hauses und war so laut, dass es die Gemäldewand des Geheimraums erzittern ließ.

Schelmerei und die anderen sprangen auf und rutschten fast auf Erbschafts Bauplänen aus. Auf der Suche nach der Quelle des Lärms stürmten sie auf den Flur hinaus und preschten Hals über Kopf und Fuß über Bein zur großen Treppe, wo sich erneut eine Schar Schaulustiger versammelt hatte. Diesmal allerdings nicht um eine leblose Verwandte herum, sondern um die heulende Köchin.

Als Mahlstrom zu ihr eilte, sank sie halb ohnmächtig gegen seinen stützenden Mast von einem Arm.

»Was ist?«, fragte er. »Was ist passiert?«

»Es war zu viel für sie«, ächzte Köchin. »Ihre Verletzungen.«

Schelmerei wurde eiskalt.

Ihre Angst spiegelte sich in Mahlstroms von tiefer Sorge gezeichnetem Gesicht. »Köchin? Ist sie etwa …?« Er konnte es nicht aussprechen.

»Ja.« Köchin schluchzte. »Sie weilt nicht mehr unter uns. Jetzt wirklich nicht mehr. Erztante Schadenfreude ist tot.«

DRITTER TEIL

25. Die Probe

An einem bedeckten, zugeknöpften Vormittag Anfang Mai steckte Familie Swift mitten in einer Beerdigung.

Verlassene, im schwachen Sonnenlicht matt schimmernde Autos säumten die Schottereinfahrt des Hauses wie eine Ehrengarde. Ab und zu huschte ein Regenschauer über das Anwesen, neugierig auf den Anlass des ganzen Tamtams, und die eilig hervorgekramten Kreppschleifen und Girlanden wiegten sich schlapp in der feuchten Luft.

Wenn man so wollte, hätte Erztante Schadenfreude keinen besseren Zeitpunkt wählen können. Praktisch veranlagt, wie sie war, hatte sie genau dann das Zeitliche gesegnet, als ohnehin die Verwandtschaft zu Besuch war. Dadurch hatte sie ihrer Familie das Versenden einer Menge Einladungskarten erspart.

Da es nicht annähernd genügend Klappstühle für alle Trauergäste gab, hatten Phänomen und Clementine so gut wie jede Sitzgelegenheit aus dem Haus in den Nieselregen schleppen müssen – Küchenstühle und geblümte Sofas, Ledersessel und sogar den Diwan aus der Bibliothek. Das, ahnte Schelmerei, hätte Tante Schadenfreude nicht gutheißen können. Tatsächlich hätte sie wohl so einiges nicht gutgeheißen. Obwohl sie zigmal dafür geprobt hatten, war es Schelmerei, Phänomen und Clementine verwehrt worden, die Feier im Einklang mit Schadenfreudes Anweisungen auszurichten. Stattdessen hatten sich irgendwelche wildfremden Verwandten, ja, irgendwelche verwandten Fremden wild vorgedrängelt und die Zeremonie so organisiert, wie es sich ihren verqueren Vorstellungen nach »gehörte«.

Die Schwestern durften nicht als Sargträgerinnen fungieren und selbst bei der Dekoration hatte man sie nicht um Rat gefragt, weshalb die Blumengestecke jetzt überhaupt nicht Schadenfreudes Wünschen entsprachen – bei ihrem Anblick brach Clementine in Tränen aus. Und als irgendjemand zur Diskussion stellte, ob man nicht ein Kirchenlied singen sollte, war für Schelmerei alles aus. Sie wusste, dass ihre Tante kaum etwas nervtötender gefunden hatte als mittelmäßige Gesangsdarbietungen. »Die menschliche Stimme ist eigentlich nur ein fleischgewordener Dudelsack«, hatte sie Schelmerei mehr als einmal erklärt.

Schelmerei beobachtete, wie der lange, gewundene Trauerzug den Friedhof erreichte, während sie selbst allein im Wipfel des Apfelbaums kauerte – von dort aus hätte sie sich mit einem einzigen Schwung ins offene Grab stürzen können. Bald nahmen unter ihr die Hinterbliebenen Platz, in der ersten Reihe ihre Schwestern, Mahlstrom und Köchin. Neben

Phänomen sah Schelmerei ihren eigenen, leeren Stuhl, darauf eine Platzkarte mit ihrem Namen in einer ordentlichen Schreibschrift, die ihr irgendwie bekannt vorkam.

Ab und zu spähte jemand zu ihr hinauf und machte missbilligend *Tststs*, doch Schelmerei durfte ihren Posten auf keinen Fall verlassen. Sie hätte traurig sein sollen und war es nicht. Sie war wütend. Und hinter ihrer Wut klaffte ein dunkler Abgrund, von dem sie selbst ängstlich den Blick abwandte. Würde sie jetzt vom Baum heruntersteigen, sich auf ihren Platz setzen und zähneknirschend an einer Beerdigung teilnehmen, die ihre Tante gehasst hätte, dann würde ihr Zorn garantiert überkochen – mit schlimmen Folgen.

»Tante Schadenfreude hätte bestimmt nicht gewollt, dass wir traurig sind«, begann Lauter und knetete nervös seine Hände. Da Schadenfreude selbst bekanntlich verhindert war, musste der Familienarzt als Trauerredner einspringen. Tante Erbschaft stand nur stumm zu seiner Linken, blass wie ein altes, fadenscheiniges Geschirrtuch.

Klar hätte Schadenfreude das gewollt, brodelte es in Schelmerei. Seltsamerweise schienen das ausgerechnet Schaudervoll und Brüsk genauso zu sehen. Brüsk trug einen schwarzen Samtanzug und einen gleichfarbigen Umhang, während Schaudervoll fast vollständig unter Ascheströmen aus dunkler Spitze verschwand. Verzweifelt aneinandergeklammert, schluchzten und jammerten sie geräuschvoll, ein hervorragend eingespieltes Trauerduo.

Flora und Fauna standen hinter den Reihen der sitzenden

Trauergäste. Trotz ihrer identischen Kleidung erkannte Schelmerei sofort, welche Schwester welche war. Fauna weinte seit Stunden stumm vor sich hin, entsprechend waren ihre Augen stark gerötet. Flora hatte die Arme verschränkt und ihren Mund zu einem zornigen Strich zusammengezogen. Zehn Minuten lang lauschte sie Lauters Rede, dann drehte sie sich auf dem Absatz um und stakste zum Haus zurück, ihre Hände tief in die Taschen gestopft. Niemand versuchte sie aufzuhalten. Und als sich die Gäste allen Ernstes erhoben, um ein Lied anzustimmen, glitt Schelmerei von ihrem Aussichtspunkt hinunter und suchte das Weite. Im Vorbeigehen schnappte sie sich die Platzkarte von ihrem Stuhl.

Sinn und Zweck einer Beerdigung ist es, Abschied zu nehmen. Man blickt tief in sich hinein und schaut sich nach einem Ort um, an dem man die eigene Trauer deponieren könnte. Nicht in einem verborgenen Winkel, nicht auf dem obersten Regalbrett oder ganz hinten im Schrank, sondern vielleicht am Fenster, wo sie etwas Tageslicht abbekommt. Doch Schelmerei konnte das nicht. Zu viele Dinge passten nicht zusammen. Inzwischen war Schadenfreudes Grabstein angeschleppt worden, auf dem noch der Todestag der Verstorbenen vermerkt werden musste. Schelmerei las die eingravierte Definition:

SCHADENFREUDE

Substantiv

Wohlgefallen am Unglück anderer

Das passte überhaupt nicht. Köchin hatte erzählt, dass Schadenfreude sich anlässlich ihrer Ernennung zur Matriarchin das eiserne Halsband hatte anlegen lassen. Schelmerei fragte sich, wer und wie sie wohl gewesen war, bevor Tante Gnadenreich sie dazu auserkoren hatte, die Verantwortung für die ganze Familie zu übernehmen. Hatte sie diese Verantwortung eigentlich gewollt oder hatte sich in diesem Moment auch im übertragenen Sinne kaltes Metall um ihre Kehle gelegt? Schelmereis langjähriger Erfahrung nach hatte Schadenfreude nur am Unglück einer einzigen Person Wohlgefallen gefunden: an ihrem eigenen.

Es war Schelmereis Trauer, die ihre Tante im Eiltempo von der stets grimmigen Widersacherin zur stets grimmigen, aber sympathischen Heldin werden ließ. Bereits als Schadenfreude lediglich bewusstlos gewesen war, hatte Schelmerei gelobt, sie zu rächen. Nun, da ihre Tante tot war, erneuerte sie diesen Schwur. Sie würde nicht ruhen, ehe sie wusste, wer Schadenfreude – und ihrer Familie – das angetan hatte, und ehe diese Person dafür bezahlt hatte.

Am Zuwider-Denkmal lehnte eine Gestalt im langen Mantel. Sie drehte ihren Kopf, als weiter vorn Flora über die Wiese stapfte, und behielt sie im Blick. Für einen kurzen Moment spielten Schelmereis Augen der restlichen Schelmerei einen gemeinen Streich – für eine Sekunde sah sie in der Gestalt ihre Tante, krumm vornübergebeugt im Regen stehend. Doch als sich die Gestalt wieder umwandte, erkannte Schelmerei trotz der großen schwarzen Sonnenbrille Violas

Züge. Viola bemerkte Schelmerei und hob zögerlich die Hand, ein halbes Winken, eine irgendwie entsetzlich traurige Geste. Auf Schelmerei wirkte es, als würde Viola auf einem kleinen Boot aufs Meer hinaustreiben – unsicher, ob man sie vom Ufer aus noch erkennen konnte.

Der Regen wurde stärker, floss in dicken Tropfen über Zuwiders Nase und verwandelte die Wiese in einen Sumpf. Viola ließ ihre Hand sinken, drehte sich um und folgte Flora ins Haus.

Vom Kopf der großen Treppe aus beobachtete Schelmerei, wie nach und nach die Trauergäste eintrudelten und den Regen aus Haaren und Schirmen schüttelten. Es war kaum anders als am ersten Tag des Familientreffens, nur waren ihr die Gesichter inzwischen einigermaßen vertraut. Schelmerei hatte ihre Beine durch die Lücken im Geländer gesteckt und ließ sie in der Luft baumeln. Immer wieder trat unten jemand an Phänomen und Clementine heran, ergriff ihre Hand oder umarmte sie, was den Schwestern sichtlich unangenehm war. Schelmerei selbst fletschte die Zähne, wann immer irgendwer in ihre Richtung blickte, geschweige denn, ihr sein Beileid auszusprechen versuchte. Und so wurde sie auf ihrem einsamen Ausguck schließlich ganz und gar in Ruhe gelassen. Nur Rain, von Erbschafts großmütterlicher Sorge praktisch an deren Seite gefesselt, spähte immer wieder voll aufrichtigem Mitgefühl zu ihr hinauf. Mahlstrom und Köchin starrten ausdruckslos vor sich hin und schwiegen. Sie waren zu müde, um irgendwelche an sie gerichteten Fragen zu beantworten, und zu höflich, um die Leute abzuwimmeln. Ein Glück, dass Lauter und Fauna das Antworten für sie übernahmen. Schelmerei war zu dem Schluss gekommen, dass ihr der größte Teil ihrer Familie sonst wo vorbeiging, doch bei diesen beiden war sie froh, sie an ihrer Seite zu haben.

Lauter hatte Schelmerei auf ihrem abgeschiedenen Posten entdeckt. Er stieg die Treppe hinauf, offensichtlich noch erschöpfter als die ganze Zeit schon und dennoch mit einem herzlichen, schiefen Lächeln auf den Lippen.

»Hallo, Schelmerei«, begrüßte er sie leise. »Darf man sich zu dir gesellen?«

Sie schwieg. Er setzte sich trotzdem zu ihr.

»Sie war sehr alt«, sagte er nach einer Weile.

»Daran ist sie aber nicht gestorben.« In Schelmereis Kehle pochte dumpfe Wut. »Sondern am Ermordetwerden.«

Dazu fiel Lauter nichts ein. Sie saßen still nebeneinander. Schelmerei fuhr immer wieder mit dem Daumen über die Kante ihrer Platzkarte.

»Wer hat die eigentlich geschrieben?«, fragte sie irgendwann.

»Viola. Hat sie nicht eine unglaublich liebenswürdige Handschrift? Zum Beispiel ihre putzigen Bögen beim *F* …«

Während Lauter von den reizenden Pünktchen auf Violas kleinem *I* schwärmte, kämpfte Schelmerei gegen den Drang an, die Karte in der geballten Faust zu zerdrücken. Deshalb war ihr diese Schrift also bekannt vorgekommen! Sie und

Phänomen hatten sie erst am Vorabend studiert – auf einem Zettel, der an einem Armbrustbolzen befestigt gewesen war. Und plötzlich hatte Schelmerei das Versteckspiel satt.

»Phänomen und ich haben uns zu Pamplemousses Leiche geschlichen und den Bolzen aus ihm rausgezogen«, platzte sie in Lauters begeisterte Rede hinein. Auf sein erschrockenes Japsen achtete sie nicht. »Wir haben die letzte Botschaft des Mörders gefunden und als Nächstes wollten wir die Handschrift mit der unserer Verdächtigen vergleichen.« Sie hielt die Platzkarte hoch. »Treffer. Ich bin mir sicher.«

»Ihr habt euch zur Leiche geschlichen?!« Hinter seinen Brillengläsern weiteten sich Lauters sanfte braune Augen. »Aber Schelmerei –«

»Was hast du erwartet? Ich kann eben nichts für meinen Namen«, erwiderte sie bitter und spürte einen Kloß im Hals. Nie wieder würde sie diese Worte aus dem Mund ihrer Tante hören.

Lauter nahm die Platzkarte in die Hand und starrte sie an wie einer, der das Lesen verlernt hat. »Ich habe mir diese Scrabble-Botschaften nicht genauer angesehen, aber … O Gott, glaubst du, der Mörder hat Viola dazu gezwungen, für ihn zu schreiben?«

Schelmerei drückte ihre Stirn zwischen zwei Geländerstäbe und stöhnte. Lauter war doch angeblich so klug!

»Du hörst mir jetzt zu«, stieß sie mit zusammengebissenen Zähnen hervor. »Viola hat die Nachrichten geschrieben und sie hat Pamplemousse abgeschossen und Schnüffler –«

»Schelmerei.« Lauter fasste ihre Hände. »Du hast eine Menge durchgemacht. Du hast gerade deine Tante verloren …«

»Das hat doch damit nichts zu tun!«, rief Schelmerei völlig außer sich. Es kam ihr vor, als würde bei jedem Menschen pünktlich zum 13. Geburtstag ein verborgener Mechanismus im Gehirn aktiviert, der die Denkfähigkeit fortan stark einschränkte. »Ich habe neulich mitgekriegt, wie Viola sich mit Flora unterhalten hat. Flora hat ihr geholfen, irgendwas zu vertuschen, und es war ihnen sehr wichtig, dass du nichts davon merkst. Und Flora hat Viola noch versprochen, dass der Schwindel nach dem Familientreffen vorbei sein wird. Die haben Pläne gemacht! Die beiden haben – wie sagt man? –, die haben sich gegen dich verschworen!«

»Sie konspirieren miteinander. Schmieden ein Komplott«, ergänzte Lauter automatisch und in die tiefste Falte seiner Stirn fiel der Same eines leisen Zweifels.

Dann lächelte er wieder. »Das kann alles nur ein großes Missverständnis sein. Aber!«, rief er, als Schelmerei schon wieder loslegen wollte. »Aber wenn es dir so wichtig ist, will ich Viola darauf ansprechen. Sie wird mir die Wahrheit sagen. Sie kann nicht anders.«

Schelmerei, die Lügen genauso schnell erkannte wie Essensbröckchen am Kinn eines Tischgenossen, wusste, dass man praktisch jedem eine Unwahrheit verkaufen konnte. Man musste nur selbst daran glauben.

Lauter stand auf und wischte sich imaginären Staub von den

Knien. Seine Augen verschwanden hinter seinen Haaren, sodass sein Blick Schelmerei verborgen blieb, doch seine Worte verrieten die Anspannung. »Ich rede mit ihr. Aber du solltest dir mal eine Pause gönnen. Zieh dich ein bisschen zurück, am besten mit deinen Schwestern. Alleinsein wäre jetzt keine gute Idee, für keine von euch.«

Schelmerei sah zu, wie er die nächste Treppe hinaufstieg, unsicher auf den Beinen und den Kopf schüttelnd, als wäre er leicht benommen. Sie hätte am liebsten geschrien. Zugebissen. Sie rammte ihre Zähne in die Holzstäbe vor ihrer Nase, bis sie schön tief hineinsanken. Wahrscheinlich ähnelte sie einem Tier im Käfig. Warum auch nicht, genau so fühlte sie sich gerade.

Sie ging nach unten. Ein, zwei Personen machten Anstalten, ihren Arm zu tätscheln oder über ihre Haare zu streichen. Sie knurrte drohend, die Verwandten schreckten zurück. Wohin sollte sie sich wenden? Ihr Zimmer war nicht mehr dasselbe, seit der Mörder dort gewesen war. In der Bibliothek war der Teppich voll Blut. Im Gefrierschrank lagerten Leichen. Ihre Schwestern waren sauer auf sie.

Am Ende entschied sie sich für den Wintergarten, für Grün im Überfluss und das lautlose Wispern wachsender Pflanzen. Sie klemmte sich in eine Lücke zwischen zwei riesenhaften Sträuchern. Mit halb geschlossenen Augen konnte sie sich problemlos vorstellen, sie wäre im Dschungel – mit ihren Eltern, die gleich da drüben standen, von Moskitos zerstochen und glücklich.

Etwas Warmes, Pelziges sprang ihr auf den Schoß.

»Hallo, Kater John«, flüsterte Schelmerei. Das Tier knetete ihre Beine so zurecht, dass es sich hinreichend bequem daraufkuscheln konnte, zog dabei mit seinen spitzen Krallen mehrere Fäden ihrer Hose und leckte danach gemütlich seine Pfoten.

Schwer zu sagen, wie lange Schelmerei so, eingelullt von Johns Schnurren, vor sich hin dämmerte. Irgendwann kam jedenfalls Rain herein. Schelmerei fauchte. Rain ging. Und kehrte kurz darauf mit einem Teller voll Essen und Clementine im Schlepptau zurück. Schelmerei fauchte noch einmal. Als wäre sie ein Tier. Ein stacheliges, giftspritzendes Biest.

Clementine kroch trotzdem in die Lücke zwischen den beiden Sträuchern und umarmte sie.

»Ich weine nicht«, stellte Schelmerei klar, als ihre Schwester vor ihren Augen verschwamm.

»Ich weiß«, sagte Clementine. »Aber wenn du willst, kannst du gern nicht an meiner Schulter weinen.« Sie strich Schelmerei über die Haare und begann, ihr geistesabwesend einen Zopf zu flechten. Rain manövrierte sich seitlich in den letzten Rest der Lücke und schob vorsichtig den Teller zu Schelmerei hinüber, als gelte es, ein verängstigtes Tier unter der Veranda hervorzulocken. Es wurde kein Wort gesprochen. Rain saß bloß links von Schelmerei herum und bohrte ihr einen spitzen Ellenbogen in den Arm, Clementine saß rechts von ihr herum und werkelte zärtlich an ihren Haaren.

Schließlich sagte Clementine doch etwas. »Schöner Pullover.«

»Danke«, antwortete Rain. »Soll einen Totenkopffalter darstellen.«

In der Tür erschien Phänomens Gesicht.

»Ach, da sind wir.« Irgendwie, mit Müh und Not, zwängte auch sie sich noch in die Lücke und nahm sich ein Stück Kuchen vom Teller. »Die wollen mir alle erzählen, wie furchtbar leid es ihnen tut. Es ist ermüdend. Mir wär's lieber, wir würden uns alle mal am Riemen reißen und weiterermitteln.«

Clementine griff etwas fester in Schelmereis Haare.

»Woran ich immer wieder denken muss, ist die Armbrust«, fuhr Phänomen grübelnd fort. »Eine große, klobige Waffe, ein Riesending ... Wie kann es sein, dass der Mörder nie damit gesehen wurde?«

»Vielleicht ist jetzt nicht der richtige Zeitpunkt dafür«, sagte Clementine sanft. »Unsere Tante ist tot. Wir haben sie gerade erst beerdigt.«

»Somit sind die Leute im Moment nicht auf der Hut. Genau dann muss man erst recht ermitteln.«

Clementine und Phänomen tickten sehr unterschiedlich. Phänomens Verstand war wie ein Mikroskop, ihre Überlegungen waren stets fokussiert und kristallklar. Kein Wunder, dass sie die Ermittlungen umgehend fortsetzen wollte. Sie musste sich selbst auf Trab halten, denn wenn nicht – das wusste Schelmerei –, wenn sie auch nur für eine Sekunde lockerließ und ihren brillanten, rastlosen Geist nicht mehr von den jüngsten Geschehnissen ablenkte, würde sie zerbröseln wie staubtrockener Kuchenteig. Clementine dagegen musste ihre

Schwestern umarmen und mit ihnen weinen und mit Schelmereis Haaren spielen und ihre Gefühle mit allen teilen, die Tante Schadenfreude gekannt und geliebt hatten. Doch in ihrer Trauer konnte keine der beiden wirklich wahrnehmen, was mit der jeweils anderen los war.

Jemand musste den ersten Schritt tun. Also bog Schelmerei ein paar ihrer alten Denkmuster zurecht, bis sie sich einreden konnte, dass eine Entschuldigung ein Zeichen von Stärke war, nicht von Schwäche, und sagte:

»Es tut mir leid.«

Clementine und Phänomen sahen sie an, als wäre ihr ein zweiter, verblüffend vernünftiger Kopf gewachsen.

»Geht's dir gut?«, fragte Clementine.

Phänomen machte ein ernstes Gesicht. »Ob sie wohl vergiftet wurde?«

»Klappe«, erwiderte Schelmerei. »Ich will das hier in Ordnung bringen, ja? Clementine, es tut mir leid, dass ich dich als Verräterin beschimpft habe. Phänomen, es tut mir leid, dass ich deine Ermittlungen behindert habe. Jetzt müsst ihr euch beieinander entschuldigen und natürlich auch bei mir.« Sie dachte nach. »Rain, du brauchst dich nicht entschuldigen, hast ja nichts falsch gemacht.«

Den Mund voller Kuchenkrümel, reckte Rain den Daumen nach oben.

»Das gibt mindestens zwei Striche in der *Rollenungemäß*-Spalte«, sagte Phänomen mit einem kleinen Lächeln. »Aber du hast ja recht. Clementine, deine Vorbehalte sind mir bekannt, aber ich bitte dich hiermit trotzdem offiziell, dich unserem Ermittlungsteam anzuschließen. Du bist nicht nutzlos, im Gegenteil. Es wäre toll, wenn du uns unterstützt. Schelmerei … Ja, die Detailarbeit des Detektivalltags liegt dir nicht – na und? Ich hätte deswegen trotzdem nicht so ausrasten dürfen.«

Clementine schlang die Arme um ihre Schwestern. »Ich hab euch beide sehr lieb und es tut mir leid«, sagte sie. Mehr nicht.

»Hurra!«, krümelte Rain. »Geschwister zu haben, ist ganz schön anstrengend, oder?«

»Rain?«, begann Clementine. »Es tut mir leid, dass ich beim Dispott so gemein zu dir war. Ich bin echt froh, dass du da bist.«

»Oh. Ah.« Rain sah sie verschämt an. »Ich … bin auch froh.«

Kater John sprang von Schelmereis Schoß hinunter und verschwand durch die Katzenklappe, offenbar zufrieden mit sich und der Welt.

Schelmerei zog derweil die Platzkarte aus ihrer Tasche. »Jetzt sind wir ja wieder ein Team, also muss ich euch was zeigen. Nee, wir sollten lieber gleich ins Labor. Los!«

Zu viert stiegen sie die Treppen hinauf, doch dann, mitten auf der Leiter zu ihrem Zimmer, erstarrte Phänomen. Schelmerei stieß von unten gegen sie und Rain stieß von unten gegen Schelmerei und am Ende rutschten sie alle ab und auf Clementine drauf.

Die stieß einen spitzen Schrei aus und fragte: »Phänomen? Was ist denn?«

Ihre Schwester stand steif da und starrte sie mit leeren Augen an. Schelmerei konnte gerade noch aus dem Weg stolpern, als Phänomen kraftlos gegen die Wand sank, die Brille absetzte und ihre Stirn in die Hände legte. Stille.

»Phänomen …?«

Zögerlich kletterte Schelmerei die Leiter hinauf, erkannte, wie es in Phänomens Labor aussah – und war entsetzt. Hätte sich in diesem Moment neben ihr eine Wand befunden, wäre sie ebenfalls kraftlos dagegengesunken.

26. Katastrophen wie am Schnürchen

Manchmal erschrak Köchin darüber, wie es in Schelmereis Zimmer aussah, und sagte: »Ist hier eine Bombe hochgegangen?« oder »Ach du liebes bisschen, hier muss ein Wirbelsturm durchgefegt sein!«

Das war natürlich übertrieben. Gemeint war, dass für ihren Geschmack in Schelmereis Reich meist zu wenig Ordnung herrschte. In Phänomens Zimmer sah es hingegen wirklich aus, als hätte sich darin ein Wirbelsturm ausgetobt. Die Dielen glitzerten wie eine vereiste Winterwiese, so viele winzige Scherben lagen darauf verstreut. Nur vereinzelte Glasringe, die Überreste zu Bruch gegangener Reagenzgläser, ließen darauf schließen, dass dort ein Schrank voll Kolben, Ampullen und Ähnlichem auf den Boden geschleudert worden war – so wie alles andere auch. Die Bücher waren aus dem Regal gezerrt und zerrissen worden. Die Wandposter hingen in Fetzen.

Die Kreidetafel war mit Chemikalien übergossen und entzündet worden, die Liste der Verdächtigen im Feuer verdampft. Vergleichsweise gut war nur das Mikroskop davongekommen, das vermutlich auch einen echten Wirbelsturm unbeschadet überstanden hätte – es war bloß vom Labortisch gekippt. Schelmerei spürte, wie Clementine in ihrem Rücken ebenfalls die Dachbodenleiter hochstieg, und hörte ihr leises Schnaufen.

Mitten im Zimmer lag Phänomens Junior-Spurensicherungskoffer, der Comic-Hund auf dem Deckel seltsam verzerrt und halb geschmolzen. Daneben waren ein rabenschwarzes Wattestäbchen, ein Kohlekrümel mit Kaffeearoma, ein halb verbranntes Buch mit dem schwer zu entziffernden Titel *Die Tote in der Bibliothek* und ein Aschehäuflein zu erkennen, das kaum noch als Schriftprobe dienen konnte. Schelmerei rührte mit dem Finger darin herum und fand tatsächlich einen kleinen Papierrest, auf dem die Buchstaben »oir« zu erkennen waren. Mehr war von ihren Beweismitteln nicht übrig geblieben.

Etwas kullerte ihr entgegen. Es war Phänomens Trinkflasche, noch zur Hälfte mit Lösungslösung gefüllt. Schelmerei hob sie auf. Das Schlimme war: Ein Teil von ihr – der, der mit Freude Bleistifte zerbrach und Tapeten vollschmierte – weidete sich an der Zerstörung. Und dieser Teil hätte nun gern die Flasche gegen die Wand geschmissen, auf dass sich überall grüner Glibber verteilte. Schelmerei stellte den Teil ruhig.

Clementine fischte Phänomens Ohrenschützer aus den Trümmern und hängte sie sich um den Hals. Danach rollten

Rain und sie das Mikroskop auf ein geplatztes Kissen und zogen es darauf die Dachbodenleiter hinab. Phänomen nahm die Hände von ihrer Stirn und klammerte sich an das Mikroskop.

»Alle Beweismittel lagen sichtbar auf dem Tisch«, begann sie nach einigen Sekunden zu sprechen. »Man musste nicht groß danach suchen. Man hätte einfach reingehen und die Sachen mitnehmen können. Es gab keinen Grund, alles kaputt zu machen, außer dass man Lust darauf hatte.«

Rain sah sie traurig an. »Es tut mir so leid.«

»Viola und Flora sind während der Beerdigung beide zurück ins Haus gelaufen«, sagte Schelmerei. »Als alle anderen noch draußen waren.«

Phänomen nickte, konnte aber nichts erwidern.

»Die Einbrecher haben versucht, die Schriftprobe zu verbrennen«, berichtete Schelmerei. »Hat aber nicht ganz geklappt.«

Sie zeigte den anderen den kleinen Papierfetzen und hielt ihn dann neben ihre Platzkarte.

Phänomens Augen weiteten sich. »Wer hat das geschrie–?«

»Viola. Viola hat das geschrieben. Das wollte ich euch eben zeigen.«

Phänomen setzte ihre Brille wieder auf und betrachtete den Schnipsel eingehend. »Bei einer so mageren Probe kann es keine hundertprozentige Gewissheit geben. Doch dieser Klecks auf dem kleinen *I*, als hätte man mit dem Stift auf das Papier eingestochen … Eine gewisse Ähnlichkeit ist unbestreitbar.«

»Es ist definitiv dieselbe Schrift«, erwiderte Schelmerei. »Sag jetzt nicht, dass du mir auch nicht glaubst.«

»Nein, es kann schon sein, dass du richtigliegst«, meinte Phänomen tonlos. »Es könnte wirklich gut sein. Aber wir müssen es eben erst beweisen.« Bei der Aussicht auf ein bisschen wissenschaftliche Arbeit kehrte etwas Feuer in ihre Augen zurück. »Und es gibt noch weitere Fragen zu klären: Woher wusste wer-auch-immer von unseren Beweismitteln? Und was hat diese Person dazu gebracht, genau jetzt aktiv zu werden?«

Darüber hatte Schelmerei noch gar nicht nachgedacht.

»Irgendwie muss uns der Täter auf die Schliche gekommen sein …«, murmelte Phänomen. »Vielleicht wollte er sich seine Botschaft zurückholen? Das ist allerdings sehr spekulativ.«

Schelmerei reichte ihrer Schwester die aus den Trümmern geborgene Flasche Lösungslösung. Mit einem dankbaren Lächeln schraubte Phänomen den Deckel ab.

Innerlich wappnete Schelmerei sich für den unvermeidlichen Fisch-Brokkoli-Gestank, doch ihr stieg ein anderer Duft in die Nase. Ein bittersüßer, es roch ein bisschen nach Mandelkuchen.

Schelmerei schlug ihrer Schwester die Flasche aus der Hand, als Phänomen sie gerade an die Lippen setzen wollte. Ein bogenförmiger Schwall grüner Glibber klatschte an die Wand. Rain zuckte zurück, Clementine schrie auf, Schelmerei selbst presste ihre Hände auf Phänomens Wangen.

»Du hast nichts davon getrunken, oder?«

»Waffiffdennjeff?«, fragte Phänomen zerdrückt und verstört.

Schelmerei ließ sie wieder los.

»Phänomen«, sagte sie entgeistert. »Das Zeug hat nach Mandeln gerochen.«

Alle starrten die Flasche an. Vor einer gefühlten Ewigkeit war Schelmerei von ihrer Schwester gebeten worden, für sie an einem Becherglas zu schnuppern. Phänomen hatte wieder einmal Zyankali hergestellt. Daraufhin hatte sie das Gift in eine Flasche abgefüllt, diese sorgfältig beschriftet – so wie alle ihre Chemikalien – und weggeräumt. Jeder, der später in ihr Labor spaziert wäre, hätte das Zyankali leicht ausfindig machen und in ihre Trinkflasche schütten können. Phänomens Geruchssinn war hinüber. Wäre Schelmerei nicht wie so oft als Kanarienvogel zur Stelle gewesen, wäre ihre Schwester jetzt tot.

Zu Köchins Lieblingssprüchen zählte auch: »Aller schlechten Dinge sind drei.« Sie hatte sich eindeutig verzählt. In den vergangenen Tagen war so viel Schlimmes geschehen und es kam immer noch mehr hinzu. Das eine reihte sich ans andere wie aneinanderklackernde Perlen auf eine Schnur.

Das nächste Unglück zeigte sich zunächst als Rauch, der zum Dachboden aufstieg und drei von vier Nasen zucken ließ. Es wurde nicht lange diskutiert. »Geht!«, sagte Phänomen knapp und die anderen ließen sie mit den traurigen Überresten der Beweismittel allein, um die x-te Katastrophe in Augenschein zu nehmen.

Ein Stockwerk tiefer stand der Geheimraum in Flammen. In hell lodernden Flammen, zur Weißglut getrieben von Unmengen Papier. Sie züngelten bis auf den Flur hinaus, wo Tante Erbschaft tobte. Sie war bereits sichtbar angekokelt und doch gewillt, sich in das Feuer zu stürzen – nur Mahlstroms ausgestreckter Arm hinderte sie daran. An ihrer Schläfe wuchs eine Beule. Ihre Augen waren glasig.

»Die Karten!«, brüllte sie. »Die Maschine! Unsere *Geschichte*! Mahlstrom, lass mich los!«

Adrenalin kann Bärenkräfte verleihen, die es zum Beispiel mancher Mutter ermöglichen, eigenhändig ein Auto von ihrem Kind herunterzuhieven. Mit diesen Kräften stieß Erbschaft Mahlstroms Arm zur Seite und stürmte vorwärts, Richtung IEEK, Richtung Inferno.

»Gran!« Bevor Mahlstrom reagieren konnte, hechtete Rain nach vorn und erwischte Erbschaft am Zipfel ihrer Strickjacke. Rains Fersen schabten über den Teppich, als Erbschaft ihr Enkelkind unwissentlich zum Feuer schleifte. »Bleib stehen, Gran! Das ist doch nur Papier!«

Erbschaft drehte sich ruckartig um und als sie Rain erkannte, wurde ihr trüber Blick wieder klar. »Rauchvergiftung!«, brüllte sie und hob, erneut dank der Kraft puren Adrenalins, ihr Enkelkind hoch, klemmte es sich wie einen Rugbyball unter den Arm und entfernte sich von der Brandstelle, so schnell ihre Beine sie trugen.

Keuchend drückte Mahlstrom die Tür des Geheimraums zu. Die Flammen hatten das Tarnungsgemälde zu Fetzen zerkaut, das gemalte Tapetenmuster aufgefressen und so endlich für alle sichtbar gemacht, was sich dahinter verbarg.

»Auf die Art müsste es von allein ausgehen«, sagte er.

»Müsste?«, wiederholte Clementine zweifelnd.

»Ich weiß es auch nicht. Als ich eingetrudelt bin, war Erbschaft bewusstlos und auf dem Boden lagen Scherben …«

Schelmerei senkte den Blick. Neben dem Türrahmen lag ein großes Stück eines Becherglases aus Phänomens Labor. Von dem Etikett war kaum noch etwas übrig, doch Phänomen hatte vernünftigerweise zusätzlich einen Sticker auf das Glas geklebt. Es war eine Flamme mit einer Sprechblase, in der stand: *»Ich bin leicht entzündlich!«*

Rauch quoll an den Rändern der Tür hervor und aus dem unteren Spalt drangen versprengte Funken, als wütete auf der anderen Seite ein schnaubendes, Feuer speiendes Tier.

Mahlstrom kommentierte das Schauspiel mit einem Schimpfwort, das vielleicht sogar Köchin neu gewesen wäre.

»Jetzt brauchen wir eine Eimerkette«, sagte er danach. »Clementine, du schaffst so viele Leute wie möglich ran, mit so vielen Wasserbehältern, wie sie tragen können. Ich dichte derweil die Tür ab, dann –«

Krack!

Die nächste Perle glitt über die Unglücksschnur und nahm mit einem auffällig scharfen Krachen ihren Platz ein, so als hätte Tante Schadenfreude ihren Gehstock gegen das Treppengeländer geprügelt. Die Luft vibrierte noch von dem Knall, da rannte Schelmerei bereits seinem Ursprung entgegen.

27. Ein abgekartetes Spiel

Schelmerei traf nicht als Erste am Tatort ein. Manche ihrer Verwandten verließen das Arbeitszimmer bereits wieder. Sie stöhnten dabei »Nicht schon wieder« und dergleichen, so als wäre hinter der Tür die fünfte Runde *Stadt, Land, Fluss* im Gange und nicht der nächste Mordversuch geschehen.

Flora saß aufrecht in Schadenfreudes rotem Lehnstuhl. In ihrem Oberkörper, knapp unterhalb des Schlüsselbeins, befand sich ein sauberes Einschussloch. Dort hatte sie den Zeigefinger hineingesteckt wie der kleine niederländische Junge, der einer alten Erzählung nach die Flut aufzuhalten versuchte, indem er mit einem Finger den löchrigen Damm abdichtete. Im ersten Moment dachte Schelmerei, es wäre noch nicht viel Blut geflossen. Dann sah sie die dunklen Flecken auf Köchins Schürze und auf Floras Kleid und ihr wurde bewusst, dass der Großteil der Flüssigkeit bloß von dem blutroten Bezug des Stuhls aufgesogen worden war. Köchin drehte sich zu Schelmerei um und hätte sie vermutlich am liebsten wieder verscheucht, hatte jedoch genug damit zu tun, eine Mullbinde in Streifen zu reißen. An der Wand in Floras Rücken war ein Buchregal zur Seite geklappt worden. Dahinter lagen ein dunkler, gemauerter Gang und eine in die Tiefe führende Treppe. Vor der ersten Stufe standen zwei gepackte Koffer.

Schelmerei landete beinahe auf dem Hosenboden, als plötzlich Fauna an ihr vorbei ins Zimmer rauschte. Sie fasste die glitschige, blutverschmierte Hand ihrer Schwester.

»Flora! Hörst du mich?«

»Hmmm?«

Floras Gesicht war grau, doch ihre Lider zuckten lebhaft. Irgendetwas rutschte ihr aus den Fingern und landete mit einem dumpfen Klirren auf dem Boden.

»Was hast du denn jetzt wieder angestellt?« Fauna stieß ein Lachen aus. Es klang so zerbrechlich, ein Windhauch hätte es entzweigehen lassen können. »Jetzt hat dich auch noch jemand durchlöchert.«

Flora reagierte nicht. Fauna blickte zu Köchin.

»Die Kugel, der Pfeil oder was auch immer ist glatt durch sie durch«, sagte Köchin. »Es hätte also schlimmer kommen können. Renée, hast du Lauter gefunden?«

»Nein, tut mir leid«, keuchte Renée, die gerade ins Zimmer gestolpert kam. »Fortissimo sucht noch nach ihm.«

Irgendwo in den Weiten des Hauses rief Fortissimo nach dem Arzt, donnernd wie eine mittelalterliche Kanone.

»Also dann«, sagte Fauna zu Köchin. »Was kann ich tun?«

»Helfen, die Blutung zu stillen. Drück da drauf. Ich hole ein paar Sachen aus dem Medizinschrank.«

Fauna presste ihre Hände auf die Wunde. Flora stöhnte.

»Gott, das wollte ich nicht!«, rief Fauna. »Tut es weh?«

Von Flora kam ein Gurgeln, womöglich ein verunglücktes Lachen. »Zu … lieb …«

»Das wirfst du mir ständig vor, ja. Aber es kann eben nicht nur bockige, mies gelaunte Menschenfeindinnen wie dich geben.« Trotz der Tränen in ihren Augen sprach Fauna mit fester Stimme. »Außerdem muss doch irgendwer auf dich aufpassen. Wenn du nicht wärst, wer würde dann auf dem Markt um jeden Penny feilschen? Oder die Schuldeneintreiber verjagen oder die Nachbarn anmotzen, dass sie zu laut sind? Siehst du, letztendlich handle ich aus purem Egoismus.«

Flora antwortete mit einem schwachen Lächeln.

Köchin tauchte wieder neben ihr auf, in der Hand eine Spritze. »Ich lasse sie jetzt erst mal schlafen.«

Während Köchin und Fauna beschäftigt waren, klaubte Schelmerei vom Boden auf, was Flora hatte fallen lassen. Es war Köchins Motorradschlüssel. Und als Schelmerei von dem Schlüssel zu dem offenen Geheimgang hinter Flora blickte, erschien auf einmal Viola vor ihrem geistigen Auge, wie sie nur mit Strumpfhose an den Füßen einen Atlas aus einem Regal angelte.

Schelmerei duckte sich unter Köchins und Faunas Armen hindurch und blickte Flora direkt ins Gesicht.

»Flora«, sagte sie. »Wer hat auf dich geschossen?«

»Nicht jetzt, Schelmerei!«, fauchte Köchin.

»Wenn sie tot ist, ist es zu spät!«, fauchte Schelmerei zurück. »Komm schon, Flora!«

Floras Lider sanken herab. Die Spritze wirkte schon.

»Frag … Viola …«, krächzte sie noch.

Mitten in die allgemeine Anspannung platzte Tante Laufpass, die fröhlich an den Türrahmen klopfte.

»Huhu«, sagte sie. »Köchin, könnten wir dich kurz ausborgen?«

Köchin war gerade dabei, mit einer Schere den Ärmel von Floras blutgetränktem Kleid abzuschneiden.

Sie blickte nur kurz von ihrer Arbeit auf. »Tut mir leid, ich habe gerade alle Hände voll zu tun.«

Nun linste auch Brüsk ins Zimmer herein. »Es ist aber dringend.«

»Dringender als das hier?«

»Durchaus.«

Köchin seufzte. »Fauna, kannst du einigermaßen nähen?«

»Schon, aber –«

»Gut. Renée, du kommst her und hilfst Fauna.« Alle hörten so aufmerksam zu, wie Köchin den zwangsrekrutierten Sanitäterinnen in ruhigem Ton Anweisungen erteilte, dass niemand mitbekam, wie die nächste Perle klackernd ihren Platz einnahm.

Mit Brüsks Gesicht stimmte etwas nicht – er sah aus, als könnte er nur mit Mühe ein Lachen im Zaum halten. Schelmerei spürte ein Kribbeln im Nacken. Als Köchin aufbrach, lief Schelmerei deshalb unauffällig hinter ihr und den anderen her, bis zum Abendsalon, wo eine größere Schar Verwandter höflich miteinander plauderte.

»Ah, da seid ihr ja! Schön!«, rief Schaudervoll ihnen entgegen. »Setz dich, Köchin. Wie wär's mit einer Tasse Tee?«

Köchin blickte an sich hinab, auf ihre blutbefleckte Schürze. »Danke, ich bleibe lieber stehen«, erwiderte sie freundlich. »Dem Mobiliar zuliebe.«

Tante Laufpass schenkte ihr eine Tasse Tee ein.

»Nun gut. Sehr zu meinem Bedauern …«, sagte Brüsk, der sich mit zerknirschter Miene auf die Sofakante setzte. »… müssen wir dich offiziell des mehrfachen Mordes beschuldigen.«

In diesem Augenblick hätte Chaos ausbrechen müssen. Es hätte nach Luft geschnappt und lautstark protestiert werden müssen und Köchin hätte Brüsk am Schlafittchen packen und zum Fenster hinausbefördern müssen.

Doch Köchin trank seelenruhig ihren Tee. »Ist das so?«

»Leider ja. Eine rundum unerfreuliche Angelegenheit! Doch wie du siehst, beabsichtigen wir, sie so angenehm wie möglich über die Bühne zu bringen. Ein Stück Madeirakuchen?«

»Gern.« Köchin nahm das vorbereitete Gebäck entgegen. Im Kauen sah sie sich prüfend um. Vielleicht kalkulierte sie, wie ihre Chancen standen. In dem Raum befanden sich mindestens zwanzig dicht aneinandergedrängte Menschen. Alle trugen blitzblank polierte, goldglänzende Namensschilder –

zum ersten Mal fiel Schelmerei auf, dass Köchin keines bekommen hatte. Alle hatten einen bemüht neutralen Gesichtsausdruck aufgesetzt und alle mampften Kuchen, als wären sie gesetzlich dazu verpflichtet.

»Wenn ich fragen darf«, sagte Köchin. »Welche Beweise liegen denn gegen mich vor?«

»Beweise?« Brüsk runzelte die Stirn. »Nun ja. Wir haben uns sozusagen darauf geeinigt, dass du die logische Wahl bist. Als Täterin, meine ich.«

»Wir haben darüber abgestimmt«, fügte Tante Laufpass hinzu.

Auf dem Tisch vor dem Sofa stand der Hut, der bereits beim Dispott als Behältnis gedient hatte, und rundherum verteilt lagen mehrere Haufen aus Zetteln.

Köchin betrachtete den größten davon. »Du meine Güte. Dass ich so viele Stimmen erhalten habe! Nur fünf für Erbschaft – wollt ihr sie beleidigen, oder wie? –, vier für Mahlstrom, eine für Lauter, sieben für Viola …«

»Violas Beteiligung schließen wir keineswegs aus«, erklärte Tante Laufpass.

»Ich sollte das wohl als Kompliment auffassen.« Köchin stellte ihre Tasse und Untertasse ab, ohne zu zittern. Am Henkel der Tasse klebte ein bisschen von Floras Blut. »Warum ausgerechnet Viola und ich? Gibt es dafür irgendwelche Gründe?«

»Ist das nicht offensichtlich?«, erwiderte Brüsk amüsiert. »Ihr gehört beide nicht zur Familie.«

Köchins höfliches Lächeln gefror. Bis zu dieser Sekunde hatte Schelmerei noch gehofft, das Ganze wäre nur ein schlechter Scherz. War es aber nicht. Ihre Familie hatte eine kreisförmige Linie gezogen. Innerhalb des Kreises befanden sich alle, deren Nachname Swift lautete, außerhalb alle anderen.

»Und wie sie zur Familie gehört!«, rief Schelmerei, als sie kapierte, dass Köchin nicht antworten wollte oder konnte.

»Sie heißt nicht mal *Köchin*«, sagte Fährmann. »Sondern Windsor, nicht wahr? Wilhelmina Windsor oder so ähnlich.«

»Winifred«, berichtigte Köchin, auf den ersten Blick die Ruhe selbst, doch mit fest geballten Fäusten. »Aber den Namen Windsor habe ich schon lange abgelegt.«

»Und trotzdem …«

»Schadenfreude wusste genau, wer ich bin, als sie mich aufgenommen hat. Ich lebe seit zwanzig Jahren in diesem Haus. Seit zwanzig Jahren nennt man mich Köchin –«

»Da hätten wir es doch«, flötete Schaudervoll. »Hat nicht jeder von uns schon mal einen Krimi gelesen? Und wer ist am Ende immer schuldig? Genau: die Bediensteten. Die Domestiken.«

Köchins Unterkiefer verkrampfte sich. Ihr Bizeps spannte sich an. Schaudervoll schrak leicht vor ihr zurück.

»Es ist der Gipfel der Unverschämtheit«, sagte Köchin jede einzelne Silbe betonend, »Menschen als ›Domestiken‹ zu bezeichnen.«

»Ihr seid doch alle dumm!«, rief Schelmerei dazwischen.

»Köchin wohnt bei uns und Köchin hat uns alle ins Herz geschlossen – sie hat Tante Schadenfreude so sehr geliebt! Und sie hat mich lieb und Clementine und Phänomen und Mahlstrom.« Als sie bloß mitleidige Blicke erntete, schrie Schelmerei in ihrer Verzweiflung: »Beweise! Man braucht doch Beweise!«

»Wie du meinst.« Brüsk holte ein Fotoalbum hervor.

Ein Zittern lief durch Köchins Glieder.

»Woher habt ihr das?«, fragte sie heiser. »Ihr wart in meinem Zimmer? Habt meine Sachen durchwühlt?!«

»Dieses Haus ist deine Arbeitsstätte. Du wohnst unter dem Dach deiner Dienstherren, bist eine Angestellte dieser Familie – kann man da von *deinem* Zimmer sprechen?«

»Zum letzten Mal.« Köchin biss die Zähne zusammen. *»Ich bin keine Angestellte.«*

Brüsk überhörte ihren Einwand. Er schlug das Album auf und zeigte ein Foto herum, auf dem Köchin zu sehen war. Sie war um einige Jahrzehnte jünger und stand auf einer weiten grünen Wiese. In den Händen hielt sie einen Bogen und einen Siegerpokal. Sie lächelte.

»Bist das nicht du, während deiner Vorbereitungen auf das olympische Bogenschießen?«

»Ja«, antwortete Köchin. »Aber Kugelstoßen fand ich besser.«

Brüsk blätterte um. »In der Tat, das kann man hier gut erahnen. Du hast offenbar sehr viel Kraft.«

»Stimmt.«

»Wer solche Kräfte hat, würde ich behaupten, könnte selbst eine Marmorbüste heben.«

»Ohne Weiteres.«

»Nur eine treffsichere Person konnte Pamplemousse abschießen, nur eine starke Person konnte Schnüffler zermalmen und nur wer der Familie nahesteht, wusste von dem Schatz«, fasste Brüsk triumphierend zusammen. »Und, wie kam es dazu? Gierig geworden? War es dir am Ende doch zu wenig, eine gute Arbeit und ein Dach über dem Kopf zu haben? Dachtest du, wenn du die alte Schadenfreude aus dem Weg räumst, kannst du dir das Gold selbst krallen?«

»Ach ja!«, krähte Begehrlich. »Bestimmt hat sie Schadenfreude vorher noch dazu überredet, ihr einen großen Teil ihres Besitzes zu vermachen. Wetten? Sollen wir im Testament nachschauen? Die Masche kennt man doch. Also, aus Romanen.«

»Völlig richtig«, sagte Vendetta. »Und Schnüffler war der Wahrheit zu nahegekommen. So nahe, dass er sterben musste.«

»Und Pamplemousse?«, fragte Köchin. »Warum soll ich den ermordet haben?«

Brüsk zuckte mit den Schultern. »Da wird uns schon noch etwas einfallen. Jetzt müssen wir zuallererst einmal entscheiden, was aus dir werden soll.«

Schelmerei musste ihren Schwestern doch recht geben: Wenn das Bauchgefühl die Führung übernahm, kam nichts Gutes dabei heraus – sondern lauter Menschen, die mit dem

Finger auf einen anderen zeigten. Brüsks einziges Argument war eine an den Haaren herbeigezogene Geschichte, doch das genügte vollends. Sämtliche Blicke waren auf Köchin gerichtet. Aus jedem sprach energische Ablehnung und auf etlichen Gesichtern regte sich etwas noch viel Hässlicheres. Schelmerei bekam es mit der Angst zu tun. Wäre doch nur Phänomen dabei – sie hätte Brüsks Theorie bestimmt nach allen Regeln der Kunst widerlegt. Fauna hätte es irgendwie hingekriegt, alle zu beruhigen. Mahlstrom hätte sich mitten zwischen ihnen aufgebaut wie ein Leuchtturm im Sturm und unmissverständlich davor gewarnt, Köchin auch nur anzurühren. Doch Mahlstrom bekämpfte einen anderen Brandherd, Fauna rang um Floras Leben, Phänomen kroch oben auf Spurensuche über den Boden und Tante Schadenfreude war tot. Keiner von ihnen konnte Schelmerei jetzt beistehen.

Köchin blieb aufrecht stehen. Das Funkeln war nicht aus ihren Augen verschwunden, doch Schelmerei sah, wie ihre Fäuste zitterten, verborgen in den Taschen ihrer Schürze.

»Nun denn«, sagte Tante Laufpass vergnügt. »Lasst uns noch ein Tässchen trinken und überlegen, wie es weitergehen soll. Eine Matriarchin haben wir derzeit nicht und weiß der Himmel, wo unsere Archivarin steckt. Darum werden wir es wohl ausdiskutieren müssen. Also, gibt es Vorschläge?«

»Sperren wir sie in den Kohlenverschlag!«, rief jemand.

»Begraben wir sie bei lebendigem Leib!«

»Stecken wir sie zu Pamplemousse und Schnüffler in den Gefrierschrank!«

»Moment, Moment! So wird das doch nichts. Hat jemand einen Stift und Papier?«

Nachdem Schreibzeug nach vorn gereicht worden war, notierte Tante Laufpass die verschiedenen Vorschläge. »Kohlen…verschlag …«, murmelte sie, »… bei lebendigem Leib … begraben … Gefrier…schrank …«

»Schmeißen wir sie in den See und dann gucken wir, ob sie untergeht!«

»Das macht man eigentlich mit Hexen, aber gut, ich schreibe es trotzdem auf …«

»Ich wäre dafür, sie zu kochen«, sagte Schaudervoll gelassen und hob eine ihrer formschönen Schultern. »Wäre das nicht irgendwie passend?«

Und so wägten die Swifts das Für und Wider des Köchin-Kochens ab. Irgendjemand brachte die große Zinnwanne und ein Lagerfeuer ins Spiel. Schelmerei schrie immer wieder zornig auf, bis man sie kurzerhand in die hinterste Ecke des Salons trug, sosehr sie auch brüllte und mit den Füßen austrat, und dort festhielt, während Köchin drüben reglos auf ihrem Platz saß und alle Blicke mied.

Es ging sehr ruhig vonstatten. Sehr gesittet. Wie Menschen nun mal so häufig im vernünftigsten Ton die irrwitzigsten Diskussionen führen.

Draußen zog langsam die Nacht herauf und verwandelte die Fenster in schimmerndes Spiegelglas. In den uralten Scheiben, vor den Bäumen und dem Heckenlabyrinth, schwebten die verschwommenen, zu Fratzen verzerrten Gesichter von

Schelmereis Verwandten. Dann blitzte im Freien etwas Weißes auf, zwei helle Punkte – zwei weitere Perlen, die klackernd die Schnur entlangrutschten. Zwei Hände erschienen in der Dämmerung, hocherhoben, dazwischen ein blasses Gesicht: Lauter.

Er trug seine weißen Einmalhandschuhe. Schelmereis Herz machte einen Hüpfer. Ob er Flora zu Hilfe eilen wollte? Nein, er ging fort, auf das Gelände hinaus. Und hinter ihm schwebte wie ein Geist eine zarte, graue Gestalt: Viola. Sie hielt etwas in den Händen, zeigte damit auf Lauter. Das schwache Abendlicht glitzerte matt auf dem metallenen Griff der Armbrust und in den vielen Facetten ihres Diamantrings. Sie schaute über ihre Schulter zum Haus zurück.

Und ungeachtet der Düsternis und der diffus spiegelnden Fensterscheibe und des ganzen Irrsinns erwiderte Viola für einen Moment eindeutig Schelmereis Blick. Dann trieb sie Lauter ins Labyrinth hinein.

Ausgeklügelte Pläne zu schmieden, war nie Schelmereis Stärke gewesen. Und da im Moment sowieso keine Zeit für langes Nachdenken war, setzte sie auf einen Klassiker. Sie ließ ihren Körper erschlaffen, hängte sich als nasser Sack in die Arme ihrer Aufpasser. Auf diesen Trick, mit dem sie früher manchmal einem unerwünschten Bad in der Wanne entronnen war, fiel Köchin schon seit Jahren nicht mehr herein. Allerdings waren ihre Blutsverwandten längst nicht so klug wie Köchin und auch nicht so stark. Kaum lockerten sie nun ihren Griff, riss Schelmerei sich von ihnen los und machte sich im Sprint davon.

28. Entlarvt

Aufgeregte Schreie saßen ihr im Nacken wie das Kläffen bissiger Hunde. Doch als Schelmerei die große Treppe erreichte, gerieten die Schritte ihrer Verfolger schon ins Stocken und verstummten schließlich, während sie selbst nicht nachließ. Im halsbrecherischen Tempo rutschte sie das Geländer hinunter, stieß sich im Stil einer Skispringerin von dem glatt polierten Holz ab und landete schmerzhaft auf der Schulter. Auch das konnte sie nicht aufhalten, wohl aber die verriegelte Haustür. Ein paar Sekunden lang rüttelte Schelmerei sinnlos an der Klinke, dann hatte ihr ächzendes, keuchendes Gehirn zu ihr aufgeschlossen. Sie hetzte durch das Billardzimmer, wo – kaum zu glauben – Tante Zaudern mit ein paar älteren Herrschaften ungeachtet des Tumults im Stockwerk über ihnen seelenruhig Poker spielte. Schelmerei raste an der Telefonnische vorbei, in den Wintergarten hinein und durch die Katzenklappe hinaus – auf Kosten leicht aufgeschürfter Knie zwar, doch damit konnte sie leben.

Zu ihrer Linken, noch ein gutes Stück entfernt, befand sich das Heckenlabyrinth.

Der Himmel klammerte sich an einen letzten Rest mattes Licht, das allerdings ein trügerisches, ja, ein betrügerisches Licht war. Es verfremdete Schelmereis vertraute Umgebung, manipulierte mit langen Strahlenfingern die rechtmäßige Ordnung der Dinge. Ihre Augen dienten nur noch dazu, sie zu täuschen. Schatten blähten sich blasengleich auf und zerbarsten zu nie da gewesenen Formen, die Bäume tauschten Plätze, der Boden warf unter ihren Füßen Falten. Dann, auf den ersten Metern des Heckenlabyrinths, wurde der fahle Strich Abendgrau über ihrem Kopf zum einzig sichtbaren Pfad. Es kam ihr vor, als würde sie über den Himmel laufen.

Schelmerei kannte den Weg durch den Irrgarten auswendig, das heißt, ihre Beine kannten ihn auswendig. Sie wussten, was zu tun war. Selbst wenn sie die Augen schloss, würden ihre Füße sie sicher zum Zentrum tragen. Lauter und Viola hatten es schwerer. Schelmerei konnte sie auf der anderen Seite der Heckenwand hören, Violas angestrengte Atemzüge und Lauters vorsichtige und fast, aber eben nur fast lautlose Bewegungen. Mit jedem Labyrinth, hatte Clementine einmal erklärt, könnte man fertig werden, indem man immer nur links abbog. Denn ganz gleich, wie oft man so die falsche Route wählte, irgendwann fände man den rechten Weg. Davon hatte offenbar auch Viola gehört, andernfalls wäre sie ab und zu stehen geblieben oder hätte gezögert. Mehrmals verschlug es sie durch ihren Linksdrall ganz in Schelmereis Nähe, manchmal war sie nur noch eine Heckenbreite entfernt. Dann wurden die beiden von ihrem jeweiligen Kurs wieder voneinander fortgetrieben.

Am Ende war Violas Vorsprung einfach zu groß. Als Schelmerei im Zentrum des Labyrinths ankam, erblickte sie ein lebendes Gemälde der schlimmsten Art: Viola stand da, steif wie die Marmorstatue neben ihr, und zielte mit der Armbrust auf Lauters Herz.

»Viola!«

Die Angesprochene wirbelte herum. Tränenschlieren zogen sich über ihre Wangen. Obwohl nur sie eine Armbrust und damit einen entscheidenden Vorteil hatte, wirkte sie genauso klein und verloren wie während der Beerdigung.

»Nein. Nein!«, rief sie mit schwankender Stimme. »Hau bloß ab! Das willst du nicht mit ansehen.«

»Dann lass es bleiben!«

»Viola.« Mit schwarzen, in der Dunkelheit scheinbar riesengroßen Augen sah Lauter kurz Schelmerei an, dann wieder seine Verlobte. »Es ist alles gut. Wir bringen das in Ordnung. Es gibt keinen Grund für solch eine Überreaktion.«

Viola kicherte, doch ihr Kichern ließ nichts Gutes ahnen. »Solch eine Unbeherrschtheit.«

»Solch eine Zügellosigkeit.« Lauter wagte ein Lächeln. »Ich weiß, du kannst mir gar nicht wehtun. Du liebst mich.«

Viola schüttelte den Kopf. Krallte ihre Hand um den Griff der Armbrust.

»Nein«, sagte sie. »Nicht mehr.«

Schelmerei sprang nach vorn. Mit aller Wucht, die in ihr steckte, warf sie sich gegen Viola und so verfehlte der Bolzen sein Ziel. Viola starrte auf die plötzlich nutzlose Armbrust in ihren Händen, starrte als Nächstes Schelmerei an, den Mund zu einem Schrei geöffnet, ohne zu schreien. Sie sah aus wie eine stumm Ertrinkende. Dann nahm Lauter ihr die klobige Waffe ab und hämmerte den Griff gegen ihre Schläfe.

Viola erschlaffte. Voller Anmut, gleich einem niederschwebenden Blütenblatt, ging sie zu Boden.

Jetzt starrte Lauter auf die Armbrust in seinen Händen, als wüsste er nicht so genau, was das war, und starrte als Nächstes Schelmerei an, als wüsste er auch nicht so genau, was *sie* war. Daraufhin ließ er die Waffe fallen und sich selbst auf die Knie sinken. Er schälte einen seiner Handschuhe herunter und tastete nach Violas Puls.

»Sie ist nur bewusstlos«, sagte er und wippte auf die Fersen zurück. Eine vorwitzige Strähne hatte sich auf Violas Stirn verirrt. Zärtlich strich er sie nach hinten. »Die Arme«, murmelte er. »Wie kommt sie nur da–?« Ein Schlucken, als steckte ihm etwas in der Kehle. »Schelmerei, ich danke dir. Gut möglich, dass du mir das Leben gerettet hast.«

Schelmerei ließ sich auf den Boden plumpsen. Sie und Lauter betrachteten Viola.

»Du hattest recht«, sagte er. »Von Anfang an. Es tut mir leid. So leid.«

Schelmerei hätte es ihm gern ausgiebig unter die Nase gerieben, doch im Moment gab es Wichtigeres.

»Wir müssen zurück«, sagte sie. »Die glauben alle, Köchin wär's gewesen.«

Lauter nickte geistesabwesend. »Ja, stimmt. Wir sollten los und es ihnen erzählen. Endlich den ganzen Mist aufklären.« Er blieb sitzen.

»Die wollen sie kochen«, fügte Schelmerei hinzu.

Ein Schnauben. »Entschuldigung, aber ein *bisschen* witzig ist das schon.«

Schelmerei blickte zwischen ihm und Viola hin und her. Sie hatte recht gehabt. Sie hatte recht gehabt! Egal, was Phänomen, Clementine, selbst Rain dazu gesagt hatten, für Schelmerei war Viola von Anfang an die Hauptverdächtige gewesen. Doch als sie Viola nun lang ausgestreckt im feuchten Gras liegen sah, kam kein Triumphgefühl auf. Sondern ein Gefühl, als würde irgendetwas ... nicht zusammenpassen.

»Was ich nicht verstehe ...«, begann Schelmerei langsam. »Warum hat Viola das alles getan?«

»Du hast es doch selbst gesagt«, erwiderte Lauter traurig. »Auf der Treppe. Sie war hinter meinem Geld her. Vielleicht sogar hinter dem der Familie, sie wusste schließlich von dem Schatz.« Er schüttelte den Kopf. »Ich hätte ihr das nie zugetraut. Nur du hast sie durchschaut.«

Obwohl Phänomen drüben im Haus war, hörte Schelmerei in Gedanken die Stimme ihrer Schwester. Eine Stimme, die ihr den Unterschied zwischen Fantasie und Fakten erklärte. Und dass ein Bauchgefühl kein Beweis war.

»Sie und Flora haben zusammengearbeitet?« Es war eine Feststellung, die Schelmerei als Frage über die Lippen kam.

Mit der linken Hand, die immer noch im Einmalhandschuh steckte, kratzte Lauter gedankenverloren an einem Fleck auf seiner Rechten. »Ganz genau. Ich habe die beiden im ungünstigsten Moment erwischt. Im Arbeitszimmer, als sie gerade darüber gestritten haben, wie sie die Beute aufteilen sollen, die sie noch nicht mal gefunden hatten. Viola hatte die Armbrust dabei und sie hat einfach …« Er schoss einen imaginären Bolzen in ein imaginäres Herz. »Noch ein Menschenleben, das ich nicht retten konnte.«

Schelmerei runzelte die Stirn. In Gedanken verglich sie das Loch in Flora mit dem deutlich größeren, das der Bolzen in der Wand der Bibliothek hinterlassen hatte.

»Flora ist am Leben. Was für ein Glück, nicht wahr? Wenn man auf so kurze Entfernung von einer Armbrust getroffen wird …«

Im Dunkeln war Lauters Gesichtsausdruck nicht zu erkennen. Doch Schelmerei sah, wie seine eine Hand in die Hosentasche schlüpfte.

»Ein Glück, ja. Ja. Gott sei Dank«, sagte er. »Aber Junge, dann mach ich mich mal lieber auf die Beine! Wird Zeit, dass sich ein Arzt um sie kümmert.«

Es passte wirklich etwas nicht zusammen. Das Gefühl eines großen Widerspruchs regte sich als Prickeln in Schelmereis Nacken, kroch ihre Arme und Beine hinab und stellte unterwegs alle Härchen auf. Der Mond spendete nur wenig Licht, aber gerade genug, um die vier langen, dunklen Schrammen an Lauters rechtem Handrücken sichtbar werden zu lassen.

Schelmerei wusste sofort, woher er die haben musste.

Er war durch eine Dachluke in ein sehr unordentliches Zimmer hinabgestiegen und hatte dabei unabsichtlich einen sehr großen Kater aufgescheucht.

Sie sah Lauter an, er sah sie an und des Rätsels Lösung lag zwar nicht auf, aber in der Hand.

In Lauters Handfläche schmiegte sich ein scheibenförmiges Ding. Mit einem schmalen Lauf parallel zu Lauters Mittel- und Zeigefinger. Es war Pamplemousses Dosenrevolver, ausgerichtet auf Schelmereis Stirn.

29. Rhetorische Mittel

Schelmerei starrte in den winzigen Pistolenlauf. Nachdem vor ihren Augen jeder ihrer Patzer und Irrtümer vorübergezogen war, blieb ein ernüchternder Gedanke übrig:

Schätze, daraus muss ich jetzt was lernen.

Lauter fuchtelte mit der Hand in der Luft herum, die kleine Waffe blitzte dabei bedrohlich zwischen seinen Fingern hervor.

»Was für ein Spitzenteil, nicht wahr? Eine echte Antiquität! Habe ich Pamplemousse abgenommen, bevor er in den Tiefkühlschrank kam. Dachte mir, er braucht das Ding wohl nicht mehr.«

Langsam, aber sicher ratterte das Räderwerk von Schelmereis Verstand wieder los.

»Weil du ihn umgebracht hast.«

»Hatte er mich zum Duell gefordert oder nicht? Was für ein Swift wäre ich, nicht anzutreten?«

»Und du hast auf Flora geschossen. Mit dem Ding da.«

»Kein Vergleich zu einer Armbrust, aber auf kurze Distanz richtet es doch einigen Schaden an.«

»Und du hast Tante Schadenfreude ermordet.«

Lauter verzog das Gesicht. »Ja, das … Das war ein bedauerlicher Unfall.«

Schelmerei erinnerte sich an den Teppich, der mühsam vom Boden gelöst worden war, und an den Gehstock, den man ihrer Tante aus der Hand gerissen hatte. »War es nicht.«

»Stimmt, war es nicht«, gab Lauter zu.

Schelmerei betrachtete sich selbst gern als wandelnden Lügendetektor, doch die größte Unwahrheit von allen war ihr entgangen. Dabei kauerte sie direkt vor ihren Augen in Lauters Mundwinkeln, versteckt in seinem schiefen, so sympathischen Lächeln. Schelmerei hatte sie nicht gesehen, weil sie schon immer, von Anfang an genau dort gewesen war.

Jetzt sollte sie so viele wichtige Fragen stellen. Phänomen hätte zweifellos eine ganze Liste parat gehabt. Doch Schelmereis eigene Fragen drängelten sich alle zugleich durch ihren Kopf und am Ende schlüpfte nur eine über ihre Lippen:

»Was bedeutet dein Name?«

Lauter sah sie ungläubig an.

»*Das* willst du von mir wissen? Ich bedrohe dich mit einer Waffe und du stellst mir *diese* Frage?«

Schelmerei zuckte mit den Schultern.

»Nicht zu fassen.« Seufzend richtete Lauter sich zu seiner vollen Größe auf, zeigte mit einer Hand – mit der waffenlosen – auf seine Brust und trug vor:

Lauter

(Adjektiv)

[erste Steigerungsform von »laut«: von höherer Lautstärke]

1. aufrichtig, ehrlich, redlich
2. hell, klar, glänzend
3. rein, unvermischt, durch nichts getrübt

Schelmerei sah ihn forschend an und versuchte, Mann und Name in Einklang zu bringen. Es ging nicht. Lauter tippte vor Ungeduld mit dem Fuß auf den Boden, in Erwartung ihrer nächsten Frage. Als diese ausblieb, setzte er sich wieder und lehnte sich gemütlich an die Statue, als führe er eine lockere Unterhaltung mit seiner Lieblingsnichte.

»Ein guter Name, finde ich«, sagte er im Plauderton. »Strahlt Autorität aus. Weißt du, in einem von Erbschafts Büchern gibt es eine Liste aller Patriarchen und Matriarchinnen. Und es ist jeweils vermerkt, was unsere Familie unter ihrer Führung erreicht hat. Die älteren Einträge gehen über mehrere Seiten. Die jüngeren bringen es kaum auf einen Absatz.«

Schelmerei blieb stumm. Sie rätselte immer noch darüber, wie Aufrichtigkeit und Redlichkeit zu einem hinterhältigen Doppel- bis Dreifachmörder passen sollten.

»Nicht dass wir uns missverstehen«, fuhr Lauter fort. »In gewissen Kreisen macht unser Name schon noch etwas her. Er hat mir meinen Studienplatz verschafft. Meine erste Anstellung im Krankenhaus. Und die Aufmerksamkeit von Viola DeMille und den anderen ihrer Art. Doch wir sind nicht mehr, was wir einmal waren.« Ein Kopfschütteln. »Unsere Familie hatte *Macht*. Geld. Wir wurden respektiert. In einer gerechten Welt müsste ich keine jungen Millionenerbinnen ausnehmen, nur um vernünftig über die Runden zu kommen.«

Schelmerei warf einen Blick auf den glitzernden Diamantring an Violas Finger. Ein riesiges, protziges Teil, das überhaupt nicht zu ihrem modisch-dezenten Kleidungsstil passte. Clementine wäre das sofort aufgefallen, Schelmerei vermutlich niemals.

Lauter bemerkte ihren Blick. »Hat Stunden gedauert, den richtigen für Viola auszusuchen«, berichtete er stolz. »Ich musste mir dafür natürlich etwas Geld von ihr borgen, aber ihre herrliche Schrift, die ist so leicht zu fälschen! Übrigens, das Witzigste an diesem ganzen Wochenende war, wie ihr mit Viola umgesprungen seid. Sie hat massig Kohle, aber die Hälfte der Bande tut so, als wäre es fürchterlich nett von *mir*, *sie* zu ehelichen! Dabei hat Schadenfreude mir doch vor euch allen ins Gesicht gesagt, dass ich ein Schmarotzer bin!«

Lauters leutselige Art bekam Risse. Hinter seiner eckigen Brille, unter seiner akkuraten Frisur verbarg sich ein sehr zorniger Mensch. Ein Auge stets auf die Waffe in seiner Hand gerichtet, tat Schelmerei, was sie vielleicht am besten konnte: Sie ging ihm auf die Nerven.

»Hab's kapiert.« Sie nickte, als würde ihr endlich alles einleuchten. »Dir geht's wirklich nur ums Geld. Du hast Tante Schadenfreude ermordet, weil sie nicht wollte, dass du Viola heiratest und ihre Kohle abgreifst.«

»Unsinn!« Lauter stieß sich von der Statue ab und tigerte hin und her. »Unsinn. Das wollte schon Schadenfreude nicht kapieren! Es geht mir gerade *nicht* nur ums Geld. Wenn es so wäre, hätte ich Viola einfach ohne den Segen unseres Tantchens geheiratet, mir mit ihrem Kapital ein angenehmes Leben gemacht – und Ende. Aber nein!«

Mit Mühe bekam er sich wieder in den Griff.

»Unsere Tante hat seit dem Tag ihrer Ernennung immer wieder geraunt, dass sie bald aufhören will. Sie hat ihre Pflicht erfüllt, aber Spaß hatte sie daran offensichtlich nicht. Und ich wusste seit Jahren, dass es, wenn sie endlich ihren Nachfolger verkünden würde, nur eine logische Wahl geben könnte: mich. Denn ich habe mich *ins Zeug gelegt*, um zur einzig logischen Wahl zu werden, die unserem Namen Ehre machen würde! Ich bin jung und intelligent, ich platze vor Ideen und ich habe mir obendrein die Hand der begehrtesten Junggesellin der Vereinigten Staaten gesichert. Was wollte die alte Hexe denn noch?!«

Nun versteckte er seinen Zorn nicht mehr. Er peitschte ihn Schelmerei entgegen.

»Ich wollte mit ihr reden, neulich am ersten Abend. Bin während des Essens zu ihr ins Arbeitszimmer, um ihr meine Argumente vorzutragen. Ja, Viola ist ein nettes Mädchen, habe ich ihr erklärt, aber das Entscheidende ist: Mit unserer Heirat werden ihr Geld und ihre Kontakte auch auf mich übergehen. Und damit würde ich als Patriarch den Swifts wieder zu alter Größe verhelfen. Ich würde die vermoderte

Bruchbude hier einebnen und ihrem Fundament den Schatz entreißen.«

»Wozu denn, wenn du doch Violas Vermögen hättest?«

Lauter knurrte. »Du hörst nicht zu. Der Schatz ist mehr als bloßer Besitz. Er ist unser Geburtsrecht.«

Irgendetwas an seinem Tonfall drehte Schelmerei den Magen um. Allmählich wurde ihr klar, wieso Behende den Schatz als *faulen Strebens faule Frucht* bezeichnet hatte. Er brachte nur Unglück, hatte er seinen Ursprung doch im Blutvergießen.

Im Dunkel der Nacht blitzte der Wahnsinn in Lauters Augen auf.

»Weißt du, Großonkel Zuwider ist das Ganze genau richtig angegangen. Und unter meiner Führung, mit Violas Vermögen und unserem Schatz als Kriegskasse, könnten wir investieren und expandieren. Mit dieser derzeit noch recht abgewrackten Truppe von Verwandten ein Imperium aufbauen. Wir …«

Als wäre in seinem Kopf ein Schalter umgelegt worden, lächelte Lauter plötzlich. Man hätte meinen können, sein Zorn wäre verraucht. Doch Schelmerei sah die Glut noch in ihm funkeln, sorgsam verwahrt in seinem Inneren.

»Tja, unser Tantchen wollte nichts davon wissen. Sie hatte wohl ein paar üble Gerüchte über mich aufgeschnappt. Hat mir vorgeworfen, meine Verlobte ›auszunutzen‹. Hat gesagt, ich wäre genau wie Zuwider, was im Grunde ein Kompliment war! Damit ist alles weggebrochen, was ich mir aufgebaut hatte – nur wegen der Sturheit einer alten Frau. Ja, da habe ich die Beherrschung verloren. ›Du scheinst Zweifel zu haben‹, habe ich gesagt. ›Aber vielleicht braucht es nur einen kleinen Schubs …‹«

Er machte eine Stoßbewegung, sein Lächeln wirkte verschmitzt.

»Du bist nicht besonders witzig«, stellte Schelmerei fest. »Und ehrlich gesagt ist mir egal, warum du es getan hast oder wie. Du hast meine Tante ermordet und Pamplemousse und vielleicht auch Schnüffler, ab–«

»Oh, das war der Knüller. Das war ein *echter* Unfall – das hat der Gute ganz allein hingekriegt! Ich hab ihn durchs Haus schleichen und *erzählen* sehen und wollte sichergehen, dass er wirklich so dumm ist, wie er aussah. Er brabbelte irgendwas von Nachforschungen und kaum hatte ich mich hinter ihm in die Bibliothek geschoben, zog er ein Buch aus dem Regal und … nur so viel: Das ging ins Auge. Des Gesetzes.«

Schelmerei lachte nicht.

»Bei dem fraglichen Buch handelte es sich übrigens um *Historie und Hausrecht der Familie Swift* – ein hochinteressanter Lesestoff. Und da die liebe Köchin spontan auf Leibwächterin umgeschult hatte, konnte ich dem Tantchen nicht den Rest geben und habe mich stattdessen auf die Suche nach dem Schatz gemacht.«

In diesem Augenblick rührte sich Viola. Als Lauter sich bückte und eines ihrer Augenlider nach oben zog, sah Schelmerei, dass die Schrammen an seiner Hand aufgeplatzt waren. Blut floss über seinen Unterarm und versickerte in seinen weißen Hemdärmeln.

»Sieht schlimm aus«, kommentierte sie.

Lauter schnitt eine Grimasse. »Dein Kater ist ein echtes Biest. Passt zu seinem Frauchen.«

Jetzt musste Schelmerei doch lachen. »Ich hoffe, das entzündet sich. Ich hoffe, du bekommst Wundbrand und deine Finger fallen ab. Ich hoffe, du steckst dich mit Tollwut an, dann hast du bald Schaum vorm Mund und wirst zum Hydrophobiker. Das heißt, du hast Angst vor Wasser und kriegst Fieber und trocknest total aus. Du weißt ja, Tollwut ist unheilbar.«

Für ein paar Sekunden sah Lauter sie bloß an.

»Du bist ein ganz schönes Scheusal, was?«, sagte er dann. »Ja, ich habe den Eindruck, in dir steckt etwas extrem Fieses. Eine hinterhältige Betrügerin.«

Schelmerei hielt seinem Blick stand. »Kann sein. Aber du bist ein Mörder.«

»Genau wie Zuwider. Lass mich dir eine Frage stellen: Wenn Zuwider so schlimm war, warum steht sein Denkmal dann immer noch?«

Als ihr keine passende Antwort einfiel, stand Schelmerei auf und wischte sich ein paar Grashalme von der Hose. Lauter folgte jeder ihrer Bewegungen mit seiner Pistole.

»Viola heiratet dich bestimmt nicht mehr«, sagte sie. »Tante Schadenfreude kann dich nicht zum Patriarchen ernennen, weil sie tot ist. Phänomen hat das Gift nicht getrunken. Das Feuer, das du gelegt hast, wurde gelöscht. Und wenn Flora sich erholt hat, erzählt sie allen, wer auf sie geschossen hat. Eine absolute Sackgasse. Du hast verloren.«

Lauter erwiderte nichts. Inzwischen herrschte tiefe Nacht, Schatten verschleierten seine Gesichtszüge. Mit der bewaffneten Hand deutete er unerschütterlich auf Schelmerei, doch vielleicht verzweifelte er innerlich bereits. Oder er kochte vor Wut. Nicht auszuschließen, dass er in ein paar Sekunden durch ein Fingerzucken allem ein Ende setzen würde.

Da lachte er auf. Er hatte ein sympathisches Lachen, eines, das nach einem albernen Scherz auf einer Party aus dem allgemeinen Lärm hervorstechen würde. Gerade wegen seines sympathischen Klangs war es besonders entsetzlich, es hier im Dunkeln zu hören. Denn es kam aus dem Mund eines Mannes, der einen Arm hatte, an dem eine Hand hing, in der eine Waffe lag – ausgerichtet auf Schelmereis Kopf.

»Ach was!«, rief er. »So schlimm ist es nicht. Als ich die Nase in *Historie und Hausrecht der Familie Swift* gesteckt habe, ist mir ein echter Plan B gekommen. Denn wer hätte das gedacht? Wenn sowohl die Matriarchin als auch die Archivarin vor der Ernennung einer neuen Matriarchin oder eines neuen Patriarchen versterben, dann … geht der Posten an den Swift *mit dem angemessensten Namen*!« Lauter deutete auf sich selbst. »Aufrichtig, ehrlich, redlich … Die Frage nach dem am besten geeigneten Kandidaten stellt sich überhaupt nicht, oder? Trotzdem, drauf ankommen lasse ich es nicht.«

Aus seiner Tasche zauberte er Schelmereis Karte vom Haus. »Hätte ich die mal früher gehabt, ich wäre so viel schneller ans Ziel gekommen! Vorhin, als du in der Küche die Tüte mit dem Katzenkaffee angeglotzt hast, als wäre sie voller Fingerabdrücke vom Killer höchstpersönlich, hat das Ding aus deiner Tasche rausgeguckt. Ich hatte ja keine Ahnung, wie viele Schlupfwinkel es in der alten Ruine gibt. Reichlich Platz für eine kleine Überraschung!«

Schelmerei schwieg. Egal, was sie sagte, er würde nur wieder darüber lachen. Und sollte sie sein Lachen noch ein einziges Mal hören müssen, würde sie sich mit gebleckten Zähnen auf ihn stürzen. Dabei hatte sie sich doch fest vorgenommen, nicht erschossen zu werden.

»Sei so nett, kletter mal auf die Statue und lausch auf die Klänge des Hauses.«

Schelmerei zog sich auf Zuwiders Schultern hoch. Mit gerecktem Hals konnte sie das weite Schwarz der Wiese bis hinauf zum Gebäude überblicken, dessen erleuchtete Fenster goldene Farbtupfer darauf streuten. Es war, als schaute sie zu einer anderen Welt hinüber. Die Angst um Köchin stach ihr ins Herz. Die wurde wahrscheinlich gerade großzügig gewürzt.

»Was hörst du?«, drängelte Lauter.

Seit Schelmerei über die Hecken des Irrgartens hinwegspähte, trug der Nachtwind all die Geräusche, die bisher vom Blattwerk verschluckt worden waren, an ihre Ohren: Musik – was irgendwie komisch war – und laute Stimmen, aber kein aufgebrachtes Gebrüll. Es klang eher … melodisch. Wurde da etwa gesungen?

»Ich habe durchaus nicht alles kaputtgehauen, was ich im Labor deiner Schwester vorgefunden habe. Beim Anblick all der Gefäße und Ampullen sah ich die Lösung – haha! – plötzlich unmittelbar vor mir. Ich würde wetten, dass da drüben inzwischen eine Bombenstimmung herrscht.« Das Grinsen war Lauter förmlich anzuhören. »Und niemand weiß, warum.«

Der Wind strich kühl über Schelmereis schweißnassen Nacken. »Was hast du getan?«

Lauters blendend weiße Zähne glitzerten in der Dunkelheit.

30. Unter Haus

Lachgas, einst recht beliebt bei Ärztinnen und Ärzten, war seit der Erfindung vernünftiger Narkosemittel fast so hoffnungslos aus der Mode gekommen wie Chloroform und Blutegel. Lachgas war zu unberechenbar in der Anwendung und auch nicht ungefährlich. Wem hat noch nie vor Lachen der Bauch wehgetan? Wer hat nie vor Lachen keine Luft mehr gekriegt und keine Silbe mehr über die Lippen – und trotzdem nicht aufhören können? Wer hat sich noch nie geradezu totgelacht? Genau das blühte den Swifts. Nur dass ihnen das Lachen am Ende für alle Zeit vergehen würde. Sie würden sich *buchstäblich* totlachen.

Bis es so weit war,erwartete sie eine längere Phase des Hustens und Keuchens und der Sinnestäuschungen. Außerdem standen ein schmerzhaftes Engegefühl in der Brust, blau angelaufene Gliedmaßen und der eine oder andere Herzkasper auf dem Programm, doch »totlachen« klang eine ganze Ecke appetitlicher und deshalb erklärte Lauter es Schelmerei mit diesem Wort.

»Sie werden sich totlachen?«

»Jep!«

»Vorher laufen sie weg!«

»Eben nicht – weil sie so viel Spaß haben. Und wenn ihnen dämmert, dass es langsam zu Ende geht, werden sie schon zu schwach sein. Sie werden nicht mehr vom Fleck kommen und erst recht keine Tür aufbrechen können. Ach ja, ich habe sie eingesperrt. Bald sind sie alle hinüber und ich bin der einzige Überlebende einer schrecklichen Tragödie. Zugegeben, da draußen schwirren noch eine Menge anderer Swifts herum, aber wer von denen wird sich schon um den Posten des Patriarchen reißen? Und dann nehme ich das Haus in Ruhe auseinander, Stein für Stein, bis ich meinen Schatz habe.«

Schelmerei betrachtete das dunkle Monstrum von einem Gebäude. Der Turm, der sich spitz in den Himmel bohrte, erinnerte sie wie immer an das Horn eines Nashorns. »Und wie willst du eine Familie zu alter Größe führen, die halb ausgestorben ist?«

Lauters herablassendes Lächeln war gerade so zu erkennen. »Ach, Schelmerei. Was aus den Menschen in einer Familie wird, ist doch egal. Wichtig ist, dass der Name überdauert.«

Falsch, dachte Schelmerei. *Es ist genau andersrum.*

»Und wenn ich dir helfe, den Schatz zu finden?«, fragte sie.

Lauter schnaubte. »Als ob du wüsstest, wo der sein könnte.«

»Ich hab einen Tipp bekommen, von einem Geist. Gib mir mal die Karte.«

Er musterte sie eingehend. Schelmerei fragte sich, ob er das gleiche Talent zum Entlarven von Lügen hatte wie sie selbst – wo er doch auf jeden Fall ein äußerst begabter Lügner war. Sein Blick wanderte von ihren Augenbrauen zu ihren Ohren, vom einen Mundwinkel zum anderen, tastete alle typischen Lügennester ab. Doch Schelmerei hatte nun einmal die Wahrheit gesagt. Am Ende reichte er ihr die Karte und sie suchte ihre gute alte Zeichnung nach Stellen ab, die zum Hinweis des IEEK passen könnten. UNTER HAUS eröffnete einige Möglichkeiten.

»Ich glaube, ich weiß was. Aber ich sag's dir nicht«, verkündete Schelmerei. Als Lauter mit seiner Handpistole fuchtelte, korrigierte sie sich. »Ich sag's dir nicht, sondern ich zeig's dir.«

Mit einem Wink forderte er sie auf, sich in Bewegung zu setzen. Schelmerei blickte auf Viola hinab, die immer noch so dalag, wie sie vor einer Weile in sich zusammengesunken war. Zumindest blutete die Platzwunde an ihrer Schläfe anscheinend nicht mehr.

»Die wird schon wieder«, sagte Lauter, als er Schelmereis Zögern bemerkte. »Ich muss es wissen. Ich bin Arzt.«

Also suchten sie sich ihren gewundenen Weg aus dem Heckenlabyrinth hinaus. In Wirklichkeit hatte Schelmerei überhaupt keinen Plan. Sie spürte, wie Lauter hinter ihr mit der Waffe auf sie deutete, fast als hätte er ihr etwas vorzuwerfen. Bei jeder Biegung versuchte sie aufs Neue, ihrem Kopf die eine rettende Idee zu entlocken.

Links.

Sie könnte davonflitzen, zum Haus, und die anderen warnen.

Rechts.

Aber sie konnte nicht sicher sein, dass die anderen auf sie hören würden.

Links.

Sie könnte Lauter irgendwie die Waffe abnehmen und ihn damit vor sich hertreiben, zurück zum Haus.

Links.

Die Waffe befand sich allerdings in seiner Hand. Es wäre kein Leichtes, sie ihm abzunehmen.

Rechts.

Sie könnte … ihm die Hand abhacken?

Links. Rechts. Links.

Bald ließen sie das Labyrinth hinter sich, doch selbst beim Überqueren der Wiese fühlte Schelmerei sich noch immer von hoch aufragenden Wänden eingeengt und von Sackgassen ohne Ausweg umgeben. *Links. Rechts. Geradeaus.*

»Also, wohin geht die Reise?«, fragte Lauter heiter.

»Der Geist hat gesagt, wir sollen ›UNTER HAUS‹ schauen. Das heißt, der Schatz muss im Keller versteckt sein«, erklärte Schelmerei. »Ich glaube, ich weiß auch, wo genau. Aber wenn ich's dir jetzt verrate, erschießt du mich gleich.«

Lauter lachte. »Im Keller! Ich wollte mich von oben nach unten vorarbeiten, also ist das eine prima Zeitersparnis! Bist schon ein cleveres Mädchen. Wär's nicht doch eine Idee, dich mit mir zu verbünden? Du wärst eine klasse Komplizin – garantiert, bei dem Namen!«

Schelmerei schwieg.

»Jetzt mal im Ernst! Findest du es fair, dass deine Eltern lustig in der Welt herumreisen, während du zu Hause sitzen und mit deinen Schwestern Verkleiden spielen musst? Mit mir könntest du echte Abenteuer erleben! Die Weltmeere besegeln! Den Globus erkunden!«

Er hatte einen Treffer gelandet. O ja, Schelmerei wollte die Welt sehen. Ein Teil von ihr – vielleicht war es derjenige, dem sie ihren Namen zu verdanken hatte – dachte ernsthaft über Lauters Angebot nach. Jedoch nur kurz.

Als sie ihn an den hell erleuchteten Fenstern vorbeiführte, guckte Schelmerei so unauffällig wie möglich hinein. Noch kicherte niemand, aber es wurde ausdauernd gesungen. Tante Zaudern und ihre Pokerrunde rutschten abwechselnd das Treppengeländer hinunter. Tante Laufpass schwenkte zwei Sektflaschen. Onkel Fährmann wiegte sich zur Musik des Grammofons, die Arme um ein Sofakissen geschlungen. Mitten in der Eingangshalle stand die große Zinnwanne, zur einen Hälfte mit Wasser gefüllt, zur anderen mit Köchin. Ihre Hände waren gefesselt, in ihrem Mund steckte ein Apfel. Die anderen hatten sie wohl vergessen.

»Wenn wir in den Keller wollen«, sagte Schelmerei, »werden wir uns vorn reinschleichen müssen.«

Lauter rupfte ihr die Karte aus der Hand und studierte sie kurz. »Man kann's ja mal versuchen, was? Es gibt einen separaten Kellereingang. Nehmen wir doch den.«

Er stupste sie vor sich her, an der langen Fensterfront vorbei und hinter das Haus, zu einer verwitterten, schief in die Wand eingelassenen Tür. Dort klimperte er provokant mit Schadenfreudes Schlüsselbund. Wie Schelmerei ihn hasste.

Nachdem Lauter die Tür entriegelt hatte, blickten sie gemeinsam in die schwelende Dunkelheit hinab. Schelmerei überlegte, einfach hineinzuspringen, bevor Lauter reagieren konnte. Doch er schien zu spüren, wie sich ihre Muskeln anspannten, denn er packte sie schnell am Arm und zerrte sie mit sich die Stufen hinab.

Schelmerei war erst ein paar Tage zuvor im Keller gewesen, doch es kam ihr vor, als hätte sie seitdem mindestens dreimal Geburtstag gehabt. Das ist das Schwierige am Großwerden – es hält sich nicht an festgelegte Meilensteine oder exakt gezogene Bahnen. Es geschieht, wann es will, in kleinen oder riesigen Schüben und ohne jedes System. Seit Schelmereis letztem Abstecher in den Keller waren manche Teile von ihr ein Stück gewachsen, aber nicht alle im gleichen Maß. Und so fühlte sie sich nun windschief und tollpatschig. Beim letzten Mal war das Untergeschoss in ihren Augen noch ein Abenteuerspielplatz gewesen. Jetzt war sie erwachsen genug, es zu fürchten.

Lauter reichte ihr eine handliche Taschenlampe. Während Schelmerei sie hin und her schwenkte und die Schatten schnell unter die Regale flohen, stieß er einen leisen Pfiff aus. Der Keller war riesig – und ohne Clementines Hilfe hatte Schelmerei keine Ahnung, welchen Weg sie einschlagen sollte. Sie bog immer wieder nach dem Zufallsprinzip ab, vertraute wie im Heckenlabyrinth ihren Beinen und lauerte dabei stets auf eine Gelegenheit, Reißaus zu nehmen. Doch Lauter hielt ihren Arm fest umfasst und er ließ sich nicht so leicht hereinlegen wie der Rest der Verwandtschaft. Als Schelmerei in seinem Griff erschlaffte, tippte er ihr unsanft an die Stirn. Zwischen seinen Fingerknöcheln konnte sie den Pistolenlauf spüren.

»Ein so kleiner Revolver kann nur eine winzige Kugel abfeuern«, sagte er. »Welch Glück, dass du ein winziger Mensch bist. Tu das nicht noch mal, verstanden?«

Über sich hörte Schelmerei ihre Verwandten rumoren, singen und zanken, hörte das Poltern stampfender Füße auf knarrenden Bodendielen. All die Geräusche, die sich seit Tagen so störend im Haus breitmachten, fand sie nun seltsam beruhigend. Sie signalisierten ihr, dass da noch jemand am Leben war.

Schelmerei führte Lauter am *D* und *G* und *P* und *Q* vorbei, rundherum um *R* und *O* und mitten durch das *Z*, welches sich beim *E* an die Wand quetschte. Lauter hielt mit ihr Schritt, doch seinem Griff war seine zunehmende Gereiztheit anzumerken und in der Nähe des *F* blieb er stehen.

»Hör mal«, sagte er.

Sie spitzte die Ohren und registrierte ein paar vereinzelte Gluckslaute.

»Was weiß ich, wohin du willst, aber lass dir ruhig Zeit – mir ist es einerlei«, meinte Lauter. »Ich frage mich nur, wie viel Zeit den anderen noch bleibt.«

Wenige Augenblicke später war das erste eindeutige Kichern zu vernehmen. Schelmerei hoffte noch, sie hätte sich verhört, als das nächste durch die Dunkelheit herabsickerte, dann das dritte. Der Gesang aus den oberen Stockwerken wurde immer schiefer. Sie lief wieder los, beschleunigte ihre Schritte und schleifte Lauter fast hinter sich her. Doch der blieb kurz darauf schon wieder stehen und deutete mit dem Kinn auf ein hohes Regal. »Schau!«, rief er. »Da bin ja ich!«

Schelmerei richtete den Strahl der Taschenlampe aus. Eingeklemmt zwischen Lässlich und Lavieren erblickte sie seinen Grabstein:

LAUTER

Adjektiv

1. aufrichtig, ehrlich, redlich

Den Rest las Schelmerei gar nicht erst. Vielleicht, dachte sie, war das Namensritual doch einfach nur Quatsch. Manche Leute verhielten sich, wie es von ihnen erwartet wurde, andere eben nicht. Die Bedeutung von Floras und Faunas Namen schien kaum eine Rolle zu spielen – sie passten bloß perfekt zueinander, dabei hätten die Schwestern charakterlich nicht unterschiedlicher sein können. Tante Schadenfreude hatte nie Wohlgefallen am Unglück ihrer Familie empfunden. Zugegeben, Schaudervoll war wirklich schaudervoll und Phänomen stand tatsächlich auf Naturwissenschaften. Doch dann war da Lauter: ein Lügner, Mörder, Dieb und vollendet schlechter Mensch. Einer, den ein gerechtes Schicksal Schurkisch hätte nennen müssen oder vielleicht Abscheulich.

Allerdings konnte ein Wort auch etliche Bedeutungen haben und manche davon konnte man ganz unterschiedlich deuten. Schelmerei las die Grabinschrift doch noch weiter. *Hell, klar, glänzend.* Lauters glänzend weiße Zähne. Lauters glanzvolles Auftreten. Lauter, das helle Köpfchen. Lauter, dessen Charme und Scherze die Menschen so sehr blendeten, dass sie das knapp unter der Oberfläche lodernde Feuer seiner Wut übersahen. So hell und klar, rein, unvermischt und durch nichts getrübt wie eine weiß glühende Flamme.

Ein Name konnte etliche Bedeutungen haben, ein Wort viele Definitionen in sich tragen und all diese Wörter, Bedeutungen und Definitionen verschränkten sich ineinander wie Spinnweben. Falls man sich aussuchen konnte, welchem Faden man folgte, welche Variante der eigenen Möglichkeiten man verwirklichte, hätte Lauter keine schlimmere Wahl treffen können.

Übersprudelndes Glucksen blubberte durch die Decke. Einzelne Blasen aus Kichern und Giggeln sanken hinab und zerplatzten. Schelmerei kämpfte sich weiter durch den Keller, achtete aber kaum noch darauf, wohin sie ging. Ihre Gedanken drifteten zu der Nacht, als sie mit ihren Schwestern ihren eigenen Grabstein zertrümmert hatte. Aus Versehen zwar, doch jetzt empfand sie eine jähe, gehässige Freude darüber. Tante Schadenfreude hatte behauptet, dass sie wegen ihrer angeborenen Anlagen war, wie sie war. Phänomen glaubte, es lag an ihrer Umwelt. Vielleicht hatten beide irgendwie recht, aber am Ende war es egal. Schelmerei war nun mal, wie sie war. Und das war doch eine schöne Erkenntnis, selbst wenn sie es – sie spürte die Waffe in ihrem Rücken – nicht mehr besonders lange sein würde.

Irgendwann hob sie den Blick und fand sich beim *H* wieder.

»Hier.« Sie wich einen Schritt zurück.

»Hier?«, echote Lauter stirnrunzelnd. »Wo genau?«

»Na, da.«

Schelmerei deutete auf ein halbhohes Regalbrett, auf dem ein Stein ruhte, älter als seine Nachbarn.

Haus

Substantiv

1. Heim, Wohnstatt

2. Familie adeliger Abkunft, Königshaus

»SCHAUT UNTER HAUS«, sagte Schelmerei.

»Wir haben einen Verwandten namens Haus?«, erwiderte Lauter.

»Nein. Aber das Haus gehört trotzdem klar zur Familie. Und Häuser können sterben.« Sie fuhr mit dem Daumen über die bröckelnde Kellerwand. »Das verstehst du sicherlich nicht.«

Lauter blickte sie an, als hätte er gern mit ihr darüber diskutiert. Doch er hatte eine dringendere Frage. »Wie soll Zuwiders Schatz denn dahinterpassen? So klein kann er nicht sein. Du willst mich doch verkohlen.«

Schelmerei zuckte mit den Schultern. »Mehr hat der Geist nicht verraten. Könnte aber doch sein, dass auf dem Stein weitere Anweisungen stehen. Irgendein entscheidender Hinweis.«

Sie bräuchte nur einen Augenblick, nur eine Sekunde der Ablenkung. Lauter zog an dem Grabstein. Er hatte mehr Kraft, als man meinen sollte, doch zugleich war der Stein viel, wirklich sehr viel schwerer als die Büste, die er anstelle von Schnüfflers Haupt platziert hatte. Nur millimeterweise ließ sich das Ding vom Regalbrett hinunterzerren. Schelmerei sah konzentriert zu und während der Stein langsam ins Kippen geriet, sich sein Gewicht allmählich auf Lauters Hände verlagerte, spannten sich ihre Muskeln an. Der Stein senkte sich in Lauters Arme, er wich einen Schritt zurück …

… und Schelmerei trat ihm feste gegen den Knöchel. Lauter ließ den Stein los und schrie auf, als dieser mit einem hässlichen Knacken auf seinem Fuß landete.

Diesen Bruchteil einer Sekunde nutzte Schelmerei zur Flucht. Irgendetwas pfiff an ihrem Ohr vorüber, ein Fluch ertönte, ein lautes Klicken. Bestimmt nahm Lauter sie schon wieder ins Visier, doch wie jedes Kind weiß, fliegen Kugeln nicht um die Ecke. Schelmerei musste es bloß bis zur ersten Weggabelung schaffen, dann wäre sie in Sicherheit.

Sie hatte gerade eine Kreuzung erreicht – links zweigte das *H* vom *L* ab, rechts das *W* –, da traten aus der Finsternis des *W*-Gangs zwei Gestalten. In ihrer Mitte tanzte das Licht einer schwankenden Taschenlampe. Bremsen konnte Schelmerei nicht mehr, weshalb sie frontal gegen die größere der beiden knallte, welche ihr »Aua! Schelmerei, du Trampeltier!« entgegenzischte.

In einem genervten Ton, den Schelmerei selbst unter diesen Umständen sofort erkannte.

»Clementine!«, rief sie, sah die andere Gestalt an und ergänzte: »Phänomen!«

Hinter Schelmerei näherten sich schlurfende Schritte. Sie wollte ihre Schwestern zurückdrängen, um die Ecke, doch die beiden rührten sich nicht von der Stelle. »Licht aus!«, raunte Schelmerei. »Was macht ihr hier?!«

Phänomen straffte die Schultern. »Clementine meinte, du steckst in Schwierigkeiten, und ich …« Schelmerei konnte hören, wie ihre Schwester rot wurde. »Na schön, ich hatte so ein *Gefühl*«, berichtete Phänomen angewidert. »Es fällt mir echt nicht leicht, das zuzugeben, also mach dich bloß nicht lusti–«

Eine Hand krallte sich in Schelmereis Haare und zerrte sie nach hinten, den Gang hinunter.

»*Weg hier!*«, brüllte sie trotz der Schmerzen – es tat zehn Mal schlimmer weh, als die Locken ausgekämmt zu bekommen. Sie spürte, wie sich einzelne Haare aus ihrer Kopfhaut lösten. Dennoch schrie sie nicht, sie weigerte sich nämlich. Aber Clementine weigerte sich nicht und kurz übertönte ihr schrilles Kreischen das Gelächter von oben.

Dann blieb Lauter stehen und presste die Hand mit der Pistole darin an Schelmereis Schläfe.

»Still!«, fauchte er.

Clementine verstummte, sichtlich verwirrt. »Sonst pikst du ihr ins Auge, oder wie?«

»Waffe«, stieß Schelmerei mit zusammengebissenen Zähnen hervor und hörte kurz darauf, wie Phänomen endlich die Gleichung löste, an der sie seit dem Abend von Tante Schadenfreudes Sturz geknobelt hatte.

»Pamplemousses Dosenrevolver«, flüsterte Phänomen. »Du bist der Mörder.«

»Ich muss nachdenken, also hört bitte auf zu quasseln«, fauchte Lauter wieder. »Ihr dummen, naiven, naseweisen Mädchen …«

Schelmerei spürte, wie er zitterte. Für einen kurzen, frohlockenden Moment beglückwünschte sie sich dazu, ihm Angst gemacht zu haben. Bis sie seine geballte, weiß angelaufene Faust mit den grell leuchtenden Schrammen sah und erkannte, dass sie Angst mit Zorn verwechselt hatte.

»Vorschlag.« Clementine trat vor. »Nimm mich als Geisel, nicht sie. Es gibt niemand Nervtötenderen als Schelmerei. Glaub mir, die willst du nicht mit dir rumschleppen.«

»HALT'S MAUL!« Als Clementine ihm mit der Taschenlampe ins Gesicht leuchtete, war der herzliche, fröhliche Lauter von früher endgültig in der Glut seines Zorns verbrannt. Schelmerei presste die Augen zusammen.

»Bitte«, flüsterte Clementine, »lass meine Schwester am Leben.«

Bumm. Bumm. Bumm.

Links von Clementine war ein Licht aufgetaucht. Es näherte sich jemand.

»Wer ist denn da?«, rief Lauter. An seinem hasserfüllten Gesichtsausdruck änderte sich nichts, doch er schlug plötzlich einen herzlichen Ton an. Schelmerei wurde übel.

Bumm. Bumm. Bumm.

Die Härchen an Schelmereis Unterarmen zitterten. Das Geräusch kam ihr bekannt vor und da die in der Dunkelheit weiß schimmernden Augen ihrer Schwestern immer größer wurden, ging es ihnen offenbar genauso. Clementine klammerte sich an Phänomens Hand.

Bumm. Bumm. Bumm.

Eine Lanze aus Licht stach durch die Lücken zwischen den Regalen. Zu dem gleichmäßigen Klopfen gesellte sich ein anderes Geräusch, ein Schaben wie von schleppenden Schritten.

»Wer ist da, habe ich gefragt!«, rief Lauter.

Angestrengte Atemzüge waren zu hören – und um die Ecke schwebte eine Laterne, von einem blassen Arm, einem blassen Wesen hochgereckt. Einer geduckten, vertrauten Gestalt, allerdings vollständig von einem zerlumpten weißen Schleier verhüllt. Bei jedem Schritt schlug ihr Gehstock auf den Steinboden. Schelmerei spürte, wie Lauter bebte.

»Zeig dich!«, brüllte er.

Die Gestalt blieb stehen. Im Dunkeln schien sie von innen zu leuchten. Langsam strich sie den Schleier von ihrem Gesicht zurück.

Und als der Geist von Erztante Schadenfreude einen dürren Arm hob und damit anklagend auf Lauter deutete, schrie dieser auf. Seine Hand glitt von Schelmereis Schulter hinunter, entkräftet von Furcht. Kopfschüttelnd wich er zurück.

»Nein«, stammelte er. »Nein, nein, nein.«

Der Geist machte einen Schritt auf ihn zu.

»Lauter«, stöhnte er.

Der prallte rückwärts gegen das Regal hinter ihm. Schelmerei würde nie mit Sicherheit sagen können, ob die anderen Grabsteine durch den einen fehlenden aus der Balance gebracht worden waren. Nicht einmal Phänomen konnte es im Nachhinein berechnen. Doch gleich, ob es Schicksal, Zufall, Karma oder das Resultat schnöder physikalischer Gesetze war: Das Regal kippte nach vorn.

Niemand kam mehr dazu, es abzustützen. Schelmerei konnte gerade noch aus dem Weg springen, als auch die umliegenden Regale wie Dominosteine umfielen, Staub und Steinbrocken spien und Lauter unter sich begruben.

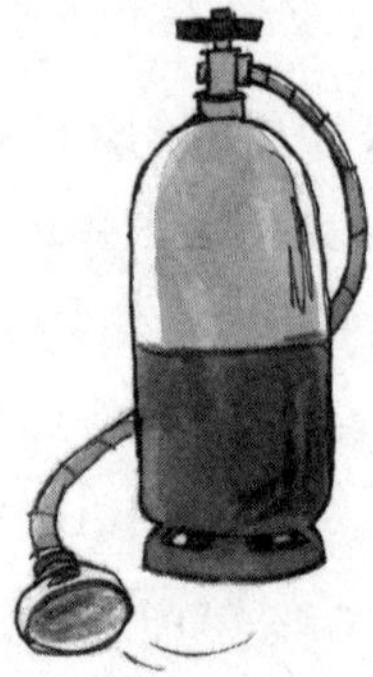

31. Wer zuletzt lacht

Staubkörner schwebten durch den Keller, noch unsicher, wo sie sich niederlassen sollten. Einige entschieden sich schließlich für Schelmereis Haare, Wangen und Wimpern. Sie hustete.

»Ich nehme es euch schon übel«, sagte der Geist von Tante Schadenfreude, »dass ihr drei nicht eingeschritten seid, als auf meiner Beerdigung gesungen wurde.«

Hoch aufgeschossen, die helle Laterne in der Hand, stand die Erscheinung außerhalb des Katastrophenbereichs. Sie setzte sich in Bewegung, schlurfte den Mädchen durch die Trümmer entgegen. Und sie hinterließ dabei Fußspuren.

»Die Dekoration ließ arg zu wünschen übrig«, fuhr der Geist fort. »Und wer hat dem da erlaubt, sich als Trauerredner zum Narren zu machen? Es war eine einzige Farce, von vorne bis hinten. Da hätten wir uns die Proben auch sparen können.«

Eine Art Pulver rieselte aus der Kleidung des Geists. Phänomens Lippen krümmten sich zu einem Lächeln.

»In Zukunft werden wir sehr viel gründlicher vorgehen

müssen. Ich habe mir vorgenommen, eine Liste erträglicher Gäste zu erstellen, und … Schelmerei, lass das doch.«

Um ganz sicherzugehen, stupste Schelmerei ihre Tante noch einmal an. Nein, sie bestand nicht aus Luft. Und Schelmereis Fingerspitze war weiß gefärbt.

»Was ist das?«, fragte sie. »Mehl?«

Schelmereis sehr lebendige und sehr mehlbestäubte Tante zog ein Taschentuch aus ihrem Kleid und säuberte sich damit das Gesicht.

»Eine bessere Idee hatte ich auf die Schnelle nicht«, erwiderte sie leicht verschnupft. Unter der Mehlschicht zeichneten sich die ersten vertrauten Runzeln ab. »Und es hat ja wohl funktioniert.«

Clementine warf sich auf ihre Tante und vergrub das Gesicht an ihrer Schulter, wobei sie fast mit dem Eisenhalsband kollidierte. Schadenfreude strich ihr ein paar Mal über den Kopf und verpasste ihr dadurch weiße Strähnchen. »Ist ja gut«, brummte sie durchaus einfühlsam.

Schelmerei und Phänomen hielten normalerweise nicht viel von Umarmungen, doch ehe sie es sich versahen, hingen sie ebenfalls rechts und links an ihrer Tante. Vom Staub und Mehl mussten sie niesen. Darunter roch es aber immer noch nach Schadenfreude, also nach Maiglöckchen und Schuhcreme.

Unbeholfen legte Tante Schadenfreude die Arme um ihre Nichten und sagte leise: »Es tut mir leid, ihr drei.«

»Mmf mmfwmn mfff mf fm mfwmm mffln?«, erwiderte Clementine.

»Wie bitte?«

Clementine wich von ihrer Tante zurück und wischte sich wütend Tränen aus dem Gesicht. »Und warum hast du es dann getan?«

Die daraufhin einsetzende Stille wurde von einer Lachsalve zerschossen. Vor lauter Grabsteingedröhn und Trümmergetöse hatten sie alle vergessen, was sich ein Stockwerk höher abspielte: Lachgas strömte in das Haus wie Helium in einen Ballon, der bald die halbe Familie davontragen würde. Irgendwohin, wo die Lebenden nichts zu suchen hatten.

»Was in aller Welt ist denn in die gefahren?«, wunderte sich Tante Schadenfreude.

»Distickstoffoxid«, sagte Schelmerei. »Wir müssen uns beeilen.«

»Moment mal –«

»Lauter! Lachgas! Mord!«, brüllte sie, alles in allem nicht die schlechteste Zusammenfassung der Situation.

Schelmereis Karte lag auf dem Boden, neben dem Geröllhaufen, der den Platz von Lauter eingenommen hatte. Ein Arm ragte aus den Steinen hervor wie ein Fahnenmast. Schelmerei schnappte sich ihre Karte und schreckte prompt zurück – zu ihrem Entsetzen hatte ein Finger an dem Arm gezuckt. Unter dem Haufen ächzte es leise.

»Er lebt!«, rief Clementine.

»Wie ungünstig.« Tante Schadenfreude seufzte. »Aber ich werde schon darauf achten, dass er sich nicht von der Stelle bewegt, bis ihn irgendwer einsammeln kann.«

Clementine zögerte. »Kommst du wirklich zurecht?«

»Selbstverständlich. Zweimal lasse ich mich von dem nicht umbringen.«

Mit einem verblüffend gekonnten Gehstockhieb zerteilte Schadenfreude die Luft. Die drei Mädchen gelobten stumm, sich nie mehr mit ihr anzulegen.

Wieder ging es im Laufschritt durch das unterirdische Labyrinth, an der Spitze Clementine, die den Weg so sicher fand wie eine bestens trainierte Laborratte. Durch die Tür unter der großen Treppe brachen die Schwestern in die Eingangshalle, ihre Augen gerötet, ihre Kleidung verdreckt, ihre Haare zottelig. Der traurige Zustand der drei veranlasste die anderen Swifts zu wieherndem Gelächter, was man ihnen in diesem Fall aber wirklich nicht vorwerfen konnte.

Der Raum bebte. Verwandte wälzten sich auf den Treppenstufen, schüttelten sich auf den Sesseln und rollten auf dem Boden hin und her. Manche hatten ihre Arme und Beine mit den Geländerstäben verschränkt, um nicht umzufallen. Teller waren zerbrochen, Getränke ausgekippt, Zierstücke umgeschmissen worden. Es herrschte ein allgemeines Gackern, Glucksen, Giggeln und Hilflos-mit-den-Füßen-Strampeln. Heiterkeit und Schmerz waren schwer zu unterscheiden. Jemand versuchte, sich an den Vorhängen hochzuziehen, und riss sie stattdessen mitsamt Stange herunter.

»Was ist denn mit denen?«, fragte Clementine und schlug sich die Hand vor den Mund. Ein Kichern war daraus entwichen.

Phänomen riss Stoffstreifen von ihrem Laborkittel, tunkte sie in eine nahe Blumenvase und reichte die triefenden Fetzen ihren Schwestern. Einen behielt sie, um ihn sich selbst vor Mund und Nase zu binden.

»Vollständig werden die das Gas nicht herausfiltern, aber besser als nichts«, sagte sie. »Wir müssen für Belüftung sorgen, aber schnell.«

»Was?«

»Fenster und Türen auf!«

»Lauter hat mir erzählt, dass er alle Türen abgeschlossen hat«, berichtete Schelmerei.

»Und die Fenster im Erdgeschoss sind so schwergängig, die kriegt eigentlich nur Köchin auf«, meinte Clementine.

Auf diesen Augenblick hatte Schelmerei ihr Leben lang gewartet. Sie griff sich einen eisernen Kerzenleuchter vom Tisch und schleuderte ihn gegen das nächstbeste Fenster. Er segelte krachend durch die Scheibe, ein kühles Lüftchen wehte herein.

»Los, kaputt machen!«, sagte sie. *»Alles.«*

Schelmerei eilte in Richtung Treppe, doch Clementine erwischte sie am Arm.

»Halt, wo willst du hin?«

Schelmerei fasste die Hand ihrer Schwester und löste sanft Finger um Finger von ihrem Pullover. »Jetzt fängst du auch noch mit diesem Festhalten an«, sagte sie dabei. »Das Gas muss irgendwoher kommen. Ich will rausfinden, woher.«

»Nein, du –«

»Clementine.« Schelmerei blickte sie beschwörend an. »Sogar Onkel Mahlstrom hat's vorhin gesagt: Niemand kennt das Haus besser als ich. Also vertrau mir, ja? Nur dieses eine Mal.«

Clementine sah ihr in die Augen – und gab sich geschlagen. »Stimmt schon. Und niemand sonst ist so klein und schlau und mutig wie du.«

Anscheinend war sie drauf und dran, schon wieder in Tränen auszubrechen – keine gute Angewohnheit, fand Schelmerei. Ihre Schwester heulte mehr als alle anderen, was auf lange Sicht nicht gesund sein konnte. Doch diesmal nickte Clementine nur, hob die abgestürzte Vorhangstange auf und zielte damit wie eine Speerwerferin auf ein Fenster.

Schelmerei rannte los, im Rücken das Klirren der Scheibe.

Wer schon einmal über die Grenze des Erträglichen hinaus gekitzelt wurde, weiß, wie unangenehm das sein kann. Nicht das Gekitzeltwerden selbst, versteht sich, sondern das Lachen und Zappeln, das Seitenstechen, das innere Taumeln, die vor den Augen tanzenden Sterne. Hält all das zu lange an, handelt es sich um eine Art sanfte Folter.

Schelmerei hatte noch nicht einmal die Eingangshalle hinter sich gelassen, als sie zu kichern begann. Mit einem tiefen Luftholen versuchte sie, sich zu sammeln, doch davon wurde es bloß schlimmer. Phänomens selbst gebastelter Mund-Nasen-Schutz erfüllte seinen Zweck nur mäßig. Auch wenn sie keine verdächtigen Gerüche wahrnahm, spürte Schelmerei, wie das Lachgas sie von innen kitzelte. Harry Houdini konnte drei Minuten lang den Atem anhalten, sie schaffte höchstens eine. Ewig würde sie dem Gas nicht trotzen. Sie musste sich sputen.

Zuerst guckte sie unter der großen Treppe nach. Als Nächstes unter den Visieren der Ritterrüstungen und im Maul des ausgestopften Leoparden und im Geheimfach in der Bibliothek, dem ehemaligen Armbrustversteck. Danach breitete sie ihre Karte aus und erschrak beim Anblick all der verborgenen Winkel, die sie selbst eingezeichnet hatte und nun eigentlich alle überprüfen musste.

Wofür sie aber keine Zeit hatte.

Geschüttelt von stummem Lachen blieb sie auf der Treppe stehen. Die Schürfwunde an ihrem Schienbein war aufgeplatzt, Blut floss über ihre Haut.

In den vergangenen Tagen war Schelmerei innerlich deutlich gewachsen, in den vergangenen Stunden noch mehr. Doch in den vergangenen Minuten hatte sie einen echten Satz nach vorn gemacht, rein charakterlich betrachtet. Und jetzt, als sie die Treppe weiter hinaufzusteigen begann und, selbst schon schwitzend und glucksend, dem Heulen und Kreischen von unten lauschte, kam ihr ein Gedanke. Ein Gedanke, der ihr absolut fremd war, der aber voll ausgereift in ihrem Kopf auftauchte, so erwachsen wie der graue Anzug eines Bankangestellten.

Sie würde es nicht schaffen.

Das war ein nie da gewesener, extrem unangenehmer und bei seinem ersten Auftreten derart schockierender Gedanke, dass Schelmereis Beine Konsequenzen zogen, noch bevor der

Rest von ihr ihn richtig verarbeiten konnte. Sie sank kraftlos auf die oberste Stufe der großen Treppe, unweit der Stelle, wo Lauter mit einem kleinen Schubser alles in Gang gesetzt hatte.

Einmal, vor längerer Zeit war Schelmerei vom Dach gesprungen. Sie hatte ihre Matratze durch die Luke in ihrem Zimmer gequetscht und über die Brüstung geschoben. Dann war sie hinterhergehüpft, mittendrauf – ein kleiner Test, ob dies im Falle einer Gefangenschaft im Haus eine brauchbare Fluchtmethode wäre. Hinterher hatte Köchin sie ausgeschimpft wie noch nie.

»Ist dir nicht in den Sinn gekommen, dass du dabei hättest draufgehen können?«, hatte sie gebrüllt.

Nein. Bis zu diesem Augenblick auf der Treppe hatte Schelmerei es wirklich nie für möglich gehalten, dass sie sich selbst irreparable Schäden zufügen könnte. Und sie hatte außerdem nie begriffen, dass sie an etwas scheitern konnte. Von jetzt an müsste sie das Fürchten lernen. Wichtiger noch, sie müsste lernen, wie man sich fürchtete und trotzdem weitermachte.

Okay, sagte Schelmerei sich, *die Frage ist: Wenn ich irgendwo eine Flasche mit tödlichem Lachgas verstecken müsste – dann wo?*

Wenn sie ehrlich war, hatte sie keine Ahnung. Zwischen hinterlistiger Täuschung und hinterhältigem Betrug auf der einen und kaltblütigem Mord auf der anderen Seite klaffte eine große Lücke. Eigentlich ein beruhigender Gedanke, wäre die Schlussfolgerung daraus nicht gewesen, dass Schelmereis Verwandte nun genau deshalb sterben mussten, weil sie *so* schlecht nun auch wieder nicht war.

Wenn ich Lauter wäre, dann …, setzte sie in ihrer Verzweiflung neu an. *Wenn ich Lauter wäre und diese Karte vom Haus hätte, wo würde ich die Flasche verstecken?*

Sie drehte die Karte um und überflog fieberhaft die Aufstellung der verdächtigen Gemälde, die lange Liste von geheimen Winkeln und Nischen hinter kitschiger Kunst. Alle könnte sie niemals überprüfen. Sie musste die Auswahl eingrenzen.

Wenn ich Lauter wäre …

»Ich bin's, Lauter«, sagte sie zu sich selbst, ihre Stimme gedämpft von der Maske. »Ich stehe auf Geld und Lügen und schlechte Scherze. Ich bin einer, der Schnurrbärte auf Porträts schmiert und Wortspiele für den Gipfel der Komik hält und immer alle zum Lachen bringen mu… ah!«

Schelmerei rannte los und nun zügelte sie ihr Lachen nicht mehr. Lachend traf sie im zweiten Stock ein, lachend passierte sie den rußgeschwärzten Eingang des Geheimraums, lachend folgte sie dem Zischen des ausströmenden Gases zur *Herzogin mit dem mürrischen Blick*. Die hatte seit Neuestem einen schicken schwarzen Schnurrbart.

»Ihre Wangen sind so farblos«, hätte Schelmerei gern gewitzelt, hätten ihre verkrampften Kiefer es zugelassen. Sie riss das Gemälde zur Seite.

Die Gasflasche war fast so groß wie Schelmerei, aber immerhin deutlich leichter. Sie fauchte wie eine zornige Schlange, als Schelmerei sie packte und sich mit ihr in den Wäscheschacht hinter *Nonne, in der Nase popelnd* stürzte. Sekundenlang hallte Schelmereis Gelächter durch die Eingeweide des Hauses. Im

nächsten Moment schoss sie am Fuß der großen Treppe aus der Röhre hinaus, spurtete strauchelnd los und hechtete durch ein kaputtes Fenster in den Garten. Sie schmiss die Flasche ins feuchte Gras, kickte sie von sich fort und saugte dabei frische, anständige Luft in ihre Lunge. Dann brach sie zusammen.

Über ihr waberten Sterne. Ihre zitternden Muskeln kamen allmählich zur Ruhe. Ein Krachen ließ vermuten, dass es irgendjemandem gelungen war, die Haustür aufzubrechen. Und bald darauf kündete lautes Glucksen und Japsen davon, dass sich immer mehr Verwandte auf die Wiese schleppten. Schelmereis Haare und Kleider waren nass vom Tau. Ihr war kalt, aber sie war froh darüber. Sie war froh, überhaupt etwas zu spüren.

Während die Familie wie gestrandete Fische dalag und nach Luft schnappte, erschien Tante Schadenfreude. Sie bat darum, doch bitte Köchin loszubinden, da sie nur mit ihrer Hilfe den wahren Mörder aus dem Keller an die Oberfläche befördern könnte. Zu einem größeren Oh und Ah wegen Schadenfreudes überraschender Auferstehung von den Toten war niemand imstande. Nur Tintinnabula stieß einen halbherzigen Schrei aus, der nahtlos in einen Hustenanfall überging. Onkel Fährmann richtete sich unter schlimmem Würgen auf und taumelte zu Köchin hinüber. Doch die sprengte durch ein kurzes Anspannen ihrer muskulösen Unterarme einfach selbst ihre Fesseln, biss einmal kraftvoll in den Apfel zwischen ihren Zähnen und trottete hinter Schadenfreude zur Kellertreppe hinüber.

Phänomen und Clementine ließen sich neben ihrer Schwester ins Gras plumpsen. Ohne ein Wort zu sagen, bettete Clementine Schelmereis Kopf auf ihren Schoß, während Phänomen ihr sanft über die Schulter strich. Schelmerei selbst winkte mit einer schlaffen Hand Rain zu. Rain bekam gerade so einen Daumen frei, um diesen nach oben zu recken – ansonsten befand er sich fest im Klammergriff von Tante Erbschaft, die immer noch sichtbar angekokelt war. Ausnahmsweise klammerte Rain sich jedoch nicht weniger fest an Tante Erbschaft.

Es wurde gewartet und gewartet. Endlich tauchte in einem zerschlagenen Fenster Köchin auf.

»Alles in Ordnung! Ihr könnt jetzt wieder rein. Sollte so weit sicher sein.«

Mit einem kollektiven Stöhnen stemmte sich die Verwandtschaft auf die Beine und schleppte sich mühsam ins Haus. Die Eingangshalle war ein Anblick des Grauens. Unter etlichen Füßen knirschte Glas wie Kieselsteine. Köchin schüttelte missbilligend den Kopf.

»Es ging wohl nicht anders«, sagte sie, ein Auge auf die kaputten Fenster gerichtet. »Und weil es hier doch ein bisschen zugig ist, würde Tante Schadenfreude euch lieber in ihrem Arbeitszimmer empfangen. Na los, hopphopp!«

Im zweiten Stock war der Geheimgang geschlossen, der Kamin angezündet und der blutgetränkte Lehnstuhl weggeräumt worden. Köchin war sogar dazu gekommen, eine Packung

Pappbecher und eine riesige Kanne heiße Schokolade heranzuschaffen. Die Verwandten quittierten dies mit dem einen oder anderen beschämten Blick, hatten sich einige von ihnen doch eine knappe Stunde zuvor noch darauf geeinigt, Köchin bei lebendigem Leib zu kochen. Köchin war es deshalb wichtig, beim Aushändigen der Getränke jeder und jedem direkt in die Augen zu schauen. Schelmerei sah, wie viel Freude sie daran hatte.

Aufgrund des begrenzten Angebots an Sitzplätzen hatten sich die meisten Verwandten mit überkreuzten Beinen auf dem Boden niedergelassen und mussten von dort aus zu Tante Schadenfreude aufschauen, die ihrerseits einen ledernen Ohrensessel in Beschlag genommen hatte. Ihr Halsband funkelte im Licht des Feuers. Tante Erbschaft, ihr Gesicht zerknittert vor Erschöpfung, hockte auf einem Stuhl daneben. Gegenüber saß Flora, einen Schal um ihre verarztete Schulter gewickelt, an ihrer Seite Fauna. Die beiden belegten einen bestimmten anderen, unweit postierten Verwandten mit demselben tödlichen Blick: Lauter, der an den Schreibtisch gefesselt war, ramponiert und immer noch voller Zorn. Einer seiner Arme lag in einer Schlinge, eines seiner Beine war notdürftig geschient worden. Schelmerei begrüßte ihn mit einem fröhlichen Winken.

»Also gut. Abgesehen von ein paar bemerkenswerten Ausnahmen …« Für einen Moment sah Tante Schadenfreude die drei Mädchen an. »… habt ihr euch alle mehr als blöde angestellt.«

Verhaltene Empörung regte sich. Tante Schadenfreude unterband sie mit einem einzigen Blick.

»Auch wenn wir noch nicht ganz vollzählig sind, sollten wir wohl langsam anfangen. Es wäre mir recht, wenn wir das Ganze schnell klären könnten. Die letzten Tage waren für mich nämlich kein reines Zuckerschlecken und es zieht mich zu meinem Bett.«

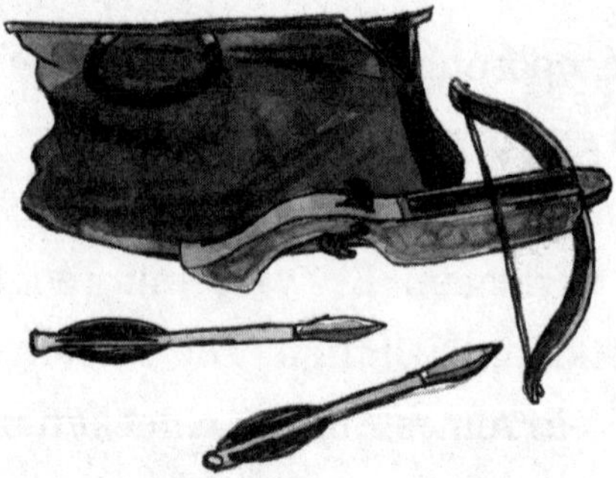

32. Dénouement

»Zuerst einmal war es Lauter, der mich die Treppe hinuntergestoßen hat«, begann Tante Schadenfreude. »Oh, ihr wirkt ehrlich überrascht. Das kann ich leider nur auf einen schockierenden Mangel an Menschenkenntnis zurückführen. Nachdem ich meinen baldigen Rückzug verkündet hatte, suchte Lauter mich hier im Arbeitszimmer auf. Er erzählte mir ein wundervolles Märchen über seine künftige Ehe, die unsere Familie vor dem Untergang bewahren werde, wenn ich ihn nur zum Patriarchen ernennen und seiner Verbindung mit Viola DeMille meinen Segen erteilen würde. Dann, raunte er mit verdächtiger Begeisterung, wolle er den Schatz heben und damit *›unserer glorreichen Familie wieder zu ihrem Glanz‹* verhelfen.« Schadenfreudes Stimme triefte vor Verachtung. »Nach dieser eindrucksvollen Vorstellung informierte ich ihn darüber, was mir über die letzten Jahre zu Ohren gekommen war: dass er hoch verschuldet sei, dass er einer Reihe von so wohlmeinenden wie wohlhabenden jungen Damen erst ihr

Geld abgenommen hatte, um sie kurz darauf sitzen zu lassen, und dass er derzeit gedachte, Miss DeMille genauso übel mitzuspielen. Bis hierhin korrekt, Lauter?«

Lauter schüttelte energisch den Kopf. »Das ist nicht wahr! Bitte, liebe Leute, ihr müsst mir glauben!«

»Ach je. War es also zu naiv von mir, davon auszugehen, dass du zumindest in diesem letzten Akt – beim *Dénouement* – deinem Namen gerecht werden würdest?« Schadenfreude seufzte. »Aber gut. Dann muss ich deinen Hang zu *unlauterem* Verhalten eben durch doppelte Aufrichtigkeit und Ehrlichkeit aufwiegen. An diesem Tag sagte ich ihm also, wohin er sich seine rückwärtsgewandten Vorstellungen schieben könnte, und ging. Dass er mir gefolgt war, bemerkte ich erst, als er meinen Gehstock packte.«

Sie trank einen Schluck heiße Schokolade.

»Über das Folgende kann ich aufgrund anhaltender Bewusstlosigkeit nicht zuverlässig Bericht erstatten«, fuhr sie fort. »Von nun an werden wir die Geschichte so ähnlich erzählen, wie man eine Zwiebel schält. Einige von euch werden die Knolle für einen Moment in die Hand bekommen und etwas berichten. Und wenn jedes Mal gedanklich ein Stück Schale abgepellt wird, sehen wir am Ende den wahren, tränentreibenden Kern vor uns. Hier, Erbschaft, du bekommst die Zwiebel zuerst.«

Erbschaft rückte ihre Brille zurecht. »Danke. Also gut: Seit jeher widme ich mich voller Leidenschaft der Geschichte unserer einzigartigen Familie …«

Sie erzählte von ihrer langjährigen Suche nach alten Dokumenten ihrer Vorfahren, von den Massen an Karten und Bauplänen, Papieren und Briefen, die sie angehäuft hatte. Und als ihr schließlich das verschollene Tagebuch von Tante Angedenken in die Hände gefallen sei, habe sie ein Familientreffen einberufen, darauf hoffend, dass mithilfe des IEEK endlich Zuwiders Schatz geborgen und der Stammsitz gerettet werden könnte.

»Ich wollte euch alle sofort über meine Entdeckungen in Kenntnis setzen. Doch Schadenfreude war dafür, Stillschweigen zu bewahren. Sie ging *fälschlicherweise*«, an dieser Stelle hob Erbschaft ihre Stimme ein wenig, »davon aus, dass auf den IEEK kein Verlass wäre, aber leider *richtigerweise* davon, dass jemand versuchen würde, jegliche vom IEEK enthüllten Hinweise auf den Schatz zu seinem eigenen Vorteil zu nutzen. Ich hingegen konnte mir nicht vorstellen, dass ein Mitglied der Familie gegen unsere ureigenen Interessen verstoßen könnte.« Sie zupfte ihren Handschuh vom kleinen Finger. »Das war dumm von mir. Noch dümmer war es nur, Schnüffler damit zu beauftragen, Schadenfreudes Unfall auf den Grund zu gehen. Ich dachte, wer einen solchen Namen trägt –«

»Sind jetzt nicht langsam Schelmerei, Rain und ich dran?«, fiel Phänomen ihr ins Wort. Ihre Finger zuckten, unbewusst bereits auf der Suche nach einem Stück Kreide und einer Tafel oder zumindest nach irgendetwas, das sich als Zeigestab eignete. »Obwohl Schnüffler den Tatort in haarsträubendem Zustand hinterlassen hatte –«

»Sei doch etwas netter«, murmelte Köchin. »Der Mann ist tot.«

»Und nur *deswegen* soll ich so tun, als wäre er ein fähiger Detektiv gewesen?«, schnaubte Phänomen. »Egal. Also, trotz seiner ›Vorarbeit‹ gingen wir unsere Ermittlungen streng nach den Regeln der Logik an. Auf die Liste der Verdächtigen kamen nur diejenigen, die an diesem ersten Abend nicht zum Essen erschienen waren. Wer ein glaubwürdiges Alibi hatte, wurde sofort wieder gestrichen. Auch Lauter, weil Tante Zaudern berichtete, er habe ihr mit einem Beruhigungsmittel über ihre Deipnophobie hinweggeholfen und ihr danach Gesellschaft geleistet.«

»Das stimmt ja auch«, beharrte Zaudern und ihr Papageienhut nickte dazu. »Wir haben Schach gespielt. Und als die anderen aufgetaucht sind, sind wir zu *Mau-Mau* übergegangen, damit alle mitmachen konnten.«

»Welche … anderen?«, fragte Phänomen.

»Die anderen eben! Pharao Ramses III., mein Bruder Treibsel, Mary Shelley …«

Sekundenlang wurde es still.

»Die sind alle tot«, sagte Phänomen.

»Ach ja? Na, selbst wenn. Dieser Ramses schuldet mir trotzdem noch fünfzig Pfund!«

»Es war offenbar ein Beruhigungsmittel mit ordentlich Wumms«, stellte Phänomen ernüchtert fest. »Wie es aussieht, ist Zauderns Aussage mindestens kritisch zu bewerten.« Sie schüttelte sich. »Also … Als erste ernst zu nehmende Spur erwies sich ein am Tatort befindlicher Bruchteil einer Bohne Kopi Luwak, sprich einer Bohne Katzenkaffee …«

Phänomens Auftritt als Erzählerin umfasste die Unterhaltung mit Flora und Fauna, die zufällige Begegnung mit Schnüffler und die Befragung von Schaudervoll und Brüsk, welche die Schwestern erst auf den möglichen Zusammenhang zwischen Schatz und Mordversuch gebracht hatte.

»An diesem Punkt stellten sich aus meiner Sicht mehrere Fragen.« Phänomen schritt auf und ab, ihre Hände hinter dem Rücken verschränkt. »Welches Motiv hatte unser Möchtegernmörder? Wer würde am meisten von Schadenfreudes Tod profitieren? Offen gestanden, hatte ich zum damaligen Zeitpunkt dich, Tante Erbschaft, als Hauptverdächtige im Visier. Doch nicht lange danach wurden wir zufällig Zeugen einer bemerkenswerten Unterhaltung zwischen –«

In diesem Augenblick ging die Tür des Arbeitszimmers auf und Onkel Mahlstrom kam herein. Er stützte die eine Hauptfigur, die noch in ihrer Runde gefehlt hatte.

»… Flora und Viola«, endete Phänomen.

Viola entdeckte Flora, stürmte

erschrocken zu ihr und fasste sie an ihrer unverletzten Schulter.

»Mir geht's gut«, sagte Flora. *»Wirklich.«* Mit tastendem Blick musterte sie nun im Gegenzug Viola, als würde sie jeden Millimeter auf Schäden untersuchen. Viola sah schlimm aus. Ihr Haar war wirr, an die Schläfe drückte sie sich einen Eisbeutel. Schelmerei erinnerte sich an das entsetzliche Krachen, mit dem der Griff der Armbrust auf ihren Schädel getroffen war.

Nun, in Violas Anwesenheit, rang Lauter seinem Gesicht wieder so etwas wie ein liebenswürdiges Lächeln ab. »Viola«, hauchte er. »Ich brauche deine Hilfe. Sag ihnen, dass ich nie–«

»Wag es ja nicht!« Flora fixierte ihn mit einem Blick, der Stahl zum Schmelzen gebracht hätte. Schnaufend versuchte sie, sich aus ihrem Stuhl zu erheben, doch Fauna und Viola hielten sie mit festem Griff davon ab.

»Lass das gefälligst!«, schimpfte Viola mit ihr. »Du bleibst brav sitzen, bis du uns bewiesen hast, dass dein Blut nicht mehr ausläuft! Nicht wahr, Fauna?«

Augenrollend ließ Flora sich zwischen ihren Aufpasserinnen gegen die Lehne sinken, ihre Hand in Violas.

»Miss DeMille«, sagte Tante Schadenfreude mit klarer Stimme. Sie musterte Viola, die Lippen leicht gespitzt. »Falls Sie sich dazu imstande fühlen, wäre es nicht schlecht, wenn Sie uns nun Ihre Sicht der Dinge darlegen könnten.«

Viola drehte den Kopf in Richtung Publikum und drückte den Rücken durch. Schelmerei musste wieder an den stahlharten Kern in ihrer Mitte denken.

»Ich fürchte, es ist ein altes Lied«, begann sie. »Wer den Text kennt, darf gern mitsingen.« Eine Pause. »Lauter und ich haben uns vor ein paar Monaten kennengelernt. Ich war hin und weg. Was für ein liebenswürdiger, witziger, charmanter, großherziger Mann, und abenteuerlustig noch dazu! Er wollte die Welt erkunden, so wie ich, und dabei Gutes tun. Wir flogen gemeinsam in den Urlaub. Ich stellte ihn meiner Familie vor. Dann folgte sein Antrag.«

Mimisch nickte. »Eine Romanze, die einem den Atem raubte.«

»Das perfekte Paar«, warf Renée ein.

»Die begehrtesten Turteltäubchen der Klatschspalten«, erinnerte Begehrlich sich. »Doch dann …?«

»Dann fiel mir auf, dass mir etwas Geld abhandengekommen war.« Viola spielte mit dem funkelnden Ring an ihrem Finger. »Lauter meinte, er habe es sich ›geborgt‹, für meinen Verlobungsring.«

»Weil er vorübergehend in eine kleine finanzielle Schieflage geraten sei?«, vermutete Brüsk.

»An der es aber nicht scheitern sollte, Ihnen einen Edelstein zu kaufen, fast so schön wie Sie?«, fügte Schaudervoll hinzu.

»Genau. Ich glaubte ihm und wir hakten diese Episode ab.« Violas Augen glitzerten. »Doch immer wieder verschwand Geld. Meine Unterschrift tauchte auf Schecks auf, die ich nicht ausgestellt hatte. Mir war klar, dass er sich an meinem Konto bediente. Aber gut, ein paar Dollar konnte ich entbehren und davon abgesehen liebte ich ihn.«

»Ganz recht«, sagte Tante Erbschaft. »Es ist ein sehr altes Lied.«

Viola hob den Blick und fuhr in härterem Ton fort: »Ein Wort zu meiner Familie: Unser Name hat nicht den gleichen Klang wie der Ihre. Meine Eltern haben ganz, ganz unten angefangen und es gibt Menschen, die werden ihnen das ewig aufs Brot schmieren. Eine grässliche alte Matrone hat mir einmal erklärt, neues Geld sei bloß Papier, altes sei Gold. Was sie damit meinte, ist mir erst nach einer Weile aufgegangen: Wir könnten mehr Geld auf dem Konto haben als die US-Notenbank, doch solange nirgendwo ein Wappen mit der Aufschrift *DeMille* auftaucht, oder zumindest *Mills* – so hießen wir früher –, so lange sind wir trotzdem bedeutungslos.«

Flora drückte Violas Hand.

»Wie gesagt …« Viola atmete durch. »Es ist ein altes Lied. Aber ich habe den Text lange nicht verstanden. Als Tante Schadenfreude dann an unserem ersten Abend in diesem Haus meinen Verlobten als Schmarotzer bezeichnet hat … Es war, als hätte sie mir einen Eimer kaltes Wasser ins Gesicht geschüttet. Ich erkannte, dass ich ihn wegen des Geldes zur Rede stellen musste.«

Viola sah Lauter nicht an. Sie blickte starr an die gegenüberliegende Wand.

»Er hat bloß gelacht. Hat mir erklärt, er hätte sich schon einen Monat nach unserer ersten Begegnung Zugang zu all meinen Konten verschafft und seitdem stetig Geld abgezapft. Ich drohte damit, die Verlobung aufzuheben. Er entgegnete, dass sich meine Familie nie von dem Skandal erholen würde, sollte ich ihn bloßstellen. Wir würden uns auf ewig zum Gespött machen und sämtliche Vorurteile über uns bestätigen. Ich könne mein Gesicht nur durch eine Scheinehe wahren, gefolgt von einer Scheidung in ein, zwei Jahren. Bis dahin hätte er sich genügend Kohle gesichert.«

Die Swifts nickten. Schelmerei hatte sich die Geschichte des Paars von Anfang an ziemlich genau so ausgemalt – dass der eine Teil den anderen nur wegen des Geldes heiraten wollte. Sie hatte bloß die Rollen falsch zugeordnet.

Viola verzog das Gesicht, angewidert von sich selbst. »Sie halten mich jetzt wahrscheinlich alle für dumm.«

Tante Schadenfreude schüttelte den Kopf. »Nein«, sagten sie und Flora im selben Moment. Lauter hätte anscheinend auch etwas zu sagen gehabt, aber Schadenfreude rutschte ihr Gehstock aus und wie es der Zufall wollte, traf er Lauter an seinem gebrochenen Bein.

»Lauter hat sich irgendeine Migränegeschichte ausgedacht, als Erklärung dafür, wieso ich nicht zum Abendessen kommen kann«, erzählte Viola weiter. »Doch nachdem Köchin mir einen Teller nach oben gebracht hatte, schlich ich mich aus dem Zimmer. Ich stand unter Schock, irrte durch die Flure. Dabei lief mir zufällig Flora über den Weg. Sie schaute mir ein einziges Mal ins Gesicht – ich muss fürchterlich ausgesehen haben, völlig verheult – und forderte mich sofort auf, ihr alles zu erzählen. Und sie versprach, mir zu helfen.«

Tante Schadenfreude belegte Flora mit einem vorwurfsvollen Blick. »Und du bist nie auf die Idee gekommen, dich an uns zu wenden?«

»Natürlich nicht«, gab Flora scharf zurück. »Nenn mir einen Grund, warum ich euch hätte trauen sollen.«

»Kein Wort zu niemandem, das musste sie mir schwören«, sagte Viola schnell. »Die Gefahr, dass etwas nach außen durchsickerte, war zu groß. Wir wollten meine Anwältin kontaktieren und uns gemeinsam Gedanken machen, welche Möglichkeiten es geben könnte, die Verlobung still und heimlich aufzuheben, ohne dass meine Familie daraufhin in den Dreck gezogen würde. Doch Schaudervoll blockierte das Telefon. Vorerst rannte ich also zurück aufs Zimmer, Lauter sollte schließlich nichts von meinem Vorhaben merken.«

»Sie haben nie Verdacht geschöpft, dass er Tante Schadenfreude die Treppe runtergestoßen haben könnte?«, fragte Phänomen.

Viola schüttelte den Kopf. »So etwas hätte ich ihm nicht zugetraut. Außerdem wusste ich nicht einmal, dass er sie an diesem Abend hier aufgesucht hatte.«

»*Ich* hatte einen Verdacht.« Flora hob ihre unverletzte Achsel, ein halbes Schulterzucken. »Ehrlich gesagt, fand ich fast meine ganze scheußliche Verwandtschaft verdächtig. Ich konnte bloß nichts tun, denn nachdem die Autos und das Telefon lahmgelegt waren, konnten wir ja keinen Hilferuf an die Außenwelt mehr absetzen. Von Faunas und meinen Ferienaufenthalten hier wusste ich allerdings noch von dem Geheimgang in deinem Zimmer, Tante Schade. Viola und ich wollten uns einen Straßenatlas borgen, Köchins Motorrad klauen – Sorry, Köchin, dass ich dir den Schlüssel stibitzt habe, und Mahlstrom, dir einen Kompass –, uns durch den Geheimgang verkrümeln und fahren, fahren, fahren, bis zum nächsten Telefon.«

»Aber als ich heute Abend für die Flucht gepackt habe, bin ich gegen Lauters Tasche gestoßen«, berichtete Viola. »Sie ist umgefallen und ich habe darin die Armbrust entdeckt.«

»Und in der Zwischenzeit hatte Lauter irgendwie spitzgekriegt, dass wir unter einer Decke stecken. Er hat mich hier ertappt und er hatte so eine winzige Pistole dabei …«

Tante Schadenfreude zog den Dosenrevolver aus der Tasche und legte ihn vor sich auf den Tisch.

»Jep«, sagte Flora. »Das Ding da.«

Schelmerei versank im Anblick des Revolvers. Sie selbst war es, die Lauter auf Floras und Violas Verschwörung aufmerksam gemacht hatte. Ihre Karte mit dem Hinweis auf den Geheimgang hatte ihn auf die Idee gebracht, im Arbeitszimmer nachzusehen. Viola und Flora hätten heil davonkommen können. Stattdessen hatte Flora schlaff im Lehnstuhl gehangen, als Viola aufgetaucht war, blutüberströmt, allem Anschein nach tot. Kein Wunder, dass Viola die Armbrust gegen Lauter gerichtet hatte.

Nachdenklich trommelte Tante Schadenfreude auf den Griff ihres Gehstocks. »Ich glaube, es wäre angebracht, an diesem Punkt der Vorstellung eine Pause einzulegen. Wir sollten für Getränkenachschub sorgen und wer auf die Toilette muss, hat jetzt Gelegenheit.«

33. Das gute Recht der Familie

Es folgte tatsächlich eine Art Theaterpause. Die Verwandten unterhielten sich locker, während Köchin denen, die es verdient hatten, einen weiteren Becher heiße Schokolade kredenzte. Soll heißen: Lauter bekam keinen. Dafür bekam er umso mehr bitterböse Blicke ab. Er ertrug sie mit beängstigender Ruhe, lächelte bloß leicht weggetreten die Wand an, als steckte in seinem Ärmel eine zweite verschwindend kleine, schussbereite Waffe. Er machte Schelmerei nervös.

Beim Tod von Schnüffler wurde der Erzählfaden schließlich von Rain wieder aufgenommen, die Schilderung laufend untermalt von Erbschafts gequältem Stöhnen. Sie war anscheinend davon ausgegangen, dass ihr Enkelkind das gesamte Wochenende über stumm in irgendeiner abgelegenen und vor allen Dingen absolut ungefährlichen Ecke gekauert hatte.

»Schnüffler ist nicht durch eine Büstenfalle umgekommen – *Gran, muss das sein?* –, sondern durch eine Armbrustfalle«, berichtete Rain. »Weil er nicht pünktlich zur Eröffnung des

Familientreffens da gewesen war, hatte er nicht mitgekriegt, wie Tante Schadenfreude – *ja, mir geht's gut* – uns davor gewarnt hatte, die Bibliothek zu betreten. Er hat ihren Schlüsselbund eingesteckt und sich nichts dabei gedacht, einfach reinzuspazieren und in den Büchern zu blättern.«

»*Historie und Hausrecht der Familie Swift*, das hat ihn erwischt«, ergänzte Schelmerei. »Lauter war ihm gefolgt und hatte gesehen, wie die Armbrust losgegangen ist. Er hat sich die Waffe geschnappt – könnte er ja noch gebrauchen – und die wahre Todesursache vertuscht.«

Phänomen massierte sich die Schläfen. »Jetzt wundert es mich nicht mehr, dass der Fall so schwierig zu knacken war«, murmelte sie und spähte finster zu Lauter hinüber. »Du hast kaum was *geplant*. Du hast immer nur reagiert. Du bist wie Stickstoff. An und für sich ziemlich harmlos, aber im Kontext eines instabilen Gefüges …« Sie mimte eine Explosion. »… richtest du Schaden an.«

So übernahm Phänomen erneut die Rolle der Erzählerin und schilderte, wie der Armbrustbolzen aus Pamplemousses Leiche geborgen und daran ein Zettel mit der Handschrift des Mörders entdeckt worden war. Als sie die Übereinstimmung mit der Schrift auf den Platzkarten von Schadenfreudes Beerdigung erwähnte, stöhnte Flora auf.

»Ich hab das gar nicht … ich hab meine Karte nicht mal richtig angeschaut, sonst hätte ich die Schrift von den Scrabble-Spielzügen sofort wiedererkannt. Aber Moment … Wolltest du Viola als *Täterin* hinstellen?«

Wieder feuerte Flora giftige Blicke auf Lauter ab und versuchte aufzuspringen, doch Viola und Fauna hielten sie mit je einer Hand an ihrer gesunden Schulter fest.

»Wie jeder weiß, sind Ärzte die schlimmsten Schmierfinken überhaupt«, bemerkte Phänomen. »Seine eigene unleserliche Handschrift hätte sicherlich jeder schnell erkannt. Und Lauter hatte schon seit Monaten in Violas Namen Schecks unterschrieben, er war also geübt.«

»Wenn man der Familie eine Täterin servieren wollte, dann eignete sich Viola am besten«, meldete sich Köchin zu Wort. Voller Scham erinnerte Schelmerei sich, wie fix sie selbst auf diesen Verdacht verfallen war. »Aber zum Glück waren sich die *meisten* von euch am Ende doch einig, dass ich es war.«

Während Laufpass und ihr Gefolge peinlich berührt hüstelten und ihre Fingernägel inspizierten, erzählte Mahlstrom, der offenbar auch mal etwas sagen wollte, von der IEEK-gesteuerten Totenbeschwörung. Als er den Hinweis des Geists erwähnte, der Schatz befinde sich »UNTER HAUS«, machten sich mehrere Verwandte unter der Hand Notizen und ein oder zwei scharrten unverhohlen mit den Füßen.

»Das war kein Geist!«, rief Phänomen. Köchin lächelte süffisant. »Es war eine Fluktuation des elektromagnetischen Feldes oder … oder ein Resultat unterbewusster Beeinflussung durch unsere eigenen Gedanken oder so!«

»Apropos Tote.« Clementine wandte sich vorwurfsvoll an Tante Schadenfreude. »Was haben wir denn da beerdigt?«

Es kam zu einem Moment besonders unangenehmer Stille.

»Ja, also das ...« Schadenfreude nippte an ihrer Schokolade. »Wenn ihr es unbedingt wissen wollt: eine Ritterrüstung. Kurz nach Pamplemousses tragischem Dahinscheiden wachte ich auf und fand Köchin neben mir vor. Wir heckten einen Plan aus: Sie würde mich durch den Geheimgang in meinem Zimmer nach draußen schmuggeln und meinen Tod vortäuschen. Derweil würde ich im Keller ausharren, bis es angezeigt wäre, die Wahrheit zu offenbaren. Ich dachte, ich schaue mir einen kleinen Überraschungseffekt von Shakespeare ab und erscheine Lauter beim heutigen Abendessen als Geist.«

»Und ihr beide dachtet, diesen Plan könntet ihr locker zu zweit in die Tat umsetzen?«, fragte Mahlstrom leise, hörbar verletzt.

»Ich wollte eben möglichst viel Wohlgefallen an Lauters Unglück empfinden. Wenn es dafür doch nur ein passendes Wort gäbe ...«

Mahlstrom sah sie an. »Verstehe. Aber die Mädchen und ich, wir haben um dich *getrauert*.«

Tante Schadenfreude rutschte auf ihrem Sessel hin und her. »Ich ... habe unterschätzt, wie viel Betroffenheit mein Tod auslösen würde. Wir hatten ihn doch so oft geprobt.«

Mahlstroms Blick signalisierte ihr unmissverständlich, dass darüber noch zu reden sein würde.

»Schelmerei«, sagte er dann. »Du bist dran.«

Ein paar Stunden zuvor hätte Schelmerei es sehr genossen, im Zentrum der Aufmerksamkeit zu stehen und das große

Finale einer komplizierten Kriminalgeschichte zu inszenieren. Jetzt sehnte sie sich nur noch nach ihrem Bett. Doch sie fasste sich ein Herz und lockerte ihre steifen Glieder.

»In Ordnung«, sagte sie. »Also, während ihr nichts Besseres zu tun hattet, als die arme Köchin zu beschuldigen, und während Tante Schadenfreude sich im Keller versteckt und Flora alles vollgeblutet hat, habe ich gesehen, wie Viola Lauter ins Heckenlabyrinth gescheucht hat …«

Nach Schelmereis Einsatz als Erzählerin machte sich allgemeine Erleichterung breit.

»KLASSE LEISTUNG, SCHELMEREI«, sagte Fortissimo.

»Ja, wie tapfer du warst!«, rief Zaudern. »Wie mutig!«

»Ein bisschen schneller im Kopf hättest du allerdings schon sein dürfen«, meinte Brüsk.

»Gut, und wer verständigt jetzt die Polizei?«, fragte Clementine.

Totenstille. Tante Schadenfreude sah ihre Nichte verwundert an. »Die Polizei? Niemand. Warum?«

Es zeichnete Clementine aus, dass sie nach all der Empörung, die die vergangenen Tage ihr abverlangt hatten, immer noch welche in petto hatte.

»Aber … aber Lauter ist ein *Mörder*!«

Lauter, der zuletzt fast mit dem Teppichboden verschmolzen war, erhob endlich seine Stimme.

»Wenn man es genau nimmt«, sagte er in frisch-fröhlichem Ton, »habe ich niemanden ermordet. Ich habe bloß eine Armbrust mitgehen lassen, ein Buch ausgeborgt und … Schnüfflers

Kopf ein wenig umgemodelt. Unserem Tantchen geht es offensichtlich gut, der lieben Flora auch. Ich habe mich nicht einmal der Sachbeschädigung schuldig gemacht – fragt mich bitte nicht, wer eure Lenkräder geklaut oder das Telefon sabotiert hat!«

»Ach ja«, meinte Viola. »Das war ziemlich sicher Schnüffler. Ich habe gesehen, wie er am ersten Abend lauter Sachen in den See geschmissen hat.«

Phänomen seufzte und Schelmerei verdrehte die Augen. Die ganze Verwandtschaft im Haus festzusetzen, damit erstens der Killer nicht entkam und um zweitens Zeit für Ermittlungen zu gewinnen? Ja, das roch nach Schnüffler.

»Aber Lauter wollte mich vergiften!«, rief Phänomen.

»Und er hat Kater John getreten!«, fügte Rain hinzu.

»Und er hat *Pamplemousse ermordet*!«, schrie Clementine. »Vor unseren Augen!«

Lauter grinste lässig. »Tante Erbschaft …?«

Die Archivarin seufzte. »*Versuchter* Mord verstößt nicht gegen unser Familienrecht. Gelegentliche Anschläge wurden in alten Zeiten sogar als sinnvolle Trainingsmaßnahme erachtet, um im Ernstfall Attentätern ein Schnippchen schlagen zu können. Was Pamplemousse anbetrifft …«, redete sie über Clementines entrüstete Einwände hinweg. »Er hat Lauter zu einer Partie Scrabble auf Leben und Tod herausgefordert – und verloren. Nach den im Jahre 1737 von Streitig Swift niedergelegten Duellregeln hat Lauter mit dem Töten von Pamplemousse kein Verbrechen begangen. Wer daran zweifelt, werfe gerne einen Blick in *Historie und Hausrecht der Familie Swift.*«

»Das heißt, er … wird überhaupt nicht bestraft?«, fragte Schelmerei.

Sie sah Clementine an. Die machte das gleiche Gesicht wie damals, vor rund siebenhundert Jahren, als sie den Mottenschwarm aus ihrem Kleiderschrank gelassen hatte. Danach sah Schelmerei Tante Schadenfreude an.

Die saß starr, dem Anschein nach fast teilnahmslos an ihrem Platz. »Doch, wird er«, sagte sie schließlich. »Er wird aus der Familie verstoßen. Er wird seinen Namen verlieren. Kein Verwandter, keine Verwandte soll jemals wieder Kontakt zu ihm aufnehmen oder ihm irgendeine Form der Hilfestellung gewähren. Flora, Viola – falls euch der Sinn danach steht, als Ausgleich für euer Martyrium einen Kopfgeldjäger auf Lauter anzusetzen, wäre dies euer gutes Recht.«

Flora nickte grimmig. »Ich werde darüber nachdenken.«

»Kurz gesagt …« Schadenfreudes Stimme war kalt wie Eis und ein Blick von ihr genügte, um Lauter seine Selbstgefälligkeit auszutreiben. »… wird es keinen Lauter Swift mehr geben. Erbschaft wird deinen Namen aus allen Aufzeichnungen tilgen. Jedes Ausweisdokument, jeder Hinweis auf deine Existenz wird dem Aktenvernichter anheimfallen. Dein gesamter Besitz – Geld, Wohneigentum, Arztdiplom – wird beschlagnahmt, weiterverteilt oder zerstört. Dir wird nichts bleiben. Du wirst ein Niemand sein.« Ihre Lippen bebten. »Weniger als ein Geist.«

»Aber ich habe doch nichts Schlimmes getan!«, rief Lauter entsetzt. »Das … das kannst du nicht tun!«

»Kann ich sehr wohl«, erwiderte Tante Schadenfreude. »Und ich fange gleich damit an.«

Sie streckte die Hand aus und riss ihm das goldene Namensschild vom Kragen.

Lauter schrie. Es waren keine Worte, sondern ein Jaulen, ein sinnloses Wutgebrüll. Er zerrte an seinen Fesseln, bis der Schreibtisch ins Wanken geriet und schließlich ein Briefbeschwerer abstürzte und auf seinem gebrochenen Bein landete. Mit einem schmerzerfüllten Kreischen sank Lauter zu Boden und rang nach Atem.

»Das ist nicht rechtens«, zischte er. »Und ich weiß: Manche von euch sehen das wie ich. Und es gibt noch andere da draußen! Mich lässt man nicht so leicht verschwinden, wisst ihr. Ich –«

»Wickelt ihn in ein Tuch und steckt ihn in den Gefrierschrank zu denen, die er dorthin gebracht hat. Beim morgigen Frühstück werde ich meine Nachfolge festlegen«, sagte Tante Schadenfreude, ohne im Mindesten auf Lauters Drohungen einzugehen. »Wegtreten.«

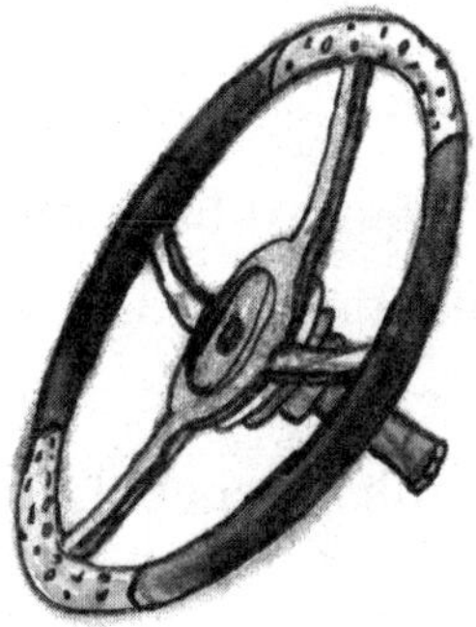

34. Reich an Güte

Als Schelmerei tags darauf noch vor dem Morgengrauen erwachte, hatte sie Phänomens Ellenbogen im Gesicht und Clementines Knie im Kreuz. Sie richtete sich auf. Sie hatte im Schlaf gegrübelt und sich dabei so heftig hin und her gewälzt, dass von dem dünnen Zopf, den Clementine ihr geflochten hatte, nicht viel übrig war. Die Dämmerung verwandelte das Zimmer ihrer Schwester in eine Schwarz-Weiß-Kulisse aus Grautönen und tiefen Schatten.

Als geübte Taschendiebin hatte Schelmerei nur Sekunden später das Ermittlungsbuch aus Phänomens Laborkittel gefischt. Sie hockte sich in einen praktischen Fleck Mondlicht auf den Boden und blätterte es durch, vorbei an sorgfältig erstellten Notizen und Schaubildern bis zu einer Seite ganz hinten. Dort fand sie die handgezeichnete Tabelle mit dem Titel *Nominaldeterminismus am Beispiel von Schelmerei Swift*. Sie verglich die Spalten mit den Überschriften *Rollengemäß* und *Rollenungemäß*. In beiden befanden sich exakt gleich viele Striche.

Wie bereits erwähnt, neigte Schelmerei eher dazu, *etwas* zu tun, als *nichts* zu tun. Beim Anblick dieser Seite, dieser Summe ihrer Persönlichkeit, entschied sie darum, zu handeln. Ob ihre Handlung *rollengemäß* oder *rollenungemäß* wäre, falsch oder richtig, konnte sie nicht sagen. Doch sie hatte das Gefühl, handeln zu müssen.

Am Korallenroten Zimmer angekommen, fand sie dessen Tür offen vor. Das Zimmer selbst war jedoch leer. Viola entdeckte sie erst an der großen Treppe, wo sie im Morgenmantel auf der obersten Stufe hockte, mit einem gelben Seidenturban auf dem Kopf und einer Tasse Kaffee in den Händen.

Schelmerei setzte sich neben sie, etwas unsicher, wie Viola sie in Empfang nehmen würde.

»Ich trinke eines eurer Indizien«, sagte Viola zur Begrüßung. »Kopi Luwak. Wenn das Zeug schon von meinem Geld gekauft wurde …« Sie zwinkerte Schelmerei verschwörerisch zu und verfiel in ein gut hörbares Bühnenflüstern. »Kein Wort zu Flora – aber ich frage mich immer noch, was daran so besonders sein soll. Schmeckt doch wie durchschnittlicher Supermarktkaffee.«

Nach allem, was sie hatte mitmachen müssen, war Viola immer noch nett zu Schelmerei. Es war kaum auszuhalten.

»Es tut mir leid, dass ich dich verdächtigt habe«, platzte Schelmerei heraus und das sollte nur der Anfang sein. Sie zog ernsthaft in Erwägung, ihr Leben fortan in Violas Dienst zu stellen, sich ihr als Schildknappin anzubieten oder so was in der Art. Doch Violas milde Verwunderung ließ sie verstummen.

»Du bist ein *Kind*«, sagte Viola nur, offenbar eine überzeugende Erklärung für alles.

Gemeinsam blickten sie auf die Eingangshalle hinab. Die Scherben waren zum größten Teil aufgekehrt worden. Es schien so weit alles wie immer, bis Schelmerei ein Fenster entdeckte, das nicht verglast, sondern mit einem Brett vernagelt war. Die Familie hatte gelitten und mit ihr das Haus. Und Schelmerei würde sie noch mehr leiden lassen.

»Was willst *du* eigentlich, Viola?«, sagte sie. »Das hat noch keiner gefragt.«

Viola trank einen Schluck Kaffee.

»Rache?«, schlug Schelmerei vor.

Ein Kopfschütteln. »Kennst du das Sprichwort? Wer auf Rache aus ist, der grabe zwei Gräber.«

Schelmerei dachte nach. »Aber das ergibt doch keinen Sinn. Na ja, außer man will sich an zwei Leuten rächen.«

Violas ehrliches, ungekünsteltes Lachen klang ein bisschen nach einem Grunzen.

»Dann eben Gerechtigkeit«, setzte Schelmerei nach. »Was weiß ich! Ich denke mir eben, du wurdest zwar nicht erschossen oder vergiftet oder die Treppe runtergeschubst, aber wehgetan hat man dir auch.« Sie nagte geistesabwesend auf ihrem Daumennagel. »Ich wollte dir bloß sagen, wenn du das immer noch möchtest, kann ich eine Botschaft an die Außenwelt absetzen.«

»Wie das?«, fragte Viola.

Schelmerei führte sie durch das noch im Tiefschlaf befindliche Haus zu ihrem Zimmer, zur Dachluke und auf das Dach hinauf. Der Himmel ergraute allmählich, der morgendliche Alterungsprozess hatte eingesetzt. Schelmerei zückte ihre Taschenlampe.

»Kriegst du dafür keinen Ärger?«, wandte Viola ein.

Schelmerei grinste sie an. »Ganz bestimmt. Aber das bin ich gewöhnt.«

Ein Weilchen saß sie ratlos schweigend da und überlegte, wie sie die Ereignisse der vergangenen Tage kurz und bündig zusammenfassen könnte. Dann fielen ihr die ersten Morsezeichen ein, die Mahlstrom ihr beigebracht hatte. Sie kamen zum Einsatz, wenn Schiffe in Schieflage gerieten und für längere Erklärungen keine Zeit blieb. Wenn Menschen Hilfe brauchten und alle Wörter der Welt weniger ausgesagt hätten als drei Buchstaben.

Schelmerei ließ die Taschenlampe aufblitzen.

· · · — — — · · ·

SOS

Als Schelmerei zum zweiten Mal an diesem Tag aufwachte, hörte sie ausgelassenes Kichern. Für einen bangen Sekundenbruchteil wähnte sie sich wieder im Keller, während sich ein Stockwerk weiter oben ihre Familie totlachte. Dann stellten ihre Augen scharf und sie sah Clementine und Fauna am

Frisiertisch stehen und in Clementines Kosmetikprodukten kramen.

Clementine hielt ein Röhrchen hoch. »Wie wär's mit dem hier?«

»Mit Lippenstift konnte ich ehrlich gesagt nie viel anfangen«, gestand Fauna. »Flora, vielleicht was für dich?«

Fauna hatte sich ein Handtuch um den Kopf gewickelt und trug einen langen gemusterten Morgenmantel. Flora saß am Fußende des Betts und katapultierte sich mit ihrem gesunden Arm Kaffeebohnen in den Mund.

»Hmm … Warum nicht?« Sie nahm das Röhrchen entgegen und entzifferte das Etikett. »Oder lieber doch nicht. Mir kommt nichts auf die Lippen, was *Pink Passion* heißt.«

Schelmerei zuckte zusammen. Wo waren Floras Haare hin? Sie hatte schon noch welche auf dem Kopf, aber ihre Mähne war zu einem kurzen, kantigen Bob gestutzt worden. Als käme sie direkt von einer Varieté-Bühne. Und sie war komplett schwarz gekleidet.

»Ich glaube, *ich* bin mehr der Lidschatten-Typ«, sagte Fauna mit Bestimmtheit, nahm ein smaragdgrünes Döschen in die Hand und drehte und wendete es. Ihre Fingernägel waren lackiert.

»O jaaa!«, kreischte Clementine. »Ich habe ein Kleid genäht, genau in der Farbe!«

»Was macht ihr da bitte?«, murmelte Schelmerei.

Fauna strahlte sie an. »Wir stylen uns um.«

»Genau jetzt?!«

Flora wühlte in Clementines Schminkkoffer. »Wann, wenn nicht jetzt? Uaah. *Viole(n)t Victory?* Wer denkt sich solche Namen aus?«

Während Flora weiter die Produkte inspizierte, blickte Schelmerei wie hypnotisiert zwischen den Zwillingsschwestern hin und her. »Ich dachte, ihr gleicht euch gern?«

Fauna lächelte. »Die Zeiten ändern sich. Und das ist gut so, würde ich sagen.«

»Gestern war …« Flora gestikulierte wild mit ihrer gesunden Hand, was wohl in etwa *die Hölle und insgesamt wirklich schlimm* bedeuten sollte.

»Flora hätte fast nicht überlebt«, stellte Fauna fest. »Und als ich sie so gesehen und dabei quasi in mein eigenes Gesicht geblickt habe …« Erschaudernd tupfte sie Puder auf ihr Augenlid. »… da dachte ich mir, wenn sie stirbt, dann sehe ich für den Rest meines Lebens im Spiegel meine tote Schwester.«

»Und mir ist aufgegangen, dass wir uns dadurch nur selbst ausbremsen«, sagte Flora. »Je ähnlicher wir uns sehen und je fester wir uns aneinanderklammern, desto weniger lassen wir den Rest der Welt an uns heran.«

»Außerdem bedeuten ›Flora‹ und ›Fauna‹ nicht mal dasselbe«, fügte ihre Schwester hinzu. »Die beiden Namen ergänzen einander.«

»Deshalb haben wir eine Entscheidung getroffen: keine Gleichmacherei mehr. Keine Kompromisse mehr. Nie mehr auf die Vorlieben der anderen Rücksicht nehmen. Dafür ist das Leben zu kurz.«

»So kurz wie deine Haare«, sagte Fauna. »Keine schlechte Überleitung zu *meiner* großen Enthüllung …« Sie richtete sich auf, ein Augenlid grün geschminkt. »Bereit? Also gut … Tadaaa!« Als sie sich das Handtuch vom Kopf riss, kam darunter ein scharlachroter, noch vom Duschen feuchter Schopf zum Vorschein. Sie lächelte über beide Ohren.

Clementine applaudierte. Flora wollte in die Hände klatschen, verzog schmerzhaft das Gesicht und begnügte sich mit einem hochgereckten Daumen. »Gott, ist das *großartig*!«, rief sie. »Ich würde mich das nie trauen. Aber aha!« Sie fischte ein schwarzes Röhrchen aus Clementines Schminkkoffer. »*Signature Scarlet.* Was meinst du, Clem?«

»Mach nur«, erwiderte Clementine, die sich umgedreht hatte und halb im Schlund ihres riesenhaften Schranks verschwand. Eine schlaftrunkene Motte flatterte hinaus und landete auf dem Spiegel.

Mit schnellem Strich malte Flora sich die Lippen scharlachrot und beäugte sich danach kritisch im Spiegel. »Hmm. Nicht übel.«

»Ich würde mich das nie trauen«, sagte Fauna.

Die Zwillingsschwestern betrachteten ihre Spiegelbilder. Die Furchen in Floras Stirn waren nach wie vor gut zu erkennen, die Lachfältchen um Faunas Mundwinkel ebenso. Schelmerei konnte kaum glauben, dass sie die Schwestern jemals verwechselt hatte. Äußerlich mochten sie sich geglichen haben – doch nur, um über ihre tief liegenden Unterschiede hinwegzutäuschen. Nun war Flora kantig und dunkel mit scharf gezogenem, kräftig rotem Lippenstift, Fauna hingegen sanft und strahlend mit Haaren wie ein Leuchtfeuer. Die einzige Übereinstimmung bestand in ihrem Lächeln.

Schelmerei ließ sie in Ruhe Klamotten anprobieren und begab sich selbst langsam auf den Weg nach unten, um zu frühstücken. Unterwegs kam sie an einem ausgebrannten Loch vorbei, da, wo sich einmal die Tür zu einem geheimen Raum befunden hatte. Hinter der Öffnung stand Phänomen, starrte den IEEK böse an und machte sich auf einem Klemmbrett Notizen. Ihr Laborkittel war rußgeschwärzt, während die Apparatur immer noch glänzte, makellos wie eh und je.

»Und ich werde *doch* herauskriegen, wie du funktionierst, du Teufelsding«, hörte Schelmerei ihre Schwester murmeln.

Schelmerei rutschte das Treppengeländer hinunter und marschierte durch die Eingangshalle. Sie passierte gerade die Küche, als Köchin und Viola mit einer Servierplatte voll gebratenem Speck und einer Suppenschüssel voll Rührei aus der Tür traten. Viola, inzwischen sichtlich erholt, hatte Köchin offenbar mit irgendeiner Bemerkung zu brüllendem Lachen veranlasst. Schelmerei nutzte Köchins mangelnde Wachsamkeit, um sich einen Streifen Speck zu greifen.

Am ersten nicht zugenagelten Fenster warf sie einen Blick ins Freie. Onkel Mahlstrom stand am Ufer des Sees, neben sich Brüsk, Renée und Fährmann. Sie alle hielten jeweils eine Angel in der Hand. Jetzt holte Brüsk kurbelnd seine Schnur ein und dadurch etwas Rundes aus den Tiefen empor – ein Lenkrad. Er warf es zu denen, die sich bereits hinter der

Gruppe türmten, und Mahlstroms begeistertes Schulterklopfen beförderte ihn fast ins Wasser.

In der Bibliothek stand Tante Erbschaft stirnrunzelnd vor ihrem höchst unruhigen Enkelkind. Für den Fall, dass sie Rain Rückendeckung geben musste, blieb Schelmerei in der Tür stehen.

»Gran, er passt nicht zu mir«, sagte Rain. »Er kommt mir einfach falsch vor.«

»Aber mein Kind«, sagte Tante Erbschaft. »Dein Name wurde dir vom Wörterbuch verliehen und das Wörterbuch ist allwissend und ...« Erbschaft geriet ins Stocken. Sie sah Rain an, sah, wie nervös sich Rains Hände in die Pulloverärmel krallten, wie klar und bestimmt Rain sie dennoch anblickte. »Nun ... Allwissend ist es vermutlich nicht. Genauso wenig wie ich. Und ich würde gern dazulernen.«

Sie kramte länger in ihrer Tasche und zog schließlich ein Pflaster heraus.

»Mein Kind«, sagte sie. »Rain.« Als sie den Namen zum ersten Mal aussprach, riss Rain die Augen auf. »Hast du dein Namensschild bei dir?«

Rain fischte den winzigen, flachen Goldbarren aus der Hosentasche. Tante Erbschaft klebte das Pflaster drauf, suchte nach einem Stift und stöberte schließlich in ihren Haaren einen auf.

»So.« Sie schrieb vier Buchstaben auf das Schild. »Das muss fürs Erste reichen, bis du ein vernünftiges kriegst.«

Rains Strahlen hätte einen Menschen trotz Sonnenbrille

erblinden lassen können. Erbschaft nahm ihre weißen Handschuhe ab und schloss ihr Enkelkind in die Arme.

Rain war mit Weinen und Schmusen beschäftigt, also hob Schelmerei sich ihre Glückwünsche für später auf. Dann könnten Rain und sie vielleicht einen Abstecher in den Keller unternehmen und Rains alten Grabstein entsorgen. Irgendeinen Sprengstoff hatte Phänomen bestimmt noch eingelagert. Dazu Streichhölzer, ein Seil und ein Skateboard – und die Sache wäre geritzt.

Nach diesem Tag würde sich das Haus wieder leeren. Es würde einen Schwall Menschen ausatmen und zig Swifts würden wieder in die Welt hinausschwirren, ob diese das wollte oder nicht. Schelmerei war erleichtert. Ihre Familie war anstrengend und kompliziert und alle hatten ihren eigenen Kopf. Dass man mit den Leuten gut auskam, war genauso wahrscheinlich oder unwahrscheinlich wie bei jedem x-beliebigen anderen Menschen. Blutsverwandtschaft war nicht unbedingt gleichzusetzen mit *echter* Familie. Köchin war Schelmerei viel, viel lieber als die meisten ihrer »richtigen« Verwandten.

Beim Frühstück ging sie gedanklich die Gästeliste durch. Onkel Fährmann durfte gern verschwinden. Tante Laufpass auch. Schaudervoll und Brüsk sowieso. Schelmerei hatte bereits eine lange, fiese Schramme an der Tür von Schaudervolls Auto hinterlassen und ein Ei unter Brüsks Rückbank. Sie war zuversichtlich, dass das zarte Pflänzchen ihres Grolls bis zum nächsten Familientreffen nicht verkümmern würde.

Doch dann war da noch Rain, die beste neue Bekanntschaft

des ganzen Wochenendes. Und da waren Fauna und Flora und außerdem waren Zaudern und Fortissimo gar nicht so verkehrt – und hätte Pamplemousse länger gelebt, wäre er Schelmerei vermutlich auch noch ans Herz gewachsen. Vielleicht war es das, was Behende mit *Wer reich an Güte ist, wird reich entlohnt* und *jedes Treffen einen Schatz ihr hebt* gemeint hatte. Sie hatte nicht von Gold und Silber gesprochen. Der wahre Sinn der Familientreffen bestand nicht darin, Zuwiders Vermögen aufzuspüren. Es war bloß ein Vorwand, die Verwandtschaft zusammenzutrommeln und auf die Suche nach den menschlichen Goldstücken in der Familie zu schicken.

Am Ende des Frühstücks, das Geschirr war schon abgeräumt, schob Tante Schadenfreude knirschend ihren Stuhl zurück.

»Also gut«, sagte sie. »Es sind alle da. Ihr brennt zweifellos darauf, zu erfahren, wer mir als Familienoberhaupt nachfolgen wird. Und ich will euch nicht unnötig auf die Folter spannen. Für mich steht die Wahl fest.

In den letzten Tagen haben mir viele erzählt, wie tapfer, feinfühlig und respektvoll eine bestimmte Person ist, und haben mir von ihrem großen, gütigen Herzen vorgeschwärmt. Etliche von euch sind auch der Meinung, dass mir genau dieses fehlt. Von *ihr* wird das wohl niemand jemals behaupten können.« Schadenfreude griff sich unbewusst an ihr Halsband. »Falls sie den Posten annimmt – ich würde ihr ja dringend davon abraten! –, dann heißt unsere neue Matriarchin Fauna Swift.«

Fauna schlug sich die Hand vor den Mund. Der aufbrandende Applaus ließ ihr keine andere Wahl, als stumm zu nicken. In einem grünen Kleid, einer echten Clementine-Kreation, und mit tiefrot loderndem Haar schritt sie nach vorn. Flora trommelte derweil so heftig auf den Tisch, dass Schelmerei nur hoffen konnte, sie würde sich nicht die Knöchel brechen. Neben Flora pfiff Viola auf zwei Fingern und versuchte zugleich, es Rain beizubringen.

Behutsam platzierte Tante Erbschaft das Familienwörterbuch, das zu diesem Anlass eigens aus seinem gläsernen Käfig befreit worden war, auf einem Lesepult. Fauna legte eine Hand auf den Einband.

»Erztante Schadenfreude, Matriarchin der Familie Swift«, begann Tante Erbschaft in feierlichem Ton, »ist es Eure Absicht, Euren Titel sowie all Eure von der Familie übertragenen Rechte und Pflichten abzutreten?«

»Ja.« Tante Schadenfreude nickte und setzte sich schnell hin. »Unbedingt.« Sie wirkte buchstäblich erleichtert, so als hätte sie nach langen Jahren des Schleppens nun endlich einen Ort gefunden, an dem sie ihre Last ablegen konnte.

Schon griff sie sich an die Kehle und mit einem winzigen Schlüssel, den Schelmerei noch nie zuvor gesehen hatte, lockerte sie ihr Eisenhalsband.

Tante Erbschaft wandte sich an Fauna.

»Fauna Swift, nehmt Ihr das Amt des Familienoberhaupts und den Titel der Matriarchin an?«

»Ja.«

»Gelobt Ihr, die Ehre und Stellung der Familie zu wahren und sämtliche mit diesem Amt verbundenen Pflichten zu erfüllen? Schwört Ihr, Streitigkeiten nach bestem Wissen und Gewissen zu schlichten und jenen Verwandten Schutz und Unterschlupf zu gewähren, die darauf angewiesen sind, sowie allen mit Rat und Tat zur Seite zu stehen? Schwört Ihr darüber hinaus, jeweils zum Ende eines Jahrzehnts uns alle in diesem Haus zu versammeln, um die Bande zu stärken, über die reinen Blutsbande hinaus?«

»Ja.«

»Damit seid Ihr, Fauna Swift, neue Matriarchin der Familie Swift – im Vertrauen auf Eure Weisheit.«

Freudestrahlend machte Fauna einen Knicks. Köchin trug einen gewaltigen Blumenstrauß aus dem Wintergarten herüber und lief feuerrot an, als Fauna sie zum Dank auf die Wange küsste. »Rede!«, rief irgendjemand.

Fauna hielt sich die Blumen vor die Brust. »Ich soll etwas sagen?«

»Du wirst in Zukunft eine Menge zu sagen haben«, meinte Tante Schadenfreude. »Kannst also genauso gut gleich damit anfangen.«

»Na schön.« Fauna ließ sich Zeit. Schelmerei sah, wie sie mit einem Finger über den goldgeprägten Einband des Wörterbuchs strich, und sah sie lächeln.

35. Futur Imperfekt

»Tante Schadenfreude ist schon toll, was?«, sagte Fauna.

Schelmerei verschluckte sich an ihrem Orangensaft. Hielt Fauna es wirklich noch für nötig, sich bei ihrer Tante einzuschleimen? Während Fauna die verwunderten Blicke der Verwandten mit einem spitzbübischen Grinsen beantwortete, schaute Schadenfreude selbst neutral drein, vielleicht sogar ein bisschen skeptisch, und wartete ab.

»Hier steht es doch, im älteren Teil unseres Wörterbuchs«, sagte Fauna und zeigte auf eine vergilbte Seite aus Pergament, auf der jedes lang gezogene *S* nach einem *F* aussah. »Hört euch das an:

toll (Adjektiv)
dem Wahnsinn anheimgefallen, nicht bei Sinnen

Als dieser Eintrag verfasst wurde, galten tolle Menschen als wahnsinnig. Denkt nur an ›Tollwut‹! Und ist es nicht wirklich verrückt von Tante Schadenfreude, ausgerechnet mich zur Matriarchin zu machen, wo ich doch keinerlei Führungserfahrung habe?

Allerdings wurde das Wort ›toll‹ mit der Zeit immer häufiger in einem anderen Sinn verwendet und so hat sich seine Bedeutung gewandelt. Werfen wir doch mal einen Blick in den neueren Teil des Wörterbuchs …« Fauna blätterte ein paar Hundert Seiten weiter. »Da!

toll (Adjektiv)
außergewöhnlich, großartig

Außergewöhnlich und großartig … Die Beschreibung passt irgendwie auch zu Tante Schadenfreude, nicht wahr?« Mit einem Knall schlug Fauna das Wörterbuch zu. »Jedenfalls habe ich es mehreren Hundert Jahren Sprachwandel zu verdanken, dass ich eben nicht meine Tante beleidigt habe.«

»Böse Zungen würden behaupten, dass auf mich eher die ursprüngliche Bedeutung zutrifft«, erwiderte Schadenfreude.

Ein paar Verwandte lachten freundlich.

Fauna strich sich ihre ungewohnt farbenfrohen Haare hinter die Ohren. »Was ich damit sagen wollte: Die Bedeutung von Wörtern entwickelt sich weiter, die Sprache verändert sich. Und warum tut sie das? Weil wir Menschen uns ebenfalls verändern. Weil wir für Neues neue Wörter brauchen. Zum Beispiel … gab es vor der Erfindung des Telefons auch kein Wort dafür. Versteht ihr?

Ein Wörterbuch soll uns nicht sagen, was bestimmte Wörter für immer bedeuten müssen. Es soll festhalten, wer wir derzeit sind, und sich mit uns wandeln. Und ich glaube, wir als Familie sollten endlich eine neue Seite aufschlagen. Wir sollten so handeln, wie es aus unserer Sicht *richtig* ist, und nicht anders, nur weil es immer so gemacht wurde. Wir müssen aufhören, für alles starre, unveränderliche Definitionen finden zu wollen, und lieber versuchen, die Dinge zu beschreiben, wie sie gerade sind. Und – falls wir es uns selbst und einander zutrauen – gemeinsam wachsen, uns weiterentwickeln.« Sie lächelte in die Runde. »In diesem Sinne –«

Obwohl aus weiter Ferne kommend, war das Jaulen und Heulen deutlich zu hören. Über die Suppenschüssel mit dem Haferbrei hinweg sahen sich Schelmerei und Viola an. Schaudervoll holte ein Opernglas hervor und ging damit zum Fenster.

Sie fluchte. »Die Polizei.«

Einige Familienmitglieder wollten aufspringen, doch Schaudervoll winkte ab, das Opernglas immer noch an ihre Augen gepresst. »Sie hantieren an dem Vorhängeschloss vom Tor … Ah, einer hat einen Bolzenschneider dabei. Kann nicht mehr lange dauern.«

Tante Schadenfreude schoss wutentbrannt in die Höhe. »Habe ich mich nicht klar ausgedrückt?!« Sie ließ ihren Blick über den Saal schweifen. »Wer war das?«

Mit einem tiefen Atemzug sammelte Schelmerei Kraft. Dass sie für ihre Tat büßen müsste, damit hatte sie sich längst abgefunden. Sie fragte sich nur, wie Suleiman die Polizei dazu überredet hatte, wegen der SOS-Botschaft einer Minderjährigen auszurücken. Und sie fragte sich wieder einmal, ob sie die richtige Entscheidung getroffen hatte. Aber zugeben musste sie es in jedem Fall. Zeit, aufzustehen.

Allerdings stand Clementine schneller auf.

»Ich war das«, log sie. »Ich bin aufs Dach geklettert, ich habe mir Schelmereis Taschenlampe geschnappt und ich habe durch Lichtsignale um Hilfe gerufen.«

Die Verwandten stöhnten kollektiv auf. Schelmerei war erstarrt, halb von ihrem Stuhl erhoben. Viola stand die Verwirrung ins Gesicht geschrieben, doch Clementine sah sie beide kurz an und schüttelte unmerklich den Kopf: *Nicht.*

»Obwohl ich es ausdrücklich verboten hatte?«, erwiderte Tante Schadenfreude.

»Ja.« Clementine hob trotzig das Kinn. Sie hielt den Blicken ihrer Familie stand. Jetzt verbot ihr niemand den Mund. Jetzt interessierte man sich endlich dafür, was sie zu sagen hatte.

»Wir sind eben *nicht* besser als alle anderen«, begann Clementine. »Ihr redet andauernd davon, wie besonders wir Swifts sind und dass Regeln und Gesetze für uns nicht gelten. Genauso denkt auch Lauter und ihr wisst, was er verbrochen hat. Und wir? Wir bestrafen ihn nur für das, was er uns angetan hat, aber nicht für sein mieses Verhalten gegenüber Viola und all den anderen! Wenn wir ihn jetzt laufen lassen, wird er sich bald wieder jemanden suchen, den er betrügen und manipulieren und verletzen kann. Niemanden aus der Familie vielleicht, aber trotzdem einen *Menschen*. Tante Schadenfreude, das weißt du doch selbst.«

Schadenfreude wirkte zutiefst enttäuscht. »Ich habe es dir verboten«, sagte sie. »Nicht als Tante, sondern als Matriarchin. Mein Wort ist – war – Gesetz.« Mit den Fingern tastete sie nach dem eisernen Halsband, das inzwischen neben ihrem Teller lag.

»Von mir aus.« Clementine vergoss keine Träne. »Dann tu, was du nicht lassen kannst. Schmeiß mich raus, nimm mir mein Namensschild weg, mir ist es egal –«

Viola und Flora riefen irgendetwas, Schadenfreude rief ebenfalls irgendetwas und Schelmerei stieg auf den Tisch, um sich einen taktischen Rufvorteil zu sichern. Fauna musste mehrmals auf das Lesepult hämmern, um in dem Gebrüll auf sich aufmerksam zu machen.

»*Entschuldigung?!* Könnten bitte mal alle ruhig sein? Und sich hinsetzen?« Sie lächelte Clementine an. »Meine Rede war doch noch gar nicht zu Ende.«

Clementine setzte sich. Unter dem Tisch griff Schelmerei nach ihrer Hand und drückte sie ganz fest.

»Als *Nächstes* hätte ich gesagt, dass wir sofort damit beginnen werden, die Dinge anders zu handhaben. Clementine, wegen eines einzigen Fehlers wirst du selbstverständlich nicht rausgeschmissen. Zumal du aus meiner Sicht überhaupt keinen begangen hast. Du hast getan, was du für nötig hieltst – ohne Furcht vor den Konsequenzen.« Als Fauna ihr zuzwinkerte, erkannte Schelmerei, dass sie aufgeflogen war.

»Hiermit hebe ich die Anordnung meiner Vorgängerin auf – was *absolut* in meiner Macht steht.« Fauna sah Tante Erbschaft mit hochgezogenen Augenbrauen an, eine stumme Warnung davor, ihr zu widersprechen. »Clementine, du wirst nicht bestraft. Und darüber hinaus …« Sie verzog das Gesicht. »… werden wir mit der Polizei zusammenarbeiten. Bis zu einem gewissen Grad zumindest. Ich habe ehrlich gesagt auch keine Lust, Lauter einfach laufen zu lassen. Hol ihn mal irgendwer aus dem Gefrierschrank, ja? Und ihr anderen … überlegt euch, was ihr gleich der Polizei erzählen werdet.«

Damit nahm Fauna wieder Platz. Tante Schadenfreude betrachtete sie mit einer Miene, aus der kaum jemand schlau geworden wäre. Schelmerei konnte sie jedoch als widerwilliges Einlenken entschlüsseln – das war eine Erleichterung. Nicht zuletzt, weil Fauna als Matriarchin bei ihnen einziehen würde. Schelmerei fragte sich, welche Rolle sie wohl bei Schadenfreudes Beerdigungen übernehmen würde.

In Zweier- und Dreiergruppen verließen die Verwandten den Speisesaal, die einen in hitzige Diskussionen über Werte und Traditionen vertieft, die anderen halbwegs einig, dass es vielleicht, eventuell – im äußersten, ausweglosesten Notfall – nicht verkehrt sein *könnte*, alte Bräuche zu überdenken.

»Tja«, sagte Schaudervoll, die sich an Schelmerei herangeschlichen hatte, »jetzt rücken also die Bullen an. Dabei hatte uns doch schon Schnüffler gereicht, was?« Sie fröstelte. »Wenigstens gibt es hier nicht mehr viel zu verwüsten.«

»Das wird wieder«, nahm Schelmerei ihr Zuhause automatisch in Schutz. »Wenn sie weg sind, bringen wir alles in Ordnung.«

»Werdet ihr nicht. Das wird ein Team aus hoch qualifizierten Restauratoren und Baufachleuten tun«, entgegnete Schaudervoll. »Weil ich sie dafür bezahlen werde.« Sie lachte über Schelmereis fassungsloses Gesicht. »Warum so überrascht? Erst wollte ja die liebe DeMillions da drüben dafür aufkommen, aber Schadenfreude hat ihr Angebot nicht angenommen. Aus Prinzip, du weißt schon. Für das Haus sind wir Swifts verantwortlich, also zahlen wir auch. Ich habe mich bereit erklärt, die Rechnung für Reparaturen und Instandhaltung zu übernehmen – unter einer Voraussetzung.« Mit einem eleganten Finger deutete Schaudervoll durch das Fenster in Richtung Gelände, zielgenau auf das splitterförmig aufragende Zuwider-Denkmal. »Das Ding kommt weg.«

Schelmerei studierte rätselnd das Gesicht ihres Gegenübers. Sie hatte wirklich mit allem gerechnet, aber nicht damit. »W…warum?«

Ein Schulterzucken. »Kann man sich das nicht irgendwie immer fragen?«

»Ich verstehe dich nicht«, sagte Schelmerei.

»Das will ich hoffen.« Schaudervoll nickte ihr zu. »Schelmerei Swift, ich werde deinen weiteren Weg mit Interesse verfolgen.«

Schelmerei wartete Clementines Unterhaltung mit Viola ab – ein angeregter, gestenreicher Wortwechsel, der Clementine zum Strahlen brachte – und trat danach an ihre Schwester heran.

»Ich will dir etwas versprechen«, sagte sie ernst. »Nie wieder Ratten in deinem Bett. Nie wieder fiese Streiche. Und keine Scherze mehr über deine Interessen. Tut mir leid, dass ich behauptet habe, du wärst langweilig. Und eine Verräterin.«

Clementine verdrehte die Augen. »Wenn du das alles sein lässt, was wird dann aus meiner Schwester? Also danke, aber das mit den Ratten genügt mir.« Sie spuckte in ihre Hand und schüttelte damit Schelmereis. »Igitt, ist das eklig.« Sie wischte ihre Hand an Schelmereis T-Shirt ab.

»Hab ich was verpasst?«, fragte Phänomen und musterte die beiden skeptisch, so als traute sie dem Frieden kein Stück. Sie hatte sich endlich vom IEEK losgerissen, um einen, nun ja, mit Haferbrei beschmierten Toast zu essen.

»Ja, eine Menge«, antwortete Clementine knapp. »Aber gut, dass du da bist. Ich wollte dir etwas zeigen.« Sie zauberte ein Notizbuch hervor. »*Voilà!*«

Auf einer Seite ganz am Ende stand die letzte, sinnfreie Äußerung des IEEK. Die Buchstaben waren jedoch so angeordnet, wie es nur eine echte Anagramm-Expertin hinbekam.

DRUM ALERTES TIER ODER

ALTER MORD STUDIERE ER

SALUTIERT MODER DERER

Und zuletzt, mit einem Kreis drum herum:

LAUTER IST DER MOERDER

Phänomen steckte sich ihren Pferdeschwanz in den Mund.

»Nein«, sagte sie tonlos. »Kommt überhaupt nicht infrage. Das ist doch Un... Nein. Diese Buchstaben lassen sich auf zig unterschiedliche Arten kombinieren. Es gibt keinen Grund anzunehmen –«

Clementine brummte amüsiert. »Stimmt, hast recht. Wahrscheinlich hat er gemeint ...« Nachdenklich betrachtete sie die Seite. »DIESER ULTRA ERMORDET. Oder MODERT STIERRAULEDER? Oder eventuell auch TODESURTEIL EDAMERRR. Aber ein merkwürdiger Zufall ist es schon.«

»Genau«, sagte Phänomen. »Ein Zufall.« Hundertprozentig sicher schien sie sich nicht zu sein.

»Außerdem«, fiel Schelmerei zu ihrer Freude ein, »hat das Ding doch gesagt, dass wir lieber den Kater fragen sollen, wer der Mörder ist, und Kater John war am Ende wirklich ein wichtiger Zeuge. Er hat Lauter gekratzt!«

Phänomen stand da, als hätte man ihre Welt gepackt und derart auf den Kopf gedreht, dass die Münzen nur so aus ihren Hosentaschen purzelten.

Clementine lächelte. »War mal wieder nett mit euch. Aber Viola meinte, sie zieht vielleicht nach Paris und ich kann sie gern besuchen. Schätze, sie wird innerhalb der nächsten Wochen eine Wohnung finden, also sollte ich lieber schon mal mit dem Packen anfangen.«

Schelmerei sah zu, wie sich ihre Schwester im Hopserlauf zu ihrem Zimmer aufmachte. In Paris würde Clementine aufblühen. Sie sprach hervorragend Französisch, jedenfalls soweit Schelmerei das beurteilen konnte. Ihr selbst war schon das Lernen der ersten drei Vokabeln zu anstrengend gewesen.

Drüben klapperte es. Köchin hatte die Kaffeekanne umgeschmissen, Erbschaft riss kreischend das Wörterbuch aus der Bahn der fleckenverursachenden Flüssigkeit. Und kreischte gleich noch einmal laut auf, während sie das Wörterbuch geradezu auf Schadenfreudes Stuhl schleuderte, ihr Gesicht eine Grimasse des Schreckens.

»Handschuhe! Warum habe ich keine Handschuhe an?! O Gott, der Kontakt mit dem natürlichen Fettfilm meiner Haut könnte das Papier unwiederbring–«

Hastig eilte sie davon.

Schelmerei näherte sich dem Wörterbuch. In Bezug auf Kater John hatte der IEEK richtiggelegen. Und er hatte ihnen sogar den Namen des Mörders verraten, wenn auch auf unnötig verschlüsselte Weise. Also was war mit seinem dritten Hinweis, dem auf den Schatz?

Phänomens Abneigung gegen Bauchgefühle aller Art war Schelmerei bekannt, doch in diesem Fall musste sie einfach auf ihres hören. Sie hatte über Behendes Vorrede nachgedacht – über das, was bleibt.

Also schlug sie das Wörterbuch auf – ohne Handschuhe, weil Schelmerei trotz allem immer noch Schelmerei war – und blätterte es durch. Wörter flogen an ihr vorüber, schlampig hingeschmierte, windschief gedruckte, kristallklar getippte, auf grobem und feinem Pergament und jeder Art von Papier. Sie ließ *Irrwisch*, *Kardanik* und *verdrießlich*, *Honigtau*, *Karst* und *saumselig* links liegen, bis sie den gewünschten Eintrag gefunden hatte. Es war ein alter, einer der ersten, vielleicht sogar noch aus der Zeit von Großonkel Zuwider.

Haus
(Substantiv)
1. Heim, Wohnstatt
2. Familie adeliger Abkunft, Königshaus

SCHAUT UNTER HAUS, hatte der IEEK ihnen geraten. Das konnte natürlich UNTER *DEM* HAUS bedeuten, in seinem Fundament. Es konnte UNTER »HAUS« bedeuten, unter dem Grabstein im Keller. Es konnte aber auch etwas Drittes bedeuten.

Schelmerei riss die Seite aus dem Wörterbuch und hielt sie vor das helle Fenster.

Licht strömte durch das dünne Papier. Vergraben unter Schriftzeichen, verschlungen mit Definitionen, waren filigrane Linien auszumachen, geisterhafte Räume.

Es war eine Karte des gesamten Anwesens und in der Mitte, knapp unter *(Substantiv)*, befand sich ein Kreuz.

Ergründet unsres Seins bedeutsam Gründe, lautete es in Behendes Stück.

SCHAUT UNTER HAUS, lautete der Hinweis des Geists.

Behende Randrup-Swift, lautete eine Signatur, die in blassen, schiefen Lettern am Rand der Seite stand.

Wie dumm eigentlich, dass all die Swifts in all den Jahren

trotz all des Suchens nie darauf gestoßen waren. Großonkel Zuwider war letzten Endes wohl doch nicht so schlau gewesen. Ganz im Gegensatz zu seiner Schwester. Und vor allen Dingen hatte die ihre Familie geliebt.

Schelmerei holte ihre eigene Karte hervor und machte sich auf den Weg. Zu Zuwiders Zeit hatte es weder den Turm noch den Wintergarten gegeben, dafür Stallungen, ein Arboretum und einen Zierbau. Sie waren bereits vor einer Ewigkeit abgerissen worden oder allmählich verfallen und hatten so Platz geschaffen für neues Beiwerk, für ein Heckenlabyrinth, einen Scrabble-Platz. Es hatte sich vieles verändert, weil sich immer vieles verändert. Die Eiche, groß und prachtvoll in der Kindheit dreier Geschwister, war gefällt worden. Geblieben war nur ihr Stumpf.

Schelmerei durchquerte die Schatten eines Hauses, das es nicht mehr gab, verließ das Haus, das es inzwischen gab, und gelangte auf freies Gelände. Das Sirenengeheul wurde lauter. Schelmerei ließ sich von der Karte führen, bis sie Holzbretter unter den Füßen spürte. Da blieb sie stehen.

Den See hatte es zu Zuwiders Zeit auch nicht gegeben. Den hatte erst Behende angelegt, nachdem sie die Eiche gefällt hatte wie ihr einer Bruder den anderen.

Doch während nach dem Königshort ihr suchet,
Bedenkt: Der Arme schwimmt, der Reiche sinkt.

Behende hatte miterlebt, auf welche Abwege großer Reichtum

ihre Familie führen konnte. Natürlich wollte sie nicht, dass der Schatz gefunden würde – die Gier würde ihre Verwandten entzweien, wieder einmal. Doch solange er verschwunden blieb, würde die Verlockung sie Jahrzehnt für Jahrzehnt zusammenführen, zur gemeinsamen Suche.

Ein passenderes Versteck hätte Behende kaum wählen können. Sie hatte den Schatz dort deponiert, wo es einen immer unerbittlicher in die Tiefe zog, je mehr Gold man bei sich trug.

Schelmerei zog Schuhe und Socken aus, krempelte ihre Hosenbeine hoch und ließ die Füße vom Steg ins Wasser baumeln. Über die geschotterte Einfahrt knirschten Streifenwagen, schoben sich an den geparkten Autos vorbei. Binnen Minuten würde die Außenwelt ins Haus eindringen und wer konnte schon wissen, was sie im Gepäck hatte. Schelmerei starrte ins tiefe Nass. Sie könnte Tante Schadenfreude von ihrer Entdeckung berichten oder Tante Erbschaft. Was würde die sich über diesen bedeutsamen Fund freuen! Oder sie erzählte Fauna davon, die den Schatz in ihrer Güte und Selbstlosigkeit wahrscheinlich für einen guten Zweck spenden würde.

Oder …

Harry Houdini war in der Lage gewesen, drei Minuten lang den Atem anzuhalten. Das würde Schelmerei mit genügend Training zweifellos auch hinbekommen. Wäre es zu auffällig, wenn sie plötzlich mit dem Schwimmen anfinge? Sie müsste niemandem verraten, was sie wirklich damit bezweckte, auch nicht Onkel Mahlstrom. Und bald könnte sie zum Grund tauchen und das versunkene Gold heben, Stück für Stück. Dann könnte sie einen eigenen Drachenschatz anhäufen und hüten, bis sie groß genug wäre, sich damit davonzumachen wie eine waschechte Piratin, endlich.

Wäre sie noch ein paar Tage jünger gewesen, hätte Schelmerei sich genau das fest vorgenommen, doch auch sie hatte sich verändert. Nun war sie ein paar Tage älter, zumindest charakterlich hoch aufgeschossen – und verunsichert. Denn wenn sie sich schon in wenigen Tagen so stark gewandelt hatte, wie würde sich dann die einen Monat ältere Schelmerei entscheiden? Oder die, die ein Jahr älter war?

Onkel Mahlstrom und die anderen packten langsam ihr Angelzeug ein. Die Polizei stand vor der Haustür. Schelmerei stand auf, riss die Wörterbuchseite in Fetzen und ließ sie ins Wasser rieseln. Sie nahm ihre Schuhe und Socken in die Hand und machte sich wieder auf den Weg zum Haus. Jetzt sofort brauchte sie keine Entscheidung zu treffen.

Sie konnte in Ruhe abwarten, was einmal aus ihr werden würde.

Danksagung

Dies ist mein erstes Buch und mein Dank gilt all den Menschen, die genauso froh und erleichtert sind wie ich, dass es nun endlich erschienen ist:

Dem *WriteNow*-Team von Penguin Random House UK für das Programm, das mein Leben verändert hat.

Allen bei Puffin für ihre harte Arbeit und ihre Begeisterung.

Meinem leidgeprüften Lektor Ben Horslen, der mir stets als treuer Mentor zur Seite stand. Ich gab Ben fünf Kapitel und einen dahingeworfenen Entwurf der Handlung und er begleitete mich geduldig durch jede Textfassung und jeden Moment der Selbstzweifel – bis ein Buch entstanden war, wo es nie ein Buch gegeben hatte. Ich danke dir, Ben.

Meiner Agentin Zoë Plant dafür, dass sie im Allgemeinen unglaublich und im Besonderen scharfsinnig ist; dafür, dass sie klüger ist und härter arbeitet als jeder andere, den ich kenne; und dafür, dass sie mir in jedem (beruflichen, buchbezogenen) Duell als Sekundantin den Rücken freihält.

Meiner US-amerikanischen Lektorin Julie Strauss-Gabel für ihr Interesse, ihren Durchblick und ihr Fachwissen und dafür, dass sie mich dazu motiviert hat, aus diesem Buch die bestmögliche Version seiner selbst zu machen.

Claire Powell für ihre Zeichnungen, mit denen sie die Swifts erst zum Leben erweckt hat.

Meiner Familie – der engeren, der weiteren und der selbst gewählten – für ihre Unterstützung. Sie hat dafür gesorgt, dass ich weiter alltäglichen Tätigkeiten wie »Schlafen« und »das Haus verlassen« nachging, während ich selbst nur meine nächsten Abgabetermine im Kopf hatte.

Meinen Freund*innen, die mir in den letzten Jahren zuhören mussten, wie ich über nichts anderes als dieses Buch sprach.

Meinem Partner Stuart, für alles.

Und schließlich meinen vielen, vielen Lehrer*innen inner- und außerhalb der Schule, von denen ich so viel gelernt habe und weiterhin lernen werde, bis die Lichter ausgehen.

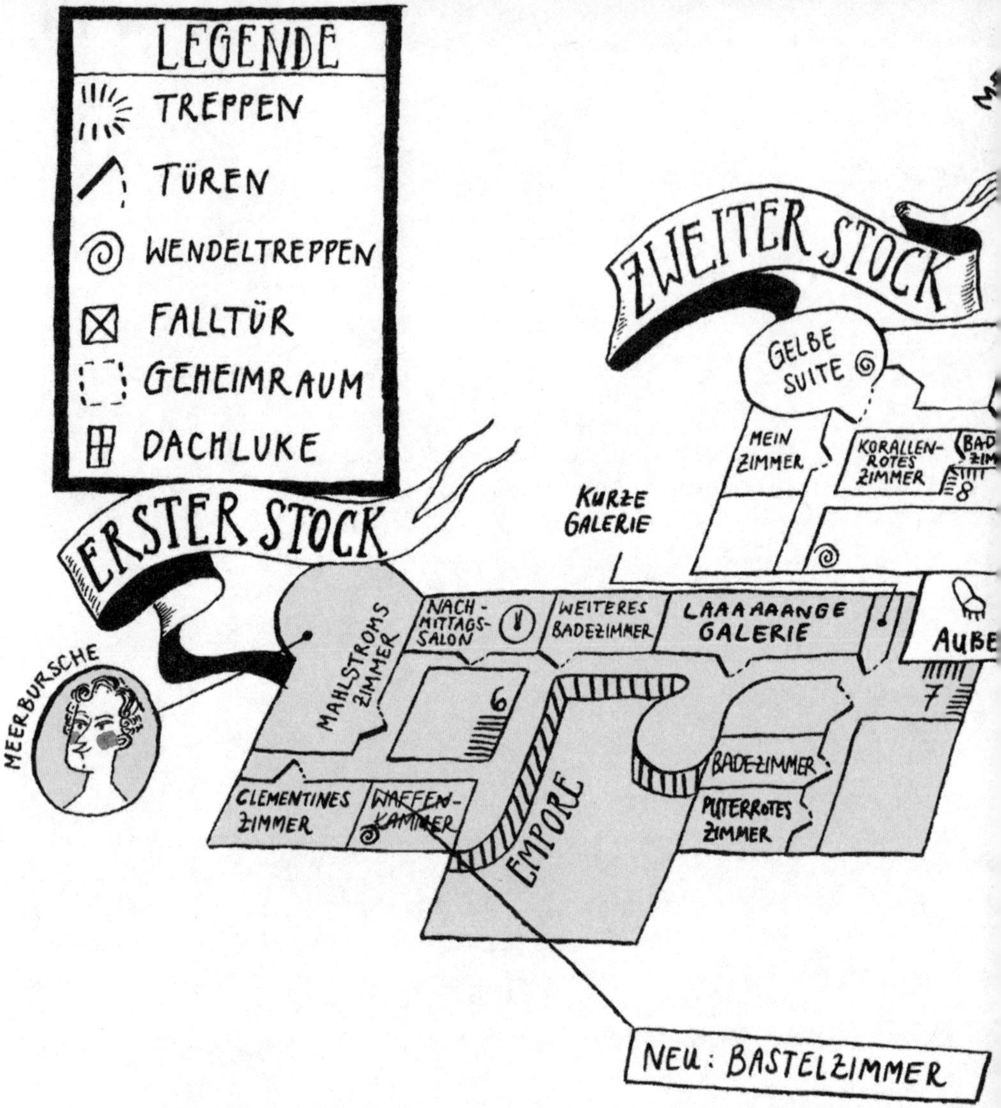

VORNE GEHT'S WEITER